DIE VERGESSENE RUINE
BUCH SECHS

WEIST DEN WEG!

I0657606

JASON ANSPACH
NICK COLE

Alle Rechte vorbehalten. Version 1.2
Aus dem Englischen von Phillip Riesinger
Redaktion: Helmut Dworschak
Herausgegeben von Galaxy's Edge Press

Coverabbildung: Fabian Saravia
Covergestaltung: Ryan Bubion
Satz: Kevin G. Summers

Besuchen sie uns im Internet:
InTheLegion.com | facebook.com/atgalaxysedge
Englischsprachiger Newsletter (Sie erhalten eine kostenlose Kurzgeschichte):
InTheLegion.com

TECHNISCHE BERATER UND SPEZIALISTEN FÜR KREATIVE ZERSTÖRUNG

Ranger Vic
Ranger David
Ranger Chris

Green Beret John "Doc" Spears

Ranger, weist den Weg!

KAPITEL 1

In der windgepeitschten Dunkelheit machten sich die Ranger bereit für die Einnahme von Sûstagul. In diesem Moment, bevor alles so kam, wie es kam, in diesen Momenten kurz vor der Morgendämmerung im Spätfrühling an der Küste Nordafrikas, oder dem, was die Ruine die Verlorene Küste getauft hatte, waren sie wie eine Armee von Ameisen, die sich nicht um das zyklopische Picknick der Götter kümmerten, deren Tag sie gerade ruinieren wollten.

Geschäftig im Krieg, denn das war ihr Leben. Und es gab nichts anderes. Nicht für sie.

Dieser zerstörte Flecken Sand und Wasser, an dem die Wellen brachen, war das Tor zum Land des Schwarzen Schlafes. Das Reich der Sauren, Widersacher dessen, was von der Menschheit übrig geblieben war. Das Königreich von Sût dem Unsterblichen höchstpersönlich.

Es war kalt in der Dunkelheit, als wir uns im Verbund sammelten und darauf warteten, die Hubschrauber für den Angriff auf die schlummernde Hafenstadt zu besteigen, die keine Ahnung hatte, welches Schicksal ihr bald widerfahren sollte. Sie lag einfach da, schlafend in der Dunkelheit, so wie sie es in den letzten zehntausend Jahren und in den Zeiten davor getan hatte. Die Zeiten, in denen sie einen anderen

Namen hatte, an die sich in der Ruine aber niemand mehr erinnerte.

Die Ranger, allesamt Gelehrte des Krieges, erzählten mir, dass sie einst von Alexander dem Großen gegründet wurde. Und dass er sie nach sich selbst benannt hat. Aber das hat er auch an vielen anderen Orten getan. Der einsame Sohn des totalen Krieges, der wahrscheinlich ein Ranger geworden wäre oder den Rest der Welt, den unbekannten Teil, erobert hätte, wenn noch etwas von der bekannten Welt übrig gewesen wäre, oder ein Fremder gekommen wäre, der ihm gezeigt hätte, wo der Rest der Welt zu finden ist.

Die Geschichte der Schlacht von Sûstagul wird von mir erzählt, und zwar in Form einer Rückschau. An diesem Tag ist nämlich eine Menge passiert. Sie müssen die ganze Geschichte kennen, nicht nur meine und was für eine teuflische Suppe sich der werte Verfasser dieses Journals mal wieder selbst eingebrockt hat, und die auszulöffeln er nur in der Lage war, weil er mehr als einmal ziemlichen Dusel hatte.

Am besten fange ich direkt da an...

In der Dunkelheit, als der Wind von der Küste kam und gegen unsere Crye Precisions und Sturmrucksäcke peitschte, war uns nicht kalt. Zumindest war mir an diesem Morgen nicht kalt. Als die Hubschrauber in der morgendlichen Dunkelheit losdonnerten und wir alle zusammengepfercht darauf warteten, dass wir mit dem Feind auf Tuchfühlung gehen konnten, dachte ich nur daran, was ich heute zu tun hatte.

Meine Aufgaben als Assistant Squad Leader.

In der Dunkelheit da draußen konnte man das Meer riechen. Das Salz. Das Leben, das in den smaragdgrünen

Gewässern ein- und ausatmete, die dort lagen und pulsartig gegen die Küstenlinie schlugen. Im Osten war die Sonne noch nicht einmal ein Gerücht in der Schwärze zwischen den Himmelskörpern, die den Himmel während unserer Tage und Nächte auf dem endlosen Marsch durch die Wüste erhellten, um hierher zu gelangen.

Sonne und Mond.

Diese stummen Lichtquellen waren verschwunden, und so kurz vor dem Morgen war auch das kalte Sternenlicht erloschen. Nur die Ranger in der Dunkelheit, die am Strand ausharrten und darauf warteten, ihr Spiel der Irreführung und des Chaos zu spielen. Durchbrechen und Eindringen. Den HVTs, die wir beseitigen mussten, den Todesstoß versetzen. Ein brennendes Wrack aus den Plänen, Hoffnungen und Träumen des Feindes entlang unseres Weges hinterlassen.

Anschließend würden wir wahrscheinlich Verliererleichen-Weitwurf um den Highscore spielen, bis die Mobilmachung für den nächsten Einsatz kommt.

Bereit für die Mission. Chaos stiften. Verlierer-Weitwurf. Wiederholen. Immer und immer wieder.

Tarnen und täuschen.

Oder, wie Chief Rapp einmal glucksend zu mir sagte, als wir nur Bettler auf den Straßen der alten, zerstörten Wüstenhäfen waren, die die Karten der Ruine Sûstagul nennen: »Ihr Ranger und euer... ›Hinter dir! Ranger-Smash!‹ Deswegen liebe ich es so, mit euch unterwegs zu sein. Das. Ihr werdet nie müde, wenn es um Gewalt und Zerstörung geht. Bravo!«

An diesem Morgen ging es nicht so sehr um eine »Schau mal, hinter dir«-Ablenkung, sondern eher eine im

Sinne von… Auf einmal nahmen die Ranger den Feind aus allen Ecken und Winkeln in die Mangel.

Den High Value Targets in Sûstagul stand ein sehr schlechter Tag bevor, mit freundlicher Unterstützung der Ranger.

Wir sahen uns einer bronzezeitlichen Armee von Echsenkriegern, ihren Hohepriestern, den örtlichen Söldnerheeren innerhalb der Stadt, den Fanatikern im Tempelbezirk und ja… der riesigen Orkhorde gegenüber, die sich in den Sandwüsten im Süden und entlang unseres eigenen Rückzugsweges ausbreitete. Auch wenn unsere Chancen es zu schaffen mager waren, mussten wir es tun. Diese Mauern waren für die Mission unabdingbar. Aber zu unserem Glück hatte der Feind keine Ahnung, dass die Hubschrauber uns über das ganze Schachbrett verteilen würden, ehe sie etwas dagegen tun konnten.

Sûstagul war zwar ein heruntergekommenes Wrack aus alten, vom unerbittlichen Wind sandgestrahlten Gebäuden, die sich entlang der maroden Küste eines schwindenden Reiches des Bösen abzeichneten, aber die Festungsmauern der Stadt waren immer noch ehrfurchtgebietend. Und da die Orkhorde auf zehn- bis fünfzehntausend Mann (respektive Ork) geschätzt wurde, brauchten wir diese Mauern. Und zwar dringend.

Die meisten menschlichen Städte in der Ruine haben welche. Mauern, meine ich. Beeindruckende Wälle, hoch und stark genug, um uns die Monster vom Leib zu halten. Schließlich gibt es mehr Monster und… nennen wir sie mal Halbmenschen… als Menschen zehntausend Jahre in der Zukunft. Die menschliche Zivilisation versteckt sich hinter Mauern und rotten sich aus reinen Verteidigungsgründen an den Küsten zusammen.

Die Menschheit ist die Minderheit in der Ruine, zehntausend Jahre nachdem der letzte Starbucks seinen letzten überteuerten Pumpkin-Spice-Latte ausgeschenkt hat.

Ich messe die Zeit anhand von Kaffee. Don't @ me.

Ja, die Ranger hätten diese alten Mauern mit Sprengstoff durchbrechen können und hätten dabei natürlich eine Menge Spaß gehabt, aber der Feind hätte immer noch Zeit gehabt, zu reagieren. Die labyrinthische Hafenstadt Sûstagul wurde mit einer Vielzahl von Sackgassen und Verteidigungspunkten gebaut, an denen jede der Fraktionen, wenn sie sich für eine eilfertige Zusammenarbeit entschieden hätten, eine Verteidigung hätte aufbauen können, die effektiv genug gewesen wäre, um unseren Zeitplan für die Übernahme der Stadt durcheinanderzubringen.

Den Hubschraubern hingegen waren die hohen und dicken Mauern egal und sie brachten uns schnell die Kontrolle über drei Schlüsselbereiche, als die Schlacht, oder besser gesagt eine Straßenschlägerei, heute Morgen begann.

Drei Schlüsselstellen mit Scharfschützen-Überwachung obendrein. Ein entscheidender Faktor für uns.

Als Captain Messerhand die Mission erläuterte, stand er vor einem beeindruckenden Sandtisch der ganzen Stadt, an dem die Ranger-Unteroffiziere tagelang gearbeitet hatten. »Sûstagul wird vom Feind im Süden, genauer gesagt von der Mumie, kontrolliert, und es schadet unseren geopolitischen Zielen nicht, dass die Armee der Sauren diese Woche durch den alten Hafen gezogen ist und mehr als zweihundert Galeeren bestiegen hat, die in und um den Hafen vor Anker liegen. Sie sind auf dem Weg nach Norden über das Mittelmeer, um sich den feindlichen Truppen des Nether-Königs anzuschließen.«

Die saurische Armee beim Einmarsch in die Stadt...

Das war ein gruseliger Anblick für mich gewesen. Ich war als Übersetzer mit dem Freak Squad und den Spähern in der Stadt unterwegs, als die Trompeten ertönten, die riesigen Pforten sich öffneten und die ganze Stadt einer Parade von halbmenschlichen Echsenkriegern in Rüstungen aus einem verlorenen Zeitalter beiwohnte. Die Sauren hatten einst die Hälfte der bekannten Ruine erobert und versklavt. Es war ein unvergessliches Erlebnis, als Bettler verkleidet im Schatten einer Gasse zu stehen und zuzusehen, wie die imposanten saurischen Legionen in die Stadt einzogen, sich in Reih und Glied zum Hafen schlängelten und begannen, an Bord der Piratenflotte zu gehen, die aus der Stadt der Diebe auf der alten arabischen Halbinsel gekommen war. Wie ich hier schon oft gesagt oder geschrieben habe, war es, als würde man ein Epos aus einer längst vergangenen Zeit der Mythen und Fabel, der Krieger und Zauberer und seltsamen Geschichten sehen. Pfeifen und Flöten, die donnernden Trommeln, die wir schon beim Ausschalten von Lizard King in Estragon gehört hatten. Es war barbarisch und wunderschön, auf eine Art wie ich es nie erwartet hätte.

Ja, sie sind der Feind. Aber ich kann mich glücklich schätzen, einen solchen Anblick mit eigenen Augen gesehen zu haben. Der martialische Pomp und die fantastische Magie. Die Sklaven und seltsamen Tiere, von denen die Kennedy sagte, sie seien magische Kreaturen wie kleine Drachen. Die Sauren-Krieger in glänzenden Rüstungen, goldenen Waffen und weißen Kilts. Ihre Priester trugen Kopfbedeckungen, die aussahen, als hätten sie aus einem

Pharaonengraben geraubt. Dann kamen Schwadronen von Katzenmenschen oder, wie Vandahar erklärt hatte, Katari, Meuchelmörder und Wächter der Tempel tief in den Landen des Schwarzen Schlafes. Sie gingen vor den Priestern her, schwangen große Weihrauchfässer und hielten schweigend Ausschau nach Assassinen in der Menschenmasse.

Es war fast ein Fest, ihnen zuzusehen. Bis einem einfiel, dass man hier war, als Kundschafter, allein. Und man spürte die wilde und elektrisierende Angst, die durch die Menge ging, als ob selbst sie die Grenze zwischen Leben und Tod kannten und sich ein Tor zum Jenseits auftat, das durch unsere Mitte wanderte. Ich muss gestehen... in diesem Moment, als ich es spürte, versteckte ich mich noch weiter im Schatten. Ich ging näher an die Mauern heran, steckte mir den Ring an und hoffte, dass die Unsichtbarkeit ausreichen würde, um der seltsamen und dunklen Magie zu entgehen, die diese urzeitliche Tyrannenarmee zu umgeben schien.

Es ist eine Sache, unter gefährlichen Menschen zu sein. Eine andere Sache ist es, in der Gegenwart von Dingen zu sein, die nicht menschlich sind. Gefährliche Wesen. Wilde und unmenschliche Kreaturen.

In den schummrigen Gassen und gedrungenen Tavernen des alten Hafens am Großen Inneren Meer, das wir einst das Mittelmeer nannten, einem Ort, der in den langen Jahrtausenden seiner Existenz viele solcher Heere kommen und gehen sah, wurde gemunkelt, dass die Sauren sich den Orks von Umnoth, den Horden des Netherzauberers, im Norden anschlossen, während der Krieg in Tyranor, oder dem, was wir einst Mazedonien, Jugoslawien und Ungarn nannten - Teile davon zumindest

- eskalierte. Alle Zeichen standen auf Krieg von globalem Ausmaß für die versammelten Armeen.

»Wir werden dafür sorgen, dass sie es nicht zum Ball schaffen«, hatte der Smaj während der Besprechung gesagt. »Selbst wenn die Dinge gründlich schief laufen ... unser Hauptziel ist es, die Flotte bis zur Wasseroberfläche niederzubrennen, bevor sie die Segel setzen können. Wir werden sie daran hindern, einen Beitrag zu den Kriegsanstrengungen zu liefern. Und nicht vergessen, Ranger: Scheitern ist keine Option.«

Wir hatten an diesem Tag eine Menge zu tun, um sicherzustellen, dass wir nicht scheitern würden.

Die Ranger wollten Sûstagul mit Hilfe von zwei Legionen der Accadier ein, die weit vor der Küste in Galeeren der accadischen Marine warteten. Sobald die Stadt unter unserer Kontrolle und die Invasionsflotte zerstört wäre, würden wir zur nächsten Phase unserer Planung übergehen. Von der Stadt aus würden wir dann den Angriff auf Sût selbst im geheimnisvollen Tal der Könige planen und ausführen.

Der Quellcode der Sauren, wenn man so will.

Das war der Inbegriff einer »Zero Dark Thirty«-Operation. So etwas hatte ich schon einmal erlebt, aber damals war ich so sehr darauf bedacht, alles richtig zu machen, dass ich nicht in der Lage war, innezuhalten und es zu... ich weiß nicht, ob »genießen« das richtige Wort ist, aber »erleben« trifft es wahrscheinlich besser. Die Erfahrung erleben, sozusagen.

Es ist wirklich ein Erlebnis, bei so etwas dabei zu sein. Übereinander gestapelt am Strand, während die nächsten Hubschrauber einfliegen, gegen Wind und

Wellen ankämpfen und die Scout-Sergeants die Landezone kontrollieren. Noch ein Trupp auf dem Weg zum Einsatz.

Ich nahm einen Schluck von meinem Cold Brew, behielt ihn im Mund und sah dem Treiben gebannt zu. Ich war bereit, meinen Teil zu leisten.

Die Mission darf nicht scheitern.

Komme, was wolle.

Ein ganzer Haufen Bösewichte war im Begriff, kräftig in die Mangel genommen zu werden. Wenn der Feind keine Ahnung hat, dass er gleich richtig auf die Fresse kriegt, liegt eine gewisse Spannung in der Luft, eine fast schon nervöse, wilde und lockere Energie, die sowohl gefährlich ist als auch unheimlich viel Spaß macht. Mir zumindest. Die anderen Ranger und Unteroffiziere schienen entweder zu sehr damit beschäftigt zu sein, uns mit Last-Minute-Checks startklar zu machen, die Umgebung im Auge zu behalten, bereits in der Dunkelheit unterwegs zu sein, Spezialteams zu bilden oder sich auf die Mission vorzubereiten.

Sergeant Thor hatte diesen starren Blick. Der tödliche Ausdruck in seinen eisblauen Augen, als er den schattenhaften Osten beobachtete, in den wir unterwegs waren. Er war an diesem Tag auf Großwildfang und hatte ein HVT ganz für sich allein und seinen Spotter.

In der morgendlichen Dunkelheit und dem Wind, als sich die Task Force Pipe Hitter in Bewegung setzte und bereits alle ihre Ziele ins Visier nahm, war es, als würde sich eine komplexe Falle auf einmal entfalten. Die MH-6 Little Birds brachten den Third Squad, angeführt vom Captain und Sergeant Chris, bereits in Richtung der Docks und der Mole, die die Häfen schützten.

Es gibt zwei. Den Westhafen und den Osthafen. Die Einheimischen haben unterschiedliche Namen für sie. Der

Sandtisch hat seine eigenen und an denen orientieren wir uns.

Der Third Squad hatte die primäre No-Fail-Mission: Die im Hafen befindliche Flotte der schlafenden Sauren auszuräuchern. Unsere ganze Arbeit diente der Unterstützung. Wenn sie erfolglos blieben, wusste jeder Ranger, dass es seine Aufgabe war, dafür zu sorgen, dass die Flotte den Hafen nicht verließ.

Nach dem Absetzen des Third Squads kehrten die Little Birds zurück, um die Angriffstruppen des Second Squads in Richtung des Zentrums von Sûstagul zu bringen, der Stadt zwischen der Wüste und den Gewässern, wo einst andere berühmte Städte der Antike in den sandigen Weiten gestanden hatten und das Mittelmeer, wie wir es einst genannt hatten, anstarrten und still herausforderten.

Das Große Innere Meer, wie es die Ruine auf vergilbten Karten von hier bis Accadios nennt.

Aber jetzt, da jeder von uns in der üblichen Kurzzeit-Stop-Patrouillenposition der Ranger wartete, auf einem Knie, versetzt und jeder Zweite in die entgegengesetzte Richtung blickend wie sein Vordermann, wussten wir, was wir zu tun hatten, um zu erledigen, was zu erledigen war. Und was zu tun war, wenn Plan A nicht funktionierte.

Scheitern ist keine Option, Ranger.

Ich blickte nach Osten.

Ich konnte die Lichter der Hafenstadt am Rande der Wüste gerade noch am Horizont sehen. Die Lichter der Wachtürme. Der Geruch von morgendlichem Rauch in der Dunkelheit.

Vielleicht. Vielleicht waren es auch nur der Abwind und die Abgase der Hubschrauber. Drei Black Hawks waren im Anflug.

An dieser Stelle sollte ich vielleicht noch erklären, wie zur Hölle wir hier Luftunterstützung bekamen, obwohl wir schon seit über einem Jahr alles mit uns herumschleppten, was wir tragen konnten. Oder war es länger? In der Ruine verliert man leicht die Zeit aus den Augen. Das kann jeder hier bestätigen. Eines der merkwürdigeren Phänomene hier.

Vor einem Jahr kamen wir hier an. Wir kämpften um unser Leben auf der Insel des stinkenden Todes. Wir nahmen die Festung auf dem Felsen ein, den wir jetzt FOB Hawthorne nennen. Wir zogen aus, um dem Lich-Lord die Stirn zu bieten. Die Stirn bieten, das ist eine sehr vandaharische Art, sich auszudrücken. Durch mein Psionik-Training mit ihm färbt immer mehr von dem alten Zauberer auf mich ab.

Außerdem mag ich ihn.

In einer Welt, die so verrückt ist, ist er der Einzige, der noch einigermaßen bei Verstand ist und mit all seinen stillen Kräften versucht, diese Welt wieder auf den rechten Weg zu bringen.

Je mehr Zeit ich mit ihm verbringe und das Wissen über die Ruine in mich aufnehme, desto ähnlicher werde ich ihm, was die Sprache angeht. Ich lerne, wie ich das nutzen kann, was die Ruine in mir offenbart hat. Die Psionik.

Dann der Drache, den wir erledigt haben.

Und der Verlust - ein persönlicher Verlust, der nichts mit dem Regiment zu tun hat - von Last of Autumn. Königin der Schattenelfen.

Der Tod unseres gemeinsamen Traums von der Flucht.

Aber damit habe ich abgeschlossen. Auch wenn es mich immer noch überkommt, wenn ich es am wenigsten erwarte. Und somit muss ich heute, an diesem Tag, den die Ranger seit unserem Aufbruch um halb drei heute Morgen als »Großkampftag« bezeichnen, die Gedanken an sie verdrängen, da es mehr als genug zu tun geben, wenn wir erstmal da sind.

Ich habe heute eine Aufgabe zu erledigen. Das ist das Einzige, was zählt.

Scheitern ist keine Option, Ranger.

Verstanden, Sergeant Major. Ich werde nicht scheitern. Komme, was wolle.

Ich bin der stellvertretende Zugführer für die Gefechtspatrouille gegen unser Ziel.

Keine Sorge, ich werde jetzt, wo ich das schreibe, alles aufzählen, was an diesem Tag in der ganzen Stadt passiert ist. Die Gelegenheiten, an denen ich mitgewirkt habe, wenn auch nur marginal, und die Dinge, von denen ich gehört habe und die definitiv Eingang in den allgemeinen Bericht finden sollten. Alles.

Wir haben sie überrumpelt, aber ja, es war kein Zuckerschlecken heute. Daher auch »Großkampftag«, wie es in dem Bericht heißen würde.

Ich werde alles erzählen. Aber an vielem davon war ich nicht beteiligt. Der Erste Zug schlug sich tapfer durch die Straßen und hatte mit einigen haarigen Situationen zu kämpfen, aber wir haben es geschafft. Einige Dinge liefen nach Plan, andere nicht.

»So ist das nun mal, Talk«, sagt Tanner, dessen Haut an den verwundeten Stellen nekrotisiert ist. Die Knochen unter der Haut auf einer Seite seines Gesichts werden langsam sichtbar. Auch die Muskeln. Er sieht langsam aus wie das alte Heavy-Metal-Poster von diesem Revolverhelden mit den höhnisch gefletschten Zähnen.

Einige der Ranger nennen Tanner jetzt einfach Iron Maiden.

Ihm macht das nichts aus.

Das ist nicht das Schlimmste, was uns an diesem Großkampftag passiert ist.

Ich weiß nicht, ob wir es schon als Sieg verbuchen können, aber es gab definitiv Verluste. Vielleicht sollten Sie entscheiden, ob es ein Erfolg oder ein Verlust war. Dementsprechend werde ich gleich alles erzählen. Wer überlebt hat. Wer gestorben ist.

Die ungeschminkte Wahrheit.

Aber so habe ich diesen Morgen am Meer in Erinnerung. Ich wartete darauf, dass die Black Hawks eintrafen und die Ranger, die als Fernspäher die Landezone kontrollierten, uns für den Sprung nach Sûstagul bereitmachten. Ich erinnere mich an das Meer, an die Dunkelheit und an den salzigen Wind.

Und ich erinnere mich, dass wir in diesem Moment alle lebendig waren.

Wenn man mich heute fragen würde, würde ich sagen, dass ich trotz der Dinge, die ich zuvor verloren hatte, in diesem Moment am Meer, im Wind und in der Dunkelheit alles hatte. Und jetzt... jetzt haben wir weniger.

»So ist es nun mal, Talk.«

Aber keine Sorge, darauf werde ich in den nächsten Absätzen eingehen, denn ich hasse es, wenn Autoren, die ich früher gelesen habe, mit einer großen Enthüllung locken und einen am Ende mit irgendeinem faden Cliffhanger hinters Licht führen.

Ich kann zwar nicht der beste Autor sein, aber ich bin wahrscheinlich einer der besten hier in der Ruine, weil alle anderen Sci-Fi-Autoren und überdrehten Literaten vor plusminus zehntausend Jahren gestorben sind.

Somit gewinne ich durch Schwund. Was für mich immer noch ein Sieg ist. Ich bin da sehr wettbewerbsorientiert.

Doch bevor ich zum schlimmen Teil komme, will ich noch etwas Gutes erzählen. . Etwas Edles. . .

Ihr Name ist Running Under the Moon. Überraschung, sie ist eine Schattenelfe. Sie haben diese seltsamen Namen, fast wie die nordamerikanischen Ureinwohner. Und das ist ihre Geschichte mit den Rangern in Sûstagul.

Sie steht an diesem Morgen nur wenige Meter von mir entfernt in der Finsternis. Auch sie schaut gen Osten. Sie beobachtet die Stadt. Und nein, das ist nicht wieder eine von Talkers Liebesgeschichten, in denen er noch eine heiße Elfe trifft, oder Succubi, wie die in der Dschinn-Flasche in meinem Rucksack.

Aber ich finde trotzdem, dass sie wunderschön ist. Sie ist schlichtweg bezaubernd. Und sie trägt eine Ranger Crye Precision-Hose, die wir extra für sie angepasst haben, so gut es ging. Sie hat eine riesige Versorgungstasche auf dem Rücken.

Und das ist ihre Geschichte. Nur etwas leichte Kost für den Anfang, bevor wir zu all dem Schlechten kommen, das ich hier aufschreiben muss. Es tut mir leid. Ich wollte es nicht so formulieren. Wir hatten andere Pläne. Es ist nur so, dass sich die Dinge anders entwickelt haben als geplant.

Ich wünschte, alle Geschichten wären gute Geschichten, in denen alle glücklich bis ans Ende ihrer Tage leben.

Aber... Running Moon. Sie kam mit dem Sergeant Major auf den Nachschubgaleeren, nachdem der Smaj und ein paar andere Ranger die verbliebene Galeere aus der Zitadelle geholt hatten und nach Portugon zurückkehrten, um sich mit einer anderen Versorgungskolonne der Verlorene Jungs zu verbinden, die von der FOB kam.

Um den letzten Absatz zu verstehen, müssten Sie sämtliche Berichte gelesen haben, die ich in der Zwischenzeit so geschrieben habe. Es klingt... seltsam, sogar für mich. Aber das ist die Ruine.

Wie mir der Sergeant Major bei einer Tasse bester schwarzer Medizin erzählte, war sie bei den Verlorenen Jungs, als die Galeere zurück nach Portugon kam. Sie schlug ihre geballte Faust in ihre Handfläche, was in der Sprache der Schattenelfen etwas bedeutet, und sagte in ihrem gebrochenen Englisch zum Sergeant Major: »Mein Mann... Ich muss... zu ihm. Jetzt.«

Das ist das einzige Englisch, das sie spricht. Oder in diesem Moment sprach. Seitdem hat sie ein paar andere Wörter gelernt. Auch die Ranger haben ein paar Tolkien-Elbische Ausdrücke und Floskeln gelernt. Nicht alles davon gut. Nicht alles davon jugendfrei. .

Sie schmunzelt und errötet, wenn sie diese Ausdrücke benutzen. Sie liebt sie.

Der Sergeant Major hat natürlich nicht nur Nein gesagt, sondern *No fucking way*, damals in den Docks von Portugon. Aber kurz gesagt, sie ging trotzdem. Entweder das oder sie ist in diesen Häfen ertrunken, als sie sich mit Sack und Pack ins Wasser warf und der Versorgungsgaleere des Sergeant Majors hinterherschwamm, als diese den Hafen verließ.

Sie wurde an Bord geholt, schlief an Deck und sagte kein Wort. Der Sergeant Major war nicht erfreut, aber was konnte er schon tun. Die Portugoner waren ihrerseits nicht sonderlich begeistert, weil Frauen nicht auf ihren Schiffen sein sollten. Der gute, alte Aberglaube.

Eines Tages kommt der Sergeant Major schließlich mit Kaffee zu ihr, den sie nimmt, nachdem er sie davon überzeugt hat, dass er nicht vergiftet ist, und trinkt ihn mit ihren zittrigen Alabasterhänden im kalten Wind auf dem Deck, während die Galeere dem Osten entgegenfährt.

»Wer ist...« Er lacht, als er mir diesen Teil der Anekdote erzählt. Anekdote. Noch so ein Vandahar-Wort. »... dein... Mann?«

Scheinbar konnte sie also kein Englisch außer dem, was sie schon benutzt hat, und einem anderen Wort.

McGuire.

Der Sergeant, den ich auf der Flucht durch die Werwolf-Infanterie trug, während der Riese Cloodmoor indirektes Feuer in Form von Felsbrocken auf uns niederregnen ließ.

Der Sergeant Major flucht, und das Gespräch endete an dieser Stelle, bis sie mit uns für den Nachschub westlich von Sûstagul zusammentrafen. Denn keiner von ihnen spricht die Sprache des anderen. Da kann man nichts machen.

Der Sergeant Major meinte zwar, er könne etwas Koreanisch, aber das meiste davon war für weibliche Ohren nicht geeignet.

Als er den Strand an der Verlorenen Küste erreicht, um neue Vorräte zu holen, ist er völlig außer sich.

Sobald Talker, der Linguist, ins Spiel kommt, wird die Geschichte klarer. Vor Captain Messerhand, der auch nicht gerade begeistert ist, dem Sergeant Major, Chief Rapp und mir. McGuire ist noch nicht mal von der Partie, aber sie steht schon auf ihren Zehenspitzen und versucht, die Ranger und unsere Patrouillenbasis zu sehen. Sie versucht, ihren Mann zu sehen. Ihn in dem Getümmel ausfindig zu machen.

»Finden Sie heraus, was sie will, Talker, und sagen Sie ihr, dass sie es nicht bekommen kann« , befahl der Sergeant Major. »Wir nehmen garantiert nicht irgendeine Bordsteinschwalbe mit auf die Mission. Bringen Sie sie zurück auf die Boote und nach Hause.«

Ich frage sie, was sie will. Oder besser gesagt ... was ihre Geschichte ist. Das ist eigentlich der beste Weg, um herauszufinden, was jemand will.

»Running Moon. Dein Mann ist nun im Krieg. Und unsere Traditionen verbieten... ähm... du weißt schon... deine Anwesenheit hier. Also... warum bist du hier?«

In ihrem Gesicht steht aufrichtige Verwirrung. Viele der Ranger haben mit Schattenelfen-Frauen in der FOB angebandelt, aber das ist fast vier Monate her. Seitdem waren wir permanent auf Achse.

Ich frage mich, ob es den Rangern überhaupt dämmert, dass diese Frauen sich jetzt als... einen festen Bestandteil des Lebens dieser Männer betrachten.

Während sie darum kämpft, den zu finden, den sie liebt - sie erzählt mir diese Tatsache immer wieder in Tolkien-Elbisch, und irgendwie tut sie mir leid. Was, wenn McGuire ein echter Idiot ist? Was, wenn er sich nicht für sie interessiert, nachdem sie so weit gereist ist? Was, wenn - und ach ja, Vandahar war auch da, rauchte seine Pfeife und sah von der ganzen Sache eher verwirrt aus - was, wenn McGuires süße Liebesbekundungen nur... Sie wissen schon... schöne aber leere Worte waren?

»Wir befinden uns jetzt im Krieg, Running Moon. Wir ziehen in die Schlacht.«

Nennen wir sie einfach Running Moon. Ihr voller Name ist etwas sperrig. Nur fürs Protokoll. Bei mir geht es immer ums Protokoll. Und um Kaffee. Aber das dürfte an diesem Punkt wahrlich keine Überraschung mehr sein.

Sie nickt und wiederholt immer wieder: »Ich weiß, ich weiß, ich weiß«, als wäre es ein Gebet, das sie rezitiert. . Sie strahlt Gefahr aus, wie eine Wildsau mit Frischlingen, und ich fange an, das Schlimmste zu denken oder vielmehr zu befürchten.

»Bitte, Talker. Bitte...«, fleht sie mich an und beginnt fast zu weinen. »Du weißt, was wahre Liebe ist. Wir wissen von dir und unserer einstigen Königin... du weißt schon. Ich muss... ihn sehen. Er ist jetzt mein Mann. Ich darf ihn nicht verlieren. Ich darf... Sergeant McGuire nicht verlieren. Sonst werde ich wieder verloren sein.«

Und dann fällt mir ein, dass sie gerade in das für Nicht-Schattenelfen undenkbar in den Mund zu nehmende Korea-Elbisch übergegangen ist, von dem sie nicht einmal weiß, dass es koreanisch ist. Eine Sprache, die man nicht mit Menschen wie Talker spricht. Einem unreinen Hund, wie Autumn damals nicht gesagt aber gedacht hatte. Und das ist schlimm, denn ich weiß, worauf das hinausläuft, und es ist schlimmer, als ich es mir vorgestellt habe. Um einiges.

Ich ignoriere das Salz, dass sie gerade in meine alte Wunde gestreut hat, die Autumns Ablehnung hinterlassen hat, schließlich trage ich ein Ranger-Abzeichen. Das versuche ich mir zumindest einzureden, denn es klappt nicht.

Aber es ist übel. Verloren, so wie sie es in Schattenkanto verwendet, bedeutet eigentlich ... so etwas wie verwitwet. Nur schlimmer. Verzehrt von Wahnsinn und Kummer, um genau zu sein. Das Wort, mit dem die Frauen der Schattenelfen diesen gramvollen Leidenszustand bezeichnen, lautet... *sobi*.

Okay, sie hat es schlimm erwischt, und in Wahrheit ist es noch schlimmer. Autumn hatte mir die Geschichte erzählt. Und es ist keine gute Geschichte.

»Ich gehe mit dir. Ich kämpfe.«

Der Captain unterbrach sie, weil er offenbar genug Schattenelfisch aufgeschnappt hatte, um zu verstehen, was sie gerade zu mir gesagt hatte.

»PFC Talker...«

Oh, das hätte ich fast vergessen: Nachdem ich Sergeant Joe gerettet hatte, bekam ich meinen alten Rang zurück. Jedes Mal, wenn sie das sagen - Sergeant Joe gerettet -, macht Joe ein Gesicht, als wolle er mir einen Donnerhieb verpassen. Und die Wahrheit ist... eigentlich war es, der mich da draußen gerettet hat. Aber hey, ich bin wieder ein PFC.

Sowas bekommt man nicht einfach beim Schlussverkauf.

Aber zurück zum Captain. »PFC Talker, hat sie gerade gesagt, dass sie mit uns kämpfen will? Habe ich das richtig verstanden? An unserer Seite? Stimmt das?«

»Exakt, Sir.«

Er seufzte und da war er wieder... sein üblicher bauchschmerzengeplagter Blick. »Junge, ich habe heute viel zu tun, und wir haben keine Zeit für so etwas. Sagen Sie ihr, dass sie mit den Galeeren zurückkehren muss.«

»Sir«, sagte der Sergeant Major. »Sie wird einfach ins Wasser springen und wieder zurückschwimmen. Sie ist verrückt nach Sergeant McGuire, und wenn er nicht dasselbe empfindet, nun ja ... dann wird das für uns alle sehr unangenehm werden.«

Der Captain hätte an dieser Stelle fluchen können, was er im Gegensatz zu so ziemlich jedem anderen Ranger eigentlich nicht tat.

Chief Rapp hat niemals geflucht. Das ist mir erst aufgefallen, als ich es aufgeschrieben habe.

»Nun, dann verschnüren wir sie einfach und warten, bis sie zurück nach Portugon kommen.«

Der Gesichtsausdruck aller, als unser befehlshabender Offizier mehr oder weniger unverhohlen vorschlug, wir sollten doch einfach eine unserer Ortskräfte fesseln, sprach Bände.

Sie merkte, dass die Dinge nicht nach ihren Vorstellungen liefen, da wir in eine andere Sprache gewechselt hatten. Sie fiel auf die Knie und klammerte sich an Captain Messerhands Hemd, während sie zu schluchzen begann und ihr Elend klagte.

Ihr Sobi.

Und zwar ohne Auslassungen und in aller Eile, denn sie sprach schnell und weinte hysterisch, während wir alle da standen, in diesem sehr unangenehmen Moment, auf den die Schriftrolle niemanden von uns vorbereitet hatte. Der Captain fühlte sich sichtlich unwohl und konnte es nicht verbergen.

Also. Dies ist die traurige Geschichte von Running Under the Moon. Ihr Sobi.

Sie war einst eine Magd der Schattenelfen, bevor ihr schweres Schicksal sie ereilte. Diese Zeiten waren gut, und sie träumte, wie alle Mädchen, von Liebe, Familie und Geborgenheit. Mit der Zeit wurde sie mit einem jungen Ritter des Rabenordens verlobt. Einem ihrer besten Krieger. Storms of Winter. Er wurde von Orks aus Umnoth gefangen genommen, die auf Sklavenjagd tief in die Wilden Lande vorgedrungen waren.

Die beiden bekamen zwei Kinder, eine schöne Tochter und einen unscheinbaren Sohn.

Sie verließ sie, als ihr Mann im Kampf gefallen war. Sie brabbelte hysterisch, als sie uns erzählte, dass sie sie zurücklassen musste, um ihren Ritter zu finden. Ihn vor dem Feind zu retten, obwohl es keine Chance gab, dass er jemals nach Hause kommen würde. Die Schattenelfen hingen in jenen Tagen ziemlich in den Seilen. Sie hatten die Festung verloren. Ich hatte die Visionen von den Angriffen der Zentauren gesehen.

Eines Morgens brach sie auf, mit nichts als einem Rucksack auf ihrem Rücken. Sie folgte den stillen Straßen und den Ruinen, die die Orks auf ihrem Raubzug hinterlassen hatten. Sie untersuchte jeden Toten, um zu sehen, ob einer von ihnen die Liebe ihres Lebens war. Derjenige, der ihr das Herz höher schlagen ließ.

Monatelang folgte sie den Orks, die gegen Osten in die Dunkelheit zogen, während sie ihre Gefangenen malträtierten und vorwärtspeitschten. Dann, jenseits der Steinlande, fand sie ihn eines Abends, im Staub am Straßenrand liegend, wo man ihm nur Stunden zuvor die Kehle durchgeschnitten hatte.

»Ich habe ihn verloren, ich habe ihn verloren, ich habe ihn verloren«, murmelte sie zu mir. Ich übersetzte für die Unteroffiziere und Offiziere. Ihre Gesichter waren wie versteinert. Aber in jedem von ihnen konnte ich lesen, dass sie in gewisser Weise verstanden hatten. Dass Storms of Winter einer von ihnen gewesen sein könnte, auf einer Mission in der Finsternis am Rande der seltsamen Welt, die wir einst die unsere nannten. Und dass jeder von ihnen einen Namen auf den Lippen hatte. Der Name von jemandem, der nach ihnen gesucht hätte... und der am Boden zerstört gewesen wäre, wenn sie nicht nach Hause gekommen wären.

Der Schmerz war alt, aber man konnte immer noch die Wunden und die Frische ihrer Tränen hören. »Als ich wieder zurückkam, waren die Zentauren gekommen und hatten meine Kinder und viele andere verschleppt...«

Einen Moment lang herrschte Schweigen, als sie schluchzend den Kopf senkte und mit zitternden Schultern vor uns stand.

Nein. Ich wollte auf keinen Fall fragen, was mit den Kindern geschehen war. Der Kummer und die Scham in ihrer Körperhaltung sagten uns alles, was es über diese Geschichte zu erzählen gab.

Sie sah zum Captain auf und redete Englisch.

»Er ... gut. Sergeant McGuire. Er... sieht... mich.«

Ich erinnere mich, dass Last of Autumn mir erzählte, dass viele der Schattenelfen-Frauen ähnliche Erfahrungen gemacht hatten. Gefallene Männer. Verlorene Kinder. Die Schande durch den Verlust derer, die sie liebten, war so traumatisch, dass sie nur selten sprachen, und einige sprachen nie wieder, weil die Last ihres Verlustes sie erdrückte. Mit der Zeit verschwanden sie und fristeten ein einsames und wahnwitziges Dasein in den Wäldern, in der Nähe der Massengräber und zwischen alten Ruinen, wo sie sich ganz ihrem Schicksal überließen. .

»Sie haben das Gefühl, dass sie jetzt... unsichtbar sind... Tote... in der Welt der Lebenden«, hatte mir die Königin der Schattenelfen einmal gesagt, als wir noch verliebt waren und über solche Dinge sprachen. »Sie sagen, dass niemand sie mehr sieht und dass es... schrecklich ist, aber das, was sie... verdienen. Sie sind sobi. Verzehrt.«

Autumn, als ihre Königin, hatte die Fae gebeten, diese Frauen ausfindig zu machen und sie zu bitten, zurückzukehren und den Schattenelfen zu helfen, jetzt, da die Ranger hier waren. Um der Ehre ihres Volkes willen.

Ich weiß noch, wie sie plötzlich bei der FOB aufgetaucht sind. Wunderschöne, enigmatische Frauen, heimgesucht und schweigsam. Sie sammelten Feuerholz oder schleppten Wasser.

Und egal, wie sehr sie sich bemühten, unsichtbar zu werden, nicht mehr gesehen zu werden, die Ranger, die Männer, sahen sie sehr wohl. Grinsten. Versuchten, halbgar ihre Sprache zu sprechen. Das wiederum brachte sie fast ausnahmslos zum Lachen. Sie fingen etwas... Neues an.

Männer und Frauen. Egal, ob Elfen oder Menschen, das ist uns angeboren. .

»Sir«, sagte ich und wandte mich an den Captain, als sie vor uns auf die Knie ging. »Der einzige Weg, den ich sehe, ist... sie ihn sehen zu lassen. Vielleicht beruhigt sie das ein wenig. Vielleicht kann Sergeant McGuire ihr sagen, dass sie gehen soll. Wer weiß, möglicherweise hört sie ja auf ihn?«

Selbstverständlich hat das nicht funktioniert, und ich hatte das Gefühl, dass das ganze Kommando-Team mich dafür verantwortlich machte. Sergeant McGuire wurde gerufen, und natürlich keuchte sie, als sie ihn sah, und machte sich nicht einmal die Mühe, aufzustehen, sondern kroch auf den Ranger zu wie eine Verdurstende in der Wüste, die eine Oase am Horizont gesichtet hat.

Wir hielten kollektiv den Atem an. Das könnte sehr schlecht ausgehen. McGuire könnte...

Aber keine unserer Befürchtungen trat ein.

Er lief zu ihr, half ihr auf die Beine und flüsterte ihr in makellosem Schattenelfen zu.

»Ich sehe dich, Running Moon. Ich sehe dich.«

Ich übersetzte und fühlte mich schmutzig, weil ich es tat. Als ob... es etwas so Schönes war, dass ich es nicht belauschen sollte. Aber das ist ja irgendwie mein Job hier.

Captain Messerhand fluchte wieder, und der Sergeant Major tat es ihm gleich, aber dann lachte er, als der Captain zum Ufer hinunterging.

»Sir, ich habe einen Plan für sie«, rief der Sergeant Major dem Captain hinterher, als klar war, dass sie auf keinen Fall auf diese Galeere zurückkehren würde. »Wir brauchen mehr medizinisches Personal, Sir. Das steht fest. Chief, können Sie sie mit Druckverbänden und Tourniquets vertraut machen?«

Chief Rapp lachte und klopfte mir mit einer seiner riesigen Pranken auf den Rücken.

»Mit der Hilfe von Talker hier sehe ich da kein Problem, Sergeant Major. Das ist es, was wir Green Berets tun. Wir unterrichten die Einheimischen. Von daher, kein Problem.«

Sie murmelte in die breite Brust von McGuire.

»Ich werde dich nie verlassen, Sergeant McGuire. Niemals.«

Chief Rapp hat sie also auf den Stand der Dinge gebracht, und jetzt, hier in der Dunkelheit, während wir uns für das Verladen auf die Black Hawks bereit machen, sieht sie aus wie ein kleiner, schlanker, winziger Ranger mit einem unglaublich großen Rucksack voller Erste-Hilfe-Ausrüstung. Sie beobachtet den Osten. Bereit, den Auftrag zu erfüllen, den wir ihr gegeben hatten, wenn sie dadurch ihren Mann irgendwie schützen kann.

Er hat sie von einem lebendigen Tod zurückgeholt. Sie würde für ihn sterben, wenn es sein müsste.

McGuire ist beim Third Squad, die mit dem Angriff auf den Hafen betraut waren. Es wäre viel zu viel los gewesen, um sie da mit reinzuziehen. Außerdem brauchten wir sie im First Squad.

»Talker, ich werde McGuire nie verlassen«, sagt sie mir jedes Mal, wenn ich sie sehe. »Niemals, Talker.«

Ihr Englisch wird immer besser.

Sie ist entschlossen, ihre zugewiesene Aufgabe bestmöglich zu erfüllen. Etwas anderes kam für sie nicht in Frage.

Sua sponte. Aus eigenem Antrieb.

Was mich so lange beschäftigt hat, hat sie auf Anhieb begriffen. Aus eigenem Antrieb hat sie die halbe Welt auf gefährlichen Meeren durchquert, nur um an der Seite ihres Mannes zu sein. Der Preis: Sie zieht mit uns in die Schlacht, um den Verwundeten zu helfen, die wir zwangsläufig bekommen werden.

Sua sponte.

Aus eigenem Antrieb.

Da wird noch eine Menge Scheiße auf uns zukommen. Eine Menge Schreckliches. Ich hatte meinen eigenen Verlust erlitten. Meinen eigenen Sobi zu ertragen. Sie zu sehen... was sie für die Liebe getan hat... hat etwas in mir ausgelöst, das ich noch nicht ganz in Worte fassen kann. Aber... etwas.

Und nun das Schlechte. Der schlimmste Teil. Auf dem Höhepunkt unseres Erfolges an diesem Tag wurden wir über die südlichen Handelsrouten von den Guzzim Hazadi angegriffen. Die Orks der Süderwüsten.

Zwei Ranger rückten zum Südtor vor und hielten sie auf, so dass wir uns sammeln und die Stadt verteidigen konnten. Sie hatten es mit Hunderten von Feinden zu tun, wenn nicht sogar Tausenden.

Wir haben die Drohnenaufnahmen.

Sie haben sich aus eigenem Antrieb in die Bresche geworfen und sich trotz der unüberwindbaren Schwierigkeiten behauptet. Und jetzt sind sie tot. Nicht wie Tanner, der wandelnde Tote, der mein Freund war und ist. Und nicht wie Brumm, der einmal wiederauferstanden ist.

Ich schätze, zweimal ist keine Option.

Brumm und Kurtz sind am Südtor gefallen.

Der schlimmste Tag aller Zeiten.

Dies ist ihre Geschichte, wenn es überhaupt eine ist. Zwei Brüder, die zu Rangern wurden und den anderen nicht im Stich ließen, selbst als sie ohne Restmunition eine ganze Armee von Orks am Südtor zurückdrängten.

Sie hielten die Linie aus eigenem Antrieb, und ich und der Rest von uns leben wegen dem, was sie getan haben.

Das ist ihre Geschichte.

Sua sponte.

KAPITEL 2

Die alte Festung der Legion in Sûstagul war der Dreh-
und Angelpunkt der gesamten Operation, die die Ranger
an diesem Großkampftag vorhatten. Die alte Stadt lag in
der Nähe der Mündung des Flusses des Schwarzen Schlafs,
der tief in die geheimnisvollen Länder der Saur und des
Endlosen Südens jenseits der südlichen Pforten führte.

Um dunkel Uhr dreißig an diesem Morgen ging
die Operation endlich los. Ich war schon mehrmals mit
kleinen Teams von Rangern, die sich als Händler ausgaben,
in Sûstagul gewesen. Es ging um Aufklärungsarbeit und
Spionage. Chief Rapp leitete diese Operationen zusammen
mit Sergeant Hardt, denn das war sein Spezialgebiet, da
diese Art von Missionen normalerweise den Einheiten
der Special Forces Operational Detachment Alpha oder
SOF-D, besser bekannt als Delta Force, vorbehalten
waren. Diese Einheiten brillierten bei klandestinen
Operationen unter der einheimischen Bevölkerung,
wobei sie sich oft als solche ausgaben und sich unter sie
mischten, um verwertbare Informationen zu erhalten.
Sobald sie dort waren, versorgten sie die Ranger mit ihren
Erkenntnissen und bereiteten sie auf den Zeitpunkt vor, an
dem die Ranger ihren speziellen Hammer des Verderbens
schwingen würden. Oder, wie Chief Rapp es ausdrücken
würde... Hey, hinter dir... Ranger Smash!

Sobald sich herumgesprochen hatte, dass der SF Operator die Vorgehensweise der Ranger auf diese spezielle und prägnante Art und Weise zusammengefasst hatte, begannen die jüngeren Ranger bei allem, vom Kampfeinsatz bis zum Essen, »Ranger Smash!« zu rufen. Unteroffiziere wie Kurtz und Hardt zuckten sichtlich zusammen und mussten sich zurückhalten, ihre Schützlinge nicht zu Tode zu drillen, und zwar nur aus Prinzip. . Die Floskel erreichte ihren Höhepunkt, als Jabba eines heißen und staubigen Nachmittags verkündete, er könne »Ranger Smash! Groß-groß Mondgott-Trank«. Dies geschah nach einem besonders langen Marsch über zerklüftete und felsige Hügel entlang der Küste, um unsere Patrouillenbasis zu erreichen, bevor der Angriff auf Sûstagul erfolgte.

Unter der Führung von Chief Rapp begannen die Ranger-Scouts und einige andere spezialisierte Teams, in den letzten Momenten des Tageslichts an zufälligen Tagen in die alte Hafenstadt Sûstagul einzudringen, in dunkle Gewänder gehüllt und mit Kamelen an der Leine, die wir bei Wüstennomaden gegen wertvolle Ranger-Schätze eingetauscht hatten.

Nichts aus der Schmiede natürlich. Keine Waffen oder etwas taktisch Wertvolles. Vielmehr waren es Dinge, die den Rangern gehörten. Persönliche Dinge. Die seltsamen Zwergennomaden, denen wir in der Wüste begegnet waren, suchten nach solchen seltsamen und oft nutzlosen Gegenständen und tuschelten darüber wie diese kleinen, seltsamen Gestalten, die die Droiden im ersten Star Wars-Film gefangen genommen haben. Für mich war ihre Sprache Kauderwelsch, und selbst die Zwerge der Steinkönige hatten noch nie etwas von diesen seltsamen Cousins gehört.

Die Steinkönige betrachteten die Südlande als böse und verödet und wollten nichts mit den dunkel gekleideten Zwergennomaden zu tun haben. Wir begegneten ihnen an der Wüstenküste nach der Überwindung des letzten Gebirgszuges von Atlantea und all die Schrecken, die wir hinter uns gelassen hatten, waren nichts weiter als graue Schemen am fernen Horizont. Wenn ich mich auf diesen langen, heißen Märschen umdrehte, um zu sehen, wie weit wir an diesem Tag gekommen waren, und wenn ich darauf wartete, dass die Galeeren eines Tages mit frischen Vorräten auftauchen würden, erschien mir das Land hinter uns, in dem ich fast gestorben und zu dem geworden war, der ich jetzt bin, wie ein anderes Leben oder ein Traum, an den ich mich kaum noch erinnern konnte.

Aber die Lektionen waren real, und ich setzte sie bei jeder neuen Aufgabe um, die mir übertragen wurde, da alle Ranger-Unteroffiziere sich verpflichtet fühlten, sicherzustellen, dass ich Joes Abzeichen auf meiner linken Schulter würdig war.

Ich erwartete das und forderte sie heraus, indem ich alle Aufgaben, die mir gestellt wurden, nicht nur löste, sondern übertraf. Keine lobenden Worte. Der Sieg war, dass sie stillschweigend akzeptierten, dass ich es verdient hatte und nun von mir erwartet wurde, es zu leben.

Also tat ich es.

Bevor ich näher auf die Infiltration von Sûstagul unter Führung von Chief Rapp eingehe, wäre jetzt vielleicht ein guter Zeitpunkt, Ihnen zu erzählen, was direkt nach den Ereignissen in der Wüste geschah, als nur Joe und ich vor den Verlorenen Elfen flüchteten und die Welten des Dschinns im Inneren der Flasche fanden. Nach der Schlacht am Pass.

Aber mehr über all diese seltsamen Vorkommnisse später. Erstmal zu der wichtigen und höchst gefährlichen Wunderlampe in meinem Sturmrucksack, die ich mit mir rumschleppte, während wir uns darauf vorbereiteten, die Stadt zu stürmen. Meiner laienhaften Meinung nach ist sie gefährlicher als all die explosiven Stoffe, die unsere Sprengmeister normalerweise mit sich führen.

Ja, die Dschinn-Flasche jagt mir eine Heidenangst ein, je mehr ich darüber nachdenke und lerne.

Natürlich sind da noch die beiden Wünsche, die ich noch offen habe. Über diese beiden fantastischen Geschenke wurde viel diskutiert, und zwar von allen. Zwei Wünsche, bei denen man sich tatsächlich alles wünschen kann, so wie ich das verstehe. Das ist... mehr, als ich je für möglich gehalten hätte. Um ehrlich zu sein, bin ich kein Mann der großen Visionen, der sich fantastische Sachen ausmalt. Ich habe keine Tagträume. Ich bin einfach dem gefolgt, was ich im Leben wollte. Ich bin ziemlich in der Realität verankert, wenn die Realität aus Kaffee, Sprachen und arbiträren Leistungspunkten besteht. Und das tut sie. Meine zumindest. Ob Ihnen das gefällt oder nicht.

Aber zurück zu den Wünschen. Ich dachte, sie wären einfach zu benutzen. Wie zum Beispiel... Talker wünscht sich allen Kaffee der Welt. Kommen Sie... Ich kann nicht anders. Was hätten Sie gedacht, was ich mir wünsche? Der erste Wunsch hatte uns aus der Bredouille geholfen und es war nichts Schlimmes passiert, nur weil ich mir das gewünscht hatte, was wir in diesem Moment brauchten. Das mit den Wünschen ist offenbar so eine Sache. Häufig können wirklich schlimme Dinge passieren. Der Zauberer Vandahar, der Ranger-Zauberer Kennedy und sogar einige der anderen Soldaten haben mich gewarnt und mir gesagt, dass ich vorsichtig sein soll. Aus all diesen Ratschlägen schließe ich, dass einige der Ranger sich den Kopf darüber zerbrechen, wie sie meine Wünsche nutzen könnten. Sagen wir mal so... ich kann mir ziemlich gut vorstellen, was sie sich wünschen würden.

Nach ein paar dieser Gespräche mit den Rangern habe ich den Fehler gemacht, meine Fantasie, mir unendlich viel Kaffee zu wünschen, im Keim ersticken zu lassen, indem ich PFC Kennedy erzählte, was ich mir eigentlich wünschen wollte, bevor der Smaj oder der Captain mich dazu bringen konnten, es für etwas Dummes zu verwenden. Sie wissen schon, etwas Taktisches und so, das der Mission dienlich wäre.

Ich meine, ist die Forge nicht ohnehin so etwas wie ein mechanischer, programmierbarer Flaschengeist? Sie verfügen also über eine unbegrenzte-Wünsche-Maschine für alle möglichen Waffen, die ein Ranger gegen seine Feinde einsetzen möchte. Talker hingegen hätte gerne eine Feldflasche mit heißem Kaffee, die niemals leer wird. Und... nun ja...

Wenn Sie darüber nachdenken, ist das wirklich nicht zu viel verlangt.

»Schlechte Idee, Talker«, sagte Kennedy auf seine eigene mürrische Art, als ich ihm sagte, was ich vorhatte. »Wünsche«, begann er, »zumindest in dem Spiel, das ich früher gespielt habe...«

Ich hob eine schmutzige Hand, um seinem Standard-Disclaimer Einhalt zu gebieten, der besagte, dass das Spiel manchmal nicht mit dem wirklichen Leben übereinstimmen könnte. Wir waren gerade dabei, Waffen zu reinigen. Wirklich schmutzige Waffen. In der Wüste setzt sich der Sand in allem und jedem fest. Und die RPDs, die wir von dem verlorenen Vietnam-Hubschrauber beschafft hatten, über dessen Besitzer der Dschinn nur sagte: »Sie haben schlecht gewählt, Efendi... diese Antiquitäten sind in der Wüste buchstäblich Staubfänger. Wir haben die Legionäre von Accadios angewiesen, sie zu reinigen, aber selbst bei ständiger Pflege schienen die alten sowjetischen Waffensysteme hier draußen in der endlosen Einöde Sand anzuziehen wie ein Dreckmagnet. Und dennoch feuerten sie, wenn man sie brauchte.

Sand im Getriebe hin oder her.

»Frankensteins FTW!«, johlte Sergeant Joe jedes Mal, wenn sie auf wundersame Weise trotz der widrigen Bedingungen feuerten. Joe war ein großer Fan und hatte jetzt eine kleine kultähnliche Anhängerschaft von jungen Rangern, die alles über die Mythen und Legenden der MACV-SOG wissen wollten.

Richtig gehört, Joe hatte jetzt zwei Kulte. Es gab zwar Überschneidungen, aber der ursprüngliche Kult hatte das Gefühl, dass die neuen Kerle ihre Schuldigkeit nicht getan hatten. Sie zitierten nicht einmal aus der Offenbarung nach Joe. Für wen hielten sich diese Typen eigentlich?

Aber all das, und damit meine ich schmutzige RPDs, war für Kurtz nicht gut genug. Und so mussten wir, nachdem wir einen Kurs über die korrekte Reinigung der Waffen erhalten hatten - den ich nebenbei bemerkt sicher nicht bestanden hätte, da Kurtz nun wütend auf mich war, weil ich das Abzeichen trug, auch wenn er nie auch nur ein Wort darüber verlor - , die Legionäre darin unterweisen. Die fröhlich-fatalistischen, pseudo-italienisch-accadischen Legionäre, die nicht aufhören konnten, über die drei schönen Succubi zu reden, die mit dem Dschinn in der Lampe lebten. Die Legionäre schwärmten immer wieder von ihren Fantasien mit jedem einzelnen der schönen Mädchen... die vielleicht Dämonen waren.

Dieser Teil schien sie nicht im Geringsten zu stören. Wesen der ewigen Verdammnis und dergleichen. Fairerweise muss ich zugeben, dass ich das verstehe. Ich hatte Gedanken... und bevor Sie denken, Sie wüssten, welche das waren, ich hatte da diese Fantasie, dass eine von ihnen mir die Höllensprache beibringt. Die Sprache der Verdammnis. Wenn sie in der Nähe war, krümmte und reckte sie sich gerne. Sie trug hauchdünne rotkehlcheneierblaue Seide, die ihre köstlichen Kurven kaum verbarg. Sie hatte volle Schmolllippen und ich konnte mir lebhaft vorstellen, welche Konsonanten diese süßen Lippen von sich geben würden.

Ich war mir ziemlich sicher, wie sie meine Wünsche nutzen würden, wenn die Legionäre oder die Ranger es könnten.

Ich musste sie daran erinnern. »Wenn du eine dieser Frauen anfasst... heißt das zehntausend Jahre Gefangenschaft für dich, amico.«

Freundchen.

Sie schmunzelten und lachten alle und klopften mir auf die Schulter. Ohne mir auch nur im Geringsten zuzuhören. Die Ranger wetteten darauf, welcher der Accadier die nächsten zehn Millennia eingesperrt in einer Dschinn-Flasche verbringen würde.

Aber wie Korporal Chuzzo mich jedes Mal zu erinnern pflegte, wenn diese Begegnungen stattfanden: »Für sie, Ranger Talker, sind manche Frauen zehntausend Jahre in der Hölle wert. Aber um das zu wissen, müsstest du ein Legionär von Accadios sein.«

Unserem ortsansässigen Zauberer-Schrägstrich-PFC zufolge sind die drei Schönheiten, die mit dem Dschinn, dem Flaschengeist, herumhängen, in Wirklichkeit Succubi. Sprich, dämonische Wesen. Ich kannte den Begriff - Worte sind mein Ding, dicht gefolgt von Cold Brew - aber ich wusste nicht wirklich, was ein Succubus im Sinne von Kennedys Spiel-das-jetzt-mein-Leben-ist ist.

»Was genau ist ein Succubus?«, fragte ich also, während wir emsig RPD-Federn säuberten.

Kennedy schob sich seine klobige Brille die Nase hoch. Es wurde heiß in der späten Nacht, da der Frühling in der Wüste Einzug hielt, während wir über endlose Dünen und steinige Hügel Richtung Sûstagul marschierten, wo man sich innerhalb einer New Yorker Sekunde den Knöchel verstauchen konnte. »Es sind weibliche Dämonen der Verführung. Sie wollen deine Seele, Talker. Und sie werden ihre... ähm... Körper einsetzen... um sie zu bekommen.«

Ich bemerkte, dass Kennedy nervös wurde, als er Körper sagte.

Ich lächelte, sagte aber nichts. Ich hatte Kennedy und so ziemlich jeden anderen Ranger dabei erwischt, wie er ein Auge auf eine der heißen Dämonenfrauen geworfen hatte, wenn sie nachmittags mit Al Haraq, dem Flaschengeist, aufkreuzten.

Mein Flaschengeist anscheinend, laut seiner Aussage. Al Haraq meldete sich jeden Nachmittag bei mir, indem er plötzlich aus dem Nichts erschien. Das war beunruhigend.

»Braucht Ihr das, Meister?«, dröhnte der Dschinn gutmütig mit seiner gewaltigen Sub-Bass-Stimme und lachte dabei herzhaft. Seine riesigen weißen Zähne schimmerten im Kontrast zu seiner schokoladenfarbenen Haut und in seinen strahlend blauen Augen schienen winzige Feuer zu brennen. Sie sahen eher aus wie fantastische Edelsteine als wie Augen. Er strich sich über seinen Ziegenbart und starrte mich an, während er darauf wartete, dass ich ihm eine Aufgabe erteilte oder meine Wünsche äußerte. »Braucht Ihr dieses oder jenes, Efendi?«, fragte er dann. »Vielleicht seid Ihr bereit, einen Eurer Wünsche zu äußern, Meister? Was soll es sein? Das ganze Gold des Verschollenen Ophir? Den verfluchten Edelstein von *Aaolek*? Eines der Mädchen als Konkubine?«

Die hübschen Dämonenfrauen wölbten ihren Rücken, räkelten sich in ihren hauchdünnen Seidengewändern und lenkten mich und alle anderen gleichzeitig ab. Ranger und Legionäre ließen alles stehen und liegen, um einen genauen Blick darauf zu werfen, was die Kompensation für zehntausend Jahre in der Hölle ist. Jeder wog ab, wie lang zehntausend Jahre wirklich waren und ob es das wert war.

»Das ist eine lange Zeit, Talk«, sagte Tanner eines Abends mit einer Zigarette zwischen den Zähnen, als wir nicht einmal über sie sprachen. Er war auch dabei, Waffen zu reinigen. Nicht, weil Kurtz es ihm befohlen hatte. Aber... er hält sich jetzt von den meisten anderen Rangern fern, und das wurde bemerkt.

Die Ruine bringt von Tag zu Tag mehr zum Vorschein.

Nicht, dass sich jemand daran stören würde, wie Tanner aussieht. Aber ich glaube, er tut es. Sein halbes Gesicht besteht aus verfaulter Haut und Muskeln. Darunter kommen die Knochen zum Vorschein. Um ehrlich zu sein, finden die Ranger, dass er wie ein echter Operator aussieht. Dieses halbseitige, tödliche Lächeln.

»Es ist wie ein krasses Tattoo«, sagte einer der Scouts einmal zu mir.

Ich glaube, Tanner bleibt auf Distanz, jetzt, wo er zu einer Art untotem Kopfgeldjäger geworden ist. Die Ruine offenbart, oder wie war das? Er hält Abstand, bleibt bei Kennedy und mir und beobachtet ab und zu den Horizont oder die Kreuzungen, wenn wir welche erreichen und er denkt, dass wir nicht hinsehen.

An diesen ruhigen Orten ist er wie in Trance und eine Zeitlang völlig abwesend.

»Die Sache mit den Kreuzungen, Talk«, sagte er mir später, nachdem wir auf einem weiteren brutalen Vierzig-Kilometer-Marsch an diesem Tag an einer vorbei gekommen waren. »Hier in der Ruine... warten dort die Toten. Sie erzählen einem ihre Geschichten, wenn man sie passiert, wo sie gewesen sind, wohin sie gegangen sind, bevor sie gestorben sind. Wie sie ausgeraubt, ermordet, erhängt oder einfach nur vergessen wurden. Ich weiß, dass ihr sie nicht so gut hören könnt wie ich. Aber die Geschichten sind alle gleich. Unterschiedlich, aber doch irgendwie gleich.«

Aber zurück zu dem Tag der Waffenreinigung, als Talker sagte, zehntausend Jahre seien eine lange Zeit.

»Ich hätte nichts gegen ein oder zwei Tänze mit einem dieser Flaschenmädchen, Talker«, fuhr er fort. »Für eine von ihnen würde ich locker zehntausend absitzen. Aber... so wie ich aussehe, bezweifle ich, dass sie überhaupt etwas von dem hier wollen. Außerdem scheine ich sie immer zu verunsichern, wenn ich sie anstarre, und nicht so, wie ihr es tut. Eine von ihnen reibt sich immer die nackten Schultern, wenn ich sie beobachte, Talk. Als ob... jemand über ihr Grab gelaufen wäre. Als ob ihr plötzlich eiskalt geworden wäre und so. Zumindest hat meine Mutter immer gesagt, dass das passiert, wenn man einen Schauer bekommt, obwohl einem nicht kalt ist. Eine Gans ist über dein Grab gelaufen. Ihre sind schön braun. Die Schultern, Talk. Ich wette, sie sind ganz weich. Da könnte man den Kopf drauflegen und einfach... eine Weile schlafen. Das wäre schön. Das würde ich gerne ein letztes Mal tun.«

Tanner schläft nicht mehr viel. Und es gefällt mir nicht, dass er »ein letztes Mal« sagt. Aber ich sage nichts und stelle mir vor, dass es kein Morgen gibt. Was man eben so tut, wenn man jung ist und nie erwachsen werden will.

Die Ruine ist sehr aufschlussreich.

Er ist immer noch mein Freund. Und... ich habe das Gefühl, ja, vielleicht ist die Ruine ein schlimmer Ort, voller neuer Übel, jeden Tag, und glauben Sie mir, durch die Wüste zu marschieren ist kein Zuckerschlecken. Aber ich habe das Gefühl, dass ich es aushalten kann, solange Tanner immer noch irgendwo da draußen auf mich aufpasst. Ein echter Freund ist etwas sehr Kostbares.

Die Wüste, die wir durchqueren, hieß einst Sahara, aber mittlerweile verblassen die alten Namen sogar in unseren Köpfen. Die neuen Namen, die wir kennenlernen... so heißen die Dinge jetzt nun mal.

Das Land des Schwarzen Schlafes, so steht es auf den Karten.

Nach dem Atlantischen Gebirge und der Schlacht am Pass flohen die Verlorenen Elfen in die Höhlen unter eben diesen rissigen und zerklüfteten Bergen und sowohl der Captain als auch der Sergeant Major waren der Meinung, das sei gut genug und es sei nicht nötig, dort weiter nach ihnen zu suchen, da sie keine Rolle bei der Operation spielten, den Jackpot zu knacken, die Mumie, nach der Einnahme von Sûstagul.

Sût der Unsterbliche.

Also haben wir sie ziehen lassen, da die Verlorenen Elfen mit keiner der Fraktionen, die wir bisher hier in der Ruine getroffen haben, im Bunde sind und anscheinend ihr eigenes, seltsames, dunkles Ziel verfolgen, das in keiner Weise mit dem zu tun hat, was wir hier zu erreichen versuchen.

Sergeant Chris wollte zurück in die Höhlen gehen und ein paar Acetylenflaschen in die Dunkelheit werfen, um zu sehen, ob wir wenigstens die Tunnel damit zum Einsturz bringen können. Aber zu diesem Zeitpunkt hatten wir kein Acetylen, da die Versorgungsgaleeren nach Portugon zurückgekehrt waren. Also sagte Chris, er würde bei seinem nächsten TDY zurückkommen und es dann erledigen.

Was die Ranger betraf, so mussten sich diese Verlorenen Elfen auf einiges gefasst machen, sollten sich unsere Wege je wieder kreuzen. Und ich hatte das Gefühl - keine Ahnung, ob es an der Psionik lag oder nur an meiner Intuition - aber ich hatte das Gefühl, dass wir sie eines Tages wiedersehen würden.

Sie schienen Unruhestifter zu sein, so viel stand nach unserem kurzen Intermezzo fest.

Als wir uns tief in der Wüste befanden, immer noch entlang dessen, was die Karten als Verlorene Küste bezeichneten, versicherten uns die Accadier, dass diese Gegend so gut wie unbewohnt und verwaist war. Das östliche Ende des Niemandslands. Von den Einheimischen konnten wir keine Hilfe erwarten, da es sich zumeist um feindselige Stämme nomadisierender Monster handelte. Die größte Gruppe war eine lose Ansammlung grausamer Orkstämme, bekannt als die Guzzim Hazadi.

Wir hatten uns mit ihnen in der Nähe der Zitadelle angelegt, mit einigen ihrer westlicheren Stämme. Die, von denen es hieß, sie hätten vierarmige Riesen-Orks. Doch nun betraten wir ihre östlichen Territorien, wo sie angeblich so zahlreich wie der Wüstensand waren und von einem General angeführt wurden. Auf unserem Weg nach Osten lieferten wir uns noch ein paar weitere Gefechte mit ihnen, aber die Ranger vertrieben sie mit einer Feuerkraft, die die Orks zweifellos und berechtigterweise für fremdartig hielten. Danach hefteten sie sich an unsere Fersen. Wir hatten zwei Gefechte gegen diese Kerle mit dem Rücken zum Großen Inneren Meer ausgefochten, und ich gebe zu, wie ich sie da draußen im Wüstensand mit flatternden Bannern und Kriegstrommeln sah, Düne um Düne voll mit zähnefletschenden, bellenden Kämpfern, die ihre Krummsäbel gegen kupferne Schilde schlugen und mit ihren lederbestiefelten Füßen auf den Wüstenboden stampften, sah es für mich so aus, als ob sie uns jeden Moment in die Zange nehmen würden.

Aber die Ranger waren mehr als bereit, ihnen einen Kampf zu bieten und ein paar Schädel zu stapeln.

Ebenso wie unser neuer Freund, der seltsame und geheimnisvolle Gorilla-Samurai Otoro. Als die Ranger in aller Eile ihre Kampfpositionen einnahmen, schritt der riesige Samurai in seiner Rüstung auf die vorderste Position zu und kündigte an, dass er dort mit ihnen kämpfen würde, wenn die »Sklaven« kommen würden, um vor seinen Füßen zu sterben.

Ich fragte Vandahar nach Otoros Art, und er blies lediglich Rauchringe aus seiner Pfeife und beobachtete das blaue Meer an diesem Tag. Es schien rau und sturmgepeitscht zu sein, getrieben von einem ablandigen Sturm. Ich trank Kaffee, weil ich mit meinem Rucksack wiedervereint war, und natürlich war klar, dass das passieren würde.

»Sein Volk lebt weit im Osten, jenseits der Grenzen der bekannten Welt, wo diese an einen endlosen Ozean übergeht. Auf winzigen Inseln leben sie und führen ihre endlosen Kriege um Ehre und Rache. Ich war noch nie so weit weg und weiß daher nur wenig über die seltsamen Erzählungen. Und wenn ich etwas nicht weiß... dann spreche ich wenig, Talker, denn es ist besser, nichts zu sagen, als Lügen zu verbreiten.«

»Und was ist mit diesem... Axtschleifer..., nach dem er sucht. Scheint, die beiden haben noch eine Rechnung zu begleichen.«

Der Zauberer blickte mich verwundert an.

»Ich kenne das Wort Burritos nicht, Talker. Was bedeutet es?«

Ich hatte vergessen, dass Vandahar mit dem Slang der Ranger nicht vertraut war. In letzter Zeit ist bei uns viel über Burritos geredet worden. Wir hatten Tote von all unseren Kämpfen, und ein gefallener Soldat, eingewickelt in einen Leichensack... nun ja, Sie kennen ja mittlerweile den Humor der Ranger.

»Ich wollte sagen, Vandahar, ein Duell. Wiedergutmachung. Es scheint, als wolle Otoro unbedingt einen Kampf mit diesem Axtschleifer... auf Leben und Tod, so wie es sich anhört.«

Vandahar winkte ab und paffte an seiner Pfeife, während er im Sand saß und die Schaumkronen da draußen im dunkelblauen Wasser des Großen Inneren Meeres beobachtete.

»Ich weiß nicht viel über die früheren Zeiten, aus denen du kommst, junger Talker. Aber die Begleichung von Schuldangelegenheiten ist hier in der Ruine nichts Ungewöhnliches. In jeder beliebigen Straße einer der größten Städte oder sogar in den Siedlungen entlang der Grenze findet man verzweifelte Männer, die in den schlammigen Gossen vor den Tavernen Schulden und Rechnungen zu begleichen haben. Selbst ich, der ich versuche, mit allen Völkern friedlich zu verkehren, habe Feinde unter ihnen. Und dann gibt es noch die dunkleren Völker jenseits der Mauern, die versuchen, das Unrecht, das ich ihnen angetan habe, zu begleichen. Die gesamte Krähenschanze würde mich durch ihre dunklen und nebligen Ländereien schleifen lassen. Und ich werde ihnen nicht widersprechen; meine Bemühungen im Namen des Rates haben mir zahlreiche Feinde in vielen Ländern gemacht.

»Aber ich selbst... ich habe keine. Und ich strebe auch nicht danach. Gerne würde ich meinen Feinden vergeben, wenn sie es nur wollten. Aufrichtig, möchte ich hinzufügen. Aber das ist meine Art und das sind meine Wege, und sie sind wahrlich nicht die Wege aller. Ich verstehe das besser als die meisten anderen: Das ist nicht jedermanns Sache. Dieser... Samurai... seine Ehrenschulden sind für meine Interessen nicht von Belang. Ich vermute, er wird sterben, um das zu erreichen, was er zu erreichen trachtet. Und was den Axtschleifer angeht, dieser Bursche, mit dem er sich im Zweikampf messen will... er klingt wie ein Oger von berüchtigtem Ruf, wenn man den Namen, den sich diese Raufbolde geben, Glaubens schenken mag. Sie lieben es, sich mit wohlklingenden Namen zu schmücken.«

Ich fragte das alles, weil der Smaj mir vor der Rückkehr mit der Galeere nach Portugon den Auftrag erteilt hatte: »Bringen Sie in Erfahrung, was dieser Affe will, PFC Talker. Finden Sie heraus, ob er für uns von Nutzen oder ein Problem sein wird.«

Dann warf mir der Sergeant Major einen Blick zu, der mir zu verstehen gab, dass, wenn letzteres der Fall sein sollte, ein frühzeitig-gewaltsamer Ruhestand diskutiert werden müsste. Und da der Smaj nur noch eine Hand und ich immer noch seine G19 hatte, nun... anscheinend ist das jetzt eine meiner Aufgaben hier.

Ich werde niemals versagen. Aber offen gesagt hatte ich stark gehofft, dass der Affe eine Bereicherung sein würde. Klar.

Also, habe ich das alles klar gemacht? Wir marschierten durch die Wüste, ich als Resterampe übrig gebliebener Rangerausrüstung, weil meine eigene größtenteils zerstört worden war. Ich trug mein Schwert Frostfeuer. Meinen Ring, der mich unsichtbar machte. Den coolen Schild. Meinen Karabiner. Die Glock des Smajs. Einen Rucksack, gefüllt mit meinem Kaffeevorrat und kungaloorianischem Zucker. Und eine Dschinnflasche mit drei Dämoninnen und einem Flaschengeist, dem ich nicht ganz traute.

Wir rückten auf Sûstagul vor und der dunkle Morgen brach gerade an, als die Operation, auf die wir uns so ausgiebig vorbereitet hatten, endlich begann. An diesem Tag sollte viel von mir erwartet werden. Und von allen anderen. Etwas mehr als hundert Ranger sollten eine uralte Stadt einnehmen und den Weg für zwei accadische Legionen ebnen, die an den Küsten im Osten landen würden. Zauberer, Assassinen, Sauren, Söldner und eine Orkhorde, die uns im ersten passenden Moment in den Rücken fallen wollten, bedeuteten, dass wir das, was getan werden musste, schnell und überraschend tun mussten, und natürlich... mit maximaler Gewalt.

Scheitern war keine Option.

KAPITEL 3

Fünf vor Mitternacht, sechs Stunden vor Anbruch der Morgendämmerung, vor dem Angriff auf das schlafende Sûstagul, begann die Operation Würgegriff. Späher unter der Führung von Chief Rapp säuberten die alte Legionsfestung gleich hinter den Haupttoren, die von Westen her in die alte Hafenstadt führten.

Die verwunschene alte Legionsfestung.

Gemäß den Gerüchten und Mythen, die wir in den schattigen Gassen und manchmal auch in den kerzenbeleuchteten Hütten der verbogenen Schriftgelehrten und rätselhaften Weisen, die bereit waren, mit den seltsamen Wüstenbewohnern zusammenzuarbeiten, die in letzter Zeit auf den Straßen von Sûstagul auftauchten, gesammelt hatten, war die alte Legionsfestung der Ort, von dem aus die Neunte accadische Legion vor etwa hundert Jahren losmarschiert und nie zurückgekehrt war. Das war während der Blütezeit des aufstrebenden Stadtstaates in den Jahren nach dem Sieg über die Saur.

Korporal Chuzzo bestätigte uns diese Geschichten aus der offiziellen Geschichte der Legion. Aber was mit der Neunten geschah... nun, das bleibt ein Rätsel, von dem keiner so recht Ahnung hat. Alles, was man weiß, ist, dass sie sich eines dunklen und stürmischen Nachts versammelten und in die Wüsten des windgepeitschten Südens marschierten, wobei sie das Tor des Todes durchschritten, oder das, was wir als das Westtor bezeichnen.

Man hat nie wieder von ihnen gehört.

Es gibt drei Tore, die nach Sûstagul führen, wenn man die beiden Häfen nicht mitzählt, die vom Großen Inneren Meer am Nordende der Stadt geschützt sind.

Die Tore des Todes in unserem Osten, wo die Ranger den beiden Legionen, die bald an den nahe gelegenen Stränden landen werden, den Weg in die Stadt bereiten werden. Niemand in Sûstagul benutzt diese Tore des Todes, aber die Ranger und die Legionäre werden sie benutzen, um die Stadt an einem dunklen Frühlingsmorgen zu stürmen, und zwar genau jetzt. Man nennt sie die Tore des Todes, weil sich in ihrer Nähe die große Nekropole von Sûstagul vor der verwunschenen alten Legionsfestung ausbreitet. Die Gräber und Grabstätten umgeben das Gebiet östlich und südlich der Festung und liegen ungefähr zwischen der verlassenen Festung und dem Tempelbezirk im Süden. Der Tempelbezirk wird von dem Heiligtum des Pan dominiert. Oder, wie es in der Gegend genannt wird, der Palast des Verrückten Pfeifers. Offenbar ist Pan, wer auch immer das ist, eine Art lokaler Gott, der hier bei den Sûstagullen viel politische Macht und Einfluss hat.

Ich weiß nicht einmal, ob sie sich selbst so nennen. Aber klingt intuitiver als Sûstagulianer.

Jetzt, wo ich das eben erfundene Wort aufschreibe, fällt mir auf, dass nur sehr wenige Menschen sich selbst als Bürger dieser Wüstenhafenstadt am Südrand der bekannten Welt bezeichnen. In den Wochen, die ich hier mit den Spähern verbracht habe, um Informationen für die Operation Würgegriff zu sammeln, wird jeder mit einem anderen Stamm, einer anderen Organisation oder einem anderen Kult bezeichnet. Es ist, als ob sie, jeder auf den Straßen und in den verwinkelten Gassen dieser seltsamen Stadt, nur auf der Durchreise wären, auf dem Weg zu einem anderen Ort. Einem, der nicht direkt an der Schwelle zur Unterwelt der Ruine liegt.

Das Land des Schwarzen Schlafs. Das Reich von Sût dem Unsterblichen.

Was hat Tanner auf dem Weg hierher über Kreuzungen gesagt? »Dort warten die Toten, Talker. Sie warten dort, um dir all ihre traurigen Geschichten zu erzählen und all das Unrecht, das man ihnen angetan hat. Es ist, als würde man einer Kompanie zuhören, die keinen Wochenendschein bekommen hat, weil irgendjemand besoffen das Stoppschild umgefahren hat und der Smaj Köpfe rollen sehen will.«

Das Tor in diesem Bezirk, dem Tempelbezirk, ist das beeindruckendste und kunstvollste der drei Tore von Sûstagul. Es heißt »Tor der Ewigkeit«, und niemand benutzt dieses Tor oft, weil es nur in den Süden führt, in das Land des Schwarzen Schlafes, und in diese Richtung gibt es nichts Gutes. Selbst wenn man zuerst durch das Tor des Todes geht und so dorthin gelangt, wie es die verschollene Neunte Legion tat.

In der Nähe der Tore der Ewigkeit gibt es nur wenige Händler und die Geschäfte schließen früh. Dort findet man die seltsamen Weisen und murmelnden Schriftgelehrten, die die Ruhe des Friedhofs bevorzugen und ihre Türen fest verschlossen halten, um den seltsamen Festen des Pan zu entgehen, die bei Vollmond nach der Mitternachtsglocke stattfinden. Es ist ein ruhiges Viertel, und das nicht nur wegen der verschiedenen ummauerten Abschnitte mit staubigen alten Gräbern und Friedhöfen, die den ganzen Ort in eine riesige, weitläufige Nekropole verwandeln. Es ist eine Stille, die aus dem Süden zu kommen scheint, wie ein gespenstischer Soundtrack in einem alten Film, in dem die Figuren in der Wüste, die eigentlich eine Art Hölle ist, den Verstand verlieren.

Das ist mein Eindruck. Ich denke, Sie verstehen, worauf ich hinaus will.

Die beeindruckend gehauenen und verzierten Tore werden von zwei zerbrochenen Kolossen überragt. Der eine stellt einen menschlichen Krieger dar, einen Legionär von Accadios, der andere einen Drachenelfen-Ritter, den ich wiedererkenne, weil ich bei unserer Ankunft in dieser Welt auf all diese Ruinen in den Wilden Landen gestoßen bin. Der einzige Grund, den ich mir dafür vorstellen kann, ist, dass die Wilden Lande einst das Gebiet der Drachenelfen waren und dass dies einst die vordere Markierung auf der Karte für diese beiden Reiche in ihrer Blütezeit war.

Inzwischen sind sie alle verschwunden. Dennoch sind die Schnitzereien ähnlich. Beiden Statuen fehlen Gliedmaßen und sie stürzen vor dem Tor in die Wüste in sich ein. Der Kopf der menschlichen Statue ist abgefallen und liegt halb begraben im Sand nebenan.

Brumm merkte an, nachdem er sie aus der Nähe gesehen hatte, als er mit einem kleinen Team, in dem ich als Linguist fungierte, auf Erkundungstour war: »Verdammt, das ist ja wie aus einem Herr-der-Ringe-Film oder so.«

Vandahar informierte uns später, dass diese Tore von den Statuen von Accad dem Tollkühnen bewacht werden, der Accadios vor langer Zeit gegründet hat, und von Throm dem Wanderer, dem ersten der alten Drachenritter, der weit in die Östlichen Ödlande gewandert ist und nie aus den Abgründen zurückgekehrt ist. In jenen dunklen Tagen schlossen sich ihre beiden Armeen am Fluss der Nacht zu einem Verzweiflungsbund zusammen und schlugen die Streitkräfte der Saur in einer grausamen Schlacht zurück, die das Land mit großer und schrecklicher Magie verheerte. Die Schlacht wurde entschieden, als Throm den großen schwarzen Drachen Revenanor, den entsetzlichsten aller Feinde, mit seiner sagenumwobenen Klinge erschlug.

»Daher werden sie die Tore der Ewigkeit genannt, denn die königliche Straße, die die Saur-Pharaonen einst benutzten, wenn sie in die Stadt der Kobras kamen, wie das alte Sûstagul in den Verlorenen Jahren genannt wurde, beginnt dort an den Toren und führt hinunter durch das Tal der Priester und dann in das Tal der Könige selbst, wo die große Pyramide von Sût selbst liegt.« So Vandahar.

Das dritte Tor, das Osttor, wird das Tor der Mystik genannt. Wahrscheinlich, weil sich dort der Zauberermarkt befindet, der das aktivste Ballungszentrum der Hafenstadt darstellt.

Dorthin wird sich der Erste Zug im Morgengrauen begeben. Vierzig Ranger werden einen Großangriff gegen den Anführer der Zauberer, Ur-Yag, durchführen. Aber das wird erst bei Tagesanbruch beginnen, sobald das Westtor unter unserer Kontrolle ist und die Späher unter Chief Rapp die verwunschene Festung gesichert haben.

Jeder Schritt ist ein Schlüssel zur Operation Würgegriff, und deshalb werde ich jetzt erstmal berichten, wie die Späher, Chief Rapp und Tanner die alte Legionsfestung eingenommen haben, um den Startschuss zu geben.

Schritt eins begann kurz vor Mitternacht, als der Rest der Ranger in der Nähe der von den Spähern eingerichteten Landezonen am Strand in Stellung ging.

Die Ranger-Scouts, die in kleinen Vierer-Teams arbeiteten und die alte Festung in den schattigen Straßen von Sûstagul eingekreist hatten, begannen ihren Angriff, als die Mitternachtsglocke in der Stadt einsam läutete. Sie trugen schallgedämpfte Waffen, da diese Art von Operation eindeutig in den Bereich der Einbruchskampagnen der Ranger fiel, mit denen sie schon vor zehntausend Jahren im Sandkasten hochrangige Ziele ausgeschaltet hatten.

Unkonventionell wurde es erst, als sie es mit Geistern und Gespenstern innerhalb der Festung zu tun bekamen. Und schallgedämpfte Waffen funktionieren in den meisten Fällen nicht bei... Geistern. Unerschrocken suchten die Ranger nach anderen Wegen, um die geisterhaften Wesen anzugreifen, denn was spricht dagegen? Einmal Ranger, immer Ranger, ohne Rücksicht auf Verluste und die Unterwelt. Und natürlich stand das Töten von Geistern nun genauso hoch im Kurs wie das Töten mit Garotten auf der Bucket Kill List der Ranger, die ständig davon träumten, irgendwelche bösen Jungs zu töten.

Laut Kennedy, und später von Vandahar bestätigt, würden die Späher magische Waffen benötigen, um diese speziellen Tangos zu erledigen. Also gaben die Ranger ihre Kampfgeräte ab, und Vandahar unterrichtete Kennedy in der Kunst der magischen Erkennung. Es dauerte nicht lange, bis jeder der Späher mindestens eine magische Waffe besaß, um die Taten zu vollbringen, die für die Einnahme der Festung erforderlich waren.

Drei vierköpfige Spähtrupps erreichten die Festung um Mitternacht bei abnehmendem Mond. Die Nacht war heiß und Wolken hatten sich dankbarerweise über die Wüste geschoben, um das Mondlicht zu verdunkeln. Die Schatten wurden länger. Die Luft ruhiger. Alles, was sich die Ranger für die Art von ruhiger und tödlicher Arbeit wünschten, die in den Stunden vor der Morgendämmerung anstand.

In jedem Team gab es drei Spezialisten. Chief Rapp als Green Beret war in jeder Situation ein Kampfmultiplikator. Aber, wie uns klar geworden war und von Kennedy erläutert wurde, hatte sich der Chief auch Ruinen-offenbart, und zwar zu dem, was Kennedys seltsames Spielchen mit den komischen Würfeln einen Kleriker nennt.

Beweise?

Er hat Brumm wieder zum Leben erweckt.

Er hatte einen Angriff der Untoten verdammt, was ich persönlich während der Schlacht gegen den Nekromanten und seine untote Armee beobachtet hatte. Was ist verdammen, fragen Sie? Dazu muss ich ein bisschen ins Detail gehen, denn es ist wirklich verrückt. Offenbar gibt es verschiedene Arten und sogar Klassen von Untoten. Tatsächlich gibt es eine ziemlich brutale Hierarchie, die von einfachen Skellies und Zombies, oder wie wir sie zu nennen pflegen, bis hin zu Geistern und Ghulen, Vampiren und sogar mächtigen Lichs reicht, was, da sind wir uns ziemlich sicher, auch dieser Sût ist. Und die Mumien natürlich.

Jedenfalls ist ein Kleriker mit einem ausreichenden... Glauben, schätze ich - obwohl Kennedy das Wort »Stufe« verwendete und es dann als synonym für Macht erklärte. Dann musste er es noch einmal erläutern. Am Ende haben wir es verstanden. Es war im Grunde ein Rang wie in der Armee. Wenn der Rang hoch genug ist, kann ein Kleriker die Untoten verdammen, so wie ein Oberfeldwebel ein ganzes Bataillon beim Zahltags-Training verdammen kann, um sicherzugehen, dass an diesem Wochenende niemand wegen Trunkenheit am Steuer erwischt wird. Wenn man alle zu Tode drillt, sind sie vielleicht zu müde, um sich in Schwierigkeiten zu bringen. Kleriker können außerdem Untote bekehren, was bedeutet, dass sie weglaufen müssen.

Aber Chief Rapp hatte sie verdammt, was bedeutete, dass er sie praktisch aufgelöst hatte, weil er so ein hehrer Verfechter seines eigenen Glaubens ist.

Und es gab auch andere mystische, oder besser gesagt heilige Vorkommnisse, die darauf hinwiesen, dass die Ruine Chief Rapp in eine Art heiligen Krieger verwandelt hatte.

»Er könnte vielleicht auch ein Paladin sein«, hatte Kennedy bemerkt. »Aber es gibt alte Regeln für scharfe oder spitze Waffen für Kleriker, und vergesst nicht, Jungs, die gelten hier vielleicht gar nicht. Es ist nur...«

Wir wussten es.

Aber im Laufe der Zeit waren es die Heilkräfte des Chiefs und seine Fähigkeit, magische Krankheiten zu heilen, indem er, wie er es nannte, »Gott um ein wenig Hilfe bei dieser oder jener Sache bat«, die uns glauben ließen, dass er eine Art Kleriker geworden war. Dass die Ruine ihn zu einem gemacht hatte.

Was auch immer es war... es war fantastisch.

Jeder Ranger wollte offenbar werden - oder »ruiniert«, wie es manche sarkastischer ausdrückten. Meistens zu einer Art Tötungsmaschine wie der Captain oder auch Corporal Monroe, der sich in einen Minotaurus verwandelt hatte. Die Hoffnungen waren immer noch groß, dass dies unter ihnen geschehen würde, aber wir waren jetzt seit einem Jahr hier, wenn es also bei jedem so wäre, wäre es wahrscheinlich schon geschehen.

Und nicht vergessen... Ich habe jetzt Gedankenkräfte. Psionik. Etwas, das kein Schwein haben will. Die wollen Wer-Tiger sein oder eine Version der Comicfigur Wolverine.

Ich will nicht mal Psioniker sein. Ich kriege jedes Mal Kopfschmerzen, wenn ich meine Fähigkeit benutze.

Chavez von den Spähern sagte einmal zu mir: »Nichts für ungut, Talker, aber deine Superkräfte sind echt lahm. Du bist wie einer der langweiligen X-Men, die nur Licht schießen können oder so was. Das heißt, du musst richtig gut werden.«

Dann fingen die Ranger an, darüber zu streiten, wer der coolste X-Man sei. Ist das richtig? X-Man? Was ist der Singular und warum interessiert mich das? Wie auch immer... in der von uns entwickelten Version von X-Men: Ranger Origin war ich das Äquivalent von jemandem namens Jubilee, der nicht besonders gut oder nützlich war.

Darüber waren sich zumindest alle einig, und etwa drei Tage lang wurde ich auch »Jubilee« genannt. Und die beste Art, damit umzugehen, ist, einfach nichts zu sagen, es hinzunehmen und darauf zu warten, dass ein Feuergefecht oder ein Sandkrakenangriff die Diskussion verschiebt, und zwar rechtzeitig... Hey, Talker. Alles klar, Ranger?

Keine Jubilee mehr.

Da es in der alten Festung der Geisterlegion Untote und böse Geister geben würde - und glauben Sie mir, das hätte ich nie für möglich gehalten - und da wir gesehen hatten, wie Chief Rapp Geister und Untote im Allgemeinen mit einer einfachen Handbewegung vernichtet hatte, würde er Team Eins in das Torhaus führen, hinter dem sich ein Hof voller Gräber befand.

Ihre Aufgabe war es, die Zugänge zu sichern, denn die Mauern waren zu hoch und zu instabil, um sie mit Leitern zu überwinden.

Die Stadtältesten von Sûstagul hatten dort seit Hunderten von Jahren Verbrecher der schlimmsten Sorte in flachen Gräbern in der prallen Mittagssonne begraben, um ja nicht auch nur im Entferntesten mit den wütenden

Toten in Berührung zu kommen, die dort lauerten. Die Bewohner von Sûstagul hielten es für einen verfluchten Ort, und so hielt sich kaum jemand in der Nähe des Viertels auf, das von Gerüchten und anderen dunkleren, realeren Phantasmen heimgesucht wurde.

Aufgrund der Abgeschiedenheit, der Höhe und des taktischen Werts des Ortes entschied Captain Messerhand, dass dies unser Eröffnungszug sein würde.

Der Chief würde Team Eins hineinführen und den Ort säubern. Und mit säubern war gemeint, die Untoten platt zu machen. Die drei Ranger, die ihn in Team Eins begleiteten, würden die Toten von ihm fernhalten, während er sie verdammte oder bekehrte, oder was auch immer er tat, um den Zugang zur alten Festung zu sichern.

Chief Rapp selbst wusste nicht einmal so recht, was er tun wollte. Aber er hatte einige Ideen, wie er den ruhelosen Toten ihre letzte Ruhe geben konnte. Und natürlich hatte Vandahar viele Gespräche mit dem Special Operator geführt, in denen er ihn über das beriet, was er persönlich gesehen hatte, wie andere sagenumwobene »Kleriker von großem Ruf aus dem Goldenen Zeitalter« in den epischen Kriegen der Vergangenheit auf dem Schlachtfeld vorgegangen waren.

Team Zwei, angeführt von Kennedy, würde sich auf die Festung selbst konzentrieren, während Team Eins den Eingang zum Festungsgelände sichern würde. Und ja, PFC Kennedy führte ein Sturmteam an. Das Gebiet, in das sie sich begaben, hatte weniger mit taktischen Häuserkampf zu tun, sondern war eher arkan. Hier war er besser als jeder Ranger dafür qualifiziert, adäquat auf Feindkontakt zu reagieren. Also war er in diesem Fall die Speerspitze. Ausgestattet mit Plattenträger, FAST-Helm und allen

Ranger-Ausrüstungen und Waffen, die er sich umschnallen konnte. Und der Stab mit dem Drachenkopf natürlich. Team Zwei würde sich am Tor positionieren und dann eindringen, sobald der Innenhof gesichert war.

Kennedy, der Zauberer, ging als zusätzliche Feuerkraft hinein, um dem entgegenzutreten, was wir aufgrund der von den Weisen gesammelten Informationen im Inneren vermuteten. Die Mythen und Legenden, die ich durch meine Rolle als wandernder nomadischer Scholastikus und die Gespräche mit den Weisen und Schriftgelehrten an den Nachmittagen in der Nähe der Pforten der Mystik entdeckt hatte, besagen, dass es einen Wächter gibt, der den Hauptturm bewohnt. Außerdem bestanden die Weisen darauf, dass wir kleine Ibriks mit dunklem, reichhaltigem Kaffee trinken, der mit Kardamom und Zimt gewürzt ist. Das ist für die Geschichte zwar nicht wichtig, aber für mich war es das auf jeden Fall. Offenbar hatte ein Zauberer, der vor langer Zeit der Legion gedient hatte, eine Spektralkraft erschaffen, die in Zeiten der Schlacht die Leichname toter Legionäre zurückholen und zur Festung bringen sollte.

Der Wächter.

Als die Legion und der Zauberer auf ihrem Marsch nach Süden, dem so genannten Marsch ohne Wiederkehr, verschwanden, blieb das Geistwesen im Hauptturm zurück und wird oft gesehen, wie es spät in der Nacht auf den Zinnen spukt. In den umliegenden Bezirken wird berichtet, dass die Leiche eines Söldners, der in einer Straßenschlacht zwischen den verschiedenen Zauberern im Marktviertel stirbt, in den Stunden nach der Schlacht oft verschwindet. In einer Geschichte wird sogar berichtet, dass der tote Söldner in einem Gasthaus auf einem Tisch aufgebahrt war und seine Kameraden um ihn herum tranken, um sich zu verabschieden, als alle Kerzen und das lodernde Feuer erloschen. Etwas Kaltes und Dunkles drang ein und schleppte den Leichnam fort, unbehelligt von den hartgesottenen Söldnern, die die Stadt am nächsten Tag sofort wieder verließen.

Der Legende nach handelt es sich bei dem Gespenst um den Leichenfledderer, einen erhängten Mörder, den der Zauberer zur Fertigung seiner magischen Kreatur benutzte. Er spukt immer in der Hauptfestung herum.

Und da es sich um eine magische Kreatur und nicht um einen Untoten handelt, ist es Kennedys Aufgabe, dort hineinzugehen und das Ding ordentlich mit einem Feuerball zu bewerfen.

Flamme an, sozusagen.

Als der Hof und die Festung geräumt waren, sollte Tanner zusammen mit Team Drei, dessen Anführer er war, in die Krypten gehen und sich mit den Schwestern des Todes befassen, falls es sie tatsächlich gibt. Wir waren uns nicht sicher, da es sich nur um eine Boogeyman-Geschichte handelte, die auf dem Marktplatz erzählt wurde, aber Captain Messerhand bestand darauf, dass wir sie als verwertbare Information behandeln. Also geht Team Drei runter und räumt die Schwestern des Todes aus dem Weg. Im Grunde sind es Hexen. Gerüchten zufolge gibt es drei von ihnen tief in den ehemaligen Katakomben der Legion, die sich mit den Toten herumtreiben und die Kinder des Marktplatzes für dunkle Rituale und den Verkauf an die Saur im Süden entführen. Tanners Aufgabe ist es, dafür zu sorgen, dass sie sich entweder aus den Operationen der Ranger heraushalten, oder sie werden eingeäschert. Captain Messerhand hat ihm die Vollmacht erteilt, die Entscheidung vor Ort zu treffen.

Ich gehe jede Wette ein, dass er sie verbrennen wird.

So oder so ist die Sicherung der Festung an diesen drei Punkten der Schlüssel, um die Scharfschützen einzuschleusen und die Kontrolle über den Bezirk zu erlangen. Ich war nicht an der Operation beteiligt, aber Tanner und ich haben uns später getroffen und er hat mir erzählt, wie alles abgelaufen ist.

Also füge ich dies dem Bericht in seinen eigenen Worten hinzu.

Es begann natürlich um Mitternacht, denn wann sonst sollte man eine gruselige alte Spukfestung voller Geister und aufgebrachter Toter stürmen.

KAPITEL 4

»Wir sind da mit allem was wir hatten reingegangen, Talk«, berichtete mir Tanner, als er sich mit dem Ersten Zug zusammenschloss, während wir den Marktplatz in Richtung des Turms von Ur-Yag ansteuerten. Im Norden, über dem Hafenviertel, stieg am frühen Morgen schwarzer Rauch auf, als der Third Squad unter Sergeant Chris und Captain Messerhand Schiffe in den beiden Häfen dem Meeresspiegel gleichmachte.

Sie hatten bereits ihren eigenen haarigen Kampf am Laufen und ich sollte das alles erst später herausfinden.

»Sergeant Hardt und seine drei Jungs waren die Speerspitze, Chief Rapp war der Anker. Team Zwei mit Kennedy und mein Team mit mir, Hughes, Johnson und Lee, hatten uns auf der rechten Seite gesammelt. Sobald die Zugriffszeit abgelaufen war, kamen wir von drei LP/OP-Punkten, die wir im Distrikt eingerichtet hatten, und näherten uns dem Ziel. Team Drei verließ die Kreuzung gegen zehn und bezog in der Dunkelheit in der Nähe des Galgenbaums Stellung. Was, ehrlich gesagt, bei dem Wind letzte Nacht keine gute Wahl für mich gewesen wäre, Talk. Ich sehe all die toten Typen, die an diesem Baum hängen, alle verurteilten Mörder und Opfer der Mafiajustiz der letzten fünfhundert Jahre, die darüber jammern, wie ungerecht das alles ist. Sie alle sagen mir, dass sie unschuldig sind und so. Andererseits sind einige von ihnen einfach nur verrückt, verstehst du, was ich meine? Nichts als Unsinn, oder zumindest hoffe ich das, denn einige der Dinge, über die sie reden, sind einfach nur düster. Außerdem riecht der Ort laut Lee für den Rest des Teams nach purem Tod. Letzte Woche erst haben die Zauberer dort zwei Männer gehängt. Zwei tyranorianische Söldner, mit denen die Kabale aus irgendeinem Grund Differenzen hatte.«

Tyranor liegt dort, wo früher Griechenland war. Griechenland und Landstriche nördlich davon. Es ist eine Art ständiger Kriegsschauplatz zwischen den Stadtstaaten und den Orks von Umnoth im Osten unter dem Großkhan. Nur für ein bisschen Kontext.

Tanner fuhr fort. »Wie auch immer, der Chief geht mit seinem Spezialgewehr rein und hat Hard zu seiner Rechten im Keil, der für die Sicherheit sorgt und ihm die Leichen vom Leib hält. Dann werden die Dinge sehr merkwürdig. Habt ihr das Erdbeben da draußen am Strand in der Nähe der Landezone gespürt? Es gab nämlich ein starkes Erdbeben genau in diesem Gebiet.«

Wir nicht. Zwar berichtet jeder der Späher, dass er in dem Moment ein Erdbeben gespürt hat, als Team Eins, Chief Rapp im Besonderen, unter dem alten bröckelnden Bogen hindurch in den Festungshof ging, wo die kaputten Tore der Festung im Gebüsch lagen, aber keiner der anderen Mitglieder des Kommandos hat das Phänomen bemerkt, als wir uns in und außerhalb der Stadt aufhielten.

Ich gebe hier nur die Fakten wieder.

»Die Leichen fangen fast sofort an, sich aus dem Boden zu winden, Talk. Dieser Ort ist ein echtes Desaster und wenn du mich fragst... der ganze Ort sollte einfach abgefackelt werden. Ein bisschen Thermit und rein damit, das wird schon reichen, so trocken und tot wie es da ist. Der Staub ist Hunderte von Jahren dick. Wie dem auch sei, wir haben Nachtsichtgeräte im Einsatz, keine Wärmebildgeräte, denn wir haben Tote und wie wir gelernt haben, geben sie keine Wärmesignatur ab. Ich... nun, ich habe jetzt die Todessicht, weil ich tot bin und so. Du kennst mich ja, Talk.«

Aber sowas von.

»Ich fühle es auch, und die hier sind nicht wie die anderen Toten. Die schreien wie verrückt. Und weißt du, wie... wenn du das Meer weit weg hörst? Wir haben es alle gehört, und ich dachte, die Operation wäre schon vorbei, bevor sie überhaupt begonnen hatte. Aber als ich den Captain beim Stapeln fragte, ob die anderen LP/OPs in der Stadt es auch hörten, verneinten alle. Die Stadt war ruhig um Mitternacht. Aber innerhalb des Forts war es unheimlich.«

Das war es auf jeden Fall.

»Hardt schießt mit Dämpfer und fängt an, Skellies und die Zombies, die wie Kriegerameisen aus dem Boden kriechen, eins nach dem anderen zu erledigen. Du weißt, was für ein guter Schütze er ist, also überall zerberstende Knochen und Schädel und all das. Er hat Chavez und Spaghetti-Os dabei. Es ist unglaublich heiß und eng, denn die Dinger kommen aus all den flachen und schlecht markierten alten Gräbern, die es überall gibt. Die Drohnenaufnahmen werden diesem Todesspektakel echt nicht gerecht. Es ist wie eine Leichenhalle, und eine schlecht geführte noch dazu. Die Stadt hat im alten Innenhof notdürftig Gräber ausgehoben, seit die Legion in der Versenkung verschwunden ist.«

Zwei Punkte hier. Talkers Einordnung.

Der Grund, warum die Bewohner von Sûstagul - dem Heiligtum der Pan-Priester, der Zauberer und der verschiedenen Ältesten der Stadt - den Hof als Begräbnisstätte nutzen, liegt in der Tradition, dass die Leichen, die dort hingebracht werden, die Leichen der Ermordeten sind. Irgendetwas an dem Verschwinden der Legion auf dem Marsch ohne Wiederkehr lässt sie glauben, dass die hier begrabenen Leichen nicht in Geisterform zurückkehren können, um sich an denen zu rächen, die sie wahrscheinlich umbringen ließen. Und die Zauberer, die Anführer und der Tempel schienen eine Menge Leute zu töten, um ungestört ihre Geschäfte machen zu können. Offenbar begraben all diese politischen und religiösen Elemente ihre Feinde und Opfer hier, weil sie fürchten, dass eine Art von Vergeltung aus dem Jenseits droht.

Was, seien wir ehrlich, höchstwahrscheinlich der Fall ist.

Punkt zwei ist folgender. Die Ranger nennen Spaghetti-Os so, weil er alles, was er besitzt, gegen jede Fertigmahlzeit eintauschen würde, das auch nur im Entferntesten an die sagenumwobene Konservenmahlzeit herankommt. Es ist sein Kaffee. Ich verstehe das. Ich respektiere das. Wir können uns unsere Süchte nicht aussuchen; sie suchen uns aus, wenn wir am schwächsten sind. Zum Glück für Spaghetti-Os kann die Forge sogar alte, nicht mehr im Verkauf erhältliche Nudeln mit Tomatensauce herstellen, die diesem sagenumwobenen Produkt ähneln. Mehr oder weniger.

Unter den Rangern ist er daher als Spaghetti-Os bekannt. Das ist viel besser als jene Jubilee-Sache, der ich entkommen bin, weil ich so cool war und so.

Zurück zu Tanner.

»Schallgedämpfte Waffen und alles ist gut, aber es bringt in dem Moment nichts, weil es mehr Tote als Magazine gibt. Es geht so schnell zum Nahkampf über, weil der ganze Ort voller Leichen ist und immer mehr aus dem Boden und den getrockneten Lehm-Mausoleen kommen, die entlang der Mauern errichtet worden sind. Wie ich schon sagte, sie hätten den ganzen Ort einfach niederbrennen sollen, Talk. Der einzige Weg, um sicher zu sein. Es war, als würde man in ein Nest von wütenden Hornissen treten, wenn diese Hornissen tote Kerle wären. Wütende tote Kerle. Andererseits sind Hornissen von vornherein ziemlich wütend, von daher ist es so, als würde man in irgendein Hornissennest treten. Die Wut ist Teil des Pakets, weißt du, was ich meine, Talk? Es sind die Details. Wie zum Beispiel, dass du endlos über Kaffee redest, was niemanden interessiert und alle irgendwie nervt. Stattdessen könntest du die Details wie Hornissennester, die von Natur aus wütend sind, in deine... äh... Prosa, ist das das Wort, Mann, so nennst du es? Sagen wir einfach Schreiben und nicht zu viel Schnörkel. Das wäre eine gute Alternative zum Kaffee, für den sich niemand interessiert. Verstehst du?«

Tomato, Tomah-to.

Etwas, das ich schon früher hätte erwähnen sollen: Teil der Umverteilung der magischen Waffen vor der Operation war mein magischer, verbeulter Schild, den ich in den unterirdischen Flüssen, in denen ich mich verirrt hatte, aufgesammelt hatte. Sergeant Hardt bekam ihn, weil man glaubte, dass er ihn brauchen könnte, um dem Chief die nötige Zeit zu verschaffen, um das zu tun, was auch immer Chief Rapp vorhatte, um den Untoten den Garaus zu machen. Ich erwähne es jetzt, weil Tanner gleich darauf zu sprechen kommen wird.

»Wie ich schon sagte, Talk«, fuhr Tanner fort, »Fünf-Fünf-Sechser-Munition geht einfach durch die Dinger hindurch, wenn man sie nicht in den Kopf schießen kann, und selbst Kopfschüsse sind manchmal wirkungslos. Das erste dieser Dinger erreicht ausgerechnet Chavez und hält sich an ihm fest. Er flucht, stößt das Ding von sich und gibt ihm dafür ein paar Schüsse. Es steht immer wieder auf und kommt direkt erneut auf ihn zu. Außerdem dreht er durch, während er schießt, als hätte er gerade Drogen genommen oder so etwas. Er redet von irgendeiner Welt der Toten. Ewiger Winter und all das? Aber man muss Chavez zugutehalten, dass er bei der Sache bleibt und weiterballert.

»Spaghetti-Os nimmt seinen Streitkolben, von dem der Typ im Third Squad sagt, er schwingt wie ein teurer Golfschläger, wenn er trifft, ein echter Kraftprotz, und fängt einfach an, auf die Zekes einzuschlagen, die von den Flanken kommen. Er schlägt ihnen die Schädel ein und hält sie vom Chief fern, während Hardt zu seinem Schild wechselt und sich nach vorne begibt, um die Angriffe abzufangen. Wie ich schon sagte, wenn wir nicht versucht hätten, die Sache leise anzugehen und den Distrikt unauffällig zu halten, dann hätten wir diesen Ort durchbrechen, zerstören und ausräumen können, als wäre es der vierte Juli. Ganz ehrlich, die reinigende Kraft von Thermit hätte das in einer Stunde oder weniger erledigt. Ich bin ein Anhänger dieses kleinen Kults. Der ganze Ort ist ein einziges trockenes Streichholz, das nur darauf wartet, in Flammen aufzugehen. Wir hätten es einfach so machen sollen, Talk.«

Tanner erzählt mir, dass Chief Rapp ihnen riet, die Position zu halten, während selbst einige Ranger die plötzlich wachsende und überwältigende Übermacht bemerkten, die sich rasch entwickelte, und dass es klug sein könnte, sich zumindest bis zum Tor zurückzuziehen, um von diesem Engpass aus den Kampf aufnehmen zu können. Dazu kommt die Unterstützung der beiden anderen Teams.

»Negativ, Ranger. Position halten. Er schafft das!«, schreit Chief Rapp über das todbringende Gebrüll und die Geräusche von knackenden Schädeln hinweg. »Dann wird plötzlich ein ganzer... ich weiß nicht... Trakt, Talk oder eine Phalanx von Toten auf einmal zu Staub. Der Chief hält ein Kreuz in der Hand, wie aus einem dieser alten Vampirfilme, ohne Scheiß. Er hält es in eine Richtung, in der sie sich konzentrieren und bereit zum Angriff sind. Wohlgemerkt, Hardt macht alles mit deinem Schild, macht einen auf Captain America, um sie von der Front des Chiefs fernzuhalten, und setzt ihn wie eine Waffe ein, anstatt, du weißt schon... wie eine Rüstung. Die Zekes fliegen einfach von dem Ding weg, kreuz und quer, und rammen in die hinteren Reihen der Toten, die überall herumstehen, und drängen kräftig nach vorne. Für mich, Talk, der ich vom Tor aus zuschaue, wo wir uns gestapelt haben, und der einen sinnvollen kinetischen Beitrag leisten will, verstehst du, was ich meine, Talk... ist das alles noch nicht genug.«

»Klingt, als wäre es knapp geworden«, werfe ich Tanner ein, als Tanner für einen Moment offline geht und ganz woanders ist.

Dann sagt er »Nichts« zu jemandem, den ich nicht sehen kann, und fährt mit der Geschichte über den Kampf im Innenhof fort. Das passiert in letzter Zeit immer öfter. Dass er abdriftet.

»Als nächstes zeigt der Chief auf das kleine silberne Kreuz, das er in der Hand hält, wie Kennedys verrückter

Feuerstab. Die bösen Jungs an der Flanke drehen sich um und rennen einfach gegen die Wand, um dem Green Beret zu entkommen, und sammeln sich dort wie ein Rattenhaufen. Das war krank. Einige von ihnen haben sogar versucht, die Wand hochzuklettern, um dem... was auch immer des Chiefs zu entgehen. Ich meine, das stimmt nicht ganz, es war nicht der Chief... es war dieses kleine Kreuz, das sie in Panik versetzte. Ich weiß nicht, ob es jeder so sehen konnte wie ich - denn ich bin einer von ihnen - aber es kamen so etwas wie Lichtstrahlen aus ihm heraus. Sie verbrannten alle und verzehrten sie. Es war kein gutes Licht, Talk. Kein Silber oder Gold oder irgendetwas Reines. Es war wie... wenn Bronze ein Licht wäre. Aber ein Licht, das einen direkt trifft und zerstört. Es tat mir schon beim bloßen Zusehen weh, Mann. Ich schätze, wir haben meine Kondition nicht in den Schlachtplan einkalkuliert und so. Aber ich habe es einfach hingenommen und die Position gehalten, weil ich nicht wichtig bin für das, was in diesem Moment vor sich geht.

»Wie ich schon sagte, es war das Licht, das aus dem Kreuz kam, vor dem sie flohen. Der Chief richtete es so aus, als ob er mit einer Two-Forty seinen Hass auf sie entfesseln würde, und fragte, wer als nächstes etwas haben wollte. Antwort... keiner von ihnen, Talk, keiner von ihnen wollte etwas davon, Mann. Es war schön, auch wenn es weh tat, es anzusehen. Zu diesem Zeitpunkt ist es mit den Toten im Innenhof also mehr oder weniger zu Ende. Diejenigen, die nicht verbrannt sind, ziehen Leine. Aber es kommen immer mehr von ihnen aus dem Boden, als gäbe es einen Leichenhaufen, der zehn Kilometer hoch unter all dem toten, trockenen Dreck an diesem verfluchten Ort schlummert. Wenn man mal drüber nachdenkt, gibt es im Laufe der Jahrhunderte sicher eine Menge Tote. Das geht wahrscheinlich bis in die Zeit zurück, bevor wir in die Zukunft geschossen sind. Weit zurück, Talk. Ganz weit zurück.«

An diesem Punkt, so Tanner, stieß Team Zwei vor, um Team Eins zu unterstützen, und griff direkt zu den Handwaffen, als sie gegen die heranstürmenden Toten vorgingen. Jetzt waren auch Geister im Spiel und Tanners nonchalante Beschreibung wird ihnen nicht gerecht, denn das ist seine neue Normalität, aber die anderen in den Teams sagen, es war unheimlich. Wie ein CGI-Effekt, den man durch eine Art von Drogenhalluzination betrachtet. Die Ranger in Kennedys Team haben mit einer Axt, einem Schwert und einem Speer zugeschlagen. Einmal Ranger, immer Ranger, auch wenn es in der Geisterwelt kalt und tödlich zugeht. Aber jede dieser drei besonderen Waffen hatte magische Eigenschaften. Die Axt ließ alles in Flammen aufgehen. Das stellte sich jedoch rasch als schlechte Idee heraus, denn die Leichen fingen Feuer, wurden von den Hammerschlägen des Rangers, der die Axt schwang, weggeschleudert und landeten auf anderen Leichen, die aufgrund ihres ausgetrockneten, verdorrten und mitunter schlecht mumifizierten Zustands ebenfalls sofort Feuer fingen. Jetzt hatten wir also nicht nur Tote, sondern brennende Tote, die Team Eins angriffen und dabei schwarzen Rauch wie eine stinkende, ätherische Schlange hinter sich herzogen.

»Ich weiß nicht... Ich kann nur für mich sprechen, Talker, so sah es für mich eben aus. Das totale Chaos. Der Speer-Typ, Walters, schlägt den Zombies mit dem Ding direkt in den Schädel und sie gehen in die Knie. Er ruft immer wieder: « Das war's, Bruder. Dann ersticht er noch

einen. Das war's für dich. Und für dich. Hm, und du...
Klar, für dich auch. Die Geisterbraut, die blaues Licht
hinter sich herzieht, ist eine Art Wikinger-Schildmaid, sie
kommt auf ihn zu und er rammt ihr einfach den Speer
durch ihren Geisterbauch und sie löst sich mit einem
Lächeln im Gesicht auf. Ich glaube, sie war glücklich,
Mann. Seltsames Zeug.

»Ich habe die Führung über Team Drei und ich versuche
herauszufinden, wo wir in den Raum... ich meine Hof...
eindringen und eine Position einnehmen können, um
beide Teams zu unterstützen. Der Todesdunst stört meinen
Todesblick nicht und ich kann das ganze Gemetzel klar und
deutlich sehen. Aber die Nachtsicht meiner Jungs ist nicht
so prickelnd. Also warten wir noch eine Sekunde, damit
die anderen Teams sich gegenseitig anpeilen können.«

Tanner zündete sich eine Zigarette an und fuhr fort.

»Hardt kappt diesen einen Zeke mit der Kante des
Schildes. Der Kerl explodiert daraufhin in einem Schwall
von Eingeweiden. Zum Glück explodiert der Kerl vom
Schild weg, denn plötzlich spritzen überall Maden und
Blut, und die anderen Zekes, auf denen er landet, fangen
an zu rauchen und sterben durch den Madenhagel. Ich
weiß nicht, was das für ein Kerl war, aber was auch immer
er war, er war eine Art untoter Sprengsatz, ich weiß nicht,
weißt du, was ich meine, Mann?«

Nein. Nein, absolut nicht. Gibt es so etwas hier? Tote
Sprengsätze, die einen mit ätzenden Maden besprühen?
Passe, Sergeant Major. Ich werde einfach den Gorilla töten,
wenn es Ihnen nichts ausmacht. Den mit dem riesigen
Hackmesser, mit dem er Leute in zwei Hälften schneidet.
Das ist mir immer noch lieber als ein toter Kerl, der vor

meinen Augen explodiert und Maden versprüht, die sogar die bereits Toten töten.

Ich verzichte.

Dann erinnere ich mich daran, dass ich jetzt Ranger auf Profi-Niveau bin, und wenn der Smaj oder meine Ranger-Kollegen mich brauchen, um einen Kerl zu erledigen, der uns mit Maden und Eingeweiden überziehen könnte... zählen Sie auf mich. Der Erfolg der Mission ist alles, und ich werde alles tun, damit wir den Sieg erringen.

In it to win it. Oder...

Ich werde niemals versagen.

Ich schreibe das für mich selbst auf. Nicht für das Protokoll. Es ist wichtig, mich daran zu erinnern, wie weit ich gehen werde, nachdem ich erkannt habe, wer ich bin. Und die Antwort auf die Frage, wie weit... ist immer ja. Bis zum bitteren Ende.

Nach der Wüste... war ich voll dabei.

Ja, das mag sich knallhart anhören, vielleicht auch nicht. Aber für mich stellt sich diese Frage jedes Mal, wenn es darum geht, als Ranger so hart wie möglich zu arbeiten. Drei-Tage-Märsche ohne Schlaf. Unter schwerem Pfeilbeschuss von Ork-Nomaden durch die Wüste rennen, um einen gefallenen Ranger in Sicherheit zu bringen oder Munition zu besorgen, um den Vorstoß zu unterstützen. Jedes Mal frage ich mich: Würde ich das für einen Kaffee tun?

Und die Antwort darauf ist natürlich immer ja. Ich würde alles für Kaffee tun. Alles. Punktum.

So lebe ich mein persönliches Rangertum. Wenn ich es für Kaffee tun würde, dann... würde ich es auch für Ranger tun. Glauben Sie mir, Sucht lässt sich ganz wunderbar als Waffe instrumentalisieren. Für Fragen stehe ich gerne zur Verfügung. Danke, dass Sie meinem TED-Vortrag beigewohnt haben.

»Dann sagt Hardt, wir sollen vorrücken und die linke Flanke unterstützen«, fuhr Tanner fort. »Wir gehen hart mit unseren Handwaffen vor. Ich habe dieses brutale kleine Schwert, das sich leicht schwingen lässt, Mann, damit kann ich diese Drecksäcke in die Mangel nehmen und ein paar Zekes auf meinem Weg nach vorne aufschlitzen, Talk. Mein Team hackt und schlägt was das Zeug hält, um sich mit Spaghetti-Os und Hardt vor dem Chief in einer Linie zu vereinen. Zu diesem Zeitpunkt waren wir alle online und hatten die Toten ein wenig zurückgedrängt. Wenn sie nicht weiter aus dem Dreck kommen würden, hätten wir das in den nächsten paar Tagen geschafft. Aber das tun sie. Sie kommen, als wäre der Hof ein Springbrunnen voller Toter und Geister.

»Und dann kniet der Chief nieder, verneigt sich und es ist klar, dass er um etwas bittet, verstehst du, was ich meine, Talk? Er bittet um ein wenig Hilfe. Sein... Kleriker-Ding. Irgendetwas wird passieren, Talk. Wir alle wissen es. Und stell dir vor... der Wind kommt vom Wüstenboden auf, obwohl die Nacht bisher heiß und ruhig war. Habt ihr diesen Wind auch gespürt, nur ein paar Minuten nach dem Glockenschlag?«

Das haben wir. Das Erdbeben haben wir verpasst, aber den Wind haben wir gespürt. Wir kämpften uns durch den Sand des Strandes, um in die Nähe der Stadt zu kommen. Zu den Landezonen, wo die Hubschrauber eintreffen würden, um uns über die Mauern zu bringen und die Schlüsselpositionen zu sichern. Die Mauern von Sûstagul werden bewacht und die Tore sind nachts verschlossen. Zu dieser Zeit, als der Wind aufkam, waren wir also am

Strand, wo die Legion nach dem ersten Licht an Land gehen würde.

Zuerst dachte ich, es sei nur der Wind vom Meer, aber er kam aus der Wüste und roch... gut. Wie Sandelholz. Frisch und angenehm. Und ich möchte an dieser Stelle nur anmerken, dass die Wüste meistens nicht so riecht. Zumindest nicht, seit wir die Schatten des Atlantischen Gebirges verlassen haben. Je näher wir den Ländern der Sauren kamen, die ganze Wüste, alle Ländereien im Süden, die wir auf unserem Marsch hierher links liegen ließen, rochen entweder nach Orkhorden oder nach etwas viel Schlimmerem. Überhaupt nicht angenehm. Nicht zu empfehlen. Ich bin mir ehrlich gesagt nicht sicher, was schlimmer ist: der Geruch der Wüste oder der Geruch der elendig stinkenden Toteninsel von damals, als wir hier ankamen - ein Geruch, den ich auch nach einem Jahr noch nicht aus meinem olfaktorischen Gedächtnis löschen kann.

Also manchmal riecht die Wüste so. Und man könnte meinen, das sei schlecht. Der Geruch von ungewaschenen Orks. Dann, zu anderen Zeiten, riecht es nach purem Tod. Wie tote Körper, die da draußen im Sand verrotten. Süß und widerlich. Glaub mir, auch das ist kein Zuckerschlecken. Und man könnte denken, das wäre schlimmer. Man sollte meinen, dass diese beiden Gerüche die schlimmsten überhaupt sind, oder?

Aber weit gefehlt.

Der dritte Geruch, der aus der Wüste kommt, ist der schlimmste von allen. Es ist wie... der Geruch von Staub. Erstickender Staub. Aber es ist viel, viel mehr, als ich hier aufschreiben kann. Es ist etwas anderes. Es ist der Geruch... und das hat Sergeant Kang einmal gesagt, und der Kerl sagt sonst nicht viel, aber er und ich waren eines Nachts auf

Wache und er flüsterte: »Es ist der Geruch der Ewigkeit da draußen. Und definitiv keine Ewigkeit, in der man sich wiederfinden möchte.«

Nachdem er das gesagt hatte, konnte ich diese Zeile, diese Beschreibung, nicht mehr aus meinem Kopf vertreiben. Denn er hatte Recht. Er hat es perfekt auf den Punkt gebracht. Es ist der Geruch von nicht nur Jahren oder Äonen von Staub, es ist der Geruch von all dem Staub in einem Universum, oder vielmehr einer dunklen Seite des Universums, die ewig ist. Es ist der Geruch des einsamsten Kreises der Hölle.

Ich habe Vandahar eines Nachts danach gefragt, weil man den Geruch normalerweise nachts wahrnimmt, und er hat mir Folgendes gesagt. »Das, mein junger Ranger, ist der Geruch der Sauren. Es ist der Geruch ihrer Träume von ihrer nie zu befriedigenden Gier, Habsucht und ihrem Verlangen nach absoluter Macht. Es ist der Verfall, von dem sie in ihren alten Gräbern träumen, die schon lange unter dem Sand vergraben sind, seit ihr die Welt, die ihr kennt, verlassen habt und hierhergekommen seid. Es sind ihre Pläne. Ihre Hoffnungen. Und das ist es, wogegen ich meine Kriege führe. Denn wenn ihre düsteren Träume Wirklichkeit werden, wird es nie wieder Licht geben. Es wird nichts mehr geben. Und in so einer Welt kann ich nicht leben. Keiner kann das, Talker. Nicht einmal sie selbst. Es ist der Geruch von selbstzerstörerischem Streben.«

Und als ob das nicht schon eine seltsame Erklärung für den Geruch wäre, habe ich ihn danach gefragt. Denn so bin ich nun mal. Ich mache alles noch schlimmer. Einfach weil. Talker for the win.

»Sind sie... das größte Übel hier, Vandahar?«

Dann, ohne das übliche angenehme Lächeln in seinen Augen oder die Freundlichkeit auf seinen Lippen, schaute mich der alte Zauberer mit einer Ernsthaftigkeit an, die ich nicht erwartet hätte und sagte mir die Antwort, die ich wahrscheinlich nicht hören wollte. Er war so eindringlich, wie ich ihn noch nie zuvor erlebt hatte. Er starrte mich an und sagte einfach: »Nein, Schwätzer. Das wäre der Netherzauberer selbst. Ein schreckliches Wesen, das nicht aus dieser... Realität stammt. Und seine Träume... seine Wünsche... sind weitaus böser als die ihren. Weit mehr, als du dir vorstellen kannst, Talker.«

KAPITEL 5

»Die Geister fingen an, den Hof zu überschwemmen«, fuhr Tanner fort, während er die Aktionen auf dem Objektiv im Hof der verwunschenen alten Festung ausbreitete. »Sie drängen die krabbelnden Toten beiseite, sprich die Skellies und die Zekes. Die Langsameren. Und, hey, nebenbei bemerkt, in einigen Fällen glaube ich, dass ich das auf eine Art und Weise mitbekomme, wie es die anderen nicht tun, aber es gibt Geister und Dämonen, die anfangen... du weißt schon... diese langsamen Knochensäcke zu übernehmen, die wir nicht schnell genug zu Staub machen können und so.«

Ich bat Tanner an dieser Stelle zu beschreiben, wie es war, zu sehen, wie die sich langsam bewegenden Toten... übernommen wurden... und warum er dachte, dass die anderen Ranger das nicht sehen konnten, während er Zeuge davon war.

»Es war, als ob ich sehen konnte, wie die Geister in die Toten einfuhren und anfingen, sie wie Marionetten zu bedienen. Als das passierte, wurden sie viel smarter, was ihre Angriffe auf unsere Linie direkt am Haupttor anging. Außerdem hatten die Betroffenen ein seltsames blaues Leuchten in ihren Augen oder in den leeren Augenhöhlen, wo sie mal Augen hatten, verstehst du? Die normalen Kriecher haben normalerweise dieses rote Glühen und so, als ob in ihrem Gehirn ein kleines Feuer brennt, wie ein alter Ofen oder glühende Kohle. Aber wenn das blaue Glühen überhand nimmt, bedeutet das, dass der böse Geist, die körperlosen Toten, die Geister und Gespenster und so weiter, sie gekapert haben oder sowas. Sie sind am Steuer und sie sind, ich weiß nicht, nicht schlauer, nicht... gerissener... aber sie haben mehr... Macht, denke ich? Das ist nur mein Eindruck, Talk, und ich weiß nicht einmal, wie viel davon wahr ist und wie viel davon nur ich, der den Verstand verliert, während ich zu diesem anderen Ding werde. Aber ich weiß, dass du die Details und alles für den Bericht haben willst. Also... hier sind sie. Schreib sie auf oder lass es bleiben.

»Ich bemerke also dieses Kapern und überprüfe etwas, von dem ich denke, dass es passieren könnte oder auch nicht. Der eine Zeke kommt direkt auf mich zu, ihm fehlt der Kiefer, die Haare sind strähnig, die Haut dünn und straff, als wäre er schon lange begraben und ausgetrocknet wie zähes, jahrealtes altes Dörrfleisch, an dem staubige Mumienverbände runterhängen. . Er kommt direkt über die Welle an Untoten hinweg, die aus allen Richtungen auf uns zukommt. Einfach so. Ich holte meine Glock heraus und ballerte schnell drauf los. Ich bin mir ziemlich sicher, dass ich ihm zwei Schüsse in die Brust verpasst habe, aber das macht bei einem Toten natürlich nicht viel aus. Ich erinnere mich, dass ich in diesem Moment, als es so nah war, einfach versucht habe, ihm einen Schuss in den Oberschenkel zu verpassen, aber das Ding zuckt in letzter Sekunde weg und stattdessen schieße ich ihm das Knie weg. Es geht direkt vor mir zu Boden. Ich stecke die Glock schnell in den Halfter, greife einen seiner Arme und reiße ihn nach hinten, um ihn festzuhalten, aber, ich weiß nicht... irgendetwas in mir sagt mir, dass ich den Arm einfach abreißen kann. Sodass ich genau das tue. Auf der Stelle. Ich reiße dem toten Kerl einfach den Arm vom Körper und werfe ihn in eine andere Richtung. . Der andere Arm, der eigentlich nicht viel mehr als eine knöcherne Klaue ist, greift nach mir und hebe ich meinen Stiefel und zerquetsche ihn ebenfalls, damit er nicht mehr wie ein Verrückter um sich schlagen kann. Jetzt habe ich mein Knie auf seinem Rücken und Lee fragt mich, was zum Teufel ich da tue, und um ehrlich zu sein, war ich mir in diesem Moment nicht wirklich sicher, Talk. Aber ich, das Ding, zu dem ich geworden bin, will Antworten von dem toten Kerl unter meinem Stiefel...

»Also beuge ich mich hinunter und fange an, mit ihm zu reden.«

»Wie?«, frage ich. Nicht was, sondern wie. Ich bin schließlich Linguist.

»Höllisch. Und ja, ich weiß: Ich beherrsche die Sprache gar nicht. Beziehungsweise ich wusste nicht, dass ich es tue. Aber es funktionierte. Wie ich schon sagte... alles ziemlich seltsam, Mann.«

Ich bin neugierig. Tanner kann die Sprache der Verdammten, Höllisch genannt, jetzt nicht mehr nur verstehen, sondern anscheinend auch sprechen. Zumindest in Krisensituationen.

Ich muss diese Sprache unbedingt lernen. Aus Gründen.

Ich frage ihn, ob er mir ein Wort beibringen kann. Irgendein Wort. Ein einziges Verb. Für ein Substantiv würde ich töten. Ich weiß... Ich habe Probleme.

»Keine Chance, Talk. Ich höre nur Englisch in meinem Kopf, wenn ich es spreche, aber ich weiß, dass trotzdem etwas anderes aus meinem Mund kommt. Ob du's glaubst oder nicht. Stell deine Kopfhörer auf volle Lautstärke,

Hardcore Metal rein, und dann frag mal jemanden, der neben dir steht, etwas. Du kannst vielleicht was hören, aber... du musst die Kopfhörer abnehmen, um es klar zu verstehen. So erinnere ich mich jetzt, wenn ich darüber nachdenke. Aber... es gibt ein Wort, das ich kenne, weil es in letzter Zeit immer in meinem Kopf herumschwirrt.«

Natürlich hake ich nach.

»*Numquam waar.*«

Nur dass Tanner es als in der Färbung seines Dialekts ausspricht, so ähnlich wie »Numb-cwom vare«.

Das Lateinische, das es sein muss, springt mir ins Auge, denn es ist ein gängiger Schlüssel, um viele Sprachen zu enträtseln. Mit ihm kann ich oft suchen und finden, wohin wir gehen. *Numquam* heißt nie. Für das zweite Wort verwendet er ein weiches, germanisches W für V in der Aussprache und mit ein bisschen Fantasie, bekomme ich so das niederländische Wort für »wo«. Im Sinne von wo gehen wir hin.

Niemals wo.

Da wir uns in der Ruine befinden, sind viele der aktuellen funktionalen Sprachen nur ein Mischmasch aus toten Sprachen, die ich einst für aktuell gehalten hätte. Nun, Latein war nicht aktuell. Aber die anderen toten Sprachen sind es. Sorry, waren.

Ich sage ihm, was ich denke, was es bedeuten könnte.

»Sagt dir… Niemals wo... etwas, Tanner?«

Für einen Moment wird er zu dem Tanner, der in letzter Zeit in Gesprächen immer wieder abdriftet. Interessant. Niemals wohin... und er geht woanders hin. Ich habe das nicht mit Absicht gemacht.

Aber seine Gedanken sind woanders, als ich frage, und sobald er zurückkommt, sagt er Nein, es sage ihm nichts.

Und was ich dann fühle, schockiert mich und hinterlässt einen schaurigen, bitteren Nachgeschmack bei mir. Mich beschleicht das Gefühl, dass er nicht ganz aufrichtig ist.

Nicht, dass er lügt.

Womöglich... eine Notlüge. Falls es so etwas wirklich gibt.

»Ich höre sie das nur immer wieder sagen, Talk. Niemals wo, wenn es das ist, aber in der Sprache der Verdammten. Und es gibt auch Musik, an die ich mich nicht erinnern kann. Aber es ist... es ist, als wäre ich im tiefsten Winter oder von dickem Eis umgeben, und nichts lebt dort. Und es ist nicht so schrecklich, wie es sein sollte. Es ist wunderschön... für mich, Talk. Es ist, als wäre ich froh, endlich allein zu sein. Für immer. Und dann sagt dieses Mädchen - ich kann sie nicht sehen, aber ich weiß, dass sie sehr schön ist - diese Worte immer und immer wieder, als wäre es ein Lied. Niemals wo.«

Ein kalter Schauer läuft mir über den Rücken. Und aus irgendeinem Grund muss ich an Last of Autumn denken. Autumn. So wie es früher einmal war.

»Also, was hat das Ding, das du mitten in der Schlacht auf dem Boden festgenagelt hattest, zu dir gesagt? Auf Höllisch«, frage ich und bringe Tanner wieder auf die Geschichte vom Kampf der Späher im Hof zurück.

»Zunächst einmal habe ich eine Frage gestellt, Talk. Ich wusste nur, dass ich sie gezielt stellen musste, als wäre es ganz natürlich und so. Informationen über das Ziel sammeln. Handlungen und Ziele. Aber ein bisschen anders, denke ich. Eher wie... eine Razzia im Sandkasten und der Versuch, einen Bombenbauer zur Strecke zu bringen. Du stürmst das erste Haus, schleichst dich rein, während alle schlafen, und schnappst dir den Bösewicht.

Dann kommen die Vernehmungsbeamten rein, so wie du, falls vorhanden, und holen sich schnell ein paar Antworten, dann bekommen wir unser nächstes Ziel, holen uns den Typen und machen einfach weiter bis zum Morgengrauen. Verstehst du, was ich meine, Talker?

»Ich weiß also, dass ich den Kerl, der unter mir festsitzt, fragen muss, wer hier am Drücker ist. Aber alle Worte sind in dieser dunklen Sprache. Die Untoten haben alle eine Art Energie, die von irgendwoher kommt, oder zumindest war das bei allen Toten so, die ich bisher getroffen habe. Technisch gesehen war dieser SEAL untot, aber ich weiß nicht... müssen Vampire nicht von anderen Vampiren erschaffen werden? Das ist eine Frage, die jeden interessiert: Wer hat SEAL Wie-heißt-er-noch verwandelt? Mann, ich wünschte, wir könnten zurückgehen und den Kerl noch einmal fertigmachen, nur so zum Spaß. Der Krieg heiligt die Mittel. Weißt du, was ich meine, Talk? Du hast den Kerl beim ersten Mal aber ordentlich erwischt. Du hast ihm direkt ins Auge geschossen. Die Kugel ist in seinem Gehirn geblieben. Coole Sache. Das würde ich gerne ein paar Dutzend Mal nachspielen.«

Ich erschauderte bei der Erinnerung daran, was damals im Turm tatsächlich passiert war. Das war verdammt knapp. Er hätte mich töten können, und was noch wichtiger war, er hätte Autumn töten können. Mit Leichtigkeit. Fast hätte er es tatsächlich getan.

Tanner bemerkte, wie unwohl ich mich fühlte, als ich für einen Moment in meine eigene Version von Anderswo ging. Er fuhr schnell fort.

»Ich frage das Ding also, wer hier den Saft für den Kampf liefert. Ich meine, irgendjemand treibt all diese Untoten an und lässt sie aus dem Dreck und dem morschen

Gebälk rund um diese verfluchte Staubwüste auftauchen. Und das ist kein Zufall. Schon während des Kampfes wurde klar, dass ihr Hauptziel darin besteht, Chief Rapp auszuschalten. Er ist ihr HVT, so viel ist sicher. Er hat sie wohl ziemlich angepisst. Sie wollten den Kerl einfach tot sehen. Manchmal sausen sie direkt an einem der anderen vorbei, dem sie locker en passant den Garaus machen könnten, nur weil sie so einen Hass auf die Grünmütze haben. Und ich weiß warum, denn ich fühle, was sie fühlen. Er ist das Leben, Talk. Er ist das Gegenteil von uns. Von ihnen. Sie hassen ihn und denjenigen, der ihn antreibt. Sie verabscheuen den Chief so sehr, dass diese untoten Hajis es selbst gar nicht voll begreifen.

»Währenddessen kämpft Hardt mit deinem Schild, als wäre er ein sowjetischer Kugelstoßer, um sie von dem Chief und seinem kleinen silbernen Kreuz fernzuhalten. Der Sar'nt schwingt es einfach hin und her und mischt die Toten auf, egal ob sie explodieren oder nicht. Diejenigen, die nicht explodieren, werden in zwei Hälften geschnitten und durch die Magie deines Schildes zerstört. Der Typ mit dem Speer hält einfach die Stellung und sticht auf die Untoten ein, als ob er auf der Hochzeit deiner Schwester für die Cocktailspießchen zuständig wäre. Du weißt schon, die mit dem Stück Käse und der Traube. Vielleicht noch ne Olive. . Das könnte ich auch essen, obwohl ich keinen großen Appetit mehr habe, seit ich gestorben bin. Aber hey, von diesen kleinen Partyspießen könnte ich jetzt einen ganzen Teller reinspachteln.«

Scheint, wir geben unsere Süchte nicht an der Pforte des Todes ab. Toll, und jetzt denke ich auch noch an Kaffee.

»Wer treibt sie also an?«, frage ich Tanner ein weiteres Mal, um ihn wieder zum Erzählen zu bringen. Ich kann viele schreckliche Dinge sein, aber ich bin ein Fanatiker geworden, wenn es darum geht, die Details für den offiziellen Bericht darüber festzuhalten, was wir hier so alles getan und erlebt haben.

Wer weiß, vielleicht schaffen wir es zurück und ich kann es als Science-Fiction-Geschichte und vielleicht sogar als Drehbuch für Hollywood verkaufen. Dann verdiene ich mir eine goldene Nase und fahre in meinem neuen Dodge Hellcat durch L.A., falls es das noch gibt, und trinke Hipster-Kaffee mit süßen Starlets, die auf ihren großen Durchbruch warten. Palmen und der große Pazifische Ozean. Das könnte ich jetzt vertragen. Option Zwei ist, dass DARPA und Deep State kommen und behaupten, es wäre alles nie passiert, wenn ich weiß, was gut für mich ist. Und die ganze Geschichte der Ruine wird vergessen.

In diesem Fall werde ich sie unter einem Pseudonym veröffentlichen, das klingt, als hätte ich es erfunden, um wie ein knallharter Privatermittler zu klingen. Irgendwas wie... Max Fire. Nein, zu pathetisch. Vielleicht... Nick Cole. Hm.

Memo an mich selbst: besseren Alias überlegen.

Wie auch immer...

»Also, Talk. Zurück zum Thema. Unten im Keller sind diese Schwestern, die die Toten und Geister in diesem Ding, das sie Kessel der Stürme nennen, aufpeitschen. Das hat mir dieser tote dargonische Schwertkämpfer erzählt, den unter meinem Knie im Staub liegt, während ich ihn um ein paar Informationen... bitte. Er erzählt immer wieder, dass er seine Seele vor hundert Jahren für eine Prophezeiung verkauft hat, die besagt, dass die Familie seiner Schwester mit ihrem Karawanen-Business Glück und Erfolg haben wird. Ja, ich weiß, das ergibt keinen Sinn, aber die meisten

Toten sind halb wahnsinnig, und glaub mir, es ist nicht immer angenehm, sich ihre Probleme anzuhören.«

»Und was machst du daraufhin?«, frage ich.

»Ich sage dem stellvertretenden Teamleiter, dass ich die Position wechseln und mich mit Hardt zusammenschließen muss, um ihm zu sagen, was los ist. Er stimmt zu und ich wechsle wieder auf die dreckige kleine Klinge und hacke mich durch die Leichen, die gerade an mir vorbeirennen, um an den Chief heranzukommen. Ich schiebe mich neben Hardt, dessen Baumstammarme vom Einsatz deines Schildes schon total erschöpft sind, und du weißt, dass das schlecht ist, denn der Sarge ist die Definition von Ausdauer. . Weißt du, wie das ist, wenn man mit Händen und Füßen kämpft? Da geht einem ganz schön schnell die Puste aus. Schneller als du denkst, weil du mittendrin bist und schwer atmest. Genau so war es. Ich spreche mit ihm und sage ihm, was ich aus dem Toten herausbekommen habe und was wir dagegen tun können, um ihrem Angriff Einhalt zu gebieten.«

Während Tanner mir das alles erzählt - immer noch in Sûstagul, nur etwas später - zündet er sich noch eine Zigarette an und hofft, dass Kurtz ihn nicht erwischt, denn Ranger rauchen nicht im Einsatz. Dip, ja. Aber Tanner ist Raucher und außerdem… ist er Tanner.

»Jedenfalls, Talk, als der tote dargonische Schwertkämpfer mir sagte...«

»Woher wusstest du eigentlich, dass er ein Dargonier war?«, hakte ich nach. Der Teufel liegt im Detail. Und wer weiß, welche Sprache die lebendigen Dargonier sprechen. Ich liebe die Ruine. Dieser Ort ist voller Sprachen. Und ich wette, die haben dort in Dargon einen verdammt guten Kaffee, dachte der Junkie in mir optimistisch. In

Wirklichkeit werden wir mitten in einem Wüstenloch landen, das auf den Karten als Dargon bezeichnet wird, und angeblich sind das alles Psychopathen. Geisteskranke, die Tee trinken. Wie die Briten. Totale irre.

Kein Kaffee weit und breit.

Das sind meine schlimmsten Ängste. Willkommen in meiner Welt. Willkommen in meinem Kopf.

»Er sagte, sein Name sei Khaiyam von Dargon. Also habe ich mal nachgerechnet. Du hast Dargon auf den Karten von Vandahar gesehen, diesen Ort auf der saudiarabischen Halbinsel, oder? Aber mal ehrlich, die Karte hat keine Rasterquadrate, und ohne Gitternetz und Azimut ist es schwer, überhaupt irgendwas zu finden. Außerdem bin ich auf meinem Weg in den Sandkasten einmal über diese Wüste geflogen. Da draußen gibt es jede Menge Nichts. Egal, der tote Typ sagt, er kommt von dort. Weiter im Text?«

Ich nicke.

»Ich sage Hardt, wir müssen da runter in den Dreck, wo die Toten rauskommen, und die Schwestern kaltmachen, die die Energiequelle für diese ganze Shitshow sind. Und dann wird's lustig: Der Sarge schaut mich mit so einem Blick an, der sagt: »Und wie zur Hölle sollen wir das anstellen, Tanner? Dann kommt so ein brüllendes Gerippe mit einem Speer angerannt und rammt den Schild genau in dem Moment, in dem Hardt ihn hochhebt, um den Chief zu schützen. Knochen und Staub fliegen in alle Richtungen davon.

»Hardt sagt, wir können uns hier nicht durchschlagen, da es zu viele sind. ›Verstanden, Sar'nt‹, antworte ich und erzähle ihm, dass ich einen Plan habe. Ich lege ihn dar, und Chief Rapp, der hinter uns auf einer kleinen Anhöhe steht und mit seinem Kruzifix auf Geister und Gespenster schießt und sie anknurrt, als würde er ihnen mit einer heiligen Waffe der ewigen Verdammnis die Hölle heiß machen, Chief Rapp sagt... Lassen Sie den Mann sein Ding machen, Sergeant Hardt. Wir schaffen das! Zeig, was in dir steckt!

»Das war mein Stichwort. Ich renne zu Lee hinüber und schnappe ihn und Chavez. Lee trug ein Seil über die Schulter und um die Hüfte geschlungen. Wie wir es immer machen, falls wir uns abseilen wollen. Chavez hält sie von uns fern und dann lasse ich Lee sichern. Ich habe keinen Schweizer Sitz, in den ich mich mal eben einklinken kann, also nehme ich das Seil und gehe ohne Gurt, lege es um mein linkes Bein und dann über meine rechte Schulter und kontrolliere den Abstieg mit meinem linken Sturmhandschuh. Ja, ich weiß, das wird wehtun, aber ich habe Super-Todeskräfte und spüre manches nicht mehr so wie früher. Ich sage Lee, er soll sich hinter einem Steinbrocken verankern. Ich beschließe, mich einfach durch die Geister und die Toten zu pflügen und an der Seite der Grube, aus der sie kommen, runterzugehen. Es wird nicht schön, aber es muss sein, verstehst du, was ich meine, Talk?

»Und ach ja, die Grube. Habe ich dir schon von der Grube erzählt? Ne, oder?«

Ich bestätigte ihm, dass das nicht der Fall war.

»Tut mir leid. Nicht, dass dich das stören würde, denke ich. Mir ist aufgefallen, dass du kein Problem damit hast, alles in der falschen Reihenfolge zu erzählen. Das ist so ein Leiden von dir. Was auch immer dir wann auch immer in den Sinn kommt, Mann, du schreibst es einfach auf, das hast du mir mehr als einmal gesagt. Die ungeschminkte

Wahrheit, oder wie war das? . Das kann ich verstehen. Manchmal muss man einfach nur aufs Gaspedal treten und losfahren, egal wohin, Hauptsache man ist in Bewegung.

»Also, die Grube. Ich weiß genau, wann sie sich aufgetan hat. Ich habe es nicht gesehen, aber ich habe es gespürt. Als ob jemand auf der Party endlich daran gedacht hätte, den Subwoofer einzuschalten. So war es. In der Luft, in meinem Bauch, überall um mich herum, wie etwas, von dem ich bis zu diesem Moment nicht einmal wusste, dass es fehlt. Die Schwestern, Talk. Ihr Saft. Die Grube hatte sich geöffnet und mit ihr waren die Schwestern irgendwie... präsenter. Daher wusste ich, dass es nicht nur eine Grube war, sondern ein Weg hinein. Ein Weg, um zu ihnen zu gelangen. Das und die ganzen Geister, die plötzlich in den Hof strömten. Diese Grube war ein Weg in den Keller oder die Katakomben oder was auch immer dort unten sein mochte, wo die Schwestern waren. .

»Chavez hackt also einfach drauflos, um sie von uns fernzuhalten, und er wird müde. Der Chief schießt auf drei Schatten, die hereinkommen, und sie verwandeln sich in der Nacht direkt vor unseren Augen zu Staub und Asche. Dann renne ich nicht mehr zur Grube, sondern schwanke mehr von einer Seite zur anderen und stolpere vorwärts, um sie irgendwie zu erreichen.

»Da taucht auf einmal der Leichenfledderer auf, den wir in der Festung vermutet haben, und mischt sich ein. Er kam aus dem Haupt... Hort? Bergfried? Ich kenne mich mit dieser ganzen Fantasiearchitektur immer noch nicht aus. Hütten und Souks, das ist mein Ding. Aber dieser Kerl, der aus Körperteilen besteht, und glaub mir, das meine ich nicht auf die übliche Art und Weise, kommt aus dem Gebäude, das wir als Hauptziel der Mission bezeichnet haben. Er trifft mich mit einem Körper. Oder zumindest einem Teil davon. Ein Stern, Talk. Absolut nicht zu empfehlen. Er reißt sich einfach die Schulter und den Arm ab und schleudert sie auf mich. Und ja, ich sehe an deinem Gesichtsausdruck, dass das schräg ist...«

Es gab einen Weisen, der sich auf die alte Festung spezialisiert hatte und uns viel über ihre verloren gegangene Geschichte erzählt hatte. Damals hatte ich den Eindruck, dass der tattrige alte Weise ein wenig, wie soll ich sagen... verrückt war. Ich meine, die Dinge, von denen er sprach, waren purer Wahnsinn, und ich weiß, dass man solche verrückten Geschichten in der Ruine öfter ernst nehmen sollte, als einem lieb ist, aber seine Geschichte von einer Art untotem Golem, der Leichen vom Boden oder von Schlachtfeldern aufheben und in sich aufnehmen konnte, oder besser gesagt, sie zu einem Teil von sich machen konnte... Ich meine, komm schon. Klingt das so, als sollte es so etwas geben?

Klares Nein.

Die Antwort auf die Frage, ob es eine Art Monster geben sollte, das einen tötet und dann Teile des Körpers abreißt, um sie in den eigenen zu integrieren, lautet: Nein. So etwas Schreckliches sollte es nicht geben. Drachen, Trolle, Lichs... klar, okay. Aber ein Toter, der die verrottenden Körperteile eines anderen Menschen auf einen wirft, ist einfach auf so vielen Ebenen falsch.

Und doch gibt es so etwas. Diese spezielle Abscheulichkeit gibt es hier in der Ruine.

Lustig, hm.

Es warf also einen Körper nach Tanner und brachte ihn zu Fall. Außerdem hatten die geworfenen Körper eine Art magischen kinetischen Effekt. Kennedy vermutete auch Fäulniskrankheiten und dunkle Flüche, stellte aber die Hypothese auf, dass Tanners Status als Untoter ihm eine gewisse Immunität gegen diese Phänomene verliehen haben könnte.

So wie ich diesen Teil der Geschichte von anderen gehört habe, wollte Tanner ein Held sein und den tödlichen Schlag gegen drei Dreckhexen ausführen, die unten im Keller leben, und wurde dann von einer Leiche niedergestreckt. Die Ranger, die davon erfahren haben, fanden das sogar mitten in der Schlacht um Sûstagul schon urkomisch. Über ihren dunklen Sinn für Humor und was sie lustig finden, habe ich ja schon häufig genug berichtet. Ich vermute, dass ein Ranger, der zu einer Familienfeier geht, von seinem Ehepartner genaue Anweisungen erhält, welche Themen für eine höfliche Unterhaltung angemessen sind. Mit einer ausdrücklichen Unterlassungsbitte bezüglich »lustiger Todesgeschichten«.

Tanner versucht also, zu diesem schwarzen Loch im Boden zu gelangen, einem Abgrund in der trockenen, toten Erde, der Geister und Leichen ausspuckt wie ein der Hintern eines Gierschlunds am Morgen nach dem All-you-can-eat-Seafood-Buffet beim Chinesen, das schon ein paar Tage drüber war. Er liegt auf seinem Hintern, zu Boden gebracht von der fliegenden Gliedmaße eines toten Mannes.

»Sogar für mich, Talk, - und der Geruch des Todes hat mich nie gestört, als ich noch lebte, und er stört mich auch jetzt nicht -, aber dieser ganze Ort dünstete diesen übel stinkenden Todesgeruch aus. Weißt du, was ich meine? Und trotz dieses Geruchs war der Arm des toten Mannes, der mich traf, auf eine Weise faul, die ich nicht beschreiben kann. Ich wollte fast die Fertigmahlzeit, die ich vor dem Kampf gegessen hatte, hochwürgen. Und Rührei mit Schinken wird auch nicht besser, wenn man es wieder rauskotzt.« . . .

Das kann ich mir vorstellen. Aber ich möchte es lieber nicht.

Was macht Tanner also, nachdem er von einer Leiche getroffen wurde, während er sich an einem Seil vorwärts schleppt, um nur mit den Waffen, die er bei sich hat, in eine dunkle Grube hinabzusteigen? Er steht auf und stürmt vorwärts. Denn Tanner kann vieles sein - ich habe noch keinen Ranger-Unteroffizier getroffen, der nicht zögert, Tanner wegen jeder Kleinigkeit, von Rauchen bis hin zu Anzüglichkeiten, in die Pfanne zu hauen - aber niemand hat je befunden, dass er nicht in der Lage ist, die Herausforderungen zu meistern, denen sich Amerikas beste Kampftruppe stellen muss. Tanner ist der erste Mann im dunklen Loch, der bereit ist, bis aufs Messer zu kämpfen, und zur Not mit spitzen Stöcken und harschen Worten. Er ist ein Ranger, durch und durch. Und das ist das Beste, was man je von sich behaupten kann.

Darin sind sie sich alle gleich. Und vielleicht reicht das an diesem Tag, um die Miete für die Schriftrolle zu bezahlen.

Stopp. Moment mal.

Ich habe gerade »sie« in Bezug auf die Ranger benutzt. Und noch während ich es schrieb, hörte ich Joes Stimme in meinem Kopf. Glaube nicht, dass du etwas bist... Sei dir bewusst, dass du es bist, Ranger.

Ich bin einer von ihnen. Sie verlassen sich darauf, dass ich einer von ihnen bin.

Einer von uns.

Kurze Korrektur.

In diesem Punkt sind wir alle gleich.

Oder wie Morpheus in dem Film zu Neo sagte: Hör auf mich zu schlagen... und schlag mich einfach.

Als Tanner aufsteht, stürzen sich zwei Zekes auf ihn. Einer davon ist ein kleiner Zwerg, der auf seinen Rücken springt und versucht, ihn in den Schwitzkasten zu nehmen. Die Augen des Zwerges waren laut Tanner ausgestochen, und als Tanner versuchte, den Kerl abzuwehren, war das ziemlich befremdlich, obwohl Tanner andere Worte wählte, um die Situation zu beschreiben. Der andere Typ hat ihn um die Taille gepackt, als wäre er ein Linebacker, der versucht, einen Running Back zu tackeln, bevor er die First and Ten erreicht. Tanner hämmert dem zweiten Kerl direkt ins Gehirn und verliert sein Schwert, als er den Rand der Grube erreicht. Der Kerl rutscht runter und Tanner stürzt sich, ohne ein Zeichen zu geben und im vollen Vertrauen auf Lee, der ihn sichert, über die Kante und in die Grube, mit dem augenlosen, untoten Zwerg noch auf dem Rücken.

»Kein Action-Helden-Move, Talk, wie in den Filmen. Ich hätte Lee beide Arme gebrochen, wenn ich das getan hätte. Wenn ich so darüber nachdenke, hätte ich auch einfach loslassen und mich reinfallen lassen können. Ich meine, was soll schon passieren? Noch toter kann ich ja schlecht werden, oder?«

»Dann hättest du dir wahrscheinlich Arme und Beine gebrochen«, sagte ich. »Und jetzt, wo du tot bist, Tan, wäre das ziemlich sicher nicht mehr verheilt, weil du tot bist.... Du wärst also ein verkrüppelter Untoter.«

»Da bin ich mir nicht so sicher«, sagte Tanner. »Wie kommst du überhaupt darauf? Vielleicht habe ich ja heilende Superkräfte. Wie Wolverine und so.«

Wie gesagt, jeder Ranger wollte Wolverine sein.

Ich legte meine Argumente dar. »Nun, die Sache ist die. Alle toten Typen, Zekes und Skellies, die wir bisher getroffen haben, scheinen nicht besonders gut zu heilen. Wenn überhaupt. Schau dir die Skelette an. Ihr Fleisch ist weg. Die inneren Organe auch. Da hat sich nichts regeneriert. Sie laufen zwar noch rum, aber sie haben keine neue Haut und erst recht keine neue Leber bekommen. Und dann gibt es da noch diese toten Typen, die erhängt, erstochen, zerhackt oder zerstückelt wurden. Ihnen fehlen immer noch Gliedmaßen oder ihr Genick ist immer noch gebrochen, oder was auch immer. Die Untoten scheinen einfach nicht zu heilen. Das wäre das Problem bei schweren Verletzungen. Selbst wenn du eine Art untoter Wolverine wärst.«

Tanner runzelte die Stirn. »Darüber muss ich nachdenken, Talk.«

Wahrscheinlich denkt er immer noch darüber nach. Aber immerhin habe ich den Rest der Geschichte aus ihm herausbekommen.

An dieser Stelle des Berichts denken Sie wahrscheinlich: Was ist mit dem Leichenfledderer? Wir wussten, dass er eine Art Schwergewicht ist, und deshalb hatten wir Kennedy mitgenommen, um mit ihm fertig zu werden. Laut all meinen Quellen, nicht nur dem verrückten Weisen, sondern auch einigen der Scouts und Kennedy, sah das Ding aus wie ein riesiger Glöckner von Notre Dame, wenn der Glöckner aus einem Haufen willkürlich zusammengefügter Leichenteile bestünde.

Chavez schwor, dass das Ding immer noch das Seil um den Hals trug, mit dem es aufgehängt worden war. »Er hatte auch ein riesiges Kullerauge, Talk, das ganz wild in seiner Augenhöhle herumflatterte, als wüsste es genau, was vor sich geht. Der Rest seines Körpers sah aus wie ein Serienkiller aus einem dieser Horrorfilme, ganz langsam und so. Als ob er eine Fleischpuppe wäre. Aber das Auge machte mir Angst, Mann. Es war, als wäre das Auge das letzte, was der Tote noch in seinem Körper hatte, und es wusste ganz genau, was los war und konnte nichts dagegen tun.«

»Und das hat dich am meisten verstört?«, fragte ich Chavez. »Nicht die toten Körperteile, die es herumschleuderte?«

»Mit sowas komm ich klar. Aber das Auge? Gruseliges Zeug, Bro.«

Volle Transparenz: Chavez hat einmal eine Partie Ranger-Bowling gewonnen, bei der sie einem Haufen toter Orks die Köpfe abgetrennt und damit Shuffleboard gespielt haben. Ich habe keine Ahnung, warum sie es Bowling nannten, außer dass sie die Köpfe warfen, um die anderen Köpfe aus der »Bahn« zu schlagen, aber es ist ihr Spiel und ihre Regeln, also dürfen sie auch den Namen bestimmen.

Bevor ich zu dem Teil mit Tanner in der Grube des Verderbens komme, möchte ich noch erzählen, wie sie mit dem Leichenfledderer verfahren sind, der als Spielverderber galt, weil Chief Rapp ihn nicht bekehren oder verdammen konnte.

Diese Ausgeburt der Hölle kam auf sie zu, riss tote Körperteile von sich und warf sie auf die Ranger. Außerdem hatte es zwei Tentakel, die aus seinem Rücken ragten und an deren Ende jeweils eine riesige verrottende Hand hing. Die Tentakel schnappten sich Skelette und Zombies aus der Menge und warfen sie direkt auf die Ranger, die um den Innenhof kämpften. Einige versuchten, das Ding mit ihren Vollautomatischen auszuschalten. Heiße, rauchende Geschosse zerfetzten die riesigen verrottenden Körperteile. Und dieses seltsame, wissende Auge, das sich vor Angst in seiner Höhle drehte.

Chief Rapp befahl Kennedy, sich darum zu kümmern.

»Und was hast du gemacht, Kennedy?«, fragte ich unseren Ranger Zauberer-PFC.

»Ich habe es geraucht wie eine billige Zigarre, Talker. Das Ding fing Feuer und schaffte keine zehn Schritte mehr, nachdem ich es mit meinem Feuerball getroffen hatte. Obwohl ich erstaunt war, dass es noch so weit gekommen ist und einfach nicht umfallen wollte. . Der Riese, den ich mit der Feuerkugel getroffen habe, wurde direkt vom Hügel gefegt, erinnerst du dich? Aber dieses Ding hat den Feuerball mitten in den Torso bekommen und ist einfach weiter auf uns zugelaufen und hat versucht, sich noch mehr Leichen zu schnappen und sie auf uns zu werfen, bevor es endlich zu Boden ging. Willst du etwas Abgefahrenes wissen, Talker?«

Ich wusste es bereits aus dem Gespräch mit Chavez. Aber ich ließ es mir trotzdem gerne nochmal aus Kennedys Perspektive erzählen, auch wenn ich mir dieses Detail ehrlich gesagt hätte sparen können.

»Sobald das Ding Feuer gefangen hatte, lösten sich die Leichenteile aus seinem brennenden Körper und versuchten davonzukriechen oder sonst wie zu entkommen, als ob sie von dem Fluch befreit worden wären, unter dem sie so lange standen.«

Selbst als ich das zum zweiten Mal hörte, stand mir die Kinnlade offen.

»Gibt es so etwas auch in deinem Spiel, Kennedy?«

»Auf keinen Fall. Aber jetzt schon, Talker. Ziemlich cool, oder?«

KAPITEL 6

»Das Abseilen war ziemlich wirsch, Talk«, fuhr Tanner fort, als er von seinem Abstieg in die dunklen Tiefen des Kellers der Festung berichtete. In Sekundenschnelle fiel er vom Hof in die Grube.

»Es fühlte sich an, als würde ich mir beide Arme aus den Schulterpfannen reißen, als ich da ohne jegliches Gurtzeug runter bin. Aber hey ... das ist Schnellabseilen. Der Angriffshandschuh, mit dem ich den Abstieg kontrollieren wollte, wurde fast sofort zerfetzt. Ich sah, wie meine Hand zu rauchen begann, aber wie gesagt, der Schmerz stört mich nicht mehr so wie früher. Lee hielt durch, und Chavez erzählte mir später, dass er sein Schwert in den Dreck fallen lassen und ebenfalls ans Seil musste, weil ich Lee mitgerissen hatte. Seine Fingerkuppen haben echt was abbekommen, weil er einer von denen ist, die sich die Handschuhe vorne abschneiden, um ihre Waffe besser bedienen zu können. Schlechte Idee. Ich habe nichts dagegen, wenn man sich den Abzugfinger freischneidet - wenn es sein muss -, aber bei dem, was wir tun, Talk, kommt man unweigerlich an üble Orte, und da ist es gut, wenn man so viel Schutz wie möglich hat. Immer so viel wie möglich bedeckt halten. Darin sind der Smaj und ich uns einig, Talk. Aber der Chief hat Lees Hand gut verbunden und etwas Sekundenkleber auf eine der schlimmen Stellen gepackt.«

Im weiteren Verlauf der Geschichte taucht Tanner in die Grube hinab, und so wie er es beschreibt… nun, ich glaube nicht, dass er das, was dann passiert, in angemessener Drastik wiedergegeben hat. Er meinte nur, dass die Erdschichten, an denen er auf dem Weg nach unten vorbeigekommen ist, voller verrottender Leichen waren, die sich dort unten in der verdichteten Erde an den Seiten der Grube krümmten und feststeckten. Außerdem war die Grube voller Skelette und Zombies, die an den Wänden der Grube hochkrabbelten, um den Angriff der Ranger abzuwehren. Sie benutzten die eingegrabenen Untoten als Trittleitern, um sich festzuhalten und hochzuziehen.

In seinem Kopf konnte Tanner die verzweifelte Wut und das Leid der Wesen dort unten an und in den Wänden der Grube hören. Aber er blendete das aus und machte sich bereit, demjenigen, der das Pech hatte, unten auf ihn zu warten, den Garaus zu machen.

»Als ich hinabsteige, höre ich, wie Kennedy seinen Feuerball einsetzt und das Leichenteil röstet, das auf den Rest des Kill Teams zukommt. Aber als ich auf dem Boden des Kerkers im alten Keller unter der Festung gelandet war, war ich schon mittendrin statt nur dabei, Mann. So müssen sich die Jungs gefühlt haben, die in Vietnam in die Tunnel gegangen sind, nur dass ich glaube, dass es viel klaustrophobischer war.«

Nach dem, was er mir als Nächstes erzählt, war er auf jeden Fall mittendrin, denn es wurde schnell unheimlich.

Aber hey, das ist die Ruine. Jeden Tag wacht man auf und denkt sich: »Na ja, gestern war schon ziemlich seltsam. Dann verpasst dir die Ruine eine Ohrfeige und sagt: »Wenn du das schon seltsam fandest, präsentiere ich…«

So sehr, dass das Mörserteam dazu übergegangen ist, mit ihren Sharpies ein Strichmännchen mit Sonnenbrille zu zeichnen, das mit beiden Zeigefingern auf irgendetwas zielt, und dann schreiben sie einfach Kiddo als Abkürzung für eine neue und noch verrücktere Sache, in die sie gerade Kugeln versenkt haben.

Das ist ihre Version von »Kilroy war hier«.

Der Smaj hat geäußert, dass Mörser zu viel Zeit haben und mehr Training brauchen, um sie von dieser Angewohnheit zu heilen, die nur ihn zu stören scheint.

»Siehst du, mein erster Fehler war, dass ich dachte, nur weil ich mir den Plan ausgedacht habe, sei ich der Richtige für die Mission«, setzt Tanner seine Erzählung über die Untergrundwelt unter der Festung fort. »Aber so bin ich nun mal, Mann.«

Tanner würde Ihnen erklären, dass es genau das ist, was alle Unteroffiziere an ihm hassen... »und warum ich es nie über den Rang des Corporal hinaus schaffen werde, wenn überhaupt. Ich kann nicht führen, Mann. Ich erledige es einfach. Clever wäre es gewesen, wenn Lee oder Chavez reingegangen wären und ich gesichert hätte. Die Informationen, die ich von dem Dargoner gesammelt habe, verrieten mir, dass die Toten empfänglich für das sind, was die Schwestern da unten treiben. Die Implikationen hätte ich vorher checken müssen. Aber das kommt einem meist erst im Nachhinein. Wenn die drei Schwestern die Toten kontrollieren konnten, war es nicht besonders klug, einen Toten da reinzuschicken.«

Das leuchtete mir ein. Ich behaupte nicht, dass ich schneller darauf gekommen wäre als Tanner. Aber er hatte seine eigenen Handlungen bereits kritisch bewertet, sich analysiert, was ein wichtiger Bestandteil aller Ranger-

Einsätze ist, und seinen eigenen After Action Report erstellt. Ihm war umgehend klar, dass er da unten in der Leichengrube unter dem alten Kerker in eine ungute Situation geraten war.

Nachdem er die ganze Geschichte gehört hatte, bin ich ehrlich gesagt überrascht, dass sie nicht schlimmer ausgegangen ist.

»Es ist dunkel da unten, Talk. Richtig dunkel, Mann. Aber es ist so dunkel, dass es noch dunkler ist als... dunkel. Hey, ich bin nicht so gut mit Worten wie du, Talker. Aber du verstehst mich, Mann. Es ist superdunkel da unten und so. Selbst für einen toten Kerl mit Todessicht. Es war so, wie die Nacht denkt, dass sich die Farbe Schwarz anfühlt.«

Dann ging er wieder für eine halbe unangenehme Sekunde woanders hin.

Anschließend fing er wieder an zu reden, während er immer noch in diese Richtung starrte, dieses Anderswo, in das er manchmal geht. Das fühlt sich an wie gesprochenes Gruseln. Da läuft's mir kalt den Rücken runter. Er fing an, so zu sprechen, während er die Zigarette zwischen den seilverbrannten Fingern seiner verfaulten Hand hielt. Ins Leere starrend.

Hier ist eine Frage, von der ich dachte, dass ich sie nie stellen würde... niemals. Können Tote PTBS bekommen?

»Ich höre sie, bevor ich sie sehe, Mann. Sie sagen seltsame Sachen... diese drei Schwestern.«

»Was zum Beispiel?«

»Wir kommen aus der Wüste jenseits der Welt, Wiedergänger«, zischt Tanner, als ob er eine alte Hexe imitieren würde. Was er ja gewissermaßen auch ist. Glaube ich.

Er ahmt ihre Stimmen nach und das Ergebnis ist unheimlich, gelinde gesagt.

»Nach der einen fängt eine andere an zu sprechen«, fährt er fort. »Frag mich nicht, woher ich weiß, dass es eine andere ist... in meinem Kopf klingt sie genauso, aber anders. Und ja, sie sind in meinem Kopf und obwohl ich tot bin, fühle ich mich kalt, als hätte ich großen Mist gebaut und würde dafür auf eine Weise bezahlen, die ich nie für möglich gehalten hätte. So wie wenn dein Sergeant im Gefängnis auftaucht und der ganze Spaß, für den du Ärger bekommen hast, in einem Moment endet, in dem du einen Rekord aufstellst. Die nächste sagt zu mir: »Jetzt gehörst du uns, Wiedergänger. Und dann meldet sich eine Dritte, und ich habe das Gefühl, sie ist die Anführerin von allen. Die ältere Schwester. Nur... das Wort ist nicht richtig, Talk. Eher im Sinne von... die Altvorderste. Ich weiß nicht, ob das grammatikalisch... oder technisch gesehen... korrekt ist. Aber einem anderen Teil von mir, einem, der die Sprachen der Toten und der Hölle kennt... ist es das. Es ist ein Wort, das sich auf eine sehr falsche Weise richtig anfühlt, wenn du weißt, was ich meine. Hör zu, Mann, ich weiß, das hört sich alles sehr geheimnisvoll an, aber Ranger geben wichtige Informationen weiter, weil die Mission davon abhängt. Egal, auf jeden Fall sagt die Altvorderste: »Unser neues Spielzeug, Schwestern. Dann: »Jaaaa, mein hübscher Wiedergänger. Ein neues Spielzeug für die Ewigkeit.«

Wie gesagt, in diesem Moment der Geschichte starrt Tanner wie aus tausend Metern Entfernung, als wäre er wieder mittendrin. Genau wie diese Hexen in Schwarz. Nur sprechen die nicht Spanisch, wie die, die der Captain auf der Passhöhe angezündet hat, als wir vor den Orkhorden geflohen sind.

Während ich das aufschreibe, werde ich daran erinnert, dass wir einige echt krasse Dinge erlebt haben. So krass, dass man sich gleich ein bisschen älter fühlt als eh schon, angesichts der vielen zurückgelegten Kilometer und der schmerzhaft heilenden Narben.

Aber zurück zu Tanners Bericht.

Genau in diesem Moment versuchen sie, die Kontrolle über ihn zu erlangen. Sie fangen an zu singen, was er ein gruseliges Kinderlied für kleine Mädchen nennt, aber er kann sich nicht an den Text erinnern und erklärt mir, dass es kein Kinderlied für die Kinder der Lebenden ist, sondern für die Seelen in der Hölle, die niemals schlafen und niemals ruhen. Sie mögen davon halten, was sie wollen, aber das waren die Worte, die er benutzte, und als er mir diesen Teil erzählte, spürte ich dieselbe Kälte, die er beschrieben hatte, über meine Kopfhaut und meinen Rücken kriechen, und die Morgenluft in der Wüste war nicht so warm, wie ich sie gerne gehabt hätte.

In jenem Moment merkte Tanner, dass er einen großen Fehler gemacht hatte, als er mitten im Kampf nach unten ging, weil sie in seinen Geist eingedrungen waren und herausfinden wollten, wozu sie ihn zwingen konnten, jetzt, wo er eine Art Marionette für sie war.

Zu seiner Verteidigung sei gesagt, dass die Ranger am Rand der Grube aus allen Richtungen angegriffen wurden und es keine Anzeichen dafür gab, dass die Schwestern ihnen nicht weiterhin die Toten auf den Hals hetzen würden. Sie sind Ranger, und der Green Beret ist nicht nur ein Kleriker, der Tote entflammen und zu Asche machen kann, er ist auch ein Hüne und ein Meister im Waffenkampf, aber...

jeder hat seine Grenzen. Wenn die Toten weiter Druck machen konnten, würden sie wahrscheinlich gewinnen.

Und Operation Stranglehold stand und fiel mit der Einnahme der alten Festung, bevor alles andere überhaupt losging. Somit war dies ein entscheidender Faktor für unseren Erfolg oder Misserfolg in Sûstagul.

Eine der Hexen im Verließ flüsterte Tanner zu, er solle das Seil wieder hochklettern und »deine Freunde töten, Wiedergänger. Tu uns einen Gefallen und lass sie alle schön sterben, damit sie sich uns hier unten anschließen können. Für immer.«

»Jaaaa«, sagte die Altvorderste, und die andere rührte in dem riesigen schwarzen Kessel in ihrer Mitte rum. Da unten lagen überall Tote. Tanner beschrieb den Boden als einen riesigen Perserteppich aus verstümmelten Leichen.

»Und ich konnte sehen, Talk, dass nicht alle tot waren. Viele von ihnen waren jetzt untot, aber einfach nur so dazuliegen war ihr Job, bis zum Hitzetod des Universums. Sie waren nur da, um die Hexenschwestern und all das Böse zu beobachten, das sie dort unten in der Dunkelheit taten.

»Je mehr die drei sprachen, desto mehr begann ich ihre Welt da unten in dem Keller wahrzunehmen, zu sehen. Es war, als würde ich durch eine Art dünne Realitätsblase wandern, wie das QST, durch das wir gekommen sind, um zur Ruine zu gelangen. Nur dass es kein Keller war, Mann. Das verblasste, je mehr sie redeten. Der Ort, auf den ich zuging, war ein einsames... Moor. Ist das das richtige Wort? Auch hier habe ich keine Ahnung, was das Wort bedeutet - na ja, ich kann es mir vorstellen und ich weiß, was ein Moor ist, aber glaub mir, Mann, ich habe es noch nie in meinem Leben benutzt. Stell dir vor, ich würde eine Tussi im Club anbaggern, das Wort benutzen und den ganzen

Flirt gegen die Wand fahren. Zu fancy. Aber ein Moor, dieses Moor, das ich in ihrem Traum vom Tod betrete, weil ich dort war... es ist wie eine sumpfige Senke mit Büschen, die ganz niedrig und windschief sind. Die Bäume sehen tot aus, sind es aber nicht. Der Himmel ist leer. Der Schlamm saugt sich an deinen Stiefeln fest. Der Ort riecht nach Tod und es gab einen grünen Sturm in diesem Todeshimmel. Alles war grau und schillernd grün wie ein geknicktes ChemLight. Ein wirklich seltsamer Ort, an dem ich mich plötzlich befand, und vielleicht war das alles nur ein Trick von ihnen, denn ich konnte nicht anders, als immer näher an den großen schwarzen Hexenkessel heranzugehen, um den sie alle standen. Sie lachten darüber, was sie alles mit mir anstellen würden. Es war wirklich schlimm, Mann. So viel wusste ich.«

»Und was hast du gemacht?«, fragte ich.

Denn offensichtlich bist du hier und hast es überstanden, Tanner. Zu diesem Zeitpunkt, als er mir die Geschichte zwischen zwei Aktionen auf der Patrouille übermittelte, hatte er sich dem Zweiten Zug angeschlossen. Er und Kennedy. Das war während unseres Vormarsches und des Angriffs auf den Markt.

»Das kann ich dir sagen, Mann.«

Jetzt war er wieder da, zurück von seinem apathischen in-die-Ferne-Starren. Die Rauchschwaden in seinem Kopf hatten sich verzogen, als er mir alles über diese andere Welt erzählte, dieses... Moor, in dem die Hexen unter der Erde lebten, einem Ort voller grauer Sturmwolken und grünem ChemLight.

»Sie wollten mich zum Töten benutzen, Mann. Ich konnte sie in meinem Kopf hören, wie sie mich fragten, wie meine Waffen funktionieren, und dann interessierten sie sich für die Granaten. Sie murmelten und schnatterten in einer anderen Sprache, die ich nicht verstand, aber sie sagten immer wieder, wie lustig es wäre, wenn ich zurückgehen und ein paar Granaten auf den Rest meines Teams abwerfen würde. ›Das wäre genial‹, sagten sie immer wieder, und ich wusste, dass ich in Schwierigkeiten steckte. Aber ich wusste auch, dass die Mission und meine Ranger-Kollegen auf eine Art und Weise in Schwierigkeiten steckten, die sie noch nicht verstanden. Diese Mädels wollten aus mir einen Sprengsatz machen, Mann. Weißt du, wie schlecht das beim Rest des Regiments angekommen wäre? Sie wären, gelinde gesagt, enttäuscht, dass Ol' Tans sie alle in die Luft gejagt hat. Sagen wir einfach, Kurtz hätte zu diesem Zeitpunkt mehr von diesem SEAL gehalten als von mir. Also...«

Tanner lächelte schief. Und in diesem Moment war er wieder da. Mein Freund. Der Kerl, der sich von niemandem etwas gefallen lässt und immer einen Kommentar parat hat, der einem hilft, sich gegen das aufziehende Unwetter zu wappnen, das gleich verbal oder kinästhetisch au einen einprasselt. Schön, ihn wiederzusehen.

Ich will ehrlich sein, ich hatte das Gefühl, dass die ganze Kälte, die Tanner beschrieben hat, plötzlich von seinem Lächeln und dem, was er zu mir sagte, wie weggeblasen war.

»Ich wollte nicht, dass das mit dem Team passiert, Mann. Ich musste es berichten. Und ich mag vieles sein, aber garantiert keine Hexenbombe Verstehst du, was ich meine? Dagegen habe ich was. Und gegen sie.«

Verstehe vollkommen, Bruder.

»Es gab einen Blitz über dem Moor da drin. Grüne Blitze zuckten über den Himmel. Er war in der Ferne zu sehen gewesen, als ich auf die Hexen und ihre große schwarze Grube zuging. Aber jetzt, als ich so hilflos wie ein Baby dastand, muss ich zugeben, dass ich mich fragte, warum ich den Donner nicht hörte, der mit dem Blitz kam. Vielleicht hörte ich ihn ja doch, Mann. Vielleicht war er gedämpft und so, als ob der Blitz weit weg eingeschlagen wäre und ich das darauf folgende Grollen kaum hören konnte. So muss es gewesen sein, denn als ich genau hinhörte, war es da. Das Donnern. Und dann wurde mir klar, dass ich die Sekunden zählte, während die Hexen sich unterhielten. Ich zählte zwischen den Schlägen und dem entfernten Grollen. Reine Gewohnheit. Ich zählte den Abstand, wie der verängstigte kleine Bruder in dem Film, in dem das kleine Mädchen in den Fernseher geht. Ein Klassiker.

»Aber was mir wirklich klar wurde... und das ist die wichtigste Erkenntnis... war, dass ich das kontrollieren konnte. Den Akt des Zählens. Dafür hatten sie nicht die Fäden in der Hand. Das war meine Domäne. Daher kam mir etwas in den Sinn. Ich dachte an die Uzi, die ich umgeschnallt hatte. Eine von denen, die du und Joe aus den Tiefen der Wüste mitgebracht habt. Hab sie stets bei mir getragen. Als sie sich nach meinen Waffen erkundigt hatten, wollten sie wissen, was sie tun konnten, und ich musste ihnen antworten, weil sie die Strippen zogen und so. Sie fragten nach dem Karabiner. Er schießt Kugeln, sagte ich ihnen, und sie schienen zu verstehen, was sie in meinem Geist sahen. Das hat ihnen nicht gefallen. Auch meine Messer schmeckten ihnen gar nicht. ›Bah‹, sagt eine, ›zu langsam. Das Töten muss größer sein.‹ Dann kamen sie auf die Granaten an meinem Plattenträger zu sprechen. Das lenkte sie ordentlich ab. Aber sie waren noch nicht bei der alten MACV-SOG Nam-Waffe angekommen, die ihr aus der Wüste mitgebracht habt. Ich habe die ganze Zeit darauf gewartet, sie zu benutzen. Daher sagte ich: »Hey, ihr Hexen... ich hätte da noch was für euch.«

Und sie drehten sich von dem großen, schwarzen, blubbernden Kessel weg und ich spürte, wie sie... kurz die Kontrolle verloren. Als ob sie ausrasteten, weil sie merkten, dass ich aus eigenem Antrieb mit ihnen reden konnte. Das ging tatsächlich. Und was sie nicht wussten, war, dass ich auch den Donnerintervall nach den seltsamen grünen Blitzen am dunklen Himmel da draußen über dem Moor zählen konnte. Mann, das war seltsam.«

Ziemlich.

»Also schnauzen sie mich an, als wären sie richtig wütend, aber sie wollen wissen, was ich habe, weil... sie gierig sind.

»Zeig es uns«, zischte Tanner mit verstellter Stimme, um die grausamen Hexen zu imitieren. »Zeig es uns jetzt, Wiedergänger«, zischte eine andere. »Was hast du für die Tötungsarbeiten, die anstehen?«

Er hielt inne.

»Das hat sie gesagt. Die Altvorderste, die Eld.«

Okay, jetzt mal ganz langsam.

Er hat Eld gesagt. Nebenbemerkung: Ich weiß nicht, ob ich im Verlauf des Kampfes darauf eingehen kann, aber es ist eine Information, die ich gleich hier niederschreibe, damit sie in den Aufzeichnungen der Ranger in der Ruine festgehalten wird. Das letzte Mal, als ich den Begriff Eld gehört habe, bezog sich Vandahar auf »die Eld«, zu denen auch Cloodmoor, der Steine werfende Godzilla-Wolkenriese, gehörte. Einer der geringeren, angeblich. Was im unangenehmen Umkehrschluss allerdings heißt, dass es einen Größeren gibt. Komm schon, Ruine, gönn den

Rangern eine verdammte Pause. Nur einmal. Aber um den Gedanken kurz weiterzuspinnen... Ich vermute, es geht um Mythologie, wenn man sich die Sprachen ansieht und das, was oft mit dem Gebrauch von Wörtern zusammenhängt. Ich stelle hier nur Vermutungen an und habe schon einmal darüber nachgedacht, aber ich frage mich, ob die Eld eine Art Titanen der Ruine waren. Wie in der griechischen Mythologie. Die Wesen, die dem griechischen Pantheon vorausgingen. Aber hier, mitten in der Erzählung, nannte Tanner, der nicht wusste, was er mir sagte, die Anführerin der Hexen die Eld. Interessant. Zur Kenntnis genommen. Werde das später mit Vandahar besprechen, wenn wir überleben.

Zurück zu dem, was als Nächstes unten im Höllenkeller des Todes geschah, der ein Tor zu einer anderen Welt oder Realität darstellte.

»Also, die Eld-Schwester«, fährt Tanner fort, »sagte mir, ich solle es ihr geben. Die Mini-Uzi, die die SOG benutzt hat. Und plötzlich gibt es einen gewaltigen Donnerschlag und einen Augenblick später schlägt ein grüner ChemLight-Blitz ganz in der Nähe ein. Wir werden alle in gammagrüne Strahlung getaucht, wie in der alten Hulk-Serie. Gute Serie. Ich habe mir ein paar Folgen angeschaut, die einer der Jungs von der Air Force noch auf seinem iPad hatte, und dabei musste ich immer wieder an die Ruine denken, weißt du, und wie sie offenbart. In gewisser Weise hat Dr. Banner das durchgemacht, was einige von uns jetzt durchmachen. Er wird zu etwas anderem und so. Etwas Wahrhaftigem. Ich musste auch an den Captain denken.

»Jedenfalls befahl mir diese Hexenanführerin, die Uzi zu ziehen und sie ihnen auf der Stelle vorzuführen. Als ob sie sich ein bisschen entspannen und die richtigen Fäden lockern würden, um es für eine Sekunde geschehen zu lassen. Also tue ich es. Ich ziehe sie mit meiner unverletzten Hand unter meiner rechten Schulter hervor, wo ich sie umgehängt hatte. Ich weiß noch, wie sich in diesem Moment die Augen der gierigen kleinen Schlange weiteten, weil sie entweder dachte, es sei etwas Mächtiges ... oder weil sie in diesem Moment begriff, was Ol' Tans mit dem bisschen Freiheit, das er bekommen hatte, wirklich tun würde. Gib mir einen Finger und ich nehme den ganzen Arm. Das werden dir beide meiner Ex-Frauen bestätigen, Mann. Es war, als hätte sie geahnt, was ich vorhatte, nur eine Sekunde, bevor meine rechte Hand hochkam, den Griff der Uzi packte und ich meinen Finger auf den Abzug legte. Zum Glück hat das Ding einen offenen Verschluss, sodass ich sie auf der Stelle abknallen konnte. Die Micros haben zwar nur zwanzigschüssige Magazine, aber aus weniger als einem Meter Entfernung, einhändig und mit eingeklapptem Schaft, habe ich sie auf der Stelle erledigt. Sie sackte nicht in sich zusammen, wie in den Filmen oder manchmal, wenn man einem Typen einen Dome-Shot verpasst. Sie stand einfach nur da, als sie plötzlich etwa zwanzig Löcher mehr in sich hatte. Vielleicht nicht ganz so viele, aber es waren definitiv ein paar mehr, als noch eine halbe Sekunde zuvor. Man könnte meinen, das alte Ding verzieht. Tut es aber nicht, Talker. Du streckst sie einfach aus und jagst sie direkt ins Ziel. So fühlt sich die Mini-Uzi an. Oder vielleicht ist das ein Nebeneffekt meiner untoten Superkräfte. Könnte doch sein, oder? Keine Ahnung. Meiner bescheidenen Meinung nach waren meine Schüsse hervorragend. Sie ging zu Boden und ich hatte ein weiteres Magazin herausgezogen, als die zweite Hexe entsetzt hinter den großen schwarzen Hexentopf zurückwich. Hexe

Nummer drei zeigt mit dem Finger auf mich und macht etwas...«

Später erzählte mir Kennedy, dass sie höchstwahrscheinlich genau in dieser Sekunde versucht hat, Tanner zu verfluchen.

»Was hätte das bewirkt?«, fragte ich unseren PFC-Zauberer.

»Ich weiß es nicht. Und nochmal, Talker...«

»Ich weiß, dein Spiel kann ganz anders sein als das, was wir hier vor uns haben. Aber was wäre möglich gewesen, wenn die Hexe ihn mit einem Fluch belegt hätte?«

Kennedy nahm seine dicke Brille ab und rieb sich den Nasenrücken.

»Kein Peil... Sie hätte ihn in eine Kröte verwandeln oder ihn mit einem Blitzschlag treffen können. Der Beschreibung nach würde ich wetten, dass es eine Art Fluch war, aber sie könnte auch Blitze auf ihn herabbeschworen haben. Hexen sind von Natur aus druidisch, sodass...«

Tanner sagt, dass er genau in dem Moment, als sie mit dem krummen Finger auf ihn zeigte, eine plötzliche Welle der Müdigkeit über ihn hereinbrechen spürte.

»Es war, als wäre ich am Strand und würde in den Wellen stehen, und plötzlich kommt eine große Welle und versucht, dich umzuhauen. Aber dann lehnst du dich hinein und schaffst es durch die Kraft des sich auftürmenden Wassers, das auf den Sand trifft, und all die kleinen Kinder rennen davon und schreien und lachen. Erinnerst du dich an diese Zeiten, Talker? Die Strandtage. Die waren gut. Wirklich gut. Ich hätte gerne noch einen.«

Ich auch.

»Er hat wahrscheinlich seinen Rettungswurf gemacht und damit den Fluch gebannt. Wenn es das Spiel wäre, Talker«, setzte Kennedy nach.

Kennedy sagte das, nach einer weiteren Warnung, dass so etwas wie Rettungswürfe im Nano-Voodoo der Ruine nicht nachgewiesen werden konnten. Aber er vermutet, dass Tanner seinen Rettungswurf gemacht hat »und der Fluch einfach abgeprallt ist, Talker«.

»Abgeprallt?«, fragte ich.

»Ja. Er muss an ihm abgeprallt sein. Was auch immer passiert ist, er hat sich dagegen gewehrt und wie er schon sagte ... er hat es einfach durchgestanden. Das ist wahrscheinlich der beste Beweis dafür, dass hier irgendwas wegen dem magischen System vor sich geht.«

»Magisches System?«

Untypischerweise ahmte Kennedy Vandahar nach. Das war nicht schlecht. Ich war überrascht. Aber es war nicht ganz richtig. »Die Ruine offenbart, junger Talker. Die Ruine offenbart«, verkündete er. Er hatte genug Zeit mit dem alten Zauberer verbracht und seine eigenen Fähigkeiten erlernt, um die Ranger-Gabe der Mimikry auf den sonderbaren Kauz anzuwenden.

Wie es heißt, hat Tanner dann die Hexe, die ihn verfluchen wollte, mit dem nächsten Magazin erledigt - oder zumindest den größten Teil davon. Dann widmete er der Hexe, die sich kreischend an den brodelnden Kessel klammerte, etwas Hass.

»Ich konnte riechen, wie ihre Haut kochte, als sie versuchte, sich an dem großen Kessel festzuhalten, Mann. Und ich kann nicht viel riechen. Aber das war ziemlich schlimm. Ich legte ein weiteres Magazin ein und bearbeitete sie, denn ich wollte sie tot sehen. Weißt du, was ich meine? Nur so kann man sich sicher sein.«

Mit dieser Aktion, bei der Tanner das Hexentrio zur Strecke brachte, stoppte er den Angriff auf den Rest des Teams im Innenhof. Nachdem er ihre Vogelscheuchen mit glühendem Neun-Millimeter-Material gefüllt hatte, wurden alle Untoten wieder zu verrottenden Leichen und Knochen und, so Tanner, »das Moor unten im Keller... der Himmel zog plötzlich davon und alles war weg und dann war ich nur noch da unten mit all den Überresten der Leichen in etwas, das wie ein verfallenes Gefängnis aussah. Ich kam da raus, verband mich mit den Einsatzteams und berichtete dem Chief und Sar'nt Hardt, was passiert war. Dann haben wir die Scharfschützen angefordert.«

Sergeant Hardt kommunizierte zu diesem Zeitpunkt via der Drohne über der Stadt mit der Scharfschützengruppe und gab grünes Licht, dass die Sniper über die Mauer kommen sollten.

Um ein Uhr nachts, während die Wüste im Mondlicht silbern leuchtete und die Orkhorden wie dunkle Gestalten in den Dünen umherzogen, um einen geeigneten Angriffspunkt ausfindig zu machen oder den Rest von uns Rangern, die in der Nähe der Landezone warteten, zu attackieren, erklommen die als Beduinen verkleideten Scharfschützen, die in der Nähe der Mauer campierten, die Mauern in die Stadt.

Zwei von den Snipern, die wie alle Ranger-Scharfschützen die Kletterschule absolviert hatten, kletterten mühelos die raue Außenseite des kleinen, gedrungenen Turms hinauf, unter dem sie ihr Lager aufgeschlagen hatten, und erledigten die Wachen mit schallgedämpften Handfeuerwaffen. Die Seile wurden herabgelassen und der Rest der Scharfschützen und Spotter kam mit Munition und Ausrüstung nach.

Wie bereits erwähnt, war es in diesem Bezirk wegen der vielen Nekropolen und ummauerten Abschnitte anderer verfallender und zugewachsener Friedhöfe ruhig. Sogar die Straßen sind mit Gräbern gesäumt, weil es hier kaum Geschäfte gibt. Die verwunschene Festung gilt schon allein aufgrund des Aberglaubens als abschreckend genug für Eindringlinge oder Diebe. Allerdings gibt es eine Stadtwache an den Todestoren weiter hinten entlang der Mauer und an jedem Turm, auch an dem kleinen verfallenen, den die Ranger eingenommen haben.

Die Scharfschützen durchquerten die stillen Friedhöfe, erreichten die ehemalige Legionsfestung und stiegen auf die Zinnen des alten Forts, um ihre Schusspositionen zu bestimmen und sich auf den Angriff im Morgengrauen vorzubereiten. Sergeant Thor ging in den alten Kommandoturm, fand ein breites Fenster und legte Mjölnir auf das trockene, knarrende Holz inmitten der zerbrochenen und wüstenverfaulten Trümmer nieder. Er baute seine Schießplattform im hinteren Teil des Raumes auf, von dem aus er einen perfekten Blick auf den Tempel des Pan im nächsten ummauerten Bezirk im Osten hatte.

In ein paar Stunden würde sein Ziel mit zeremoniellem Gebaren erscheinen. Aber bis dahin würde der Kampf am Hafen in vollem Gange sein und der Rauch brennender Galeeren würde über der plötzlich vom Krieg heimgesuchten Stadt Sûstagul schweben, während die Operation Stranglehold ihre volle Wirkung entfaltete.

KAPITEL 7

In den Stunden vor Einbruch der Nacht, als die Operation begann, saß ein hünenhafter Minotaurus in der morgendlichen Stille eines billigen Gasthauses in der Nähe des Hafenviertels von Sûstagul, das als Dockside bekannt ist, auf einem flohverseuchten Bett. Das grobschlächtige Monster war damit beschäftigt, das leichte Maschinengewehr M60E4 SF zu warten, mit dem er an diesem Tag in eine lange Schlacht ziehen würde, die in wenigen Stunden beginnen würde. Aber es gab noch viel zu tun für den einsamen Aufklärer des Ranger-Kommandos im Hafengebiet.

Wenige Stunden vor Sonnenaufgang würden die Ranger die Abmarschlinie überqueren, um Sûstagul aus zwei Richtungen in die Mangel zu nehmen und gleichzeitig einen Brückenkopf außerhalb der von den nomadischen Orkhorden der Guzzim Hazadi befehdeten Stadt zu behaupten, während sie die Tore des Todes am westlichen Rand der maroden alten Hafenstadt dort am Meer halten würden. Auf der Karte war diese Stadt als entscheidender Knotenpunkt eingezeichnet, nur ein paar Kilometer östlich des Schlickbeckens, das den Fluss der Nacht speist. Oder, wie er in der Welt, aus der wir kamen, genannt wurde: der Nil.

Sergeant Monroe, vormals Corporal Monroe und erst kürzlich befördert, war in den Stunden der Dunkelheit vor der Mission als einziges Mitglied des Ranger-Aufklärungsteams vor Ort in Dockside. In den ersten Momenten vor und während der Kampfhandlungen war Sergeant Monroe der Ranger, der die Augen und Ohren auf der anderen Seite der Front hatte.

Die Dockside, wo er undercover unterwegs war und Chief Rapps Netzwerk in der Stadt mit Informationen versorgte, war eine lange schmale Landzunge, die die äußere hammerförmige Halbinsel mit dem ummauerten Haupthafen von Sûstagul am Rande der Wüste verband. Es war eine raue Gegend mit Matrosen, schiffskaufmännischen Händlern, provisorischen Lagerhäusern, Tavernen, in denen mindestens ein Mord pro Nacht verübt wurde, und kleinen, seltsamen Waisen, die in den Schatten und unter dem ständigen Gedränge der Bürger zu leben schienen, wenn sie nicht gerade am Wasser waren und Obst an die vor Anker liegenden Galeeren verkauften.

Wir dachten, es seien Waisen oder irgendwelche Straßenkinder.

Als der Angriff auf Sûstagul begann, hatte Sergeant Monroe wichtige Aufgaben, die er im Verlauf der Schlacht erfüllen musste. Der Ranger, der sich als eine Bestie entpuppt hatte, die der in einem Labyrinth lebenden Tötungsmaschine aus der griechischen Mythologie so sehr ähnelte, würde die Lage vor Ort melden, während die Ranger wichtige Gebiete einnahmen und den Feind jenseits des Hafenviertels am Leuchtturm von Thunderos angriffen. In der Zwischenzeit würden kleine Teams in Gebiete vordringen, um Minen und Sprengstoff zu platzieren, mit denen der Feind kanalisiert werden kann, wenn der unvermeidliche Gegenangriff kommt, um die Straße auf die Hammerkopf-Halbinsel zu öffnen, den Leuchtturm zurückzuerobern und die Bucht zu erschließen.

Sergeant Monroe würde auch über die Lage der Zivilbevölkerung und die Bewegungen des Feindes während der Schlacht im Hafengebiet berichten, wenn die Ranger-Teams eintrafen, um eine klassische Operation durchzuführen: die Einnahme eines Flugplatzes. Nur dass sie dieses Mal nicht einen modernen Flugplatz voller Flugabwehr, Spezialeinheiten und ziviler und militärischer Flugzeuge tief im feindlichen Gebiet einnehmen würden, sondern einen Hafen aus der Bronzezeit, der mit den Kriegsgaleeren einer sich aufbauenden saurischen Vorhut gefüllt ist und von Sklaven angetrieben wird, die an die Ruderbänke unter Deck gekettet sind.

Auch die Wetterbedingungen mussten aktualisiert werden. Und es gab noch eine weitere Mission: Sergeant Monroe hatte die Aufgabe, die Sklaven an Bord der Kriegsschiffe quasi im Alleingang zu befreien.

Über hundert Galeeren warteten dort draußen in der Dunkelheit der Nacht. Der sanfte Wellengang, der in die Bucht kam, ließ die Taue knarren, die Rümpfe ächzen und die vielen Ketten sich in der Kälte zu bewegen. Die Sklaven waren eines der größten Probleme bei dieser Operation, und gegen Ende der Trainingsphase, in der wir endlos festgesteckt waren und unsere Rollen und statischen Aufgaben durchgingen, um uns auf die Einnahme von Sûstagul an jenem düsteren Morgen vorzubereiten, waren sie in den Vordergrund der Planung gerückt.

Dieser düstere Morgen war jetzt.

Die Kriegsgaleeren waren zwei Wochen vor unserem Angriff in den Hafen eingelaufen. Damals war ich als fahrender Scholast vor Ort, der in Begleitung der »seltsamen Wüstennomaden«, die in letzter Zeit in Sûstagul aufgetaucht waren, durch die Stadt zog. Die Stadt war eine Art Kreuzungszivilisation der Ruine, in der es immer wieder neue Fremde gab, vor denen man sich in Acht nehmen musste. Die »Nomaden« trugen schwarze Umhänge, die ihre dicken, muskulösen, durchtrainierten Körper verhüllten, ungeachtet der zermürbenden Wüsten, die wir gerade durchquert hatten. Unter den schweren dunklen Gewändern waren auch Gewehre und Ausrüstung versteckt. Abgerundet wurde die Verkleidung durch den klassischen Wüstenbeduinen-Turban.

Die Spähtrupps bewegten sich zwischen den alten, mit Ständen übersäten Straßen von Sûstagul und im Schatten hoher Mauern und mächtiger Türme, wo in hundert Sprachen geschrien, geweint, gelacht und geflucht wurde, und beobachteten und rapportierten unauffällig. Es gab zwar Gespräche über uns, die wir in unseren verschiedenen Gruppen von »Bettlern«, »Nomaden« oder umherziehenden »Gelehrten« belauschten, aber es war nicht viel mehr als die Feststellung, dass es in Sûstagul etwas neues Fremdes gab, wie die Fischfrauen in einem Mischmasch aus Italienisch, Arabisch und etwas Chinesisch zu murmeln pflegten. Die seltsamen Nomaden. Ich hoffe, sie bringen Gold aus der Wüste mit und gehen genauso schnell wieder, wie sie gekommen sind.

Es half, dass wir ein »Karawanenlager« von Nomaden in der Nähe der Mauern unter dem Turm unterhielten, den die Scharfschützen nur wenige Augenblicke nach Beginn der Operation einnehmen würden. Wir hatten sogar Kamele.

Zu anderen Zeiten, vor allem wenn wir mit Chief Rapp zusammenarbeiteten, waren wir einfach nur heruntergekommene, betrunkene Seeleute, die nicht mehr arbeiten konnten und in den Augen der Einheimischen, die ihren Zünften und Geschäften nachgingen, unsichtbar waren. In dieser Rolle als ungewollte Vagabunden zogen wir durch die Straßen mit einer Unsichtbarkeit, die der meines Rings fast gleichkam. Morgens ließen wir uns durch die schattigen Gassen der Docks treiben und an den brutalen Nachmittagen durch das Gedränge auf den von Söldnern überwachten Marktplätzen, gingen unter hohen, sonnenverbrannten Backsteinmauern hindurch und hielten uns in den kühlen blauen Schatten auf, die die alten Steine darunter warfen. Niemals irgendwo stationär, immer in Bewegung. Immer beobachtend. Immer berichtend. Entfernungen messen und aufzeichnen und dabei die verschiedenen Verteidigungsanlagen der ganzen Stadt studieren. So entwickelten wir die neue Karte, die wir brauchten, um die Stadt einzunehmen und sie zur neuen Operationsbasis der Ranger gegen die Sauren im Süden zu machen.

So lautete der Plan von Captain Messerhand. Wir würden die Stadt einnehmen. Und jetzt, wo das 160th Special Operations Aviation Regiment (Airborne) im Spiel war, nachdem es Sergeant Joe und mich in der Wüste gerettet hatte, konnten wir das tun, indem wir einfach mit dem Hubschrauber in die Schlacht flogen, anstatt uns durch eine mittelalterliche Stadt voller Sackgassen und kleiner festungsartiger Bunker zu prügeln, durch die wir uns durchkämpfen mussten, um auf den Markt zu gelangen.

Es gab nichts, was wir wegen des Marktviertels hätten tun können. Schwer bewacht von den Söldnern, die die ewig paranoiden Zauberer bewachten, welche kleine Festungstürme errichtet hatten, in denen sie ihre Untersuchungen über die dunklen und arkanen Geheimnisse der unter den südlichen Sanden vergrabenen Zaubereien anstellten. Aber wir mussten in diesen Bezirk vordringen, um die Stadt zu erobern. Ich werde später darauf eingehen und auch darauf, wie das 160. Regiment hierher kam und mit uns in Kontakt trat, um die Mission zur Einnahme der Stadt zu unterstützen. Ich weiß, dass das eine lange Geschichte ist, und wie Kennedy, der einen Großteil dieses Berichts gelesen hat, während ich in der Wüste als vermisst galt, es ausdrückt: »Du schweifst in deinem Text oft ziemlich ab, Talker. Hast du jemals einen Kurs besucht oder gelernt, wie man... du weißt schon... Bücher schreibt?«

Und die kurze Antwort ist... nein. Dieses Durcheinander ist ganz auf meinem Mist gewachsen, Kumpel.

Da ich diesen Ratschlag beherzigt habe, werde ich versuchen, mich an die Geschichte zu halten und mich auf die ersten Züge des Kampfes der Ranger um Sûstagul zu konzentrieren. Jetzt, da die alte Spukfestung der Legion kurz nach Mitternacht unter unserer Kontrolle war und die ersten MH-6 Little Birds auf die Strand-Landezone zusteuerten, die die Scout-Sergeants eingerichtet hatten, um den Third Squad aufzugabeln und die Kontrolle über den Hafen zu erlangen, werde ich davon erzählen, wie dieser Plan zustande kam und wie er angesichts der jüngsten Entwicklungen angepasst wurde, dass die Vorhut der Sauren die Sklavengaleeren geentert hatte.

Oder vor allem das Problem mit den Sklaven, Sergeant Monroes Lösung und die Freischärler, die ihm an diesem Tag dabei helfen würden, das Unmögliche zu schaffen.

»Sie müssen Karten verstehen, PFC«, sagte Kurtz schroff zu mir, als unser Team vor dem Angriff in unserem Wüstencamp in der Nähe der Küste einige Zeit um den Sandtisch stand, um sich auf den Zugriff vorzubereiten. Ich war bei den Planungsbesprechungen mit dem Kommandoteam dabei gewesen, weil es dabei um die Zwerge ging und sie noch Hilfe brauchten, um unsere Konzepte und Worte zu verstehen. Und dann waren da noch die Accadier und der Riesengorilla-Samurai Otoro. Dementsprechend war ich mit Linguisten-Stuff ausgelastet. Mit Kurtz, der das erweiterte Waffenteam zur Unterstützung des Second Squad unter Führung von Sergeant Joe in den Markt führen würde, und Chief Rapp, der den Kampf dort leiten sollte, wurde uns erklärt, was wir tun würden, sobald der Kampf um den Hafen im Gange war.

Ich weiß... in Actionfilmen passieren alle möglichen Dinge in Windeseile und alle zehn Sekunden gibt es Schlachten. Aber das ist zehntausend Jahre her - und es sind Filme - und was ich gelernt habe, ist, dass man viel plant, trainiert und wartet, wenn es um einen kurzen Kampf auf Leben und Tod geht.

All das Planen, Trainieren und Warten zahlt sich mehr aus, als man meinen möchte. Ranger glauben nicht an faire Kämpfe.

»Wenn du in einem fairen Kampf bist, Sohn, hast du etwas falsch gemacht.« So zitierte Joe aus der gleichnamigen Offenbarung.

»Sie müssen Karten verstehen, um zu wissen, wie ein Kampf abläuft, Talker«, dozierte Kurtz, während er sich auf ein Knie beugte und sich Notizen in das kleine Büchlein machte, das jeder Ranger bei sich trug. Das ganze Team war bei ihm, aber ich merkte, dass Kurtz bereits im Geiste in der Stadt war. Schon Wochen bevor wir auch nur einen Schritt des Plans in Echtzeit gehen würden, sah er jedes Gebäude, jede Ecke, jeden Straßenkampf, wo sich das Team hinbewegen und einrichten musste.

»Jeder hat einen wahnsinnig ausgeklügelten Plan, wie er den Kampf führen will. Das Problem ist, dass die Geografie einem in neun von zehn Fällen genau sagt, was passieren wird, unabhängig von irgendwelchen Plänen.«

Das sprach Sergeant Kurtz ohne Umschweife, dafür mit viel unverblümter Wahrheit. Das ist seine Art. Einfach zuhören und die Weisheit in seinen Worten erkennen.

Jetzt, wo ich den Tab habe, realisiere ich, wie viel ich nicht weiß. Und so lausche ich seinem Vortrag und lerne dazu. Ich weiß, dass ich nichts weiß. Bringt mir mehr von euren Todeskünsten bei, Ranger Sergeants. Natürlich sage ich so etwas nicht laut. Dann wäre ich im Handumdrehen der neue Kennedy. Aber ich denke es, während ich versuche, alles zu lernen und aufzusaugen, was sie über Sprengstoff, CQB und den Krieg so wissen. Und einen Haufen anderer Dinge.

Wie ich schon sagte, müsste das Waffenteam zusammen mit dem zweiten Team den mächtigen Zauberer Ur-Yag zur Strecke bringen, der auf dem Markt das Sagen hat und höchstwahrscheinlich einen Großteil der Stadt durch dunkle Machenschaften und Einfluss auf die Handelsnetzwerke kontrolliert. Ich war in diesem Team, das für den Markt zuständig war, in der Führungsrolle.

Alles, was ich nicht wusste, konnte jemanden teuer zu stehen kommen. Und ich hatte von Monroe gelernt, was die wahre Last einer Führungsposition ausmacht. Und das... das hat mich verändert und darum geht es in den nächsten Abschnitten im Vorfeld der Straßenschlachten, die bald stattfinden sollten.

Außerdem musste Ur-Yag eine Art Beziehung zu den Sauren pflegen. Wir hatten keine genauen Informationen darüber, aber die Verbindung schien offensichtlich zu sein. Wir konnten nicht riskieren, dass er ein Verbündeter war, da wir die Sauren daran hindern mussten, die südlichen Wüsten zu verlassen und sich dem großen Kampf gegen die Städte der Menschen anzuschließen. Somit wurde Ur-Yag als Jackpot eingestuft und der Captain gab grünes Licht für Abschuss auf Sicht.

Tut mir leid, mehr zu dieser Operation später. Das kommt davon, wenn ich mich auf diese Erzählung der Geschichte konzentrieren soll.

Also, zu den Sklaven...

Der Captain hatte bei den Besprechungen, an denen ich zusammen mit allen Kommandanten, Zwergen und anderen teilgenommen hatte, gesagt: »Der Hafen ist der Schlüssel zum Kampf. Die Sauren rücken seit drei Tagen in kleinen bis mittelgroßen Verbänden von Süden her an. Wir schätzen, dass es jetzt ungefähr viertausend von ihnen sind, die laut unseren Spähern, die sich in der Stadt befinden, alle auf die Galeeren geladen sind. Die Sauren hatten wenig Kontakt mit den Einheimischen und sind größtenteils auf den Schiffen geblieben. Wir haben den Zeitpunkt für den Angriff um drei Tage vorverlegt, da sie laut unserem Linguisten bald abreisen werden. Wenn wir sie jetzt erwischen, können wir ihren kriegerischen Ambitionen hier und jetzt einen Riegel vorschieben.«

Hey, das bin ich!

Wir waren jetzt offiziell in den größeren Krieg verwickelt. Rechs war nach Accadios zurückgekehrt und befand sich auf dem Rückweg mit zwei Legionen und einem offiziellen Bündnis mit den Städten der Menschen unter dem Banner von Accadios.

Aber zurück zu mir.

So erfuhr ich von den Sklaven an Bord der Galeeren und von dem Plan, dass die Sauren bald auslaufen würden, woraufhin wir unseren ursprünglichen Zeitplan beschleunigten. Eines Tages belauschte ich wie üblich die Weisen, die einen Großteil ihrer Zeit in einem kleinen Kaffeehaus verbringen - ja, so etwas gibt es hier im sagenumwobenen Sûstagul. Mein ganz persönlicher Jackpot. Ich hab's gefunden, und ich will ehrlich sagen, wie. Es liegt in der Schelmengasse. Oder, wie sie in der Landessprache genannt wird, die *Sharie al'Sshbah*. Zum ersten Mal habe ich es gerochen, als wir auf Erkundungstour waren. Beobachten und Berichten. Ich roch die Duftwolke der schönen dunklen Versuchung, die sich irgendwo zusammenbraute, sodass ich an diesem Tag in der Rolle des wandernden Gelehrten mit einem Team von Spähern, die als Wüstennomaden mein Sicherheitsteam bildeten,... beobachtete und berichtete. Sergeant Hardt war der Teamleiter an diesem Tag. Ich roch den Kaffeeduft, als wir die großen Tore passierten, welche die Hauptstraße der Stadt bewachten und das ummauerte Marktviertel in zwei Teile trennten, um auf die lange Mole zu gelangen, die als Dockside bekannt ist.

Dort, inmitten des Gewimmels von ungewaschenen Körpern, würzigem Fleisch, das auf der Straße gekocht wurde, räudigen Kamelen und anderen seltsamen Tieren, frischen, süßen Früchten, die in Buden gestapelt waren, und duftendem Lotus, der in dicke, dunkle Blätter gerollt war und von alten Männern geraucht wurde, die von den schattigen Treppen der Geschäfte und Wohnhäuser aus zusahen, roch ich Kaffee.

Und glauben Sie mir, keiner der Scouts hat ihn gerochen. Ungläubige. So, das ist wahrscheinlich eine Art »die Ruine offenbart«-Superkraft, die mir meine Psionik verschafft hat, stimmt's, Leute? Kaffee detektieren?

Zumindest denke ich das.

Natürlich musste ich dem nachgehen. Also gab ich dem Teamleiter per Handzeichen zu verstehen, dass ich mich in diesen niedrigen Laden begeben würde, von dem ein alter, bunter, verblichener, maroder Stoff wie eine Art Markise über die gesamte vordere Hälfte des verfallenen Schuppens gespannt war, aus dem der verheißungsvolle Geruch von gerösteten Bohnen zu kommen schien. Aroma ist ein besserer Ausdruck als Geruch. Siehst du, Kennedy, ich brauche keinen Schreibkurs. Ich werde mit jeder Seite besser. Hardt schloss zu mir auf, wie wir es zuvor getan hatten, um einen Aktionsplan abzustimmen und herauszufinden, was ich vorhatte... dann roch er es auch. Das Aroma.

Den Kaffee. Freude schöne Kaffeebohne!

»Ach, komm schon, Talker!«, zischte er, als er sich mir näherte, ohne den Eindruck zu erwecken, dass wir uns auf einer Straße voller geschäftiger Händler, fremder Reisender und der Bewohner des Bezirks und der Stadt bereits kannten.

»Moment, Sar'nt«, begann ich. »Der Chief hat gesagt, ich soll alles untersuchen, was von Interesse ist. Das hier ist definitiv von Interesse. Für uns. Ehrlich.«

»Für Sie, PFC. Wir haben es alle verstanden. Sie mögen Kaffee mehr als jeder andere. Und mir ist bewusst, dass das unter Unteroffizieren etwas heißen muss. Aber...«

»Stimmt, Sar'nt.« Wir unterhielten uns leise an einer hohen Mauer aus sonnenverbranntem, fast gequetschtem Backstein, die jede Straße und jedes Viertel des seltsamen alten Hafens begrenzte. »Aber das mit dem Kaffee ist so eine Sache. Hier in der Ruine, die, wie Sie bestimmt zugeben müssen, ein bisschen wie in den alten Zeiten vor unserer Zeit ist, Sar'nt, muss ein Ort, an dem Kaffee ausgeschenkt wird, wie eine offene Kommunikationsleitung sein, die wir für lokale Gespräche anzapfen können. Es gibt dort Informationen, Sar'nt. Ich kann es förmlich riechen.«

»Das Einzige, was Sie riechen, ist der Kaffee, PFC.«

»Und die Informationen, Sar'nt. Im Ernst. Junkys wie mich - und ich wette, da sind ein paar von uns drin - macht der Kaffee richtig gesprächig. Vor allem, wenn wir uns ständig in der Nähe aufhalten müssen, egal wie der Kaffee aufgebrüht und serviert wird. Ich gehe also rein... Eine wahre Goldgrube für das, was bei uns ansteht. Absolute. Gold. Grube. Viel besser, als auf der Straße herumzulaufen und zu versuchen, hie und da einen Gesprächsfetzen aufzuschnappen. Glauben Sie mir, Sar'nt. Da drinnen warten nützliche Dinge auf uns, die definitiv eine Tasse und ein bisschen Zeit wert sind.«

Hardts Augen verengten sich. Das war alles, was ich von seinem Gesicht sehen konnte. Aber die Botschaft war ziemlich klar.

Er lehnte sich nah an mich heran und griff mir durch meine Wandergelehrtenrobe hindurch an die Brust. »Eine Tasse, PFC.«

»Bestätige, Sar'nt. Eine Tasse und wenn es nichts zu hören gibt, bin ich schnell wieder zurück als Sie ›koffeinfrei‹ sagen können.«

Er nickte.

»Soll ich uns eine Tasse zum Mitnehmen holen, wenn es eine Sackgasse ist, Sar'nt?«

Der Blick, den ich daraufhin erntete, verriet mir, dass mir ein paar harte Drilleinheiten bevorstanden, sobald wir zum Lager zurückkehrten.

Wen kümmert's, dachte ich, als ich das schummrige Etablissement betrat und viele Reisende sah, die an verschnörkelten niedrigen Messingtischen saßen und an groben Tontassen mit... oh Gott... Kaffee nippten!

Viele trugen einen Turban. Andere waren eindeutig Kaufleute. Lange, spitze Bärte, markante Nasen, goldene Ringe und Ohrringe. Dunkle Haut und feurige Augen. Schnelle, flüchtige Blicke hierhin und dorthin. Andere schienen auf ihr Palaver bedacht zu sein - ein vandaharisches Wort par excellence -, während sie sich mit anderen Gleichgesinnten unterhielten, die winkten und gestikulierten, was in dieser Stadt oder jenem Land gerade so vor sich ging. All das wurde durch den herrlichen dunklen Kaffee beflügelt, dessen Duft - sorry, Aroma - schwer in der Luft unter dem gestreiften und verblichenen Segeltuch hing.

Ich lauschte allem, während ich ohne Umschweife Richtung Kaffee schritt. Ich nehme an, Sie wussten, dass das kommen würde. Und das hier war eine absolute Profi-Rösterei, die ich mir ansehen musste. Ein alter

Mann hantierte an dem Bett aus heißem Sand, in das die mit heißem Wasser, sehr fein gemahlenem Kaffee und Gewürzen gefüllten Messingbrühkannen gestellt wurden. Als staatlich anerkannter Kaffeeprofi (aka Akademiker) wusste ich, dass sich unter dem brennenden Sand heiße Steine und ein kleiner Ofen befanden. Neben dem alten Mann, der gebeugt und schlank darüber kauerte, mahlte eine dunkeläugige, kurvige Frau den Kaffee und füllte die Gewürze in die Ibriks, während der alte Mann den heißen Sand bearbeitete, das Kaffeepulver abmaß und dann die Ibriks in den brühheißen Sand stellte und wieder herausnahm. Er brachte jedes der schönen Messing-Ibriks dreimal zum Kochen und goss dann das duftende Gebräu zum Verzehr in eine bereitstehende grobe Keramiktasse. Eine andere junge Frau, die wie eine Zwillingsschwester der Schönheit aussah, die die Handmühle bediente, trug die Tassen zu den Tischen, während die Händler sie abschätzend beäugten und ihr sanft auf den wohlgeformten Hintern klopften, der sich unter dem groben Baumwollkleid wölbte. Ihr straffer Bauch war entblößt und mit einer Perlenkette umhüllt, die die Augen ebenso zu blenden versuchte, wie ihre braune Haut es tat. Große Armreifen aus vielen Edelmetallen tanzten an ihren Handgelenken, während die Händler ihr mehr oder weniger zärtlich über die gebräunten Arme strichen und ihr Silbermünzen in die Handflächen drückten und versuchten, ihren Blick für einen Moment zu erhaschen. Sie lächelte freundlich, flirtete mit einigen und wickelte alle ab wie ein Profi.

Sie war ihre Priesterin. Der Kaffee ihre Kommunion. Dieser Ort ihr Tempel.

Und dann erwachte ich aus meinen Tagträumen und bemerkte, dass ich direkt vor dem gebeugten alten Mann und dem Mädchen stand, das die Kaffeemühle bediente.

»Ja«, sagte sie auf Arabisch. »Was wollen Sie?«

Sie war jünger als diejenige, die draußen den Service schmiss. Aber sie war auf eine Art und Weise schön, wie es ihre billige Doppelgängerin nicht war. Sie war ernst und ihre Stimme war tief und rauchig.

Ich schaute in dunkelbraune Augen, roch den frischen Kaffee und war mir ziemlich sicher, dass ich etwas richtig gemacht hatte und in jemandes Himmel gelandet war. Und zwar in meinem. Ich war von allen Sprachen umgeben, die ich für den Rest meines Lebens entschlüsseln wollte.

»Kaffee…«, krächzte ich, meine Stimme war trocken von der Wüstenhitze auf den überfüllten Straßen und dem Salz des nahen Meeres. Die Temperaturen stiegen von Tag zu Tag, und wenn wir nicht bald Sûstagul angreifen und uns an Jackpot Mumie zu schaffen machen, würden wir im Hochsommer in der Wüste kämpfen müssen. Und niemand dachte, dass das ein lohnenswertes Szenario wäre. Natürlich würden wir es trotzdem tun. Wir würden sie dafür bezahlen lassen, dass sie sich so sehr für uns interessierten, dass sie versuchten, uns vom ersten Moment an in die Pfanne zu hauen.

Burritos. Ja, es gab jetzt zaghafte Allianzen. Aber für die Ranger, wie Joe in der Nacht erklärt hatte, ging es um Burritos. Und jeder, vom Captain über den Smaj bis hin zu Kennedy, wusste das. Sie hatten sich mit uns angelegt, und jetzt würden sie merken, was das bedeutet.

»Setz dich, Fremder«, sagte die dunkeläugige Schönheit, die die Mühle bediente. »Meine Schwester Aaila wird sich um deine Bedürfnisse kümmern.«

Ich stotterte, weil ich so geschmeidig bin: »Ich schau immer gerne zu, wie der Kaffee... gebrüht wird. K-kann ich?«

Ugha ugha. Will Sache. Mädchen nett.

Sie warf mir einen gewissen Blick zu. Ich weiß nicht, was es war. Aber wenn ich raten müsste, war es so etwas wie... Schau an, da ist wohl jemand neu hier in der Stadt.

»Ich bin ein Fremder...« sagte ich und hatte das Gefühl, dass meine Tarnung aufgeflogen war, ohne dass ich mir einen Grund dafür vorstellen konnte. Dieses Mädchen hatte eine seltsame... Begabung. Sie machte mich nervös. Als wäre sie ein menschlicher Lügendetektor und für einen Moment fragte ich mich, ob meine Psionik etwas über sie erfasste. »... aus einem fernen Land. Wir haben keinen... Kaffee. Wo... mich... ich meine... ich, äh... wo ich herkomme.«

Sie sah mich an und ich merkte, dass sie wusste, dass ich log. Aber sie nickte und murmelte etwas in einer Sprache, die ich nicht erkannte, zu dem alten Mann an den Steinen.

Das Einzige, was ich richtig gehört habe, war das chinesische Wort für Papa. *Bàba.*

»Interessant«, sagte ich und tat so, als hätte ich es tatsächlich verstanden. Sie haben diesen Bericht ja gelesen. Da geht was bei mir. Aber aus irgendeinem Grund hat sie mein Chi blockiert.

Dann fing sie an, mir alles darüber zu erzählen, wie sie ihr Geschäft führten. Und über die Herstellung von Kaffee. Ich war von allem, was sie sagte, hingerissen. Die ganze Chose. Und natürlich... lag es in Wirklichkeit vollkommen an ihr. Aber sie fügte der Lust, die ich sofort auf sie hatte, noch Kaffee hinzu. Ich dachte mir... so muss sich Caligula gefühlt haben. Nur eben mit Kaffee.

Hey, ich war lange Zeit in der Wüste, Kumpel.

Und die verführerischen Dschinn-Mädchen machen es einem nicht leicht. Wenn überhaupt, scheint es ihr Spiel für alle Beteiligten nur noch schwieriger zu machen.

»So brühen wir unsere Rezeptur...«, begann sie und erklärte mir alles haarklein, als wäre sie ungemein stolz auf das, was sie taten. Ich kannte den Prozess bereits. Aber ich schwelgte in jedem beschriebenen Detail. Sie erklärte mir das Mahlen. »Es muss sehr fein sein, Fremder aus einem fernen Land.« Dann brachte sie mir die Gewürze bei, als ob ich gerade vom Mond gekommen wäre.

In Ermangelung von Marketingprofis und Internetvideos von Influencern, die sich zehntausend Jahre vor der außer Kontrolle geratenen Nanopest in alle Winde zerstreuten... machte sie genau das gleiche Marketing wie diese, nur eben im Stil der Bronzezeit. Sie lehrte mich, informierte mich, und ich wusste das alles schon, aber ich war von jeder neuen alten Erkenntnis wie verzaubert.

Ròuguì. Das ist chinesisch für Zimt.

Cardamom. Das ist portugiesisch für...na ja, Kardamom.

Cīnī. Hindi für Zucker.

Sie hatte keine Ahnung, welche Sprachen sie benutzte. Sie waren einfach Teil ihrer Sprache.

»Von den Gewürzmärkten in Kungaloor«, sagte sie schließlich stolz, während sie mit einem perlenbesetzten Löffel eine kleine Menge *cīnī* aus einer verzierten Silberdose löffelte. Feiner brauner Rohzucker. Mit dieser Zutat war sie sehr vorsichtig. Auf sie war sie stolzer als auf die anderen.

Als ob dies ihr Geschenk an die Welt wäre. Ein Zauberspruch oder Gebet, an das sie wirklich glaubte.

Sie kochten gerade türkischen Kaffee. Einer meiner Lieblingskaffees und ein absolutes Muss in der Welt, aus der wir kamen, wann immer ich ihn finden konnte. Das ging so weit, dass ich, wenn ich in eine neue Stadt kam, um eine neue Sprache zu lernen, immer versuchte, nahöstliche Märkte zu finden, die ich an den Tagen aufsuchte, an denen die Kaffeeläden früh schlossen und es noch viel zu lernen gab.

Eine kleine Tasse *Türk kahvesi* und ein Baklava oder ein Dattel-Mamul, und ich konnte die ganze Nacht durch pauken. Vor allem, wenn der Kaffeefluss nicht versiegte und der Laden nicht schloss.

Als meine Tasse fertig war, nahm sie sie dem alten Mann ab und reichte sie mir. Für einen Moment blieb die Zeit für die beiden stehen und sie hielten ihre ständige Maschine des Zubereitens, Brühens und Servierens an, um mir dabei zuzusehen, wie ich kostete, was sie so stolz hergestellt hatten. Geschaffen.

Zuerst habe ich es gerochen. Schröpfen nennen das die Profis - das Einatmen des Kaffeearomas. Erst dann nahm ich einen Schluck. Er war dunkel, reichhaltig und roch nach fremden Ländern mit exotischen Gewürzen, die man im Kopf in Bilder übersetzt, und nach Dingen, die man vorher nicht kannte und die man jetzt erleben möchte. Die Müdigkeit von der Wüste und der Hitze verflog, als ich mich unter dem Segeltuch geborgen fühlte, abgeschirmt vom unerbittlichen Furor der Wüstensonne.

Während des Schlucks hatte ich die Augen geschlossen, und als ich aufblickte, lächelten mich beide an. Der gebeugte alte Mann und die kurvige Schönheit mit den dunklen Haaren und Augen, die mit so einem Feuereifer bei der Sache war, dass ich spüren konnte, wie sie dafür brennt. Denn das tat ich auch. Ich lächelte. Über das, was sie zubereitet hatten. Was ich gekostet hatte. Wohin es mich getragen hatte.

Der alte Mann tanzte eine Sekunde lang auf beiden Füßen hin und her, tätschelte seine Tochter und murmelte etwas in ihrem seltsamen Idiom.

Diesmal verstand ich ein wenig.

»Es ist gut, dass wir hierhergekommen sind, Amira. Ich habe immer noch die Magie des Verführens in mir. Hier wird alles anders sein. Es wird gut werden.«

Sie nickte ihm zu, senkte den Kopf und kehrte zu ihrer Tätigkeit an der Mühle zurück.

»Mein Vater sagt, dass er gut ist«, sagte sie einfach zu mir.

Ich nickte.

»Wie heißt er?«

»Sandoman von Parvaim.«

»Und du?«, fragte ich. Natürlich. Sie war wunderschön.

Sie erhob sich von ihrer ständigen Arbeit, große dunkle Augen musterten mich und suchten nach der Lüge, die ich ihr gleich erzählen würde. Sicher gab es eine.

»Amira.«

KAPITEL 8

Sklaven. Denken Sie daran, dass es in dieser Geschichte vorrangig um die Sklaven geht, und ich weiß, dass es in diesem Kampf eine Menge Variablen gibt. Der Angriff auf den Markt, um Ur-Yag auszuräuchern. Die Einnahme und das Halten des Leuchtturms von Thunderos durch die Ranger, was der Schlüssel zur Eroberung des Hafens war und alle Sauren in die Killzone der Ranger lenkte. Und dann ist da noch Sergeant Thor, der den Hohepriester von Pan zur Strecke bringt, nur um dann zu Fuß in die Stadt zu gehen und ihren Gott selbst auszuräuchern. Auch dazu komme ich gleich noch. Es war eine Menge los, es war schließlich eine Schlacht und nicht nur das, was Talker gesehen und getan hat. Andere Menschen haben auch noch ein Leben.

Und natürlich... was an den Toren der Ewigkeit geschah, als Brumm und Kurtz die Stellung hielten.

Aber in diesem Moment vor der Schlacht wurden die Sklaven auf den Galeeren zu einem echten Problem, zwei Wochen vor dem Angriff. Der Plan der Ranger sah vor, die Galeeren zunächst nur mit Brandbomben und Sprengstoff in Brand zu setzen. Wahlweise würden die Little Birds sie mit ihren Chainguns mit todbringenden Dreißig-Millimeter-Runden im Hafen versenken. Aus dem Kaffeehaus erfuhren wir, dass die Galeeren mit Piraten aus

Skeletos bemannt waren und dass die Galeeren von Sklaven angetrieben wurden. Das durchkreuzte unseren Plan des totalen Gemetzels und des Chaos von oben.

Denn der operative Plan, die Stadt einzunehmen und sie schließlich als Operationsbasis gegen die Sauren im Süden zu nutzen, bestand darin, die Herzen und Geister der Stadt zu gewinnen und ihren Einwohnern so wenig Kollateralschäden wie möglich zuzufügen, sodass wir eine Zeit lang hier bleiben konnten, wenn die Kriegszeit im Frühjahr und Sommer begann.

Das war entscheidend. Wir mussten die Menschen, die hier lebten, für uns gewinnen. Mit Ausnahme der seltsamen Zauberer, die mit den Sauren im Süden dunkle Pakte eingegangen waren, oder des Pan-Tempels, der zwar sehr beliebt, aber auch sehr gefürchtet zu sein schien. Gerüchte über Kinderopfer gab es zuhauf.

Also ja, die Ranger konnten schockieren und furchterregende Dinge tun. Das war eine Selbstverständlichkeit. Aber das würde zu einer Menge Kollateralschäden unter der Zivilbevölkerung führen. Vor allem im Marktviertel, wo wir mit heftigem Widerstand rechneten, da wir tatsächlich auf Tuchfühlung gehen mussten. Keine Hinterhalte. Kein Überraschungsangriff... Ranger Smash! Wir mussten tatsächlich da reingehen und den Feind töten, obwohl er bereits wusste, dass wir kommen würden.

Es sah nach einem fairen Kampf aus, und das gefiel den Rangern nicht. Ein harter Kampf war kein Problem für sie. Aber ein fairer Kampf bedeutete, dass sie ihre Hausaufgaben nicht gemacht hatten. Von daher gab es einige Überraschungen, und das sorgte für ein allgemeines Gefühl der Erleichterung, als wir unsere Waffen reinigten und unsere Ausrüstung und die Gadgets, die wir für unsere besondere Art von Chaos mitnehmen würden, festzurrten.

Ranger Smash in Aktion.

Und dann war da noch der Zauberer.

»Ich könnte bei diesem Problem von Nutzen sein«, sinnierte Vandahar hinter einer Wolke von Rauchringen während einer der Einsatzbesprechungen zum Angriff auf den Markt.

»Und wie genau bitte?«, fragte der Sergeant Major. »Nach dem, was wir von deinen... Fähigkeiten... auf dem Schlachtfeld gesehen haben, scheinst du die gleiche Zerstörungskraft zu haben wie ein Mörser oder eine Carl Gustaf. Wir sind besorgt über den Schaden, den wir dort drinnen bei der Zivilbevölkerung anrichten könnten.«

Der Zauberer blies einen Rauchring und blickte unter den Klappen des Zeltes, in dem die Besprechung stattfand, hinaus in die Wüste. Dann schien ihm ein Gedanke zu kommen, und er lächelte glücklich. Er richtete sein Gewand, zündete seine Pfeife mit einem Funken aus seinem langen Finger erneut an und sagte: »Ja, ich kann ein magischer Carl G sein, wie ihr es nennt. Aber... ich habe mit Ur-Yag noch ein Hühnchen zu rupfen. Daher werde ich mit euch gehen und einige Illusionen einsetzen, um die Bevölkerung dort davon zu überzeugen, sich von euren Angriffen in den Straßen dieser verfluchten Brutstätte verdorbener Zaubereien fernzuhalten. Und um ehrlich zu sein... der Kampf zwischen Ur-Yag und mir wird viel dazu beitragen, ihnen das klarzumachen, denn er dürfte sehr öffentlich werden. Das sollte helfen, sie zu überzeugen, euch Rangern den Weg freizumachen.«

Das war der Plan gewesen. Den Schaden und die Verwicklung der Zivilbevölkerung von Sûstagul zu minimieren. Die Ranger waren dazu in der Lage, und vielleicht auch Vandahar. Aber um ehrlich zu sein, hatten wir hier in der Ruine bei vielen unserer früheren Konflikte diese Art von Rücksichtnahme nicht…nun ja, berücksichtigen müssen. Meistens war es so, wie Chief Rapp es ausdrückte: Hey, hinter dir… Ranger Smash! Jetzt mussten wir vorsichtig sein, denn wir würden das Schlachtfeld, die Stadt, danach als Operationsbasis nutzen. Man gewinnt nicht gerade viele Gemüter oder Herzen für sich, indem man Kleinholz aus jemandes Laden oder Zuhause macht.

Aber… es war offensichtlich, dass die Zauberer und der Tempel des Pan hier in Sûstagul nicht sehr beliebt waren. Viele dieser Informationen verdanke ich Amira und dem Kaffeehaus. Ich war an zwei oder drei Nachmittagen pro Woche dort. Wegen der Informationen natürlich. Was die Sauren anging… die waren der Stoff, aus dem Albträume gemacht sind. Die Bürger wollten so wenig wie möglich mit einer marschierenden Armee von Echsenmenschen zu tun haben, die direkt von den Pyramiden in den Süden kam. Die Beseitigung dieser drei Elemente - Sauren, Zauberer und Tempel - würde also dazu führen, dass man uns als…

»Sag's nicht, Talker«, hatte mich Tanner gewarnt, als ich zur Waffenabteilung zurückgekehrt war und ihm erzählte, wie der Stand der Dinge bei der Planung und Entwicklung von Operation Stranglehold war.

»Was sagen?«

»Dass man uns als Befreier sieht. Ich bin schon lange genug dabei, um zu wissen, dass sie das nie so empfinden. Das Beste, was du dir von einem Zivilisten erhoffen kannst, ist, dass sie dich mehr fürchten als die letzten Verbrecher und dass du ihnen nach getaner Arbeit ganz schnell wieder von der Pelle rückst. Das ist die Aufgabe von Armeen. Sie sind nicht dazu da, die Polizei zu spielen. Das ist so ein Überbleibsel aus den Deep State Tagen und ich kann nur hoffen, dass wir das nicht mit in die Ruine gebracht haben.«

Okay, wir würden also nicht als Befreier angesehen werden. Aber wir würden unsere Probleme beseitigen - die Zauberer, die Sauren und den Tempel - und hoffentlich würde uns das zumindest ein wenig Wohlwollen bei der örtlichen Bevölkerung einbringen.

»Wird es nicht«, antwortete Kurtz knapp, der uns zugehört hatte. Aber er ging nicht weiter darauf ein.

»Er hat recht«, sagte Tanner, nachdem Kurtz das Zelt verlassen hatte, um das Leben eines anderen mit seiner Anwesenheit zu ruinieren. Jabba, der in der Nähe war, nickte zustimmend. Er nickte in letzter Zeit bei allem, was Tanner sagte. Wie ein Hund, der einen fast menschlichen Trick gelernt hat.

»Das macht er«, sagte Tanner mit Blick auf den kleinen Goblin, der sich immer mehr von der verbeulten Ausrüstung der Ranger angeeignet zu haben schien, »weil ich ihm ab und zu ein bisschen von meinem Dip abdrücke. Aber - und jetzt kommt's - er kaut ihn einfach und schluckt ihn dann runter. Und lächelt dann ganz komisch. Ich hoffe stark, dass die Galeeren mit dem Mondgott-Trank auftauchen. *Rip It* wäre gut für ihn. Aber der Gob pflügt durch meinen Dip, als wäre er Joes Beef Jerky. Ich habe gar nicht mehr so viel, um mit seinem Tempo mitzuhalten.«

Ranger-Probleme.

Oder wie Tanner es ausdrückte: »Ich kann nicht daran denken, vor dem Nachschub auf dem Trockenen zu sitzen, Talk. Das ist eine unverzeihliche Sünde.«

Der Plan war also, wie gesagt, den Schaden so gering wie möglich zu halten und zu hoffen, dass wir uns damit etwas öffentliche Gunst für die Zeit erkaufen können, die wir brauchen, um von hier aus gegen den Süden und den Feldzug gegen Sût den Unsterblichen zu operieren.

Bei der Tempelschlacht gab es nicht viele Probleme mit der Zivilbevölkerung, die wir vorhersehen konnten, da der Bezirk im Wesentlichen nur aus dem Tempel bestand und dieser, wie man vor Ort hörte, nicht sehr beliebt war.

Vandahar konnte uns bei, wie Tanner es ausdrückte, »zivilen Angelegenheiten« auf dem Markt helfen.

Und im Hafen ging es eigentlich nur darum, die Sauren auf den Schiffen auszuräuchern, während sie versuchten, den Third Squad vom Leuchtturm zu verdrängen. Außerdem würde die Schlacht an der Dockside ausreichend Signalwirkung auf die lokale Bevölkerung haben, sodass diejenigen, die sich aus dem Staub machen wollten, genug Zeit hatten, dies zu tun. Wenn sie es wollten. Ansonsten hatten sie sich für eine Seite entschieden, was die Ranger anging.

Eines Nachmittags war die Stimmung in der Stadt ernst, denn die Sauren hatten soeben ihre bisher größte Streitmacht durch das Tor der Ewigkeit an den südlichen Mauern in die Stadt gebracht und waren direkt zum Hafen marschiert, wo sie auf die Kriegsgaleeren verladen wurden. Das war alles, worüber an diesem Tag im Kaffeehaus gesprochen wurde. Und dann sagte Amira etwas, das ich bei unseren Planungen und Besprechungen noch nicht gehört hatte. Etwas, das ich für wichtig genug hielt, um auf der Stelle zu verschwinden, die Stadt zu verlassen und mich beim Smaj zu melden.

Also tat ich es.

»Ihre Informantin sagt also, dass diese Galeeren mit Sklaven gefüllt sind, die von der gesamten Küste nördlich von hier bis zu dem, was wir früher Türkei nannten, kommen?«, fragte der Sergeant Major, als er hörte, was ich erfahren hatte.

»Ja, Sergeant Major. Man nennt es jetzt das Sorrab, entlang der Grenze der Östlichen Ödlande. Die Skeletos-Piraten überfallen diese Gebiete wegen ihrer Galeerensklaven. Das ist eine Sache für sie... Beziehungsweise, gegen sie.«

»Was meinen Sie mit ›gegen sie‹, PFC Talker?«

»Ich meine... deshalb hassen die Einheimischen die Piraten, die Sauren und so ziemlich jeden, der mit dem Sklavenhandel zu tun hatte.« . In Sûstagul kreuzen sich viele Wege, Sergeant Major. Sie alle haben Kontakte in andere Regionen, auch zu den Sorrab. Das bedeutet, dass jeder von ihnen jemanden kennt, der als Galeerensklave endete. Jemand, der ihnen etwas bedeutet hat. Es heißt, die Sauren verspeisen ihre Sklaven unten in der Wüste des Schwarzen Schlafs. Das ist jedenfalls das Gerücht. Unbestätigt, was uns betrifft, aber es sind Echsenmenschen, also... warum nicht. Das leuchtet ein.

»Worauf ich hinaus will, Sergeant Major, ist, dass wir, wenn wir diese Sklaven befreien könnten... nun, vielleicht ist das ja nur ein Signal, das die Einheimischen aussenden und meine Psionik erfasst, aber ich wette, die Rettung dieser Sklaven würde uns hier eine Menge Wohlwollen einbringen. Eine ganze Menge. Und... ich weiß, ich mache Werbung dafür, Sergeant Major, aber... nur, weil ich es für das Richtige halte.«

Der Sergeant Major starrte mich über den Kaffee hinweg an, den er aus seinem Feldbecher trank.

Dann murmelte er: »Sie würden also darauf wetten?«, und wägte ab, was ich berichtet und wie ich es eingeordnet hatte. Es war eine Frage. Aber sie wurde nicht so gestellt, als ob eine Antwort von mir verlangt würde.

»Nun, wie wollen wir das anstellen, PFC?« Auch hier fragte der Dienstältere nicht nach einem Plan. Er schien mehr mit sich selbst darüber zu sprechen, während ich ihm zuhörte. Aber ich antwortete dennoch.

»Ich weiß es nicht, Sergeant Major. Wir sind ohnehin schon überlastet.«

»Und das macht den Job am Hafen wesentlich komplizierter. Verdammt, eigentlich unmöglich.«

Schweigen.

Für das, was ich als Nächstes sagen wollte, würde ich wahrscheinlich von der blauen Kaffeemaschine des Smajs verstoßen werden, aber ich sagte es trotzdem.

»Das ist es, was wir Ranger tun, Sergeant Major. Wir tun das Unmögliche.«

Die grauen Augen des Sergeant Major, der mehr Gefechte an mehr Orten der Welt gesehen hatte als jeder von uns, waren wie die Augen eines Hais. Er hat mehr Unmögliches getan, als der Großteil von uns sich je vorstellen konnte. Dann schnaubte er und sprach ein paar Worte, die mich überraschten.

»Da haben Sie vollkommen recht, Ranger.«

Wir tranken unseren Kaffee, und danach war alles wieder in Ordnung. Ich war immer noch im Dunstkreis der Kaffeemaschine und nicht verbannt worden. Wie schlimm konnte es also schon sein?

Jeder von uns hat seine eigenen Maßstäbe für Erfolg.

Und meine kennen Sie ja.

Verurteilen Sie mich nicht.

KAPITEL 9

Die Geschichte der Ereignisse im Hafen, der Schlacht dort, ist die Geschichte von Sergeant Monroe. Tut mir leid, ich weiß, dass Sie gerne erfahren möchten, was mir in diesem oder jenem Moment widerfahren ist. Oder vielleicht interessiert Sie das auch überhaupt nicht und Sie wollen nur herausfinden, wie schlimm es für mich ausgeht. Das wird es wahrscheinlich. Wie Sergeant Joe sagt: »Einige kommen mit allem durch, bis sie eines Tages mit allem durch sind...« Seine Lektion bezog sich zwar auf Burritos, aber ich denke, sie hat auch andere philosophische und praktische Anwendungen.

Aber ich konnte am Tag der Schlacht um Sûstagul nicht überall sein. Und es geschahen viele wichtige und sehr mutige Dinge an diesem Tag. Genau wie Tanners Bericht über die Einnahme der alten Legionsfestung ist die Geschichte vom Hafen die von Sergeant Monroe, und so hat er sie mir erzählt, als es an der Zeit war, sie mir anzuhören.

»Ich habe immer gedacht, Talker, dass es mein großes Ziel im Leben als Ranger war, Sergeant zu werden. Zuerst das RASP überstehen. Lernen, die Miete im Regiment zu bezahlen. Ranger qualified werden. Meinen Job als Unteroffizier bekommen und darin besser sein als jeder andere Ranger. Das bedeutet nicht nur, der unangefochtene

Kniebeugenkönig im Bataillon zu sein. Ich habe all diese Schritte, die mir beigebracht wurden, um der Ranger zu werden, der ich sein wollte, im ewigen Beast Mode durchgeführt.«

Tanner glaubt, dass der Grund, warum Monroe sich als Tiermensch wie ein Minotaurus entpuppt hat, darin liegt, dass sein ganzes Leben als Ranger im Beast Mode verlief.

Ganz ehrlich? Wer weiß das schon? Ich bestimmt nicht. Die Ruine offenbart sich, und die Offenbarten fragen sich, warum.

»An jenem Morgen, als ich in der Dunkelheit saß«, fuhr der Minotaurus-Ranger fort, »alles geputzt und verstaut, bereit für Rock'n'Roll, konnte ich nur an eines denken. Mein erstes Mal als Sergeant, und ich hatte das Wichtigste vermasselt, was ich als Sergeant nicht tun sollte. Meine... Truppen... waren da draußen in der Dunkelheit und machten die Aufklärungsarbeit für mich, während sich eine Schlacht anbahnte, die schnell Orkangeschwindigkeit erreichen sollte. Und alles, woran ich denken konnte, war, dass ich sie vor dem, was passieren würde, beschützen musste, und um ehrlich zu sein, hatte ich keine Ahnung, wie das geht. Ich dachte, ich wüsste es. Aber dort im Dunkeln, um drei Uhr morgens, kann man nur an all die Dinge denken, die einen selbst und die, für die man verantwortlich ist, treffen werden. Wie alle umkommen werden, weil du es nicht geschafft hast. Ich schwöre dir... als du und der alte Mann zu mir gekommen seid, um mir meinen Auftrag mitzuteilen und mir zu sagen, was zu tun ist, war das alles, woran ich denken konnte. In den Beast Mode zu gehen und es einfach zu erledigen, Mann. Ich habe nicht an meine... können wir sie meine Truppen nennen? Geht das? Wie auch immer. An diesem Morgen waren sie jedenfalls meine. Und als ich im Dunkeln in dem von Ratten und Flöhen verseuchten Gasthaus saß, war es ganz still und plötzlich waren all meine Pläne und das, was von mir als RT im Hafen erwartet wurde, über den Haufen geworfen und ich konnte nur noch an die kleine Muhara und den Rest von ihnen denken.

»Ich habe schon früher Führungsrollen übernommen, Talker. Aber diese Streifen und etwas, das mir einmal gesagt wurde über das, was man tut, was von einem erwartet wird, wenn man sie trägt, das hat mich dort in der Dunkelheit kalt erwischt. Ich hatte es vermasselt. Es wurde heiß da drin und ich hatte keinen Plan... für sie. Ich meine... es sind ja wirklich nur Kinder, Mann. Mehr sind sie nicht. Das war es, was ich in diesem Moment fühlte.«

Lassen Sie mich erklären, was Sergeant Monroe damit meinte, dass seine »Truppen« nur Kinder sind. Und das ist keine Abschweifung und es ist auch nicht der Kaffee, den ich die ganze Nacht gekocht habe, um diesen Bericht nach der Schlacht niederzuschreiben, während die Stadt noch immer mancherorts brennt. .

In der Hafenstadt gibt es viele, wie Kennedy sie nennen würde, Halbmenschen. Was ist ein Halbmensch, fragen Sie? Nun, bevor noch irgendjemand, der das hier liest, gleich eine Diskussion über die Natur des Menschseins lostritt, sind Halbmenschen in Kennedys Spiel Zwerge, Elfen und sogar einige wirklich hässliche Kerle, die wir in der Stadt gesehen haben und bei denen wir uns ziemlich sicher sind, dass sie etwas Orkisches in ihren Adern haben. Auch andere Rassen können Halbmenschen sein. Alles, was humanoid ist, zwei Hände oder Füße hat, zweibeinig ist oder irgendeine Art von Stammesorganisation hat.

Menschen haben Stämme.

Tiere haben Herden, Raubtiere Rudel.

Das ist der Unterschied.

Technisch gesehen ist ein Minotaurus also ein Halbmensch. Und weil sie groß und stark sind und nicht wirklich zu den lokalen Gilden und privaten Armeen gehören, die die Zauberer auf dem Markt unterhalten, sind sie Außenseiter. Und deshalb neigen diese Typen, wie wir festgestellt haben, dazu, die schwere Arbeit zu verrichten. Was in einer Stadt eine Form der Unsichtbarkeit ist. Lastenträger. Totengräber. Kahnfahrer im Hafen. Arbeiter, die unerbittliche körperliche Schwerstarbeit leisten, neigen dazu, unbemerkt zu bleiben. Unsichtbar.

Wir hatten die Ork-Typen gesehen. Und die Zwerge. Einige mit einem Hauch von Oger oder sogar Riese in ihnen. Missgestaltete, gespenstische Kreaturen. Sie hoben Gräben aus und schleppten gewaltige Ketten. Wir haben einen Kerl gesehen, der locker drei Meter groß war und die Brecherkette zog, die als Ausleger den Eingang zum Hafen bewacht. Der Leuchtturm von Thunderos ist im Grunde die riesige Winde für die Kette, die Feinde aus der Bucht raushält. Oder drin, je nach Gusto.

Aber dazu später mehr.

Der arme blinde Kerl schuftet unermüdlich dort am Rande der Hammerkopf-Halbinsel und zieht morgens oder im Falle eines Angriffs vom Meer her die Kette unterhalb des Leuchtturms ein.

Zumindest vermuteten wir das.

Wir hatten Monroe, den Minotaurus, als Teil des Freak Squad eingesetzt, um sich unter die Feinde zu mischen, denn es war wahrscheinlicher, dass er als ein Mitglied der OPFOR gesehen wurde als auf unserer Seite. Der Freak Squad war ein Ad-hoc-Team, das je nach Bedarf und in regelmäßigen Abständen für spezielle Aufklärungsmissionen in feindlichem Gebiet zusammengestellt wurde. Eine Art Langzeitpatrouille, die wir bereits dreimal bei der Durchquerung des Niemandslands eingesetzt hatten.

Tanner und Monroe waren immer dabei. Ich und Kennedy wegen unserer Fähigkeiten. Ein paar andere, die sich verwandelten. Die offenbart wurden. Der Captain war eine offensichtliche Wahl, aber er war für alles verantwortlich und wenn es sich nicht gerade um Schlachtfeldaufklärung handelte, war seine Zeit anderweitig besser investiert, um die ganze Show zu leiten, anstatt seine andere Form anzunehmen.

Der Sergeant Major mochte den Begriff Freak Squad nicht. Er bevorzugte Goon Squad.

Ich fragte Tanner, warum der Smaj eine so kleine Differenzierung vorgenommen hatte. Tanner erklärte mir: »Jeder Commander hat einen Goon Squad. Im Grunde ist das eine inoffizielle Gruppe von Rohrkrepierern, die all die Dinge für dich erledigen, die du als Einsatzleiter nicht legal erledigen kannst. Man könnte sie auch Müllmänner nennen. Oder eher die Müllabfuhr. Manchmal geht es nur darum, die Kennedy-Typen, ehe er unser wertvoller Zauberer wurde natürlich, bei der Stange zu halten und so weiter. Manchmal geht es darum, sich am Feind zu rächen, ohne dass es danach in irgendwelchen Unterlagen auftaucht. Die Bandbreite ist groß. Aber es bedeutet, dass man darauf vertraut, dass du es erledigst und dann deine Klappe hältst.«

Es gab noch ein paar andere Ranger, die im Begriff waren, sich für die Freak Squad zu qualifizieren, respektive offenbaren, und sie wurden getestet.

Als wir versuchten, den Plan für die Einnahme des Hafens zu konzipieren, kam jemandem in den Sinn, dass wir ein Ranger-Aufklärungsteam im Hafen brauchen, und zwar weit im Vorfeld der Operation. Und das war schwierig, denn ein Blick auf die Karte zeigt, dass Dockside nur eine schmale Landzunge ist, auf der eine Menge Gebäude zusammengequetscht sind, und alle sind ziemlich beschäftigt mit dem Be- und Entladen von Schiffen. In der Dockside gibt es immer irgendwo jemanden, der etwas tut. Man kann nicht einfach einen Erkundungstrupp auf ein Dach platzieren, weil das jeder sehen würde. Die Nomadennummer funktionierte nur, wenn wir in Bewegung blieben, nicht angriffen und bei Einbruch der Nacht mit unseren falschen Kamelhaarbärten wieder draußen waren, denn jeder wusste, dass Nomaden nicht gerne innerhalb der Stadtmauern schliefen. Irgendwie logisch.

Aber ein Minotaurus, der als Stauer in den Docks arbeitete, würde uns alle nötigen Informationen liefern, die wir für diesen Bereich der Operation benötigten. Und am Morgen des Angriffs konnte er uns mit Hilfe der Funkverbindung in Echtzeit mitteilen, was vor sich ging, für den Fall, dass wir die Drohnenverbindung verlieren würden, was bei dieser Entfernung zur Air Force Crew durchaus im Bereich des Möglichen lag. Und die Zauberer, denen wir zuvor begegnet sind, waren in der Lage gewesen, Drohnen in früheren Kämpfen zu identifizieren und auszuschalten.

Dementsprechend war es von zentraler Bedeutung, dass wir in Dockside ein RRT, ein Rapid Response Team, vor Ort hatten. Das kann Ihnen jeder bestätigen, der schon einmal mit einem Ranger-Aufklärungsteam gearbeitet hat.

Monroe ging nach seiner Beförderung zum Sergeant allein hinein und jeden Tag trafen entweder Hardt oder ich uns mit ihm an einem von drei Orten in Dockside, schnappten uns einen Zettel, den er hinterlassen hatte, und kehrten mit den Informationen zum Hauptquartier in unserem Lager außerhalb der Stadt zurück.

Er belud den ganzen Tag Schiffe, beobachtete und observierte. Als die Stunde Null näher rückte, schmuggelten wir Sergeant Monroes Ausrüstung hinein. Ein spezieller Plattenträger. Spezial-Brustgurt. Sturmpaket. Eine Carl G mit drei Schuss. Eine M-60 der Special Forces mit Laser-Zielsystem, das ihm bei der Zielerfassung half, angesichts seines grobschlächtigen, massigen Minotauruskörpers. Granaten und Blendgranaten. IR-Stroboskop. Funkgerät. Drei Claymores. Und ein paar andere nützliche Dinge.

In letzter Zeit trug er immer eine Streitaxt bei sich, die nie stumpf wurde. Sie schnitt den Feinden die Gliedmaßen ab, als wären sie aus Butter. Kennedy hatte sie unter Anleitung von Vandahar als magisch identifiziert und sagte, es sei die Axt von Skaarvang dem Bluthändler. »Ein mächtiger Frostriesenkrieger aus dem Grimmfrost längst vergangener Zeiten, als diese wilden Stämme nach Süden kamen, um die Städte der Menschen anzugreifen.« Die Art, wie Kennedy sprach, klang immer mehr nach Vandahar. Oder er versuchte es.

Wenn man diesem Ranger bei der Arbeit mit der Axt zusah, fragte man sich, warum er überhaupt die Sixty dabei hatte. Aber wir würden an diesem Tag mitten drin sein und es wäre das Beste, wenn er für einen Angriff der Sauren gewappnet wäre, da er auf sich allein gestellt sein würde, in der Hoffnung, dass es sich um einen kanalisierten Angriff der Sauren handeln würde.

»Da möchte ich nicht der Bär sein«, sagte der Sergeant Major, als ich die Sixty in einer speziellen Tasche, die die Zwerge aus feinstem Leder gefertigt hatten, hereinhievte. Sie wurde Monroe über die Schulter gehängt und war eigentlich nur eine Tarnung für die Waffe, damit sie wie eine schwere Werkzeugtasche - Hacken, Spitzhacken, Schaufeln - aussah, die ein Minotaurus der Arbeiterklasse in den Städten der Menschen bei seinen Geschäften tragen konnte.

Anmerkung: Halbmenschen werden laut Vandahar in den anderen Städten der Menschen kaum geduldet. »Monster werden als furchtbare Feinde betrachtet, selbst wenn sie aus der Paarung zwischen ihrer eigenen Art und den Mächten der Finsternis hervorgegangen sind. Sie werden oft ohne Grund getötet. Aber Sûstagul ist eine seltsame und geheimnisvolle Stadt und wahrlich die älteste aller Städte der Menschen, obwohl sie nicht immer eine Stadt der Menschen war. Die Sauren nannten sie einst die Stadt der Pythons. Aber das war vor langer Zeit, als sie die bekannte Welt beherrschten und die Geschicke aller in ihren uralten Klauen hielten.«

So kam es also, dass Sergeant Monroe einige Zeit vor unserem Angriff als Späher in der Stadt tätig war. Und nun zu seinen Truppen. Monroe erzählt es folgendermaßen.

»Sie nennen sie Treibgut, Talker. So nennen sie die Matrosen und alle, die in Dockside leben, wenn sie höflich sind. Soweit ich das verstehen kann. Wie ich schon sagte, mein Arabisch ist nicht besonders gut, aber zwei Jahre im Sandkasten und ich komme zurecht, weißt du, was ich meine?«

Das tue ich in der Tat. Man kann Sprachen lernen, wenn man in ihrer Nähe ist und sich einfach die Mühe macht. Die meisten Leute wollen es nicht versuchen, so meine Meinung, weshalb sie es auch nicht lernen.

»Normalerweise haben sie Schimpfwörter für sie«, fuhr Monroe fort, »oder sie nennen sie die Kinder der Seehuren. Du weißt doch, wie sie sind, Mann. Vor Jahren habe ich diese Dokumentation über Waisenkinder von Soldaten aus Vietnam gesehen. Die Leute nannten sie Staubkinder. Sie hatten eine schwere Zeit. Es war auch schwer für sie, einzuwandern. Die Menschen in diesem Land hassten sie, weil die Kinder sie an den Krieg erinnerten. Keiner wollte sie haben. Es war hart, so ein Kind zu sein.

»So sah ich sie, sah diese Treibgutler überall in den Docks. Die Leute nennen sie Diebe, wenn Sachen verschwinden. Ich denke, sie sind wahrscheinlich eine kleine Bande oder so. Überleben. Aber wenn ich ein Schiff belade, verkaufen sie da draußen in kleinen Kanus Früchte an die Galeeren. Nur dass sie nicht in den Kanus fahren. Sie schwimmen daneben. Und... sie haben Kiemen, Mann. Ich habe sie tauchen sehen. Sie können länger unter Wasser bleiben, als irgendjemand jemals die Luft anhalten könnte. Aber sie sehen genauso aus wie wir.«

Ich habe mich bei den Weisen umgehört, nachdem Sergeant Monroe mir davon erzählt hatte, und die Legende von den Seehuren herausgefunden. Nicht weit von hier gibt es einen Strand, an dem bei Vollmond Meerjungfrauen an Land kommen und sich mit Männern aus dem Hafen paaren, so wurde es mir zumindest beschrieben. Matrosen auf der Durchreise. Ich weiß nicht, ob das wahr ist. Aber anscheinend sind diese Kinder die ungewollten Ergebnisse dieser Begegnungen. In Sûstagul, so sagen die Weisen, werden die Kinder als Ärgernis und Problem betrachtet, aber man lässt sie existieren. Denn wenn man sie tötet, zieht das einen Fluch nach sich, so die örtliche Überlieferung. Die Meerjungfrauen werden kommen und einen holen, sagt man.

Aber zurück zu Sergeant Monroes Geschichte.

»Also eine von ihnen, dieses kleine Mädchen, an einem heißen Nachmittag, als ich in den Netzen liege, weil ich gerade eine ganze Ladung Weinkrüge aus Tyranor entladen habe. Und ich sag dir, es ist nicht einfach, mit diesen schweren Tonkrügen vorsichtig zu sein, weil die das Gehen auf den Landungsbrücken und das Hinauf- und Hinuntergehen durch die Laderäume wirklich brutal machen. Ich erhole mich also, bis das nächste Schiff einläuft, liege in diesen Netzen und döse vor mich hin, weil die Sonne so schön scheint und hey, wer will sich schon mit einem Minotaurus anlegen, der eine böse Axt hat und so? Ich höre die Seevögel und das Knarren der Takelage und die Geräusche der Schiffe und...« Er seufzt praktisch vor Zufriedenheit. »Ich sags dir, Talker, ich hätte nie gedacht, dass ich diese Geräusche so sehr lieben würde, wie ich die Arbeit hier lieben gelernt habe. Mir gefällt es hier, Mann. In der Ruine. Es ist echt cool. Aber sag das nicht weiter. Ich bin dabei, um mit den Rangers zu gewinnen. Bis hin zu Sûts Schädel und allen anderen, die wir aufspüren und töten können. Ich bin dabei. Aber weißt du, Talker, und ich wette, das weißt du, es gibt noch andere Erfahrungen hier in der Ruine. Und manchmal schleichen sie sich an und flüstern einem etwas über neue Wege ins Ohr, wenn man nicht aufpasst und eine Sekunde deine Deckung vernachlässigst. All das Zeug, von dem Thor an seinen kleinen Feuerchen schwafelt und der Kult, den er drüben bei den Scharfschützen betreibt.

»Okay, ich wache also auf und da ist dieses kleine Mädchen, hellbraun, blondes Haar. Blaue Augen. Aber sie scheint ein Mischling zu sein. Augen wie die Untiefen des Meeres, wo sie aquamarin bis fast grün sind. Gebräunte Haut, als würde sie den ganzen Tag unter der gnadenlose Meeressonne leben. Sie ist höchstens... sechs, vielleicht? Aber wer weiß das schon, hier. Die Elfen sind alle viel älter als wir. Aber sie sieht aus wie sechs. Und sie sitzt einfach da und streichelt mein Minotaurusfell. Als ob ich ein Hund wäre. Und weißt du was, Talker? Ich bin einer. Es fühlt sich irgendwie gut an, das muss ein Teil der Offenbarung der Ruine sein. Es ist ja nicht so, dass mich einer der Ranger gestreichelt hätte. Erstens: Ich würde sie umbringen. Zweitens... das ist seltsam. Und ich gehe garantiert kein Risiko ein mit den heißen Bräuten, die du da in deiner Flasche hast. Das sind zehntausend Jahre, und ich bin nicht interessiert.

»So etwas hat also noch niemand mit mir gemacht, seit ich… offenbart worden bin… Und jetzt… na ja, jetzt weiß ich, wie es ist, ein Hund zu sein, der gestreichelt wird. Es fühlt sich an... als ob man genau da hingehört, wo man ist. Ich weiß... superdumm. Bitte erzähl das niemandem, Talker.«

»Werde ich nicht«, log ich.

Aber ich schreibe es in den Bericht, weil es eine Information ist.

»Sie spricht genug Hafenarabisch, dass ich sie fragen kann, wie sie heißt, und sie sagt: Muhara.«

Muhara bedeutet Muschel auf Arabisch. Profi am Werk, Leute. Lassen Sie mich durch, ich bin Linguist. Nicht, dass noch jemand verletzt wird.

»Da sitzen wir also und sie streichelt mein Fell und fährt manchmal mit ihrem winzigen Finger über meine Hörner. Da kommt dieser Drecksack namens Mamamo vorbei, die rechte Hand des Mannes, der alle Ladungen da unten kontrolliert, und zischt ihr ›Nifaya‹ zu. Was, wie ich aus meiner Zeit im Sandkasten weiß, Müll bedeutet. Dann wirft er ein paar Früchte, mit denen er fertig war, direkt auf sie. Sie huscht davon, springt hinter den Netzen ins Wasser und ist verschwunden.«

Sergeant Monroes riesige Minotaurus-Oberarme spannten sich plötzlich an, als er mir das alles erzählte. Seine massiven, ledrigen Hände ballten sich zu Fäusten. Au und zu, immer wieder. .

»Ich gehe zu diesem Kerl rüber und er lacht und erzählt mir, dass sie ein Problem im Hafen sind und dass sie nichts als dreckige kleine Diebe sind, und das mit dieser nasalen, kleinen Teppichverkäufer-Betrüger-Stimme. Ich konnte den Kerl jetzt schon nicht leiden...«

Sergeant Monroe schweigt einen Moment, bevor er mir erzählt, was dann passierte.

»Ich habe ihn in die nächste Woche verfrachtet, Mann. Ein Schlag in die Magengrube und er flog tatsächlich durch die Luft und krachte in ein aufgerolltes Tau auf der anderen Seite des Stegs.«

»Was ist mit ihm passiert?«, fragte ich in der darauf folgenden Stille.

»Äh... er ist tot, Talker.«

Nun, das hätte die ganze Operation vermasseln können, aber ich stimme der Berichtigung zu, die der Kerl verdient hat. Er hat die Lektion einfach nicht überlebt.

»Gab es danach Probleme mit seinen bronzezeitlichen Kollegen?«, fragte ich.

»Jap. Sie waren verärgert. Aber dann sagten sie: ›Biestmann schleppt gut. Kümmer dich um Mamamos Ladung und kein Problem mit dem Geld.‹ Das haben sie mir gesagt.«

Monroe zufolge sehen die Kinder im Hafen, die Waisenkinder, die tauchen und Obst verkaufen können und überall im Schatten zu sein scheinen, in ihm einen Freund. Eine Art Beschützer. Denn natürlich sind sie immer überall, in den Schatten, den Gassen, den Docks, darunter im Wasser, sie beobachten und sehen alles.

Sie haben gesehen, was mit Muhara passiert ist.

Und mit der Zeit nimmt der Bruder von Muhara, oder wir glauben, dass er es ist, Kontakt mit Monroe auf und übermittelt ihm die Nachricht, dass sie ein Auge auf ihn haben werden. Wir sind uns nicht sicher, was das bedeutet, aber die Informationen gehen zwischen dem Minotaurus und dem Kommandoteam hin und her und mit etwas Unterstützung von Chief Rapp hat Sergeant Monroe in etwa einer halben Woche seine eigene Gruppe von Informanten. Wir geben ihnen einige Aufträge, um herauszufinden, was und wer sich auf bestimmten Schiffen befindet, an die wir noch nicht herangekommen sind. Was die Kräfte rund um den Leuchtturm und den kleineren Leuchtturm auf der anderen Seite des Hafens, an den die Auslegerkette anschließt, sind. Sie werden kurzerhand angeheuert, um den Minotaurus bei seiner Aufklärungsmission zu unterstützen, während die Schlacht näher rückt.

Wenn man sie fragt, ob sie etwas wollen, schütteln sie nur den Kopf. Die sechs von ihnen, die sich mit mir und Monroe treffen, scheinen den Rest zu repräsentieren.

Das Einzige, was die Anführerin, Aija, sagt, ist: »Wir haben vom Wasser aus gesehen, was er für Muhara getan hat. Er kümmert sich um uns. Wir kümmern uns umeinander. Einer von uns jetzt.«

Sie sprechen eine andere Sprache, die sie vor uns nicht verwenden wollen. Ihr arabisches Hafen-Dialekt ist hart. Aber so spricht es sich eben aus. Am Morgen des Angriffs, sobald sie das Signal von Monroe erhalten, werden sie die Schiffe entern, von denen die Sauren hoffentlich von Bord gegangen sind, und die Sklaven befreien. Dann wird er sie dazu bringen, über Bord zu springen und in die Gebiete abseits der Hauptkämpfe zu schwimmen. Sie sind Diebe. Nur so können sie überleben. Sie wissen, wie man Schlösser knackt und Ketten löst. Sie können unter Wasser schwimmen, weil sie eine Art von Amphibien sind. Das tun sie, weil jemand, ein Minotaurus-Stauer, der eines heißen Nachmittags in den Netzen schlief, sie sah und auf die Art der Ruine forderte, dass sie wie Menschen behandelt werden. Mit Respekt und dem Anspruch auf Souveränität.

Und nun zu dem, was Sergeant Monroe mir darüber erzählte, wie er Sergeant wurde und bei seinem ersten Einsatz alles falsch gemacht hat. Wie er in der Dunkelheit saß und wusste, dass seine Truppen genauso beschützt werden mussten, wie die Mission zu erfüllen war.

Jeder kennt die Geschichte von Alwyn Cashe. Ein Sergeant, der in ein brennendes Kampffahrzeug stieg, um seine Leute zu retten. Es gibt andere Geschichten darüber, wie Sergeants verstehen, was Cashe in diesem Augenblick der letzten Entscheidungen zu tun wusste. Er wusste, was von ihm erwartet wurde, als die gierigen Flammen versuchten, seine Truppen zu fressen.

Diese Geschichten werden von Rangergeneration zu Generation weitergegeben. Nur dass Sie es wissen.

»Als sie mir meine Streifen verliehen haben und die Beförderungszeremonie stattfand, Talker, war ich ziemlich angespornt. Aber auch ängstlich, denn jetzt musst du dich mit dieser Position identifizieren und dir deinen Platz hier bei den Rangern verdienen. Genauso wie man die Miete für die Schriftrolle zahlt. Jeden Tag. Eine Beförderung bringt viel mehr mit sich als nur einen höheren Rang und das, was man glaubt zu können... aber meistens nicht tut. Daher war ich heiß darauf, ihnen zu zeigen, was ich kann, verstehst du?«

Nur zu gut. Ich bin durchaus vertraut mit Anerkennung durch Leistung, sagte der Mann, der mehrere Doktortitel in Sprachwissenschaften besitzt, die den meisten akademischen Definitionen spotten. Es hat mir schon immer Spaß gemacht, Leuten, die dachten, sie wüssten eine Menge, zu beeindrucken. Ihnen zu zeigen, was ich kann. Wahrlich nichts Neues für mich.

Ich bin ein kleiner, schwacher Mensch. Ich könnte andere Lügen erzählen, um die Mission zu bewältigen. Aber hier, in diesem Bericht, bin ich tödlich ehrlich. Die ungeschminkte Wahrheit.

»Also dieser eine Sergeant, den ich sehr respektiere«, fährt Monroe fort, »und ich werde seinen Namen nicht nennen, da du wahrscheinlich alles, was ich sage, aufschreiben wirst, obwohl ich dir gesagt habe, dass du es nicht tun sollst, aber ich verstehe... alles kommt rein. Schon klar, kein Problem. Irgendwo muss es ja landen, oder? Aber das ist seine Geschichte und vielleicht... Ich weiß nicht. Vielleicht ist es die Geschichte aller Unteroffiziere. Die geheime Geschichte, die sie einem erzählen, oder so ähnlich, wenn man in den Club aufgenommen wird. Und dann merkt man, dass es um etwas ganz anderes geht, als man auf dem

Weg dorthin dachte. Jedenfalls erzählt mir dieser Kerl, wie er vor langer Zeit im Sandkasten war. Sie verfolgten ein paar Kriegsgefangene, die falsch abgebogen waren und in einen Hinterhalt geraten waren. Ein Überlebender. Der Rest... hat es nicht geschafft und wurde in einem flachen Grab außerhalb irgendeines unbekannten Ortes begraben.

»Die Ranger fanden heraus, wo die Leichen begraben waren. Diese Leichen, unsere Leute, Soldaten der US Army, Jungs und Mädels, lagen schon seit ein paar Wochen im Sand in der Wüste. Die NCOs wussten, dass es schlimm werden würde, sie auszugraben. Wirklich schlimm. Und dann nimmt mich dieser Sergeant beiseite und erzählt mir, was diese Ranger-Unteroffiziere an jenem Tag getan haben, als sie die flachen Gräber unserer eigenen Leute gefunden haben und ihre toten Kameraden exhumieren mussten.«

Der große Minotaurus Ranger hielt inne und räusperte sich. Ich konnte ihm ansehen, dass das, was ihm erzählt worden war, wie eine schwere Last auf ihm lag, die ihn für den Rest seines Lebens begleiten würde. Und ausnahmsweise hatte ich das Gefühl, nur für einen kurzen Moment, dass ich es nicht hören wollte. Als ob ich nicht bereit wäre. Als ob es mich auch verändern würde.

Jemand hat einmal im Internet geschrieben - so ein Ding aus unserer Zeit -, dass vor langer Zeit, als man noch ein kleines Kind war, die Mutter einen nach Hause rief, als die Straßenlaternen irgendwann angingen und die Dämmerung einsetzte, und das war das letzte Mal, dass man mit den Freunden spielte, mit denen man als Kind gespielt hatte. Auf einmal war man kein Kind mehr, sondern erwachsen und wusste es noch nicht mal.

Was ich gleich zu hören bekommen würde, vermittelte genau dieses Gefühl.

»Die Unteroffiziere wussten, dass die jüngeren Soldaten, die neuen Ranger, nicht mit dem fertig werden würden, was sie ausgraben würden, um die Körper zu bergen und sie nach Hause zu bringen. . Also haben sie sie alle mit Blickrichtung nach außen einen Sicherheitsbereich abgrenzen lassen... und die Unteroffiziere haben die Leichen ausgegraben. Und es war schlimm, Mann. Wirklich schlimm.«

Wir saßen da in der Stille seines schäbigen Zimmers im Gasthaus. Alles roch nach ranzigem Fisch und kaltem Rauch. Im Hauptraum unten wurde betrunken gesungen. Aber zwischen uns, während er mir das erzählte, herrschte eine bleischwere Stille.

»Das ist es, was der Sergeant, zu dem ich aufsehe, mir erzählt hat, als er ein junger Ranger war. Nur ein Kind. Und das ist es, was es bedeutet, ein Unteroffizier zu sein, Talker. Man beschützt sie, Talker, vor dem Bösen, so gut und so lange man kann. Das ist es, was als NCO von einem erwartet wird. Und daran habe ich an diesem Morgen im Dunkeln denken müssen, als ich wusste, dass die Kinder da draußen im Wasser waren und auf mein Signal warteten.«

KAPITEL 10

»Gunfighter an Wharf Rat... wir sind mit Pipe Hitter im Anflug auf Zirkus.«

Wharf Rat war Sergeant Monroe, der sich dreißig Minuten vor Sonnenaufgang in Dockside aufhielt, als die ersten Schritte von Operation Stranglehold in Gang kamen. Die schwarzen MH-6 Little Birds und zwei voll beladene Black Hawks der 160th SOAR hatten gerade die Landezone am Strand verlassen, wo die Teams, die auf dem Luftweg eintrafen, in Stapeln darauf warteten, eingeladen zu werden. Späher und Scharfschützen waren damit beschäftigt, Wachen entlang der Mauern auszuschalten und die umherstreifenden Orknomaden in den Dünen südlich der Stadt im Auge zu behalten.

Der Leuchtturm von Thunderos war das Ziel, das wir als Zirkus markiert hatten. Das beeindruckende Bauwerk wachte über die Hafeneinfahrt entlang des östlichsten Ankers der Hammerkopf-Bucht, die mit der schmalen Halbinsel der schlafenden Hafenstadt verbunden war. Es gab Wetten unter den Rangern, dass der Leuchtturm wahrscheinlich zu den alten Weltwundern der Ruine gehörte. Es war eine schmale Zikkurat, die von vier seltsamen Männern mit langen herabhängenden Schnurrbärten gekrönt wurde. Die Statuen waren riesig und standen jeweils vor einem kristallinen Schild, der das

Licht in alle Richtungen reflektieren konnte, wenn die richtigen Feuer im Leuchtturm selbst entzündet wurden.

Aus der Ferne war das ziemlich beeindruckend.

Ich befand mich immer noch auf dem dunklen Strand der Landezone. Die Brandung begann langsam über den Sand zu rollen, während der Tag näher rückte. Der Erste Zug und die Scharfschützen hatten bereits die Tore und das alte Fort gesichert. Der Dritte Zug war das Hauptelement von Pipe Hitter und wurde vom Captain und Sergeant Chris geführt. Sie würden den Leuchtturm einnehmen und sich dann in Elemente aufteilen, um kleinere Positionen entlang der Landzunge einzunehmen, um den Hafen zu sichern und die Kriegsgaleeren daran zu hindern, ins offene Meer zu flüchten oder sich der Landung alliierter Galeeren zu widersetzen, die die Legionen von Accadios an die langen Strände in der Nähe bringen würden.

In den Momenten, bevor Sergeant Monroe die Zwei-Minuten-Warnung erhalten würde, dass die ersten Ranger direkt in den Rücken des Feindes »springen« und die Hammerkopf-Bucht und den taktisch wichtigen Leuchtturm einnehmen würden, hatte ich mein Nachtsichtgerät auf und beobachtete die statische Ladung, die sich von die Spitzen der sich drehenden Rotorblätter der Little Birds am Strand nahe unserer Position löste, während wir auf den nächsten Flug in die Schlacht warteten.

Ich hatte Schmetterlinge im Bauch, wie ich es bei anderen Kämpfen nicht hatte. Ich war bereit, mich darauf einzulassen. Aber ich war auch bereit, es hinter mich zu bringen. Wenn man mich gefragt hätte, was ich zu diesem Zeitpunkt vermied, weil ich wusste, dass mir die Antwort nicht gefallen würde, hätte ich gesagt, dass ich das Gefühl hatte, mir würde schlecht werden. Ich habe das auf meine

Nerven geschoben, weil ich eine Führungsrolle innehatte. Ich hatte schon andere Kämpfe mitgemacht. Andere Schlachten. Aber diese fühlte sich anders an. Wichtiger. Größer. Genau wie der Spielraum für Fehler. Die Verluste waren endgültiger.

Aber ganz ehrlich, das war einer dieser Momente, für die man lebt. Als wäre man auf einem Heavy-Metal-Konzert und alles würde in der Dunkelheit untergehen, während die Menge um einen herum lebendig, elektrisch und gefährlich wirkt. Aber es ist eine gute Art von Gefahr. Die Elektrizität war locker und wild dort am Strand und die Ranger des Zweiten Zugs waren in den Kreidefelsen im weichen Sand weiter oben am Strand gestapelt. Und ja, wir haben nochmal alles in letzter Sekunde durchgecheckt. Einen Großteil der Ruine hatten wir zu Fuß hinter uns gebracht. Jetzt wurden wir mitten in eine Schlacht hineingeflogen, und die Feinde, die auf dem Markt warteten, hatten keine Ahnung, wie ihnen geschehen würde. Wir hätten das Moment der Überraschung, und wenn alle ihre Rolle gut spielten, würden wir es auch behalten.

Von daher war ich ganz schön aufgeregt.

Sergeant Joe kam vorbei, reichte mir ein Stück von seinem Beef Jerky und nickte in Richtung unserer neuen Sanitäterin, die nur ein paar Mann von mir entfernt war. Ihr Gesicht war ernst, als sie die Dunkelheit im Osten beobachtete, auf die wir zusteuern würden. Ich konnte sehen, wie sich ihre Lippen leise bewegten. Sie beobachtete die verschwundenen Little Birds, die McGuire in die Schlacht mit dem Third Squad trugen, bevor wir in den Kampf eintraten.

Wortlos erinnerte mich Joe daran, ein Auge auf sie zu haben. Sie war kein Ranger. Sie war hier, weil sie sich aus

Liebe verpflichtet fühlte und sie nicht noch einen Ehemann verlieren wollte. Daher würde sie das Waffenteam als Sanitäterin unterstützen.

Ich steckte mir das Dörrfleisch, das Joe mir hinhielt, in den Mund und versuchte zu kauen, aber meine Kiefer schmerzten von der Anspannung und dem Kinnriemen an meinem FAST. Ich klopfte zweimal auf den Helm und nickte, um ihn wissen zu lassen, dass ich sie im Auge hatte.

Bin dabei, Sar'nt.

Wir hatten noch etwas Zeit, bevor die Vögel zurückkehrten, und wir luden auf, flogen die kurze Strecke entlang der Küste im Tiefflug, gewannen rasch an Höhe und kamen schnell und hart über die Mauern rein, wobei die Kanoniere jede Gruppe von Sauren oder die Ansammlung von Söldnern ausschalteten, die herauskommen könnten, um uns den Garaus zu machen. Unten, auf einer Landezone in der Nähe des Marktes, würden wir mit aller Macht eindringen und Ur-Yag, den Hexenmeister, erledigen.

Der Markt war das Gebiet in der Stadt, in das wir am schwersten eindringen und Informationen sammeln konnten. Vieles von dem, was dort passieren würde, wäre Aufklärung durch Feuer. Wir wussten, wo sich der Turm des Zauberers befand, da wir bereits einige Gefahrenbereiche identifiziert hatten. Wir würden schießen, vorrücken, kommunizieren und dabei Ziele benennen. Wir würden nicht einmal in den Turm eindringen. Wir würden ihn lediglich mit Sprengstoff zum Einsturz bringen und versuchen, zur Festung zurückzukehren oder die Helis zu rufen, damit sie uns abholen. Wir waren nicht stark genug, um gegen all die privaten Armeen und Meuchelmörder, die wir dort vermuteten, zu kämpfen. Aber wenn wir schnell reinkommen, das größte Problem im Bezirk ausschalten und uns dann zurückziehen würden, dann... könnten wir jedem, der nicht daran interessiert war, sich mit uns zu verbünden, einen Ausweg über den Osten lassen. Durch die Tore des Mysteriums.

»Lassen Sie Ihren Feinden immer einen Ausweg«, hatte der Sergeant Major gesagt, als er den Plan besprach. »In neun von zehn Fällen wollen sie nicht mehr kämpfen, nachdem Sie ihnen gezeigt haben, wie sehr Sie ihr Leben beenden wollen. Ein netter Rückzug und viele von ihnen ziehen Leine.«

Aber jetzt, in der Stadt und vor Ort, als Sergeant Monroe von Gunfighter Three erfuhr, dass die Ranger auf dem Weg zum Zielpunkt Zirkus waren, waren ich und alle anderen am Strand bereit, die Sache endlich hinter uns zu bringen.

Bis auf Moon, die in der Nähe im Sand liegt. So nennen wir sie. Running Moon, unsere Sanitäterin. Running Under the Moon. Ihr Name wird immer kürzer. Jetzt nennen wir sie einfach Moon. Und sie lächelt immer, als ob wir etwas Nettes zu ihr sagen würden. Sie ist ein... dankbarer Mensch. Ich weiß nicht, warum. Das Wort, mit dem ich sie beschreibe, fällt mir einfach immer ein, wenn ich sie beobachte. Sie ist dankbar. Und sie erinnert mich daran, selbst mitten zwischen all dem Kämpfen und Schießen, mehr wie sie zu sein. Dankbarer.

Ich habe mich bei niemandem beschwert, denn das tun Ranger nicht, über einige der Schicksalsschläge, die mir in letzter Zeit widerfahren sind. Last of Autumn. Aber ich will ehrlich sein... ich habe mich ganz schön umfassend bei mir selbst beschwert. Und... manchmal bei Jabba, wenn niemand in der Nähe ist. Denn er hat keine Ahnung, wovon ich rede. Aber er ist ein guter Zuhörer, vor allem wenn er glaubt, ich hätte irgendeinen Mondgott-Trank, den ich zurückhalte. Ich habe dort gemeckert, wo es niemand hören kann. Wo es nicht zählt. Aber das tut es. Es zählt immer. Vielleicht besonders dann, wenn niemand sonst in der Nähe ist.

Ich werde versuchen, mehr wie Moon zu sein.

Hier in der Dunkelheit am Ufer, während unsere Abflugzeit naht, beobachtet sie den Osten und spricht Gebete für ihren Mann. Sie ist dankbar für ihn. Dankbar, dass sie den Sergeant Major überlistet hat und sich in Portugon ins Wasser stürzte und der abfahrenden Galeere hinterherschwamm. Sie ist dankbar für denjenigen, der sie sieht. McGuire. Und ich vermute auch, dass sie all die Dinge durchgeht, die wir versucht haben, in ihr elfisches Gehirn zu pauken, was den Einsatz von Kampfmedizin angeht.

»Sie lernt schnell«, hatte Chief Rapp zu mir gesagt. »Wenn wir mehr Zeit hätten, könnte ich ihr einige der fortgeschrittenen Techniken beibringen, die wir im SOCOM-Medizinkurs lernen. Das Einzige, worüber ich mir Sorgen mache, ist, wie sie die Nasopharyngeal-Tuben benutzt. Sie ist ein wenig zaghaft und scheint zu hadern, das zu tun. Da muss man ganz sicher sein. Und ihr Ranger seid körperlich stärker als sie. Wenn sie irgendwer angreift, was Menschen tun, wenn sie getroffen werden und glauben, dass sie bald draufgehen, könnte sie Hilfe brauchen. Schön im Auge behalten, die Kleine, PFC Talker.«

Ich sagte dem SF-Sanitäter, dass ich das tun würde.

Dann erinnerte ich mich daran, dass es eine Zeit gab, in der Autumn mich gesehen hatte. Und das... das ist immer noch besser und schöner, als sie überhaupt nie kennengelernt zu haben.

Ich bin wirklich schrecklich darin, ein Anführer im Kampf zu sein. Momente zum Handeln und ich wälze meine eigenen Probleme. Ich lasse es los. Ich bin dankbar. Es ist Zeit, zu führen, zu kämpfen und alle sicher durchzubringen.

Als stellvertretender Teamleiter hatte ich eine Menge zu tun. Ich hatte mich in typischer Ranger-Manier darauf vorbereitet, dass ich in dem, was ich tat, heute besser sein wollte als jeder andere auf dem Schlachtfeld. Jeder Ranger ging mit demselben Gedanken durch alles, was er tat, um sich auf die bevorstehende Mission vorzubereiten. Sie glauben mir nicht? Two-Forty-Kanoniere überprüfen jede einzelne Patrone im Gurt, um sicherzustellen, dass er effizient eingezogen und abgefeuert wird. Was wir heute zu tun hatten, musste so schnell gehen, dass die Stadt keine Ahnung hatte, was vor sich ging, bis sie so reagierte, wie wir es wollten, bis hin zur totalen Kontrolle.

Ja, es war Zeit für einen Ranger Smash. Aber wir konnten nicht einfach zuschlagen und verschwinden. Wir mussten die Mauern bei Dunkelheit einnehmen. Wir waren zu weit von unserer Schmiede entfernt und konnten uns somit nicht mehr auf ihre Unterstützung verlassen. Wir brauchten ein paar Mauern. Und heute würden wir sie jemand anderem wegnehmen.

Der Third Squad würde die Landzunge in den ersten Momenten in aller Ruhe unter Kontrolle bringen. Die Wachen der Stadt und ein kleiner Zug der Sauren, der auf dem Leuchtturm patrouilliert hatte, wurden von MK18-Karabinern erschossen, als die Helikopter ankamen, die Ranger absetzten und zurückkehrten, um den Zweiten Zug zu holen, der noch am Strand wartete.

Im Morgengrauen würden die Ranger ein wichtiges Nadelöhr kontrollieren und Verteidigungsanlagen und Hinterhalte einrichten. Sie würden ziemlich schnell unter Druck geraten, wenn die Sauren so reagierten, wie wir es für möglich hielten.

»Ranger«, fragte der Sergeant Major bei der letzten Besprechung. »Was werde ich gleich sagen?«

Sergeant Kang antwortete. »Kein Plan überlebt den ersten Feindkontakt.«

»Verdammt richtig, Sergeant. Aber Sie alle kennen die Absicht des Commanders. Zwingen Sie den Feind dazu, sich aufzuteilen und töten Sie ihn bei jeder Gelegenheit, die Sie finden und schaffen können. Minimieren Sie die Zahl der zivilen Opfer. Kontrollieren Sie die Mauern bis zur Abenddämmerung und wenn die Orks draußen auf die Mauern stürmen, lassen Sie Mörser auf sie regnen und die Drohnenführerin wird ihre AGMs abwerfen. Bringen Sie die Legionäre auf die Mauer und bereiten Sie sich darauf vor, die Stellung drei Tage lang zu halten.«

Sobald die Ranger die Landenge unter Kontrolle hatten, zündeten sie Explosionen, um den Leuchtturm zu sprengen und die Auslegerkette hochzufahren, um den Feind wissen zu lassen, dass er mit seiner Kriegsflotte im Hafen festsitzt und den Leuchtturm zurückerobern muss, wenn er das ändern möchte.

Scharfschützen würden die Piratencrews nach Belieben angreifen, um dem Feind die Bewegungsfreiheit im Hafen zu nehmen und ihn daran zu hindern, von den vorgesehenen Zufahrtswegen abzuweichen, um den Leuchtturm zurückzuerobern.

»Wir sind ein kleines Element«, sagte der Captain aus dem Schatten jenseits des Lichts des Besprechungsprojektors.

»Indem wir die anfängliche Verwirrung stiften und während der Schlacht weiter Chaos säen, indem wir ihre Anführer ausschalten, wollen wir den Feind dazu bringen, etwas zu tun, was er zu diesem Zeitpunkt für effektiv hält. Und dann werden wir da sein, um sie mit massivem Beschuss und Sprengsätzen zu empfangen. Sergeant Monroe wird mit dem RRT als erstes das Kommando und die Struktur angreifen, wenn wir uns beim Zirkus einrichten.«

Der Plan für diesen Eröffnungszug sah folgendermaßen aus...

Während die saurische Führung versuchte, sich von dem tödlichen Schlag zu erholen, mit dem Sergeant Monroe beauftragt worden war, stellte Chief Rapp als Kriegsstratege die Theorie auf, dass die Sauren ihre Truppen auf den Schiffen zusammenziehen würden, um auf die Halbinsel zu marschieren und zu versuchen, die Landenge einzunehmen und die Ranger, die dort im Kampf verwickelt waren, auszulöschen.

»Außer, dass zu diesem Zeitpunkt noch mehr dieser seltsamen Vögel, von denen sie vermutlich denken werden, dass es sich um eine Art von Greifen handelt, auftauchen werden«, sagte Chief Rapp aus der Dunkelheit, »das werden unsere Helis sein, die wieder kommen, um weitere Truppen für den Angriff auf den Markt zu holen. Das sollte sie dazu veranlassen, sich aufzuteilen, um zu reagieren und so den Druck vom Third Squad zu nehmen, das den Zirkus verteidigt.«

Wir hofften, dass ihr Kommandoteam seine Truppen aufteilen und versuchen würde, die Rückseite zu schützen, während wir Ur-Yag auf dem Markt so schnell wie möglich den Todesstoß versetzen würden. Wenn wir die Sauren an kleinen Hinterhalten in der Stadt und entlang der

Dockside ausbluten ließen, während sie versuchten, in die Stadt einzudringen, und gleichzeitig die von den Rangern gehaltene Hammerkopf-Bucht angriffen, würden die Galeeren von Wachen und Truppen befreit und Sergeant Monroes Freischärler könnten die Sklaven unter Deck befreien.

Die Ziele waren erstens ein toter Ur-Yag und zweitens eine verwirrte und unorganisierte Streitmacht der Sauren, die zwei getrennte Kampfzonen angriff und durch Zermürbung aus dem Hinterhalt aufgerieben wurde. Und dann war da noch der Tempel des Pan, dessen Hohepriester kurz nach der morgendlichen Zeremonie, bei der wir sie bei ihrer Opfergabe beobachtet hatten, mit Hilfe von Sergeant Thor den Kopf weggeblasen bekam und leblos auf dem Säulengang liegen blieb.

Das Scharfschützenfeuer aus der Festung der Geisterlegion unterstützte kleinere Missionen innerhalb des Hafens, vor allem die Hinterhalte gegen die Sauren, die in die Stadt eindrangen, um die örtlichen Befehlshaber zu unterstützen, von denen wir festgestellt hatten, dass sie sterben mussten, damit wir die vollständige Kontrolle übernehmen konnten.

Außerhalb der Stadt würde ein Team aus dem Ersten Zug die Tore halten, während draußen Mörser aufgestellt würden. Die Galeeren würden an Land gehen, und die beiden kompletten Legionen würden mit achttausend Mann unter dem Kommando von Zenturio Tyrus den Strand stürmen. Sie würden in die Stadt eindringen, sich mit dem Sergeant Major in Verbindung setzen und die Kontrolle über die Mauern übernehmen, während die Ranger weiterhin jeden Widerstand in der Stadt ausschalten würden.

Bei Einbruch der Nacht, bevor die Orkhorden der Guzzim Hazadi herausfinden konnten, dass wir die Stadt angegriffen hatten, würden wir sie hinter hohen Mauern und mit der Unterstützung von zwei Legionen und einer Flotte vor der Küste tatsächlich kontrollieren.

Ein gewagtes Unterfangen? Ja.

Unmöglich? Vielleicht.

Aber wir sind Ranger. Das ist unser Job.

Die Orks in den Dünen und rauen Hügeln waren nicht für einen Belagerungskrieg gerüstet. Eine offene Mauer und sie könnten und würden hindurchströmen, es sei denn, jemand hält sie auf. Andernfalls mussten sie uns auf offenes Gelände bringen, wo sie uns umzingeln und mit Pfeilen beschießen konnten, sobald wir feststeckten. Mit dem Rücken zum Meer und unter Ausnutzung optimaler Geländeeigenschaften auf dem Marsch hierher hatten wir sie besiegen, ausmanövrieren und abwehren können.

Und jemand, zwei Personen, würden diese Bresche halten. Zu der Geschichte komme ich noch. Aber erst später. Ich werde sie erzählen, wenn ich kann. Und im Moment bin ich so müde vom Schreiben, Trinken und Kaffeekochen, während der graue Rauch in der späten Nacht und am frühen Morgen über die Stadt zieht, dass ich es vielleicht schaffen werde.

Aber ich stehe immer noch unter Schock.

Ja...

Ja, tue ich.

Ich brauche eine Zigarette.

Okay, in der morgendlichen Dunkelheit, in der Stille von Dockside, mit Hubschraubern voller Ranger, die gerade dabei waren, jemandem den Tag zu ruinieren, während die Schlacht begann, trat Sergeant Monroe aus dem ruhigen Gasthaus entlang einer verlassenen Straße. Das geschäftige Treiben auf der Hauptstraße von Dockside war anders als an den meisten Tagen. Heute war es das eine todbringende Geschäftsamkeit. Und morgen, wenn alles gut ging, würden die Händler ihre Stände öffnen und die Straßen vom Blut säubern, und am Mittag, wenn es Zeit für einen Kaffee war, würde der Kampf eine ferne Erinnerung sein, die schon vor langer Zeit verblasst war. Aber jetzt, am frühen Morgen, nachdem der Mond untergegangen und die Sonne nur noch wenige Minuten entfernt war, standen die Schatten hier tief und dunkel. Es war still. Eine perfekte Stille.

Noch nicht einmal Vögel.

Sergeant Monroe kann als Minotaurus in der Dunkelheit recht gut sehen.

Die Sixty war an seiner Seite befestigt und verhüllt. Leicht und sofort einsatzbereit. Der Carl-Werfer war über seinen Rücken gehängt, ebenso wie die Streitaxt darunter. Er trug eine grobe Tunika, die ihm eine der Fischfrauen aus Segeltuch und verblichenem Sackleinen genäht hatte. Sie sollte den Plattenträger verdecken. Er hatte einen Gürtel 7.62er-Munition bereit zum Einsatz und einen weiteren über seinem dicken Hals.

»Wharf Rat, hier ist Gunfighter Lead... wir sind im Anflug mit Pipe Hitter auf den Zirkus.«

Monroe tippte auf sein Kehlkopfmikrofon, um zu sprechen, und gab den Piloten einen Statusbericht über die Feinde auf dem Boden.

»Gunfighter... der Himmel ist klar und zweiundzwanzig über Zirkus. Winde aus Nordost auf sechs. Die Hühner schlafen. Freigabe für das Absetzen von Warlord,

Gunfighter. Die Wharf Rat in Bewegung, um die Show zu starten. Rat Ende.«

Dann zog der hünenhafte Minotaurus die zwergische Lederhülle von der Sixty ab, drehte den fetten Schalldämpfer am Ende des Laufs ein wenig, um sicherzugehen, dass er gut sitzt und für die harte Arbeit des Close Quarter Battles bereit ist, und machte sich auf den Weg zum Wachposten, der sich die Straße hinauf vom Haus des Händlers befand, wo der saurische General seinen Kommandoposten in Dockside eingerichtet hatte.

Ranger Smash im Anflug.

KAPITEL 11

»Ich hab mich an die Echsen am Checkpoint herangeschlichen und sie allesamt abgeknallt«, erklärt Sergeant Monroe, der Ranger-Minotaurus, ohne viel Federlesens. »Es war im Morgengrauen. Ihnen war kalt, und wie unsere Informationen zeigten, war es der perfekte Zeitpunkt, um sie endgültig auf Eis zu legen. Sie hatten ein Feuer, um das sie herumstanden. Die Zahl war die gleiche wie jede Nacht. Vier. Alles, was sie sahen, war der örtliche Minotaurus-Frachtverlader, der zu den Docks unterwegs war und den Weg nahm, den er immer nahm, wenn er in diese Richtung ging.«

Sergeant Monroe erklärte mir alles Schritt für Schritt. Er berichtete mir von seinen sekundären Aufgaben, denn selbst in diesem Moment konnte man wahrscheinlich in der Ferne die ankommenden Helikopter hören, als er mit der SF Mod Sixty das Feuer eröffnete und die Ansammlung von Elitewachen der Sauren tötete, die ihre Deckung vernachlässigt hatten, als sie sie am meisten gebraucht hätten.

Die Sixty ist eine Waffe, die die US-Truppen seit dem Vietnamkrieg »das Schwein« nennen. Es ist ein effektives mittleres Maschinengewehr. Sehr effektiv sogar. Und wie sein Namensvetter ist es in fast jeder Metrik, die man sich vorstellen kann, sehr stark. Schwer. Nichts für einen aufgepumpten Minotaurus. Laut und nervtötend. Unnachgiebig, ja. Der fette Schalldämpfer schluckt so viel wie möglich, aber wahrscheinlich hat eh niemand in Dockside jemals in seinem Leben so etwas wie Schüsse gehört. Es gibt nur das ständige Plätschern vom Auf und Ab der Galeeren, die im Hafen vor Anker liegen. Das Klappern der Takelage. Das Knarzen der Taue.

Der Tod kommt in einer langen Salve, die sicherstellt, dass die Sauren auf der Straße kein Problem mehr darstellen sind und die Schlacht nun offiziell begonnen hat.

Ich glaube, alle Kriege, alle Schlachten, beginnen mit einem nahezu unbemerkten Gefecht in scheinbarer Stille. Dann überschlagen sich die Ereignisse und jeder beteiligt sich mit allem, was er hat, um die andere Seite zu bezwingen. Schließlich ist es ein Kampf ums Überleben. Und nichts und niemand darf geschont werden, wenn man den nächsten Sonnenaufgang noch erleben will.

Wir hatten dort am Kontrollpunkt vier Sauren-Wachen gesehen, die lange Speere in der Hand hielten, ihre hakenförmigen Schwerter an ihren glitzernden, mit Edelsteinen und Gold besetzten Gürteln. Die Sauren waren in der Nacht und am frühen Morgen immer in schwere Umhänge gehüllt und unterhielten ein kleines Feuer in der Mitte der Straße, während sie ihren General bewachten. Nachdem sie in ihrem pompösen Triumphzug von den Toren des Todes her in die Stadt gekommen waren, vorbei an der Legionsfestung in den Hafen und auf die Kriegsgaleeren, hatten sie ein Gebiet im Hafen abgesperrt, in dem ein lokaler Händler sein Haus in der Nähe der beiden Galeeren, die er betrieb, gebaut hatte. Es war ein hohes, schiefes Häuschen, wie die meisten Häuser in Dockside. Alles in Sûstagul war hauptsächlich aus Stein gebaut. Es gab nicht viel leicht zugängliches Holz in der Nähe, und was in die Stadt kam, wurde meist für Dächer verwendet. Der General hatte also eine kleine Festung in der Nähe der Docks und die Präsenz der Sauren war in den vergangenen Wochen stark gewesen. Aber in der letzten Woche hatte sie abgenommen. Und Captain Messerhand hatte den Minotaurus für eine Decap-Operation gegen das feindliche Kommando abgestellt.

Außerdem hatte der Captain entschieden, ihren General im Morgengrauen anzugreifen, weil die Sauren dann am schwächsten sind. Mit dem Sonnenaufgang würde sich ihr kaltes Blut erwärmen, da Echsen ja wechselwarm sind. Ergo würden sie im Laufe des Tages aktiver werden, was auch dem allgemeinen Schlachtplan zugute käme. Das ist es, was wir wollten. Ranger ziehen nur sehr ungern in die Schlacht, wenn der Gegner die Regeln macht. Das ist nicht ihre Art, Dinge zu tun. Sie glauben nicht an faire Kämpfe. Sie wollen jeden Vorteil, und sie werden alles tun, um ihn zu bekommen. Wir wollten, dass unsere Feinde aufgeregt und aktiv werden und sich in die Fleischwolf-Hinterhalte stürzen, die die Ranger eingerichtet hatten, um den Feind zu kanalisieren, als die Sonne aufging und es klar war, dass sie von uns angegriffen werden würden.

Ein Angriff kurz nach Einbruch der Dunkelheit oder mitten in der Nacht hingegen hätte dazu führen können, dass die saurischen Befehlshaber beschlossen hätten, ihre Position zu halten und herauszufinden, was vor sich ging, so dass sie ein paar Stunden Zeit gehabt hätten, um sich zu sammeln.

Das wollten wir nicht. Wir wollten von Anfang an Chaos. Ein Chaos, das wir unter Kontrolle hatten, während wir ihre Dezimierung und schließlich ihre Vernichtung vorantrieben.

Sergeant Monroe feuerte auf die Sauren, als sie aus der Dunkelheit der Straße kamen. Und während die Wachen der Echsenmenschen auf der Straße verbluteten, ging der Minotaurus weiter die Straße hinauf in Richtung des Hauses des Händlers, das die Sauren als Kommandoposten nutzten.

Hier gab es keine Finesse. Wir mussten den Kommandoposten ausschalten, bevor die Schlacht begann. Wir wussten, wo sich der Befehlshaber der Bodentruppen der Sauren befand, da wir wochenlang Informationen gesammelt hatten und die Sauren diesen Teil der Dockside praktisch zu einer No-Go-Zone gemacht hatten, sobald sie die Stadt betreten hatten. Zuerst hatte es mehr Patrouillen und eine stärkere Präsenz gegeben, doch jetzt hatten sie den Bereich praktisch sich selbst überlassen.

Dennoch hätte ein schwer bewaffneter Mann oder ein Minotaurus, selbst wenn er ein Ranger wäre, es nicht geschafft. Es wäre mindestens ein Feuerteam nötig gewesen. Nur dass der Minotaurus dank seiner Arbeit als Schauermann als unbedeutende Randfigur akzeptiert wurde. Nur ein weiterer Einheimischer. Außerdem deutete das Gerede auf den Straßen darauf hin, dass die saurische Flotte bereit war, bald den Anker zu lichten und die Ausfahrt des Hafens und die windigen Meere dahinter anzusteuern. Die Patrouillen hatten aufgehört und wir nahmen an, dass die Truppen an Bord der Kriegsgaleeren verlegt worden waren, um sich auf die Abfahrt in den kommenden Tagen vorzubereiten.

Nicht aber der General und sein Stab. Das Leben an Bord eines Schiffes ist - gelinde gesagt - nicht leicht. Ein hoher Rang bringt gewisse Privilegien mit sich.

Das würden auch die Ranger ausnutzen.

Wir waren uns nicht sicher, wie viel von dem Stab wir bei Sergeant Monroes Angriff erwischen würden, aber der Captain und der Chief waren ziemlich zuversichtlich, dass sie mit Hilfe der gewonnenen Informationen zumindest den saurischen GFC erwischen und genug Chaos stiften könnten, um die Truppenorganisation von Beginn der Operation Stranglehold an zu destabilisieren.

Fürs Protokoll: Der inzwischen verstorbene Bodentruppenkommandeur der Sauren hieß offiziell General Xol von den Tempeln von Soth. Er war ein riesiger, schuppig-grüner Saur mit einer breiten Brust, die von einem fantastischen Brustpanzer bedeckt war, dessen Oberfläche aus schimmerndem Perlmutt zu bestehen schien.

»Das ist wahrscheinlich eine magische Rüstung«, sagte PFC Kennedy.

Man sah dem Sergeant Major an, dass seine Kiefermuskeln sich verkrampften. Denken Sie darüber nach, was Sie wollen. Vielleicht nahm er es ihm übel, dass Kennedy sich in die Herzen aller als unendliche Quelle von Streberwissen und taktischen Vorteilen gezaubert hatte, obwohl der Smaj eigentlich vorgehabt hatte, den eigensinnigen, so gar nicht rangerhaften PFC in einem flachen Grab verschwinden zu lassen.

Oder er ließ Kennedy einfach nur wissen, dass er immer noch von ihm erwartete, ein Ranger zu sein, trotz seiner Fähigkeit, Feuerbälle zu beschwören und sonderbare Dinge mit seinem seltsamen Drachenstab zu tun.

»Es könnte ein echter Hippie-Spaziergang auf dieser nicht enden wollenden Straße zur Smaragdstadt und dem Zauberer von Oz sein...«, bemerkte der Sergeant Major einmal zu Sergeant Joe. »Aber ich will verdammt sein, Sergeant, wenn der Junge nicht mit allen anderen in die Bresche springt, wie es Ranger eben tun.«

General Xol trug einen Kopfschmuck wie ein alter ägyptischer Pharao, trug einen gewaltigen Speer und wurde auf der Straße von einer Schwadron der schlaksigsten saurischen Krieger begleitet, die wir im Gelände je gesehen hatten. Diese Kerle waren nicht einfach nur Sportskanonen, jeder von ihnen war ein echter Conan. Uns fiel auch auf, dass die zwielichtigen Katari-Assassinen den General in den Straßen und auf den Dächern beschatteten, wann immer er sich bewegte.

Die Katari sind katzenartige Humanoide, die die Täler der Könige und Priester in den Landen des Schwarzen Schlafs bewachen. Sie sind im Grunde genommen Meuchelmörder und wir hatten schon früher mit ihnen zu tun. Wenn sie in den Straßen unterwegs waren, waren Treffer auf HVTs quasi unmöglich. Der einzige Zeitpunkt, den General zu erwischen, war also genau jetzt, als alles im schlummernden Dunkel unterging. Und anstatt einen Trupp Rangers oder gar ein Feuerteam einzusetzen - für eine Einheit in Kompaniestärke waren wir zu dünn besetzt; wir waren drei Züge und kaum hundert Ranger, die von zwölf Zwergen und einem riesigen Gorilla-Samurai unterstützt wurden -, wollte Sergeant Monroe alles allein machen. Denn erstens hatten die Sauren die Gelegenheit dazu geboten und zweitens war Ranger Smash in Kraft.

Wir würden jede Gelegenheit nutzen, um die Mauern bis zum Einbruch der Nacht einzunehmen.

Sergeant Monroe, der sich schnell bewegte, obwohl er eine Menge Ausrüstung und Waffen mit sich herumschleppte, verschaffte sich - mit Leichtigkeit, wie er mir später erzählte - Zugang zum Haus des Händlers in Dockside, während er über die auskühlenden Körper der verblutenden Sauren schritt.

»Ich glaube, mein Herz und mein Kreislauf haben sich deutlich verbessert, Talker. Ich meine, ich war auch sehr aufgeregt, denn das war ein richtiger Amoklauf, wenn ich je einen gesehen hab, und ich war ganz allein an der Spitze. Nimm das, Third Squad!«

Anmerkung: Er hatte persönlichen Scharfschützenschutz. Der Ranger-Sniper und sein Spotter am nördlichen Rand der Festung hatten genügend Reichweite und ein gutes Schussfeld, um ihm Deckung zu geben, falls er in Gefahr geriet. Aber ja, ein rauchendes Schwein, bereits sechs Tote, vier Wachen am Posten, zwei an der Tür - für Sergeant Monroe war die Action in der Tat das, was ihn antrieb, und er verlor keine Zeit, aus dem soeben gewonnenen Momentum Kapital zu schlagen.

Er setzte seinen massiven, gestiefelten Fuß auf die Tür des Händlers, eine Tür, von der uns die Waisenkinder versichert hatten, sie sei vergittert, und schlug sie mit einem wilden Tritt auf. Er war drin. Und was dann geschah, kostete ihn den Rest des Gürtels, der in das leichte Maschinengewehr eingelegt war, das er umgeschnallt hatte.

»Was geschah dann?«, fragte ich.

»Die Hubschrauber waren schon über der Stadt und flogen über die Bucht, um die Landezone beim Leuchtturm anzufliegen. Ich hörte das gerade, als die Eingangstür zerbrach, und ich stemmte mich mit der Schulter dagegen und stieß sie einfach auf, um durchzukommen. Drei

Tangos reagierten sofort auf den Durchbruch, und ich eröffnete das Feuer. Selbst mit Schalldämpfer war es da drin laut, denn das Haus ist ganz aus Stein und hat im unteren Stockwerk einen Mosaikboden. Aber ich hatte EarPro auf, also war es nicht ganz so schlimm, und ich hatte die Verstärkerfunktion auf unter dreißig Dezibel für alles in der Nähe eingestellt.

»Der erste Echsenmensch, den ich erwische, bekommt einen Schuss in die Brust und sein grünes Blut sprenkelt auf die Wand und so einen Wandteppich mit Fischen und Göttern so typischem Zeug. Nicht mein Ding. Er geht hinter einem breiten Schreibtisch mit Karten und federbesetzten Stiften zu Boden. Es sind zwei Wachen da und sie gehen mit ihren Kurzschwertern auf mich los. Die... was sagt Kennedy, wer sie sind?«

»Khopesh.«

»Ja, diese kranken Dinger. Ich feure eine vollautomatische Salve in ihre Richtung und die beiden gehen leblos auf dem Teppich zu Boden. Danach komme ich in den Hauptraum und sehe, wie der General von dem Elfenbeinthron aufsteht, den sie bei ihrer ersten Parade durch die Straßen getragen haben.«

Es war die typische Konquistadorenparade, die man von einer solchen bronzezeitlichen Armee erwarten würde. Eingesperrte Tiere. Leoparden, die Streitwagen ziehen. Exotische Tänzerinnen. Menschen- und Echsenfrauen, was interessant war. Und reihenweise marschierende Sauren in ihren besten Sonntagsrüstungen, die durch die staubigen Straßen des Wüstenhafens stapften. Es war wirklich ziemlich beeindruckend. Oder zumindest war es das für mich.

»Oh, und übrigens...«, fährt Sergeant Monroe mit seinen Ausführungen fort, »nicht dass es wichtig wäre und so, aber in diesem Moment wurde mir ziemlich schnell klar, warum wir den Händler, seine Familie und den Stab nie zu Gesicht bekommen haben, nachdem sie diesen Ort zum Hauptquartier auserkoren hatten. Der Kerl und seine Bediensteten haben sie gefressen, oder zumindest sah es auf dem Boden ringsum so aus. Ich weiß nicht, aber die Reste der Mahlzeit, die sie am Vorabend gegessen hatten und immer noch aßen, als ich zu schießen begann, waren aufgespießt worden und brutzelten in einem großen Kamin.«

Das ist einfach nur grauenhaft.

»Es waren ungefähr sechs von ihnen da drin und sie hatten goldene... ich weiß nicht, ob Krüge das richtige Wort ist, aber... mehr wie Vasen? Oben schlank und unten dick und breit. Sie waren überall. Auf jeder Oberfläche. Wie Bierdosen in der Kaserne am Samstagabend und so. Ein richtiges Besäufnis. Knochen und Blut, als hätten sie den Händler und seine Familie direkt hier an Ort und Stelle geschlachtet. . Ziemlich krank. Aber ich habe mich einmal im Sandkasten durch eine offene Leichenhalle gekämpft, sodass ich nicht so leicht aus der Ruhe zu bringen bin.

»Daraufhin stolpert der dumme General betrunken nach seinem großen Speer, von dem wir glauben, dass er magisch ist, und ich habe eine Sekunde, um zwei Stabsoffiziere zu erledigen, die nicht so betrunken zu sein scheinen wie der Rest. Die Kerle holen ihre Messer raus und ich zerfetze sie in Sekundenschnelle mit der Sixty. Ein regelrechter Blutrausch, Mann. Dreizehn Kills und bin noch nicht einmal zwei Minuten und einen halben Gürtel durch. Einige der anderen rennen aus dem Raum, aber das ist laut Plan in Ordnung. Wir brauchen Squirters, um die Geschichte zu erzählen und das Chaos zu verursachen.«

Er hatte recht. Der Plan war, das zu tun, was Ranger tun, und die Befehls- und Kontrollorgane frühzeitig zu beseitigen. Aber um das in der bronzezeitlichen Kriegslandschaft der Ruine effektiv zu tun, weil diese Primitiven weder Funk noch Handys haben, mussten wir ein paar von dem Anschlag entkommen lassen, damit sie die Nachricht verbreiten und alle in Panik versetzen konnten.

Wir gingen davon aus, dass die Echsenmenschen ausflippen würden.

»Der General dreht sich mit dem Speer um und anstatt ihn direkt auf mich zu schleudern, hebt er ihn in eine Schutzposition und murmelt etwas. Entweder lallt er oder es ist Echsensprache. Wer weiß das schon? Ich schätze, wenn überhaupt, dann wahrscheinlich du. Aber hey, ich bin nur auf die großen Preise aus. Und du weißt, was dann passiert ist... der Mistkerl flashbangt mich.«

Später würde ich Kennedy fragen, was seiner Meinung nach passiert ist.

»Klingt wie der hochstufige Zauberspruch Sonnenfeuer. Wenn es das Spiel wäre und...«

»Sag's nicht. Wir wissen es, Kennedy.«

PFC Zauberer seufzte und fuhr mit der Beschreibung des Spruchs fort. »Wenn es Sonnenfeuer wäre, müsste er einen Kon-Rettungswurf machen, sonst würde er geblendet werden und einigen Schaden nehmen.«

»Kon?«

»Konstitution. Wie stark und widerstandsfähig man ist. Man nennt Sar'nt Monroe nicht umsonst den Kniebeugenkönig, Talker. Ich nehme an, er hat den Rettungswurf geschafft und den Kerl umgelegt, oder?«

Kennedy lag richtig. Mehr oder weniger. Die Blitzwirkung des Speers ging los und blendete Sergeant Monroe für einen Moment.

»Aber ein paar Sekunden später konnte ich Negativbilder sehen, nachdem die Welt auf ›Hey, guck nicht in die Sonne, Idiot‹ umgeschaltet hatte. Alles war schwarz und weiß, aber... für eine Sekunde invertiert. Es fühlte sich komisch an und ich habe auf die Sixty gekotzt. Diese Sicht, die ich im Dunkeln habe, ist verrückt. Nicht wie die Predator-Sicht in dem Film. Es ist mehr wie... Radar trifft Nachtsichtgerät der neuesten Generation. Was auch immer der Speer angerichtet hat, er hat mich für eine Sekunde außer Gefecht gesetzt und ich dachte, ich müsste kotzen, was ich auch tat, aber... Ich habe darüber nachgedacht... ich bin doch ein Minotaurus. Richtig?«

Ja.

»Okay... also laut Mythen und so, stehe ich auf Irrgärten und vor allem auf Dinge, die die Leute verwirren und sie verlieren die Orientierung in meinem Labyrinth und so. Eigentlich müsste hätte mir in der Dunkelheit genau das Gleiche passieren müssen… keine Orientierung. Aber... ist das nicht genau die Art von Fallen, die Minotauren aufstellen würden? Labyrinthe. Verwirrung und Desorientierung. Also habe ich vielleicht eine besondere Fähigkeit, die mich für diese Dinge unverwundbar macht?«

»Mag sein. Ich verstehe auf jeden Fall, was Sie meinen, Sar'nt. Aber auch hier könnte Kennedys Standard-Disclaimer, wonach die Ruine nicht unbedingt sein Spiel ist, zutreffen. Damit wir vollends verstehen, was Sie mit Ihren Minotaurus-Kräften anstellen können...«

»Superkräfte, Mann. Als wäre ich ein Avenger oder so. Aber richtig aufgemotzt. Ich könnte wahrscheinlich den

Hulk windelweich prügeln. Mit Leichtigkeit. Aber das liegt daran, dass ich ein Ranger bin, da hilft es, ein Minotaurus zu sein. Diese Sache mit den Superkräften müssen wir unbedingt besser verstehen.«

Nein, ich glaube nicht, dass Minotauren Superkräfte haben. Doch das sage ich ihm natürlich nicht. Die Psionik hingegen...? Auf jeden Fall eine Superkraft.

»Also ja«, fahre ich fort, »Ihre Superkräfte könnten durch den Blitz beeinträchtigt worden sein, aber irgendwie haben sich Ihre... Labyrinth-Orientierungsfähigkeiten, oder was auch immer... ich schätze... ziemlich schnell wieder regeneriert.«

»Das haben sie. Ich habe gehört, wie er auf mich zukam, als er dachte, er hätte mir die Sehkraft geraubt. Ich habe ihn gehört, obwohl ich ihn nicht sehen konnte. Ich konnte hören, wie er mit seinem Stab von der Deckung zum Angriff überging. Er war riesig und stürzte sich auf mich, und ich spürte, wie sich die Luft im Raum verdichtete, als er auf mich zustürzte. Ich ging ohne ersichtlichen Grund auf ein Knie und schoss in die Richtung, aus der ich dachte, dass er mich angriff. Das müssen Superkräfte sein, Mann. Ich wusste in diesem Moment nicht, ob ich ihn getroffen hatte, aber als ich wieder sehen konnte, war er über den ganzen Boden verteilt. Dann hab ich eine Runde Thermit in ein Regal mit Lederbüchern und Aktenordnern geworfen und es einfach brennen lassen. Anschließend verließ ich das Haus durch die Seitentür, wie geplant.«

Damit hatte Sergeant Monroe den Befehlshaber der saurischen Bodentruppen ausgeschaltet und ihren Entscheidungsfindungsprozess für die nächsten Stunden maßgeblich beeinflusst, bis die Sauren wieder eine Art von Befehlskette etabliert hatten.

Der Smaj nannte das »ihren GFC vom Tisch nehmen«. Später, und das war eine gewagte Frage von mir, wollte ich wissen, woher die Formulierung stammt - »fürs Protokoll«, versteht sich. Dieser letzte Teil entsprach nicht ganz der Wahrheit. Oder überhaupt nicht. Eine neue Ranger-Phrase aus den harten alten Zeiten war für mich wie eine Goldader, aus Gründen, die ich nicht einmal ergründen kann. Talker, der Kaffeejunkie und Linguist, möchte einfach nur den Ursprung dieser eiskalten Mordphrase wissen. Aber ich habe es so formuliert, wie es für den Bericht nötig war, aus Sorge, der Sergeant Major könnte sich nicht die Zeit genommen haben, es zu erklären, nachdem er mich über seiner Tasse mit sehr heißem Kaffee mörderisch angeschaut hatte, ohne sich die Mühe zu machen, den Dampf wegzupusten, bevor er einen Schluck nahm.

Was ziemlich schwer ist.

»Reine Voodoo-Kriegsführung, Talker. Meine Jungs damals hätten das Ausschalten des primären Anführers vom Tisch nehmen genannt. Wie im Poker. Man hat ein gutes Blatt und weiß, dass man die anderen am Tisch schlägt. Aber ähnlich wie da, erstreckt sich der Entscheidungsbaum in dieser Situation vom Stamm bis zu den Ästen und in den Extremitäten könnte jemand darauf gewartet haben, seine Chance auf die Führung zu ergreifen. Derjenige könnte sogar richtig gut darin sein. Somit sind wir wieder bei den Karten. Vielleicht callen Sie die nächste Karte und werden dann selbst ausgestochen, weil jemand anderes stattdessen genau das bekommen hat, was er brauchte. Natürlich ist es nicht so cool zu sagen, dass man den GFC vom Tisch genommen hat, wie einige der Operator-Sprüche, mit denen ihr Jungs aufwartet, aber es war damals eine wirklich einfache Möglichkeit, neuen Rangern zu erklären, was vor sich ging, die Kartenallegorie meine ich, denn das war alles, was wir hatten, um die Zeit totzuschlagen. Heutzutage hat jeder ein verdammtes iPhone, eine Xbox oder irgendsowas. Vielleicht ist das der Grund, warum der Vergleich heute nicht mehr so zieht. Die Welt mag sich verändern, aber nicht automatisch zum Besseren.«

Dann nahm er seinen Kindle in die Hand und fuhr mit dem Kapitel des Buches fort, das er gerade las. Ich möchte das nur für das Protokoll festhalten und hoffe, dass er diesen Bericht nicht liest.

Die Ranger nutzten das Ausschalten des feindlichen Kommandeurs der Bodentruppen (sorry - das vom Tisch nehmen), um aus einer Reihe von Fehleinschätzungen des Feindes Kapital zu schlagen, und das war auch gut so, denn die Sauren begannen, mächtige Magier gegen unsere Stellungen einzusetzen. Eine Schlacht, die maßgeblich zu unseren Gunsten verlief, wurde zusehends zur Zerreißprobe. Die Macht der Magie in der Schlacht war eine, bei der die Ranger keinen nennenswerten Vorteil hatten. Böse Zungen könnten sogar behaupten, wir wären unterlegen.

Die Hartnäckigkeit und der Einfallsreichtum der Ranger würden jedoch in vielen Gefechten auf der Straße den Ausschlag geben.

»Ich rückte zur nächsten Position in der Straße vor«, fuhr Sergeant Monroe fort. »Dann verschwand ich in einer Gasse und sah zu, wie ihr Gefechtsstand in Flammen aufging, als es am Himmel hell wurde. Fünf Minuten später waren die Helikopter wieder in der Luft und flogen in Richtung Westen entlang der Küste, um den Second Squad zu holen. Das war der Zeitpunkt, an dem die Sauren von den Schiffen in die Straßen um mich herum strömten.«

KAPITEL 12

Die Helikopter waren zurück am Strand, ihre Rotoren warfen statische Elektrizität auf die Landezone, während die Truppe zum Ladevorgang vorrückte. Das Waffenteam war in einem der Black Hawks. Um ehrlich zu sein, wollte ich mich am liebsten in einem der Little Birds von den Kufen hängen, denn... na ja, das wäre schon ziemlich lässig, oder?

Angeschnallt und bereit für das Äußerste.

Aber dieses Level habe ich noch nicht freigeschaltet, zumindest nicht mit diesem Account. Daher werde ich mich als Ranger noch mehr anstrengen, bis es so weit ist und ich mir den kranken Nervenkitzel gönnen kann, für den ich lebe: Dabei sein und die Narben zum Beweis behalten.

Und davon habe ich schon eine ganze Menge.

Sergeant Joe ging mit dem Waffenteam an Bord und ich bekam diesen lustigen Austausch zwischen den Piloten und unserem Platoon Sergeant mit. Es tat gut, das zu hören, und sei es nur, um die Nervosität abzuschütteln, die ich verspürte. Vielleicht war es auch die statische Elektrizität, die sich mit den Luftdruckschwankungen der Vögel auf der Landezone vermischte, aber ich hatte das Gefühl, dass mir ein wenig übel wurde, ohne dass ich einen Grund dafür finden konnte. Im Nachhinein betrachtet, war ich nervös wegen der Schlacht. Ich hatte schon genug Kämpfe mitgemacht, um zu wissen, was auf mich zukommen würde und was ich tun musste, um es zu überstehen.

»Na, taugt ihr Jungs was?«, fragte Joe, als wir anfingen, uns anzuschnallen.

»Sie haben die Besten, die Samstagmorgen einspringen konnten, Sergeant«, witzelte der Co-Pilot, der die Beladung und die sich drehenden Rotorblätter im Auge behielt. Dann fügte der Pilot, der den Vogel mit dem Steuerhebel am Boden hielt, während er die tanzenden Instrumente beobachtete, hinzu: »Kurzfristig, Ranger.«

Joe lachte und knurrte: »Ich würde es nicht anders haben wollen, Nightstalker. Bringt uns einfach zur Landezone und ich bringe euch einen Goblin-Schädel als Souvenir mit.«

Dann hoben wir vom Boden ab und stiegen auf, um auf den Abfangkurs einzuschwenken und uns dem Angriff anzuschließen.

Ich war ziemlich aufgeregt. Das war das erste Mal, dass ich tatsächlich in einem Hubschrauber saß. Ich weiß, das ist nach all dem schwer zu glauben. Aber denken Sie daran, dass ich, bevor ich bei den Rangern in Fifty-One anfing, nicht einmal ein Jahr lang in der Ausbildung gewesen war. Ich war auf der Fallschirmjägerschule gewesen, aber dort springt man nicht aus Hubschraubern. Als ich also zum ersten Mal in einem Hubschrauber mit echten Türschützen in den Kampf zog und bis an die Zähne mit Ranger beladen war, die bereit waren, zu töten, will ich ehrlich sein und ein Geständnis ablegen. Bitte denken Sie nicht schlecht von mir.

Oh, Kaffee... für einen Moment habe ich dich ganz vergessen, als wir im Anflug auf die Landezone am Markt waren, um zuzuschlagen.

Ich bitte um Vergebung, dunkle Herrin.

Es gibt zwei Momente, in denen man sich lebendiger fühlt als je zuvor. Wenn der Vogel abhebt und man auf dem Weg ins Auge des Sturms ist. Alles ist bereit. Das ganze Warten ist vorbei. Dies ist einer der eindrücklichsten Moment im Leben und man ist sich dessen bewusst. Ähnlich wie vollautomatisch auf eine Horde Zombies schießen mit einem mittelschweren Maschinengewehr.

Es gibt nur wenige vergleichbare Erlebnisse.

Und nein, es gibt keinen Fortunate Son-Kippschalter im Cockpit. Aber das ist auch nicht nötig, denn in etwa sechs Minuten wären wir über einem laufenden Gefecht, so dass die heranstürmenden Sauren einen guten Blick auf uns hätten, wenn wir direkt hinter ihnen auftauchen. Hoffentlich veranlasst sie das dazu, ihre Kräfte von der Dockside abzuziehen. Das würde ihre Angriffspläne verwässern.

So. Jetzt ist es an der Zeit, Ihnen die Geschichte des 160. Special Operations Aviation Regiment (Airborne) zu erzählen und wie es in der Ruine gelandet ist, wo es uns jetzt in den Kampf fliegt, den wir gerade in Dockside vom Zaun gebrochen haben.

Das 160. ist die primäre Drehflügler-Unterstützung für alle Spezialeinsatzkräfte des Verteidigungsministeriums. Sie sind bestens ausgebildet und fliegen nicht nur die fortschrittlichsten Flugzeuge, die das Militär kaufen kann, sondern sie fliegen sie auch wie Stuntpiloten in einigen der schwierigsten Situationen, die sich kein vernünftiger Pilot zutrauen würde. Oft unter schwerem feindlichen

Flakbeschuss, in dunklen und stürmischen Nächten und mit zweifelhafter Freigabe auf einer Landezone, die jemand, der nicht fliegt, als den besten Ort für Ranger und andere Spezialeinheiten auserkoren hat, um plötzlich dort zu sein, wo sie nicht sein sollten, und ihre eigene Version von Ranger Smash! durchzuführen. Aber nicht nur das, sie werden auch in intensiven Lehrgängen für den Kampf und das Überleben geschult, sowie in der gefürchteten Escape and Evasion Schule, in der es anscheinend auch Waterboardings gibt. Es sind zähe Affen und sie haben einen ziemlich coolen Namen.

Die Nightstalker.

Okay, wenn ich ein Typ am Boden wäre, der mit einer AK und einer Schüssel Reis bewaffnet ist und aus dem Hinterhalt angreifen oder irgendwas bewachen soll, und ich wüsste, dass diese Typen mit getarnten Hubschraubern, hochgradiger Aufklärungsausrüstung, elektronischer Kriegsführung, Vollspektrum-Nacht- und Wärmebildgeräten, zwei Bordschützen mit Miniguns, die Piloten manchmal mit Raketenwerfern und Railguns ausgestattet sind, und mit Amerikas absoluter Speerspitze an Soldaten, die Versagen nicht als Option betrachten, anrücken... und sie heißen Nightstalker...

Ich passe. Kein Interesse.

Zu schade, dass die Sauren und die Ruine keine Ahnung hatten, was das alles bedeutete und was auf sie zukommen würde. Sonst wären viele von ihnen vielleicht nicht bei dem unfreundlichen Empfang gestorben, den sie den Neuankömmlingen, die ihre Stadt befreien wollten, bereitet haben.

Seit ihrer Ankunft in der Ruine hatte das 160. Nightstalker-Element, das beauftragt worden war, in der

Area 51 in der Zeit nach vorne zu reisen, einige ziemlich haarige Auseinandersetzungen überstanden. So wie man es in dieser zehntausendjährigen Zukunftsversion von Kennedys Spiel eben tut, unter Berücksichtigung der üblichen Disclaimer. Fast von Anfang an steckten sie genauso tief drin wie wir.

Dann fing einer ihrer Vögel Joes Funkverkehr auf dem alten PRC-77 aus der Vietnam-Ära auf, den wir in der Welt des Dschinns in diesem alten Chinook gefunden hatten. Von dort aus waren die Nightstalker in der Lage, den Hauptteil unserer Truppe zu lokalisieren, Kommunikationskanäle zu etablieren und die ersten Schritte zur Koordination der Kräfte einzuleiten.

Der MH-6 Little Bird, der uns am Rande der blutroten Klippen gerettet hatte, als alle Psycho-Elfen der Ruine von dem Wüstenpass strömten, der die Festung bewachte, die die Ranger überrannt hatten, dieser Little Bird und sein einziger Pilot hatten gerade genug Treibstoff für die Geschützfahrten gehabt, mit denen sie uns aus der Patsche geholfen hatten. Dann war der Treibstoff aufgebraucht und es ging zurück durch die Wüste, um den mobilen Stützpunkt der 160. am Rande der Küste dessen zu erreichen, was wir einst Westafrika nannten.

Das war ihr Einstieg in die Freakshow, die die Ruine ist. Sie kamen aus dem QST auf der anderen Seite des mysteriösen Atlantischen Grabens an der Westküste von Afrika. Diese Gebiete sind düster und dunkel, gemäß der wenigen Karten und Informationen, die wir in Portugon finden konnten. Sogar die Seeleute würden sich nicht dorthin begeben, denn sie sagten, es sei ein Land voller seltsamer Monster und dass sich manchmal Piraten dort versteckten und nie wieder zurückkehrten.

Machen wir einen kurzen Ausflug in die letzten Tage der Welt, aus der wir stammen. Als die Nanopest die Welt bei lebendigem Leibe verschlang. Als PFC Talker sich plötzlich inmitten von Rangern wiederfand, die über das riesige heiße Flugfeld der rätselhaften Militärbasis Area 51 rannten, während Kurtz sein Bestes tat, um mich zu töten, bevor wir überhaupt durch die Zeit gesprungen waren, um hierher zu gelangen.

Vor dem Briefing, in dem sie uns erklärten, wie schlimm alles stand und wie sie alles in Ordnung bringen wollten. Oder es wenigstens überleben. Spoiler... hat nicht funktioniert.

Bei diesem Briefing waren fünfzig Spezialeinsatzteams anwesend. Die Wissenschaftler mit den großen Gehirnen, die Deep States und die leidgeprüften Generäle mit Medaillen an jeder freien Stelle ihrer Uniform ließen uns im Grunde wissen, dass wir nur zwei Jahre in der Zeit nach vorne gehen würden, um den Resetknopf der Welt zu drücken, nachdem die außer Kontrolle geratene Nanopest alles zerstört hatte, was uns einst lieb und teuer war.

Sämtliche Technologie wurde gefressen. Alles, was modern war. Und die Menschen verwandelte es zu Monstern. Denken Sie mal darüber nach.

Aber damals wussten wir noch nicht alles über die offenbarende Natur der Ruine, und was man uns erzählte, war unglaubwürdig. Aber wahr. Und letztlich wahrer, als wir es für möglich gehalten hätten. So wie die Ruine aussieht, wurde die gesamte Welt zerstört und dann wieder neu zusammengesetzt... als die Ruine. Ein Teil des Tolkien-Romans aus Gründen, die nicht unmittelbar klar sind, denn so viel von der Weltgeschichte wurde in einem langen dunklen Zeitalter verschlungen, dann in einem Zeitalter der saurischen Sklaverei, und auf dem Weg dahin gab es eine Menge Krieg, Zerstörung und Überlebenskämpfe. Bücher verschimmeln, und manchmal steht in ihnen nicht einmal die Wahrheit. Möglicherweise wurden sie in einer Sprache geschrieben, die von einem Stamm von Werwölfen, Minotauren, Zwergen oder sogar Orks gesprochen wurde, die ausgerottet wurden, und das Buch, das für die Eroberer unlesbar war, wurde im nächsten strengen Winter als Brennstoff verwendet. Alles, was wir wissen, ist, was wir auf der anderen Seite des QST gefunden haben, und das war eine Welt voller Goblins und Elfen und einer Menge verrückter Dinge, die jeden Tag ihr Bestes geben, um uns umzubringen. Wie Kennedys Leichenfledderer. Solche Dinge gibt es hier. Ganz im Ernst.

Also, wie ich schon sagte, gab es fünfzig Sondereinsatzteams, wie die Ranger, die durch das Quantensingularitäts-Tachyonentor gegangen sind. Die SEAL-Teams... nun, wir wissen, was mit denen passiert ist. Erinnern Sie sich, McCluskey war bei der Besprechung dabei, genau wie ich und Tanner und all die anderen, die hörten, dass es um Leben und Tod ging, um die Welt zu retten. Green Beret A- und B-Teams gingen durch. MARSOC. Off-Book-Teams. Unterstützungsteams. Gruppen von Geheimdienstmitarbeitern á la Deep State. Wir sind ziemlich sicher, dass die Delta-Könige, die vor etwa achttausend Jahren den größten Teil Westeuropas erobert haben, eine der Spezialeinsatzgruppen waren, die an diesem Tag mit im Briefing waren.

Die Gruppe für Kampfanwendungen ist auch unter dem Namen Delta Force bekannt.

Die SEALs tauchten zwanzig Jahre vor uns auf, obwohl sie noch am selben Tag abflogen. Alle Flugzeuge standen an diesem Tag in Reih und Glied auf der Startbahn, mit uns beladen, und wir warteten darauf, durchzugehen. Obwohl... die SEALs waren die Testgruppe und sie sind einen Tag vorher durchgegangen, wenn ich so darüber nachdenke. Das ist die Geschichte, wenn man McCluskey glaubt. Wenn er ein Vampir war und damit... unsterblich... könnte er über ihre Ankunftszeit gelogen haben. Aber nehmen wir an, dass zwanzig Jahre richtig waren.

Was den Rest angeht... wir wissen es einfach nicht.

Captain Messerhand und die Air Force-Crew, die uns durch das QST gebracht haben, dachten sich, dass die Berechnungen für den Transit durch die Zeit irgendwie fehlerhaft waren und dass Sekunden Unterschied beim Eintritt in das Tor auf der anderen Seite Dutzende oder sogar Hunderte von Jahren Unterschied bedeuten könnten. Oder auch nur Sekunden. Das Konzept der Quanten spielt hier ebenfalls eine Rolle. Das haben die Filmleute früher für allen möglichen Unsinn benutzt, damit ihre Drehbücher funktionieren. Aber kurz gesagt... wenn man weiß, wo ein Quantenteilchen ist... ist es nicht dort. Das ist die Regel. Machen Sie sich darüber Gedanken oder akzeptieren Sie einfach, dass es für jemanden mit einem großen Gehirn und endlos viel Zeit, um über die Möglichkeit nachzudenken, dass es wahr sein könnte, etwas bedeutet.

Das QST hat zum Zwecke der Zeitreise mit der sogenannten Quantenverschränkung herumgespielt, aber bitte nur vorwärts, und alle Deep-State-finanzierten Wissenschaftler dort, wo wir herkommen, waren sich so sicher, dass sie bereit waren, unser Leben dafür aufs Spiel zu setzen, dass sie die Ankunftszeiten von Zeitreisen messen und berechnen konnten. Wieder ein Spoiler...

Sie haben sich geirrt.

Massiv.

Die Baroness zum Beispiel, die immer noch in der FOB Hawthorne ist, obwohl das zugegeben auch nicht ihr Spezialgebiet war, und ich bin mir ehrlich gesagt nicht sicher, was genau das eigentlich ist, außer dass sie sehr sexy ist, hat zugegeben, dass die Berechnungen, die sie angestellt hat, um uns in die Zukunft zu schleudern, vielleicht nicht so »eisern« waren, wie alle gehofft hatten.

Man hat uns »absolute Gewissheit« verkauft, obwohl man eigentlich meinte: »Wir hoffen es.«

Ich habe kein Problem damit. Ich liebe die Ruine. Wirklich. Aber es ist das Beste, in diesen Dingen ehrlich zu sein. Und jetzt gehen wir wieder nach vorne. In Echtzeit, meine ich. Wir bauen hier etwas auf, denke ich. Und während wir das tun, sollten wir sicherstellen, dass die Worte das bedeuten, was sie bedeuten. Vorwärts gehen. Wir sollten die Fehler der Vergangenheit vermeiden.

Bei der Besprechung wurde zwar darauf hingewiesen, dass die wissenschaftlichen Erkenntnisse nicht ganz korrekt sein könnten, aber die Fehlertoleranz lag bei drei Jahren Abweichung von der geplanten Ankunftszeit... d.h. die verschiedenen Gruppen, die durch das Tor gehen, würden irgendwo zwischen zwei und fünf Jahren in der Zukunft ankommen. Nicht bis zu zehntausend Jahre später, mindestens achttausend Jahre auseinander und überall auf der Welt verteilt. Beziehungsweise der Ruine. Damit wäre jeder Beitrag, den wir zum gemeinsamen Überleben leisten könnten, null und nichtig und der Plan, die Zivilisation neu zu starten, hätte keine Aussicht auf Erfolg.

Mann, Deep State würde so enttäuscht sein, wenn er noch am Leben wäre um zu erfahren, wie sehr wir über

Raum und Zeit verstreut sind. Es hätte nichts gegeben, was er hätte organisieren und ruinieren können.

Deep State.

Oh Mann. Dieser Kerl...

Ach, warten Sie... haben sie den Präsidenten durchgeschickt? Da fragt man sich doch, wie sehr sie tatsächlich im Bilde waren, bezüglich des Plans, die Zukunft zu retten. Wahrscheinlich wussten sie, dass es sehr schlimm werden würde. Sie wollten, dass die Militäreinheiten durchgehen und es für sie sicher machen, auf die andere Seite zu schießen, mit einer Art befreiter Zone und Klimaanlage. Trinken Sie doch erstmal ein Bitter Lemon, Sir, während wir die Orks vom Gartenzaun zurückdrängen. Um fünf Uhr gibt es Häppchen und danach Volleyball, wenn die Harpyien noch nicht unterwegs sind.

Aber das konnte man nicht wissen. Niemand wusste irgendwas. Man konnte nur raten.

Aber wenn sie tatsächlich durchkamen... wenn sie einen beherzten Sprung in die Dunkelheit der Quantenverschränkung wagten und in die Zukunft gereist wären, in dem Glauben, wir hätten es irgendwie vor ihnen geschafft...?

Junge, Junge, wenn die Orkhorde, die uns in der ersten Woche vernichten wollte, Deep State schon das Frühstück vermiest hat, dann war das Frühstück dieser Regierungstypen, die keine Ranger oder Special Forces dabei hatten, wahrscheinlich schon längst Ruinen-Geschichte. Vielleicht finden wir eines Tages ein Wandgemälde oder eine Hieroglyphe, die das Siegel des Präsidenten zeigt. Oder eine grobe Zeichnung von jemandem, der wie der Präsident aussieht und von den Sauren gefressen wird. Könnte schon passiert sein. Eine halbe Ewigkeit ist ziemlich lang. Es hätte jederzeit passieren können. Die Ruine ist hart zu Fremden und Neuankömmlingen.

Am besten ist es, man begegnet ihr mit der doppelten Härte.

Oh mein Gott, das hätte direkt aus dem Mund von Kurtz kommen können. Was ist nur mit mir los? Aber es ist die Wahrheit. Ob es mir nun gefällt oder nicht. So ist es nun mal.

Aber, okay, zurück zum 160. Irgendjemand hat bei der Planung dieses ganzen Schlamassels beschlossen, dass all die coolen Spezialeinsatzteams in einer phänomenal schlechten Schätzung von zwei bis fünf Jahren Luftunterstützung und Transportmittel für ihre Einsätze in der mutmaßlichen Mad-Max-Zukunft benötigen würden, woraufhin wir die westliche Zivilisation wieder einführen würden.

Ich werde nicht schreiben, wie sehr ich lachen musste, als ich das aufgeschrieben und mir durchgelesen habe. So viel habe ich nicht mehr gelacht, seit... nun ja, man muss sich wahrscheinlich an einem dunklen Ort befinden, um es witzig zu finden, wenn man das Äquivalent zu »Hey, warum gehst du nicht zum Deli, um dir ein Sandwich zu holen« gesagt bekommt und dann im alten China landet, wo man die Sprache nicht spricht und alle versuchen, einen zu töten. Und zwar regelmäßig. Ach ja, und alle Chinesen sind Orks und einige von ihnen sind Riesen und andere können Feuerbälle und anderes magisches Zeug schießen. . . Und Dämonen. Und Untote. Und ich habe einen Flaschengeist samt Flasche und einen Ring, der mich unsichtbar machen kann, und mein bester Freund ist eine Art untoter Kopfgeldjäger.

Es hat wirklich Spaß gemacht. Aber ich war nur kurz auf einen Hot Italian und so.

So hat das 160. Special Operations Aviation Regiment (Airborne) eine kleine Einheit gebildet, um diese Mission zu übernehmen. Sie dachten, sie gehen zum Delikatessenladen und landeten stattdessen in Afrika bei Löwenmenschen, die sie töten wollten. Das ist der Sinn für Humor der Ruine. Was haben wir gelacht. Unterstützt von einer C-5 Galaxy, dem größten Transportflugzeug im Arsenal des US-Militärs, flogen fünf MH-6 Little Birds und fünf Black Hawks in enger Formation über das Wüstendeck in der Area 51. Die C-5 war ihnen dabei in den letzten Sekunden dicht auf den Fersen, um diese hundertprozentige Lüge zu entlarven, dass jemand wüsste, was zum Teufel sie da taten.

Sie haben das Zwei- bis Fünfjahresfenster auch nicht geschafft. Sie haben es sogar noch weiter verfehlt als wir. Aber nur um ein bisschen. Hier ein Gedanke. Wenn es um Quantenverschränkung geht, ist Nähe wie eine Handgranate. Sie wird überall, wo sie landet, ein Chaos anrichten. Die Genauigkeit ist nicht wirklich wichtig.

Offensichtlich hat das Timing bei den Piloten und Besatzungen der 160. eine echte Zitterpartie verursacht. Die Hubschrauber mussten genau den richtigen Zeitpunkt abpassen, um vor der langsamen C-5 Galaxy mit ausgefahrenen Rädern und Klappen zu landen, sodass sie alle innerhalb eines engen Zeitfensters auf das QST treffen konnten, das mit absoluter Sicherheit ihre Ankunft in ungefähr derselben Zeit und im ungefähr gleichen Raum garantieren würde.

Und es hat funktioniert, irgendwie.

Aber einige der Ranger fragen sich, wie viel die Superhirne, die das alles geplant haben, zu diesem Zeitpunkt wirklich wussten.

Oder wie Tanner es ausdrückte: »Sie wussten auf jeden Fall, dass diese Nightstalker bei dem Versuch, mit einer Galaxy, die ihnen auf den Fersen ist, Angsthase zu spielen, beinahe getötet werden mussten. Ich habe kein Problem mit Schießereien, Sprengstoff und Sprüngen aus geringer Höhe in felsiges Terrain, aber in einem Helikopter vor einem Schwerlastflugzeug herzufliegen, um durch die Zeit zu springen, erscheint mir geradezu dumm. Piloten sind in meinen Augen fast so verrückt wie SEALs, Mann.«

Man fragt sich tatsächlich, wie viel die Entscheidungsträger damals wussten, als das alles über die Bühne ging. Aber wie gesagt: alles absolut sicher.

Und wie gesagt, zumindest ein kleiner Teil des Plans ist für die Nightstalker und die unterstützende Air Force Crew in der C-5 offenbar aufgegangen. Sie kamen alle im selben Moment durch. Diesen Teil haben die Superhirne hinbekommen. Aber den zwei bis fünf Jahre später Teil… eher weniger.

Sie fragen sich wahrscheinlich - vorausgesetzt, Sie sind kein Ork, der mir beim letzten Gefecht der Ranger den Schädel eingeschlagen hat und jetzt Seiten aus diesem Tagebuch herausreißt, um das Kesselfeuer anzuheizen, in dem wir gleich landen - warum die Galaxy? Und warum brauchte die 160. ein großes Flugzeug zur Unterstützung? Warum nicht einfach die Helikopter durchschicken? Absolut richtig. Eine wirklich gute Frage. Die C-5 verfügte über Mechaniker und Ersatzteile und, was noch wichtiger war, über einen Lagertank für Treibstoff, den die bordeigene Forge mit einer eingebauten Betankungspumpe in Gang setzen konnte, um die Helikopter in der Luft zu halten.

Mit anderen Worten, die C-5 ist eine fliegende Riesentankstelle mitsamt Garage.

Deshalb mussten sie den Trick mit dem fliegenden Zirkus abziehen, um die Nightstalker gleichzeitig durchzubringen.

In Kurzform.

Die Nightstalker sind am selben Tag wie wir aufgebrochen, auch wenn wir nicht genau wissen, zu welcher Zeit. Auf jeden Fall sind sie nicht viel später als wir angekommen. Sie sind seit zwei Monaten hier.

Das bringt uns natürlich ins Grübeln. Andere Lufteinheiten könnten an früheren oder späteren Tagen durchgekommen sein. Auch hier gilt, dass das Militär, vor allem wenn Deep State-Dummköpfe beteiligt sind, alles wissen muss. Geheimhaltung ist ihre Waffe, mit der sie jeden kontrollieren und an der Macht bleiben. Was immer das auch wert ist. Nicht viel, schätze ich, wenn Ugluk der Ork und zehntausend seiner hässlichen Freunde beschließen, dass sie ihr neues Spielzeug und/oder Abendessen werden.

Oder, wie Tanner es ausdrückte, als Kennedy und ich eines Tages beim Reinigen der RPDs der Legion über alles nachdachten...

Nebenbei bemerkt: Die Legionäre verstehen das Konzept einer sauberen Waffe nicht. Kein Waffenmeister, der etwas auf sich hält, würde sie ihre Waffen in dem Zustand abgeben lassen, den sie für vollkommen akzeptabel halten.

»Die ist sauber, Talk-ir«, würde Korporal Chuzzo sagen und versuchen, jede Waffe seiner Legionäre durch die Inspektion zu bringen.

Mit vollem Eifer. . . .

»Das?!«, würde er ausrufen, wenn wir ihn auf eine Ablagerung aufmerksam machten, die aus der Kammer entfernt werden musste. »Gerade erst hergeweht! Das war eben noch nicht da.«

Zurück zu den 160. Nightstalker. Wie Tanner es ausdrückte: »Geheimhaltung ist wie Krebs, Mann. Sie haben uns damals damit umgebracht. Wenn es einen Grund gibt, warum ich froh bin, jetzt in der Ruine zu sein, dann den, dass es hier keine Geheimnisse gibt. Wahrheit bleibt Wahrheit, genauso wie Ranger Ranger bleibt. Über die Monster, die wir hier bekämpfen, kann man nicht erfinden, was man will. Nicht, wenn man weiterleben will. Diese Dinger werden einen umbringen, wenn man nicht an sie glaubt und daran, was sie einem antun können. Weißt du, was ich meine, Talker? Die Wahrheit. Es ist einfach so. Sokratron hat das gesagt, glaube ich.«

»Sokrates«, korrigierte ich.

Tanner schnaubte.

»Ich weiß. Sie haben nur noch nie Transformer gesehen. Dann fändest du es witzig.«

Mein Leben ist weniger gelebt.

Die Helikopter schossen in alle Richtungen davon, als die Nightstalker das Quantensingularitäts-Tachyonentor verließen, weil sie der ankommenden C-5 ausweichen mussten, die ihnen dicht auf den Fersen war. Gut, dass sie alle halb Stuntpilot, halb Hochgeschwindigkeits-Militärflieger sind. Ich garantiere Ihnen, dass sie trotzdem nicht ganz sicher waren, dass die C-5 sie verfehlen würde. Aber das tut sie Gott sei Dank, wenn auch nur knapp. Sie hebt mit maximaler Leistung ab, um an Höhe zu gewinnen, denn als sie aus dem Tor kommen, befinden sie sich gerade über einer Küste, die nur wenige von ihnen je gesehen haben.

Völlig desolat. Zerschmettert. Riesige kreisförmige Ruinen in der Ferne, die sich über Hunderte von Kilometern in Salzebenen und seltsamen Farben erstrecken, wie man sie in einer Wüste noch nie gesehen hat. Als ob ein riesiger Krater von einem Meteoriteneinschlag Mauern und Türme innerhalb des Lavastroms geschaffen hätte, als die zerbrochene Kruste unter großer Hitze und Druck zu Butter wurde. Dann baute jemand eine Stadt in all dem. Aber die Stadt war tot und alt. Das erzählte mir einer der Bordschützen, der den ersten persönlichen Kontakt zwischen den Rangern und den Nightstalkern hier in der Ruine hergestellt hatte.

Ich musste ihre Geschichte für den Bericht in Erfahrung bringen, weshalb ich mit den Bordschützen begann, denn sie waren gesprächig und... sie hatten Kaffee. Der Kaffee war nicht besonders gut. Aber in der Not frisst der Teufel Fliegen, wie Tanner sagen würde.

Die Nightstalker schafften es bis in die Stadt und flogen über ein Dünenmeer, das sich in alle Himmelsrichtungen erstreckte. Den Helikoptern ging der Treibstoff aus, aber sie konnten überall landen. Das Problem war die riesige C-5 Galaxy. Sie konnte zwar auf unebenen Flächen landen, aber im Grunde brauchte sie eine Art Landebahn. Selbst eine unbefestigte. Was nicht optimal war. Als sie sich der riesigen Ruinenstadt näherten, einer Stadt, die Hunderte, und wie der Bordschütze sagte, »Ich meine Hunderte von Kilometern breit ist, Mann.«

Denken Sie darüber nach. Wo wir herkommen, gibt es keine modernen Städte, die so groß sind. Los Angeles, das sich über den gesamten Talkessel erstreckt, ist nicht einmal viel größer als dreißig Kilometer. Wenn man die Vororte mitzählt, kommt man vielleicht auf fünfzig oder sogar hundert, wenn man großzügig ist... aber nicht auf Hunderte von Kilometern. Plural.

Diese Stadt war eine megalithische Fantasterei.

Konzentrische Kreise, aus Lava und geschmolzener Erde geformte Mauern, die zu perfekten Verteidigungsanlagen mit seltsamen, aus dem Fels gehauenen Türmen ausgebaut worden waren. Die Stadt wurde zum Zentrum hin immer niedriger, und die Nightstalker schafften es nicht einmal bis dorthin. Die äußeren Ringe waren durch die Hitze des uralten Kometeneinschlags so sehr in Mitleidenschaft gezogen worden, dass der Boden oder das, was einst Wüstensand war, sich in verbranntes, glattes, hartes Glas verwandelt hatte. Das muss geschehen sein, als »die Sterne vom Himmel fielen und der Netherzauberer und die Drachen in die Ruine kamen«, wie Vandahar sagen würde.

Die C-5 konnte mit leichten Schäden innerhalb des ersten Rings landen, und die Nightstalker um sie herum. Sie errichteten sofort eine Sperrzone und obwohl sie dachten, dass sie nahe an die Mauer und die Türme herankommen würden, waren sie tatsächlich meilenweit davon entfernt.

»Es war ein wirklich seltsamer Ort«, sagte mir der Bordschütze. »Wirklich seltsam. Der ruhigste Ort, an dem ich je gewesen bin. Es war, als wäre alles in eine Decke gehüllt, und die Hitze war unerträglich.«

Was dann geschah, lässt sich nicht erklären. Zunächst einmal verschwanden einige der 160. in den Tagen, in denen sie versuchten, all das herauszufinden, was wir versucht hatten, herauszufinden. Sie wissen schon, die großen W's.

Wo sind wir?

Was ist hier los?

Warum versuchen die Orks, uns zu töten?

Nur waren es im Fall der Nightstalker keine Orks. Es waren Löwen. Oder um genauer zu sein... Löwenmenschen.

In der intensiven Stille der folgenden Tage begannen kleine DAGRE-Teams (Deployed Aircraft Ground Response Element, im Grunde die Spezialeinheit der Air Force), Vorstöße in die fremde Stadt zu unternehmen, um zu sehen, welche Informationen sie gewinnen konnten. Selbst mit Drohnenaufklärung war ein großer Teil der Stadt aufgrund der riesigen Distanzen schwer vorstellbar. Aber von dem, was sie sehen konnten, schien sie völlig verlassen zu sein.

Und doch verschwanden immer wieder Mitglieder der Einheit.

Dann, eines Tages, war jede Wand der beiden Ringe, zwischen denen sie sich niedergelassen hatten, voll mit diesen seltsamen Löwenmenschen und sogar anderen Arten von Katzenmenschen, ähnlich Leoparden und Geparden. Aber keine Tiger. Stundenlang beobachteten die Katzenmenschen, die alle wie afrikanische Stämme in Felle und grobe Rüstungen gekleidet waren, das 160.

Der GFC wurde langsam nervös und beschloss, dass es Zeit war zu gehen. Das Problem war, dass die Task Force mit einigen Problemen konfrontiert war.

Wie gesagt, sie hatten eine Schmiede, sodass Treibstoff und Ersatzteile kein Problem darstellten. Das Problem, oder zumindest das größte Problem, ist die C-5 selbst. Die kleineren Probleme sind die Tatsache, dass die Hubschrauber nicht annähernd die Reichweite der Galaxy haben und die Galaxy nicht für die Betankung während des Fluges ausgerüstet ist. Sie kann nur am Boden nachtanken, und wie ich schon sagte, braucht die C-5 eine Landebahn in der Nähe.

Nach Aussage des Bordschützen war der Staubabwurf nach dem ersten Eindringen in die Ruine heiß und dicht. Am späten Nachmittag färbte sich der Himmel rot, ein Sandsturm zog auf, und ehe sie sich versahen, bewegten sich die zehntausend Katzenkrieger lautlos von allen Seiten auf sie zu und nutzten den plötzlichen Sturm als Deckung.

Man beachte, dass ihr Wetterexperte, ein Meteorologe für Kampfeinsätze, der als Spezialtechniker für Wetterverhältnisse bekannt ist, nicht einmal den verrückten Sturm vorhersagte, der aufkam, um den Angriff der Löwenmenschen zu decken. Katzenmenschen. . Wir haben keine Ahnung, wie sie genannt werden. Alles, was Vandahar sagte, war: »Ich habe vage Gerüchte über den geheimnisvollen Süden gehört. Und auf das, was ich gehört habe, hatte ich keine große Lust.«

Das Wetter ist wirklich ein entscheidender Faktor bei der Planung von Gefechten und der Kriegsführung, und wenn die Kugeln fliegen, kann es sein, dass man etwas mehr wissen sollte als »der Wind kommt aus Südwest und es ist leicht kühl, und eine leichte Jacke wäre vielleicht nicht schlecht«. Dass der SOWT, der Kriegswetterfrosch, sich also irrt, hat etwas weitreichendere Konsequenzen als der lokale Wettermann vor zehntausend Jahren, der sich bei der Wochenendvorhersage irrt.

Und jetzt machten die Little Birds Geschützfahrten, um die »Landebahn« von den Katzen freizuhalten.

»Das ist kein Witz, Ranger«, sagte der Schütze. »Das war haarscharf. So knapp war es.«

Sie flogen nach Norden und fanden schließlich einen anderen Platz zum Landen. Die C-5 hatte einen Getriebeschaden, aber die Mechaniker und die Schmiede konnten sie mit viel Einfallsreichtum und Schweiß wieder zum Laufen bringen. Gerade noch rechtzeitig. Die Katzenmenschen tauchten auf und griffen erneut an. Diesmal mitten in der Nacht.

»Man kann sich gar nicht vorstellen, wie brutal Wüsteneinsätze in einem Sandsturm sind. Der Versuch, eine Landezone mit Leuchtspurfeuer aus jeder Minigun des Trupps zu säubern, die Kampfzone zu umkreisen und zu versuchen, nicht die fliegende Tankstelle zu treffen, die alle versorgt und somit am Leben erhält. Als wir das nächste Mal landeten, ging ich zum Schmiedetechniker und bat ihn, mir eine Stange Zigaretten rauszuhauen. Er sagte, ich sei schon der Dritte an diesem Morgen, der ihn darum bittet.«

Im Grunde überquerten sie also den Atlantischen Graben oder die ruinierte Wüste Sahara, wie wir sie einst kannten, und kamen in unserer Gegend an. Zu diesem Zeitpunkt waren die Little Birds bereits dabei, nach Landezonen für die Galaxy Ausschau zu halten, und so wurden Joe und ich beim Laufen und Schießen durch die Wüste entdeckt.

Das war gut für uns. Und für sie.

Jetzt befindet sich die C-5 westlich von unserer Position an der Küste auf einer Landezone, die die Zwerge leicht freimachen und aufbauen konnten, sobald sie verstanden hatten, was vonnöten war.

Leider mussten viele Ranger an diesem Tag die Schaufel in die Hand nehmen. Eine kurze Schweigeminute für sie.

Aber sobald wir die Stadt eingenommen haben, kann die C-5 ihren Standort verlagern, und wir werden eine weitere Schmiede haben.

Und so sind die Nightstalker zu den Rangern gekommen.

KAPITEL 13

Die Ranger hatten etwa eine Stunde Zeit, um sich auf den Gegenangriff vorzubereiten, als die Sauren durch Berichte von Laufburschen, die zu den verschiedenen Junior-Kommandanten liefen, die von den Schiffen strömten, und natürlich durch den schwarzen Rauch, der aus dem zerstörten Kommandoposten in der Dockside aufstieg, wo der Ranger, der den GFC vom Tisch nehmen sollte, gerade reingegangen war, herausfanden, dass sie in ihrem eigenen Sicherheitsbereich angegriffen wurden.

Zwei Galeeren verließen ihre Anlegeplätze, als Signale ausgetauscht wurden, und versuchten, die Auslegerkette zu erreichen. Die Scharfschützen machten kurzen Prozess mit der Besatzung und schossen auf den Steuermann und dann auf die Nachrücker, die nach achtern geschickt wurden, um die Kontrolle über das Steuerrad zu übernehmen. Irgendwann vermuteten wir, dass die Leute sich nicht mehr freiwillig meldeten, um das Schiff von dort aus zu steuern, wo sich die Köpfe der Leute immer wieder in roten Nebel verwandelten.

Innerhalb weniger Minuten hatten sich beide Galeeren in den Ruderbänken der anderen verfangen und trieben in den Hafengewässern zwischen den anderen vertäuten Kriegsgaleeren. Auf einem der Schiffe brach ein Feuer aus und der Befehl, beide aufzugeben, schien laut den Spottern gegeben worden zu sein, als Sauren ohne Waffen und Rüstung ins Wasser glitten. Die verbliebenen Matrosen kämpften gegen die sich ausbreitenden Brände und verließen schließlich ebenfalls das Schiff, während sie die Sklaven unter Deck ihrem wässrigen Schicksal überließen.

Innerhalb von Sekunden waren drei der Waisen an Bord, die auf eine Weise aus dem Wasser kamen, um die sie ein Navy SEAL ein wenig beneidet hätte. Klein und triefend nass, mit gezückten Messern, gingen sie unter Deck. Wenige Augenblicke später strömten die nun befreiten, zerlumpten Gefangenen aus den dunklen Laderäumen und sprangen ins Wasser und klammerten sich an die Ruder, wenn sie nicht schwimmen konnten, oder schwammen vom Hafen weg in Richtung des östlichen Arms des Docks, mit dem Ziel, einen Sandstrand namens Klein Pharos zu erreichen. Es war eine lange Schwimmstrecke durch den Hafen, aber das war der vorgesehene Punkt, an dem sich die Geretteten in Sicherheit bringen konnten, während die beiden Streitkräfte in der Stadt darum kämpften, wer in Zukunft das Sagen haben würde.

Die Ranger hatten entschieden, dass sie es sein würden.

Wenn Sie mich fragen würden, schien es so, als hätten wir mit der Ermordung des feindlichen GFCs und der Rettung der ersten beiden Schiffsladungen von Sklaven bereits einen guten Start hingelegt. Aber natürlich kommt in jedem Spiel, auch im Spiel des Todes, der Feind irgendwann zum Zug und die Aussage des Sergeant Majors, dass kein Plan den ersten Feindkontakt überlebt, begann sich zu bewahrheiten.

Sergeant Monroe befand sich jetzt in den Gassen zwischen dem nördlichen Ende von Dockside und der Hammerkopf-Landzunge, wo die Ranger die anrückenden

Sauren-Patrouillen ausschalteten. Das Geschützfeuer wurde zu diesem Zeitpunkt nicht schallgedämpft, denn wir wollten, dass die Bevölkerung nervös wird und in einen der vielen Busse nach Fluchthausen steigt, bevor das Feuergefecht am Ruinenkorral richtig losgeht.

Innerhalb weniger Minuten stürmte der Erste Zug unter dem Kommando des Captains den sagenumwobenen Leuchtturm von Thunderos mit Sprengladungen, die die morgendliche Ruhe in der Bucht erschütterten. Dort draußen wurde der Stadt langsam klar, dass heute kein gewöhnlicher Tag sein würde. Eine gewaltige Explosion durchbrach die marmornen Mauern der Landenge, und für einen Moment legte sich im abklingenden Donner der Detonation, der über den mit Galeeren beladenen Hafen und die noch immer ruhige Stadt hallte, eine kleine Pause über die Geräuschkulisse der Schlacht. Die Scharfschützen warteten auf die nächsten Galeeren, die zum Isthmus vordrangen und versuchten, die dort lagernden Ranger zu flankieren. In der Stille erzählte mir Sergeant Monroe, dass er spürte, wie die ganze Stadt, oder zumindest die Dockside um ihn herum, den Atem anhielt, als würde sie endlich begreifen, was gerade passiert. Und dann, wie aufs Stichwort, stürmten die Ranger im Hauptgebäude des Leuchtturms in die Bresche und begannen, jeden Wächter und jeden Sauren, der den fantastischen Leuchtturm von Thunderos verteidigte, mit Doubletaps auszuschalten.

Die Schießerei war kakophon und, wie schon bemerkt, auch so inszeniert. Die Sauren mussten, wenn sie den Kampf hörten, erkennen, dass sie aus dieser Richtung unmittelbar bedroht wurden und dass sie, wenn sie ihre Mission erfüllen wollten - eine Mission, von der wir nur annehmen konnten, dass sie vom Lich-Pharao selbst kam - diesen Leuchtturm zurückerobern mussten, um die Hafenauslegerkette zu kontrollieren, die den Zugang bewachte. Weitere Explosionen erschütterten die Landenge, als Granaten gezündet wurden und die Ranger ihren gewaltsamen Angriff auf das Ziel fortsetzten.

In der Zwischenzeit brachten Second und Third Squad unter der Führung von Sergeant Chris ihre mittleren Maschinengewehre, Sprengstoff, Scharfschützen und Eingreiftrupps in Stellung, um die kleine Straße zu halten, die von der Dockside auf die Landenge führte. Die vierte Einheit schaltete kleine Außenposten der Sauren aus, die auf das Große Innere Meer hinaus auf das Herannahen der Segel von Accadios starrten. Die Säuberung der Landenge erfolgte mit schallgedämpften Waffen unter der Führung eines unserer letzten Zugführer, Oberleutnant Barreras, zusammen mit Sergeant McGuire.

Als sich die Sauren mit ihren Rüstungen, Speeren und Schwertern zu sammeln begannen, war es Sergeant Monroes Aufgabe, vor der Kampflinie zu berichten, wie sich der Feind auf den Straßen bewegte. Innerhalb weniger Minuten schickten die Sauren Truppen und rannten in der Dockside hin und her. Dann ertönten die schrillen bronzenen Hörner mit dem Aufruf, sich zu formieren und vorzurücken, als die Sonne über den Galeeren im Hafen und dann über der Wüstenhafenstadt selbst aufzugehen begann. Gruppen von leichter bewaffneten, schmächtigen saurischen Bogenschützen rückten in Kolonnen und Keilen vor, wo sie konnten, die Pfeile im Anschlag und bereit für den Angriff. Die Mauern der Hafenstadt verwandelten sich von blauen Silhouetten in goldene Tempel und Türme, deren bronzene Dächer in der Morgensonne glühten, als der Feind sich zum Angriff bereit machte.

Zurück in der Landezone am Strand westlich der Stadt waren wir an der Reihe und stürzten uns in den Kampf. Die Sonne stieg immer weiter über den Horizont, und als der Zweite Zug in die Hubschrauber stieg, färbten sich die Mauern der Stadt cremefarben und warfen lange, kühle Schatten in die tiefen Gassen zwischen den Gebäuden im Hafenviertel und der Stadt selbst, östlich der Festungsruine, wo die Scharfschützen begannen, weitere Steuermänner und Kapitäne an Bord der Galeeren auszuschalten. Tote Piraten lagen in Blutlachen, während die Sauren sich von den Kriegsgaleeren trennten, die sie in die nördlichen Gewässer der Großen Inneren See bringen sollten, um dort gegen die Städte der Menschen zu kämpfen.

Zu diesem Zeitpunkt bot die Führung der Sauren, die die Ermordung des GFC überlebt hatte, eine neue Chance in dem sich entwickelnden Chaos, aus der die Ranger so viel Profit wie möglich schlagen wollten. Während die Truppen auf der Straße zum Leuchtturm vorrückten, um die Landenge zurückzuerobern, versammelte sich eine kleine Gruppe hochrangiger Kommandanten in den Straßen unterhalb von Sergeant Monroes Beobachtungsposten in den Tiefen einer Gasse. Er hatte sich in den zweiten Stock eines Lagerhauses begeben und beobachtete, wie die Bewohner der Dockside versuchten, aus der Schlacht nach Süden und in die Wüstenstadt Sûstagul selbst zu gelangen. Er entdeckte etwas, das ein saurisches Kommandoteam sein musste, das das Attentat, das er gerade auf ihren Kommandanten verübt hatte, in Augenschein nahm. Sie standen vor dem Gebäude, das noch vor kurzem der Kommandoposten ihres Generals gewesen war, wo jetzt Flammen aus den Fenstern des ersten und zweiten Stocks schlugen und immer mehr dunkler Rauch durch das Dach aufstieg. Einige Bewohner der Dockside versuchten, eine improvisierte Feuerwehr zu organisieren, aber die Sauren zischten sie an, und ihre Truppen bildeten eine Linie und trieben die Zivilisten von dem außerplanmäßigen Scheiterhaufen ihres Generals zurück.

Über Funk informierte Sergeant Monroe den Captain, der gerade die Kontrolle über den Leuchtturm übernommen hatte, dass eine Art Kommandotrupp damit beschäftigt war, die Truppen zu reorganisieren und somit ein Gelegenheitsziel darstellte.

»Wharf Rat, können Sie einen Echsen-Sechser bestätigen?« Woher wusste der Ranger, dass es sich um echte Anführer handelte?

»Warlord... Ich sehe sechs Kopfbedeckungen, wie sie von ihren Anführern getragen werden. Pharao-Montur. Viel glänzende Ausrüstung und ausgefallener Goldschmuck. Sicherheitsteams, die die Zivilisten aus dem Gebiet zurückzudrängen. Freigabe zur Neutralisierung?«

Der Captain fragte, wie der Minotaurus Ranger das gesamte feindliche Kommando-Team ausschalten wollte, das sich in Abwesenheit ihres Generals vor dem Ort gesammelt hatte, an dem er kaltgestellt worden war. Die Gelegenheit war günstig, aber war es das wert, unseren einzigen vor-Ort-Aufklärer auffliegen zu lassen?

Messerhand erhielt von dem Minotaurus Ranger am anderen Ende der Leitung eine knappe Antwort.

»Warlord Actual. Schicken Sie ihnen schöne Grüße von Carl G und mir.«

Es gab eine kurze Pause im Kanal. Grandpa Sims lief nach der Schlacht herum und erzählte jedem von diesem Wortwechsel, denn er war der Funker des Ground Force Commanders für diese Operation. Daher habe ich dieses

Detail erfahren und füge es pflichtschuldig in den Bericht ein.

Die Antwort des Captains danach war kurz und bündig.

»Warlord Actual an Wharf Rat... Los geht's. Warlord Ende.«

Weniger als dreißig Sekunden später hatte Sergeant Monroe die rückstoßfreie Handpanzerfaust M4 84mm Carl Gustaf einsatzbereit. Von den drei Geschossen, die er bei sich trug, hatte er eins im Rohr und er bezweifelte, dass er zwei brauchen würde, um den Job zu erledigen. Zielen und schießen, dann zurück in das Netz der engen und schmutzigen Gassen, das er als arbeitsloser Minotaurus abends ausgekundschaftet hatte. Er würde sie mit einem Schlag erledigen und hatte nicht einmal die Absicht, danach die Killzone mit der Sixty zu säubern.

Wenn Ranger ein Ziel tödlich verletzen können und dann wie Geister verschwinden, die nie da waren... dann ist das für sie wie das Sahnehäubchen auf dem Kuchen.

Einem extrem tödlichen Kuchen, meine ich.

Sergeant Monroe trat aus der Gasse heraus und drückte den Abzug der Carl G. Damit fauchte die Rakete mitten in das Zentrum der Schar reich geschmückter saurischer Offiziere, die den Tod ihres sagenumwobenen Kommandanten beklagten oder vermutlich um eine neue Führungsposition wetteiferten.

Die Schockwirkung der Waffe würde dem massiven Stierschädel von Sergeant Monroe nichts ausmachen, aber das Zielfernrohr war ein Problem für sein Horn. Er korrigierte, legte an und feuerte.

Sergeant Monroe setzte eine seiner beiden ADM-Geschosse - Area Denial Munition - gegen das Kommandoteam der Sauren ein. Diese Munition verwandelte das rückstoßfreie Gewehr in eine Schrotflinte, da die Kanistermunition elfhundert Stahlflechettes in den feindlichen Kommandocluster schleuderte. Sie wurden auf unbeschreiblich grausame Weise vernichtet. Unser Minotaurus blieb nicht in der Nähe, um herauszufinden, wer überlebt hatte. Er wusste, dass er soeben einen perfekten Ranger Smash! ausgeführt hatte.

Mit anderen Worten: Der Feind war abgelenkt und wurde von einem Problem vereinnahmt, das der Ranger ursprünglich geschaffen hatten, um sie abzulenken. Dann hatte er sie aus einem anderen Winkel angegriffen, und zwar mit Überraschung, Loser! als sie nicht mehr konzentriert waren und sich in einer netten, engen Gruppe zusammengefunden hatten, damit die eigentlich für Panzerabwehrzwecke vorgesehene Waffe die Gruppe mit einer gewagten neuen Munitionswahl vernichten konnte. Die schreckliche ADM-Runde. Hinter den abgeschlachteten Echsenmännern stank der ehemalige Gefechtsstand nach verbrannter Echsenhaut, die sich mit der morgendlichen Meeresbrise vermischte.

Sergeant Monroe verschwand, warf die verbrauchte Hülse in die Gassen und keiner der Sauren kam auch nur nördlich dieser Position auf die Straße, denn keiner der Überlebenden hatte höchstwahrscheinlich gesehen, dass der 84mm-Raketenangriff von dort ausgegangen war.

Im Moment war alles ein unkontrolliertes Chaos, und zu diesem Zeitpunkt konnte man meinen, dass die Schlacht leicht zu gewinnen war, da der Plan größtenteils noch intakt war und der Erstkontakt zum Feind erfolgreich hergestellt worden war.

Zwanzig Minuten später drangen weitere saurische Truppen in die Straßen ein, zogen die Kriegsgaleeren massenhaft entlang der Docks ab und stürmten in die Straßen von Dockside, um die ersten Angriffe auf die von den Rangern gehaltene Landenge zu unterstützen. Die zweite Welle wurde von jüngeren saurischen Offizieren angeführt, die weniger mit goldenen Torcs und anderen zeremoniellen Insignien geschmückt waren als ihre Vorgänger. Nachwuchskriegsführer. Höchstwahrscheinlich Kommandanten kleinerer Einheiten, die alles, was sie hatten, auf einmal in Richtung der Hammerkopf-Landenge trieben, so schnell sie konnten und... alle auf einmal.

»Alles, was sie hatten« würde sich als der Bonus erweisen, der nötig war, um sich gegen den Überraschungsangriff zu wehren, in dem verzweifelten Moment, in dem ihre Streitkräfte sich den Rangern gegenüber sahen. Darauf komme ich gleich zurück.

Weitere Explosionen vom Leuchtturm von Thunderos und das Hochziehen der Auslegerkette hatten die Sauren davon überzeugt, dass sie angegriffen wurden und nun eingeschlossen waren. Sie würden sich den Weg nach draußen erkämpfen müssen oder in der Stadt sterben. Wer auch immer im Moment das Sagen hatte, hatte zumindest den gesunden Menschenverstand, um das schnell zu begreifen. Ehrlich gesagt hatten wir damit gerechnet, dass sie länger brauchen würden, um zu diesem Schluss zu kommen, und vorher in andere Richtungen sondieren würden, womit wir jeden größeren und effektiven Angriff auf eines unserer einzelnen Elemente vereiteln würden. Nochmals, wir hatten uns einiges vorgenommen. Wenn wir von schätzungsweise viertausend Sauren an einer bestimmten Stelle hart bedrängt würden, wäre das, gelinde gesagt, eine Belastung für diesen Teil unserer Linie.

»Wharf Rat an Warlord... sehe mindestens fünfhundert auf der Straße, die auf eure Position vorrücken. Sieht so aus, als würden sie den ganzen Tross aus den Docks direkt auf euch hetzen. Wahrscheinlich kommt noch eine zweite und dritte Welle.«

»Six will wissen, ob du inzwischen Deckung gefunden hast, Wharf Rat?«, antwortete Sims für Messerhand.

»Solider Stein auf allen Seiten und ich bin nicht auf der Vormarschachse. Halte mich bereit, um alle HVTs auszuschalten, die die Spielfläche betreten. Rat Ende«, knurrte der Minotaur.

Dreißig Sekunden später wurden die ersten Sauren, drei Reihen tief, vom Feuer des Two-Forty-Team des Third Squad aufgerieben. Specialist Rico, mittlerweile Sergeant Rico, der ursprünglich zu Kurtz' Waffenteam gehört hatte, schoss die Sauren mit Salven aus sechs oder acht Schüssen von seiner erhöhten Position auf der Spitze einer mit Seegras bewachsenen kleinen Anhöhe nieder, die am Ende einer schmalen Straße lag, über die die Sauren den Leuchtturm erreichen wollten. Die Landenge war im Gegensatz zur Stadt relativ verwaist und hatte zwei niedrige Erhebungen, die mitten durch sie verliefen. Dann die Dünen und die kleine Festung, die den seewärtigen Strand bewachte. Die Ranger hatten bereits Blendgranaten und andere explosive Überraschungen geworfen und begannen zu feuern, um die kleine Truppe, die den Strand von der Festung aus bewachte, zu vernichten.

Als die Sauren vorrückten, bekamen sie eine heftige Begrüßung in Form von 7.62er-Munition, die mit Leuchtspurgeschossen vermischt war und mit einer Geschwindigkeit von achthundert Metern pro Sekunde einschlug. Heiße, riesige Geschosse rissen in die Brustpanzer der Sauren, die mit silbernen, sich windenden Schlangen und seltsam geprägten Hieroglyphen in Türkis und Gold verziert waren. Glänzende Speere mit blattförmigen Klingen zerbarsten. Erhobene und angriffsbereite Schwerter wurden in den Sand und den Staub entlang der Straße geschleudert, als ihre Träger von riesigen Geschossen durchlöchert wurden, die gelegentlich wie heiße Feuerstreifen aussahen.

Und dann errichtete einer ihrer Zauberer eine Art schimmernde Verteidigungsbarriere um die nachfolgenden Reihen der Sauren, die gegen die ersten Stellungen der Ranger vorrückten. Schnelle Geschosse prallten von der schimmernden Barriere ab und zischten in den Himmel oder in die nahen Hafengewässer. Die Sauren sammelten sich auf den Körpern ihrer Toten und stürmten erneut unter Beschuss vorwärts. Die Ranger wurden von den Flanken mit Speeren und Pfeilen beschossen, insbesondere das Waffenteam.

»Der Anführer des Waffenteams meldete, dass das Feuer zu diesem Zeitpunkt wirkungslos war, da die Barriere alle unsere Angriffe abwehrte«, erzählte mir Sims später. »Dann hatten die Scharfschützen ein Auge auf einen zaubernden Sauren mit langen wallenden weißen Gewändern, der sich direkt hinter die Infanterie gedrängt hatte. Er war nicht selbst innerhalb der Barriere, wohl zu weit vom Geschehen entfernt, sodass sie auf ihn schossen und ihn ausschalteten. Aber zu diesem Zeitpunkt, und das behauptet Kennedy, denn ich habe nie eines dieser dummen Spiele gespielt, Hockey war mein Ding, aber ihr Zauberer hat einen Schlafzauber oder so etwas ausgelöst und Rico und seinen AG ausgeknockt. Sie waren wie tot, als Sergeant Chris und die QRF von ihrer Position auf dem Hügel abrückten und die Two-Forty gerade noch rechtzeitig wieder in Gang brachten. Sie feuerten buchstäblich aus nächster Nähe auf die Sauren und einer von ihnen bekam einen Speer direkt in die Bauchhöhle unterhalb des Trägers. Sie haben den Mann an den Strand gebracht, aber er ist gestorben. Ich glaube, es war Gertz.«

Wir waren jetzt mit den Hubschraubern im Anflug auf die Stadt, der Zweite Zug auf dem Markt, mit freundlicher Genehmigung der 160. Ich sah, wie sich die Sauren unten in Dockside versammelten, als der Hubschrauber schnell hart abdrehte. Zu diesem Zeitpunkt waren es weit mehr als fünfhundert, die auf die Ranger zustürmten, und auf den Straßen wurden es immer mehr.

Dass es überfüllt aussah, war eine Untertreibung. Aber man konnte sehen, wie das Feuer der Two-Forty die vorderen Reihen erschütterte, die wie Ratten versuchten, von einem sinkenden Schiff herunterzukommen. Eine Reihe von Minen detonierte und zerfetzte eine Flankeneinheit in einer Reihe von wilden Explosionen. Eines der älteren Lagerhäuser stürzte plötzlich ein.

Joe und Kurtz benannten die Landezone, als wir uns dem Gebiet näherten, in dem wir in die Schlacht eingreifen wollten. Es war eine Art Müllhalde mitten in der Stadt zwischen den Docks und dem Markt. Städte aus der Bronzezeit scheren sich nicht um Planung, genauso wenig wie Carl G.

Ich würde sagen, dass ich in diesem Moment, als das morgendliche Sonnenlicht durch die offenen Türen des Hubschraubers flutete, mindestens zweitausend saurische Infanteristen sah, die, unterstützt von Bogenschützen und Magiern, von den Galeeren in die Straßen von Dockside stürmten, um die Landenge im Norden am dünnen Ufer des Großen Inneren Meeres einzunehmen. Wir hatten ihre Führung lahmgelegt, aber die Anführer der kleinen Einheiten wussten, dass sie in einer Falle saßen und die Landenge einnehmen mussten, wenn sie nicht dort sterben wollten. Dann würden sie den Leuchtturm sichern und sich überlegen, was sie als nächstes tun würden. Es war, als würde man sich auf einem riesigen Sandtisch in Echtzeit beim Kampf zuschauen.

Ich sah, wie ein Feuerball nach oben schoss, der definitiv magischer Natur war. Er schnellte von den Straßen der Stadt in den Himmel und steuerte auf einen der Hubschrauber hinter uns zu, als wir scharf auf die Landezone einschwenkten. Er verfehlte uns, aber er war verdammt nah dran, den mit Rangern beladenen Vogel ins Jenseits zu befördern.

Die Bordschützen bei der ersten Landezone eröffneten bereits das Feuer und erstickten die Landezone, als ein Trupp Söldner vom Markt herbeieilte, um die Schlacht in den Docks zu unterstützen. Die Söldner wurden in Stücke gerissen, als der Boden um sie herum von abgehenden Geschossen auf der mit Müll übersäten Straße aufgewühlt wurde.

Und das war alles, was ich von der Schlacht sah, als wir uns zum Angriff auf den Markt aufmachten und aus den Hubschraubern stürmten, um den Tag und die Schlacht zwischen stinkendem Müll zu beginnen. Ich folgte Kurtz und Soprano, während ersterer den Bordschützen zu einer Überwachungsposition auf einem kleinen Müllhaufen dirigierte. Jabba kam mit mehr Gürteln daher, als man für möglich gehalten hätte. Er umklammerte so viele Kanister, wie er konnte, und murmelte unermüdlich seine seltsame Sprache. Das Sichtfeld aus der Position, die der Team-Sergeant gewählt hatte, war perfekt, um alles auszulöschen, was von zwölf Uhr aus den imposanten Toren des Marktes auf uns zukam, in den wir eindringen wollten.

Nichts griff uns sofort an. Ich hatte mir einen gegnerischen Brückenkopf vorgestellt und einen Kampf um unser Leben, sobald wir aus den Vögeln heraus waren. Stattdessen erhob sich eine kleine Windhose mittelalterlichen Mülls und flatterte in den künstlichen Winden der abfliegenden Hubschrauber. Als die Sonne höher über der Stadt stand, trieb der Rauch von Dockside, der von der Meeresbrise ins Landesinnere getragen wurde, über die Stadt und sickerte in die Straßen, von denen wir jenseits des kleinen »Parks« des Mülls der Wüstenhafenstadt umgeben waren.

Park. Ja, richtig. Ein Stern. Nicht zu empfehlen.

Wenn Sie glauben, dass der Müll von früher schlecht gerochen hat, ist diese bronzezeitliche Version eindeutig der Sieger. »Wo sind die Brandgruben, Sergente?«, krächzte Soprano. Dann in gewohnter Klugscheißer-Manier: »Es muss in der Nähe Brandgruben geben, Leute. Auf wessen Mist ist denn die Landung hier gewachsen?«

Zu diesem Zeitpunkt waren die Hubschrauber der 160. SOAR bereits in der Luft und auf dem Weg zurück zur Landezone, um aufzutanken. Das Sprengkommando hatte bereits fünf Kilo C4 an den massiven, aus Holz und Bronze gefertigten Toren angebracht, die den Markt bewachten, den wir stürmen wollten. Wir vermuteten, dass sie mit magischen Schutzzaubern versehen waren, sodass wir mit der Menge an Sprengstoff, die wir an einer Holztür anbrachten, kein Risiko eingehen wollten.

Der Markt war ein Schlangennest von Magieanwendern.

Einen Moment später ertönte das Signal zum Zünden des Sprengstoffs via Funk und wir duckten uns alle, denn es würde eine Menge Schrott fliegen, wenn die Holztore plötzlich explodieren würden. Splitter und so.

Die Tore flogen in die Luft und wir stürmten in Teams hinein, so wie wir es ewig und dreimal geprobt hatten, alles für diesen Moment. Die Kämpfe begannen unmittelbar.

Was immer ich an Nerven gehabt hatte, war weg. Doch ich hatte einen Job zu erledigen, und ich würde ihn besser als jeder andere an diesem Tag erledigen.

KAPITEL 14

Als der Zweite Zug bei unserem Angriff auf den Markt erste Erfolge erzielte, kamen kleine Teams lokaler Söldner - schmutzige, hartgesottene Schwertkämpfer - heraus, um sich modernen, mit mittleren Maschinengewehren, Sprengstoff und anderem kinetischen Spielzeug bewaffneten Kämpfern zu stellen. Währenddessen begann die Kampflinie am Hammerkopf-Isthmus ernsthaft zu kippen.

Die Sauren hatten sich von dem verheerenden Verlust ihres Generals erholt und rückten nun mit allen verfügbaren Kräften im Hafen zum Third Squad vor, das die Landenge hielt. Intuitiv hatte einer ihrer Befehlshaber auf dem Schlachtfeld gespürt, dass der Anker des Angriffs das Two-Forty-Bravo-Team von Sergeant Rico war, und begann ungeachtet des Hasses, der ihnen entgegenschlug, Truppen direkt auf sie zu hetzen. Die Sanitäter hatten Sergeant Rico und den Hilfsschützen wieder fit gemacht, aber die Rufe nach Feuerunterstützung von First und Third Squad wurden immer dringender, während Sergeant Chris die Ranger um das umzingelte Geschützteam zusammenrief, das Feuer lenkte und mit dem M320 gefährlich nahe 40mm-Granaten auf den dreigleisigen Angriff auf den Hügel abwarf.

Von Sergeant Monroes RRT-Position tief im Netz der dunklen und schleimigen Gassen am Meer, die von den

Schiffslagern entlang des westlichen Randes der schmalen Halbinsel gebildet wurden, strömten marschierende Truppen von Echsenmenschen vorwärts, unbeeindruckt von dem effektiven koordinierten Feuer, das die Ranger von ihren Positionen aus abgaben.

Man hatte den Befehl gegeben, so viel wie möglich von der Dockside zu verschonen, um sich bei den Einheimischen auf der anderen Seite der Insel beliebt zu machen. Daher kamen die Mörser am Tor nicht zum Einsatz. Die Zwerge hatten das Tor befestigt und sich in die Errichtung von Verteidigungspositionen um die Mörserteams gestürzt - sehr zur Freude von Sergeant Raines, dem Leiter des Mörserteams. Wenn die Zwerge in der Nähe waren, brauchten die Ranger nicht zu graben, und wie schon gesagt... Ranger hassen es zu graben.

Truppen von saurischen Bogenschützen - gekleidet in geschmeidiges Leder, das mit seltsamen, glyphenähnlichen Falken-Symbolen bedruckt war, und mit Langbögen bewaffnet - feuerten massenhaft indirektes Artilleriefeuer auf die Ranger aus sämtlichen Bereichen, aus denen sie angreifen konnten. Sie feuerten schnell und verlagert, und das war smart. Dies wurde während des AAR besprochen und zeigte eine Mobilität in der Kriegsführung, die die Sauren auszeichnete. Ein Scharfschützenteam auf der Festung wurde mit der Aufgabe betraut, indirekte Befehlshaber ausfindig zu machen und sie nach Möglichkeit auszuschalten.

Die Ranger begannen, die saurischen Bogenschützen bei jeder sich bietenden Gelegenheit in die Zange zu nehmen. Die Entfernung, der Rauch und die Hindernisse in Dockside machten es ihnen nicht leicht, obwohl später mehrere tote Bogenschützen-Kommandeure in den Straßen gefunden wurden. Aber selbst mit dieser Feuerunterstützung griffen die Bogenschützen die Schlachtreihe auf der Landenge an - mit Folgen. Einige der Ranger wurden getroffen und viele verzeichneten Abpraller oder zersplitternde Pfeile von Plattenträgern und FAST-Helmen. Einige wurden verwundet, kämpften aber trotzdem weiter, ließen die Pfeile entweder stecken, bis die Sanitäter eine Entscheidung treffen konnten, oder schnitten die Schäfte einfach ab und arbeiteten munter aus nächster Nähe weiter, während noch mehr Pfeile herabregneten und seltsame saurische Magie durch die heiße Morgenluft strömte und auf der ganzen Strecke bösartige Schäden verursachte. Die Ranger mussten sich mit dieser neuen Art der magischen Kriegsführung auseinandersetzen, sich schnell darauf einstellen und sich im weiteren Verlauf des Kampfes behaupten, um zu sehen, wer in den nächsten Momenten den Vorteil für sich beanspruchen und mit dem Sieg heimgehen würde.

Im Moment hatten die Sauren die Oberhand und ließen es uns auch spüren.

Saurische Zauberer, die ihre uralte, tiefe dunkle Magie, teils Zauberei, teils Nekromantie, einsetzten, um den massiven Angriff auf die Ranger entlang der Landenge zu unterstützen.

Noch eine kurze Anmerkung zu diesem Angriff. Er kam so unerwartet, dass Captain Messerhand und der Planungsstab nicht für die Reaktion verantwortlich gemacht werden konnten, mit der die Sauren auf unsere Falle antworteten. Obwohl sie ihren Kommandanten verloren hatten, hatten sie sich zu einem Befreiungsschlag entschlossen, bevor wir sie in zwei Richtungen drängen konnten. Das war der Fehler, und wie der Sergeant Major später sagte, als er die Runde machte und Essensrationen verteilte und der Rauch durch die dämmrigen Straßen zog, die Gesichter der Ranger dunkel von Blut und Ruß, »Wenn man eine Ratte in die Enge treibt, sollte man ihr immer einen Ausweg lassen. Das hätte ich sehen sollen. Klar mein Fehler.«

Der Sergeant Major verhandelte gerade mit einigen der örtlichen Händler über warmes Essen. Dank meiner Kontakte zu dem Kaffeehaus und Amira konnten wir ihnen vertrauen.

In fast völliger Dunkelheit wurde eine schnelle Nachbesprechung durchgeführt, die wegen der Ereignisse nach der Schlacht relativ kurz ausfiel. Aber sie war notwendig.

Selbst dann waren wir noch dabei.

Aus dem AAR ging hervor, dass die Sauren heftig und konzentriert gekämpft hatten. Unsere Pläne, sie zu spalten und die Schlacht zu kontrollieren, waren nicht so verlaufen, wie wir es ursprünglich geplant hatten. Aber was aus dem AAR über die saurische Infanterie, der wir gegenüberstanden, hervorging, lief auf diesen Kommentar hinaus...

»Es liegt auf der Hand«, schlug Sergeant Kang vor, als das Gespräch für kritisches Feedback freigegeben wurde, »dass dies Vorschubtruppen waren, Sir. Somit hätten wir sie eigentlich als Elite betrachten müssen. Wie wir verfügen sie über Planungs- und Kommunikationsfähigkeiten, die über das hinausgehen, was man normalerweise von den Truppen erwartet, die wir bisher bekämpft und besiegt haben. Genau wie wir hielten sie Gewalt für die primäre Option, um mit einem Hinterhalt fertig zu werden. Ihr einziger Ausweg aus der Falle bestand darin, dass sie alle um jeden Preis in eine Richtung drängten, in der Hoffnung, die überwältigende Gewalt würde die Position des Feindes verändern und uns zum Reagieren zwingen.«

Alle waren mit dieser Einschätzung einer Meinung. Die Sauren hatten an diesem Tag weder vor unserem Beschuss zurückgeschreckt noch nach dem Tod ihres Kommandanten und sogar nach dem anschließenden Ranger Smash! ihres Nachwuchs-Kommandoteams.

Aber es war ein anderer Ranger, der diesen Gedanken äußerte...

»Es könnte mehr dahinter stecken. Von unserer Position aus hatten wir das Gefühl, dass sie mehr Angst davor hatten, nicht das zu tun, was man ihnen gesagt hatte, nämlich anzugreifen, als alles andere. Die Art und Weise, wie sie sich auf uns stürzten, deutete darauf hin, dass sie nicht mit dem Herzen dabei waren.«

Schließlich bot Kennedy noch Folgendes an, und erstaunt mich immer wieder aufs Neue, dass der PFC-Zauberer jetzt so viel Einfluss unter den Rangern genießt.

»Sir«, sagte Kennedy zu Captain Messerhand, der den After Action Report leitete, gerade als der Tag zu Ende ging und ein kalter Wind vom Meer her kam, der noch mehr Rauch aus dem brennenden Gebäude durch die schnelle Nachschau blies, bevor wir zu den Mauern geschickt wurden. »Sie können die Magie hier nicht außer Acht lassen. Es gibt Zauber wie Massenhypnose oder Massensuggestion, auch andere Dinge... die ihnen ihren freien Willen genommen und sie gezwungen hätten, unsere Stellungen zu überrennen, obwohl sie von Rico in Stücke gerissen wurden. Sar'nt Rico, Sir.«

Wie ich schon sagte, war ich bereits im beschäftigt, als die Lage in Dockside verzweifelt wurde. Aber ich glaube die Sache mit der Massenhypnose, denn Sergeant Monroe hat mir später etwas darüber berichtet.

Als die Sauren das Geschützteam hart bedrängten, kauerte Sergeant Monroe im Schatten hinter einem steinernen Lagerhaus in der Nähe des alten Hafens, der auf der westlichen Seite der Halbinsel lag, die Dockside bildete. Die Menge des ausgehenden Feuers, das sich zwar auf die vordere Reihe konzentrierte und dort einschlug, sandte Streuner und Querschläger bis an den Rand der Dockside, sodass es für den gewaltigen Tiermann am besten war, sich in Deckung zu begeben und zu verharren.

Der Captain hatte ihn kurzfristig angewiesen, sich für jedes sich bietende Ziel selbstständig neu zu positionieren.

»Die Gefahr, von den eigenen Leuten beschossen zu werden, war sehr groß«, sagte mir der Minotaurus später. »Einige unserer Kugeln gehen durch die ganze Konstruktion da unten, sprengen Fenster, zerbrechen Türen, reißen Dachziegel ab. Die Hunde kommen heraus, um die toten Sauren, die auf den Straßen liegen, zu zerfleischen und sich darum zu streiten, wer die schmackhafteren Teile bekommt. Ich halte mich bedeckt und halte Ausschau nach den Echsenmagiern, die sich einmischen, denn ich höre das Geplapper und irgendetwas Seltsames ist im Gange und ich kann es kaum erwarten, mitzumachen. Feuer- und Säurepfeile treffen unsere Jungs da oben auf dem Hügel und es klingt wild. Gefechte machen Spaß, wenn man sich daran gewöhnt hat. Es gibt nichts Vergleichbares und es ist nicht so, wie man es sich vorgestellt hat. Aber es macht Spaß. Mir jedenfalls. Und dann war da noch dieser Kettenblitz, der die drei Jungs in der ersten Gruppe mit dem Captain fast umgebracht hätte, als er versuchte, den

Hauptvorstoß zu flankieren und die Sauren sie einfach mit magischem Feuer und Blitzen überschütteten.«

Das war knapp. Captain Messerhand schaffte es gerade noch, den First Squad zu befreien und sie fielen zurück und warfen Granaten, um den Vorstoß zu stören.

»Ricos AG«, fährt Sergeant Monroe fort, »sagt, die Echsen seien so nah herangekommen, dass einer von ihnen den SAW-Schützen der Absicherungstruppe mit flammenden Händen packte und ihn auf der Stelle verbrannte. Gunner hat ihn getreten und diesen unglücklichen Gecko aus nächster Nähe abgeknallt. Dann weitergekämpft, obwohl alle seine Tattoos jetzt schwarzes, abblätterndes Fleisch sind. Der Chief hat ihn mit Gel und Verbänden einbandagiert. Da ist eine Menge Geld für Tattoos draufgegangen. Aber hey… immerhin lebt er noch. Der Chief hat sogar ein Gebet für Gunner gesprochen und er sagt, dass es ihm dadurch besser geht, was seine Schmerzen anbelangt. Das sagt er zumindest. Du kennst Gunner. Ihm geht es nur um die Show.

»So sieht die Sache aus, Talker. Wir wissen, dass die Sauren mit ihrem Voodoo die Spielregeln da draußen verändern. Also bin ich auf der Suche, Talker. Auf der Suche nach einem dieser Echsenmagier, bei dem ich den Hammer schwingen kann. Ordentlich. Und siehe da, schon marschiert ein Trupp Echsen mit etwas, das wie ein Haufen Ausrüstung aussieht, die sie auf einem kleinen Karren ziehen. Das Erste, was mich an diesem Haufen stört, ist, dass sie nicht zischen. Ich meine, sie atmen und das ist eine Art Zischen, das für sie normal ist, aber nicht ihre üblichen Kommunikationsbefehle und Antworten und so weiter. Nichts von dem, was man von einer Gruppe normaler Soldaten erwarten würde, die zusammenarbeiten. Unteroffiziere, die bellen, Gefreite, die meckern. Diejenigen, die mit dem Wagen gekommen sind, sind wie Zombies, nur dass sie leben. Sie sind nicht tot. Oder untot. Ich habe in der kurzen Zeit, die wir hier sind, schon genug von denen umgebracht, um den Unterschied zu kennen.«

Er machte eine Pause, nachdenklich. »Oder ist das vielleicht eine Superkraft der Minotauren? Untote aufspüren? Ich werde Kennedy fragen, aber ich wette, das gibt es. »Jedenfalls«, fuhr er fort, »bauen sie ein kleines Katapult auf und eine Gruppe von ihnen bereiten eine Art... ich weiß nicht, aber es kommt mir vor wie griechisches Feuer... zu. Ich habe diese Art der Kriegsführung studiert, Talker. Die Byzantiner benutzten griechisches Feuer, um die Griechen zu vernichten. Ich dachte immer, es sei wie Napalm, aber dieses Zeug, das griechische Feuer, brennt sogar im Wasser. Und wenn dieses Zeug auch nur annähernd so ist... dann wird sich unsere Verteidigung da draußen sehr viel schwieriger gestalten, wenn alles in Flammen steht und die Infanterie nach dem Masseprinzip vorstößt, um zu versuchen, unser Geschützteam auszuschalten.

»Wie auch immer, es ist klar, dass sie uns mit ihrer Version von Brandbomben beschießen werden, und angesichts des vielen Laubes auf der Insel und der Tatsache, dass unsere Jungs sich nirgendwo hin zurückziehen können, bin ich mir ziemlich sicher, dass das nicht gut ist. Also beschließe ich, dass ich sie ausschalten muss, denn das können die Jungs jetzt nicht gebrauchen. Und gerade als ich mich bereit mache, sie auszuräuchern, kommt dieser große Saur in die Gasse, wo sie alle wie Attrappen in einem Schaufenster stehen. Die Zaubererechse zischt ein paar Befehle und ich bin mir ziemlich sicher, dass es sich um einen echten Lizard Wizzard handelt. Sie machen sich bereit, ihr kleines Katapult zu bestücken und abzufeuern.«

Er sieht mich an. »Also hab ich sie alle erledigt.«

»Die Sixty?«, frage ich.

»Negativ, junger Ranger. Work smart, not hard. Ich habe einfach eine Granate direkt in ihre Mitte geworfen und darauf gewartet, dass es Bumm macht. Sie hatten keine Ahnung, was es war. Sie haben es wirklich nicht einmal gesehen. Keiner gab Deckung. Keiner bewegte sich. Sie standen da wie Schaufensterpuppen und ließen die Explosion aus nächster Nähe über sich ergehen. Ich muss sagen, das war nicht leicht für mich.«

Zuerst denke ich, er meint den Einsatz von Splittergranaten bei anderen. Ich habe diese Auswirkungen gesehen, die Effekte erzeugt. . Es waren vielleicht keine Menschen, oder das, was von ihnen übrig ist, aber... es ist ziemlich unschön.

Doch so meint er das nicht.

Er hält seine ledrigen und dunklen Minotaurus-Hände hoch, die wirklich enorm sind. »Ich konnte den Stift nicht ziehen, Mann, weil meine Finger viel zu groß sind. Schau sie dir an. Sie sind riesig. Sie laden also weiter ihr Griechenfeuer und es geht jetzt oder nie darum, sie loszuwerden, und was mach ich? Fummle an einer Granate herum, die ich nicht scharf bekomme. Stell dir das mal vor. Ich dachte eigentlich daran, meine Zähne zu benutzen, aber... das hat nicht funktioniert. Also hab ich improvisiert.«

Sergeant Monroe lächelt.

Aber er ist jetzt ein Minotaurus und sagen wir mal so... das ist milde beunruhigend.

»Ich ziehe den Stift mit der Spitze meines Horns, Talker. Ich drück den Löffel, werf sie auf sie und gehe in Deckung.

Das vernichtet die ganze Bande. Ich wollte hier keine Schüsse abfeuern, denn da draußen auf der Hauptstraße marschieren Sauren in Bataillonsstärke von den Docks aus vor. Und ich habe nur noch einen Gürtel, wenn ich im Notfall die Scheibe einschlagen muss, verstehst du, was ich meine? Ja, ich bin sicher ein X-Man, aber... diese Erfolgsaussichten sind selbst für Colossus mager.«

Das leuchtet mir ein. Ich schreibe das alles einfach auf.

»Magneto wäre mit ihnen allen fertig geworden«, sagt Tanner später, als ich das alles erzählte. »Und du bist eher wie Professor X, Talker. Ich wette, du könntest sie einfach mit deinem Verstand wegpusten, wenn du mehr üben würdest und so. Aber Kurtz hat dich zum Teamleiter gemacht und er wird jeden dazu bringen, sich ein möglichst grausames Urteil über dich zu bilden. Von daher... freu dich schon mal drauf, Bruder.«

Doch zurück zu Sergeant Monroes Schilderung.

»Als ich aus der Deckung auftauche und die Auswirkungen der Granate überprüfe, die ich geworfen habe... sehe ich, dass die meisten von ihnen zu Staub zerfallen sind, weil sie es mir leicht gemacht haben und in unmittelbarer Nähe zueinander geblieben sind. Es ist kein totales Gemetzel, aber es gibt nicht viele, die sich auf der anderen Seite des Knalls noch rühren. Einige. Aber der Zauberer, der Lizard Wizard, war weit genug weg, um nicht sofort tot zu sein. Er wurde mit Sicherheit von den Füßen gefegt, wahrscheinlich fehlen ihm ein paar Finger... oder Krallen. Ich vermute, er hat eine leichte Gehirnerschütterung. Aber er steht trotzdem auf, sieht mich und sagt ein seltsames Wort direkt zu mir.«

Natürlich will ich sofort wissen, was dieses seltsame Wort ist. Warum? Ich bitte Sie.

»Wie hat es sich angehört?«

Monroe zuckt mit den Schultern. »Ich weiß nicht, wie eines ihrer Wörter, Talker. Alles Fauchen und Zischen, als müsste er würgen. Das tut weh, wenn du mich fragst. Aber ich habe es nach der Explosion ganz deutlich gehört, weil es von den Wänden des Platzes in der Gasse, wo sich alles abgespielt hat, widerhallte. Die seltsamen Worte der Sauren klangen lauter als ihre Stiefel und ihre Ausrüstung auf dem Kopfsteinpflaster und als die Trompeten und Schüsse in der Ferne. Das Wort war... ich weiß nicht... Grrabchocchh... vielleicht? So hörte es sich jedenfalls an. Seltsam. Aber sehr... klangvoll. sodass das mein erster Hinweis darauf war, dass etwas Magisches im Gange war. Nun, das ist nicht ganz richtig, denn die Echsenmenschen in Trance kamen mir ziemlich komisch vor, kurz bevor ich sie alle in die Luft jagte. Dann taucht dieser Echsenzauberer auf und sie machen sich an die Arbeit, um griechisches Feuer auf unsere Linie zu schleudern.

»Das ist doch verrückt. Von denjenigen, die nicht tot sind, fehlt einem von ihnen sogar ein Arm... der Kerl steht auf und versucht, das kleine Katapult wieder abzufeuern, als hätte ihm jemand gesagt, er solle sich wieder an die Arbeit machen, ungeachtet der explodierten Granate und der Tatsache, dass er jetzt Linkshänder ist. Daher wusste ich, dass ich schnell handeln muss, um die ganze Sache zu beenden.«

»Was hast du getan?«

»In einer Minute, Talk. Der Lizard Wizard hat Vorrang. Er sagt dieses Wort... *grrabchocchh*... und du wirst es nicht glauben, aber ich schwöre, dass es genau dort passiert ist. Eine riesige geisterhafte Echsenklaue, größer als ich, erscheint direkt vor ihm. Sie ist ganz geisterhaft und mit grünem Schleim bedeckt, wie die Geister im originalen Ghostbusters-Film, nur dass sie nicht zum Lachen ist. Und es schießt direkt auf mich zu wie eine Javelin-Rakete. Das Ding rast die Gasse hinunter, vorbei an den toten Echsenteilen auf dem Boden und dem Linkshänder, der wie in Trance versucht, das Katapult wieder zum Laufen zu bringen... und trifft mich mit einem kräftigen Haken direkt in den Bauch.«

Ich musste lachen.

»Ja, jetzt ist es lustig, Talker. In dem Moment war es das nicht. Das kannst du mir glauben. Diese Geisterklaue hat mich einfach direkt in die dreckige Gasse geschleudert, die mein LP/OP war. Ich hatte das Schwein auf dem Zweibeinstativ abgesetzt, um die Granate zu werfen, und jetzt war ich nicht mehr in der Nähe. Als mich dieses Ding also in die nächste Woche stößt - und es war ein harter Schlag, ganz ehrlich. Es fühlte sich so an, als ob ich auf der Matte liegen und ausgezählt werden hätte sollen. Aber... Super-Minotaurus-Kräfte, was? Whoop whoop! Ich greife den Kerl einfach an, ohne auch nur einen Gedanken zu verschwenden.

Und Bruder... ich habe die Raging Hunter in .454 Casull mit dem modifizierten Abzugsbügel, sodass ich sie bedienen kann. Ich hätte den Kerl auf der Stelle erledigen können, mit einem großen Loch in seinem Kopf. Dazu noch ein gewaltiger Knall, denn diese .454 ist der pure Donner. Aber pass auf... das kommt mir gar nicht in den Sinn. Ich bin wütend über die Klatsche, die ich gerade von der Geisterhand bekommen habe. Es ist, als könnte ich sehen, wie wütend ich bin und wie mein anderes Ich, der Minotaurus, jetzt in den Beast Mode geschaltet ist. Und ich denk mir nur: ›Aalter!‹ Aus dem Augenwinkel sehe ich, wie die Geisterklaue auf mich zukommt, um mich erneut zu verprügeln, und ohne zu überlegen, ziehe ich die Streitaxt und schleudere sie direkt auf den Zauberer, als wäre ich auf einer Wikinger-Jahrmarktsbude.«

Sergeant Monroe hält inne und spielt das Geschehen noch einmal vor seinem geistigen Auge ab. Er hält die Gewalttaten für lebenslanges Sehvergnügen fest. Wie ein echter Ranger ist er erstaunt über diesen Kill. Und auch über das, was danach kommt.

»Ich komm gleich dazu, Talker... und das kann ruhig rein, weil ich glaube, dass es ganz normal ist. Also schreib es ruhig auf, wenn du es für wichtig hältst. Das erste Mal, dass ich in der Sandbox einen Haji erledigt habe, war auf Distanz, wie die meisten Kämpfe. Weit weg, und man hat das Gefühl, man schießt auf Pop-ups. Auch wenn das nicht der Fall ist und man das alles natürlich weiß. Und obwohl ich alle Schießstände in Benning absolviert hatte, gab es einen Teil von mir, bei dem mein Finger damals über dem Abzug schwebte und ich wusste, dass es an der Zeit war, auf einen echten Pop-up zu schießen. Und ich dachte... Ich weiß nicht, Mann. Das ist echt. Das ist eine rote Linie. Ich habe mich gefragt, ob ich diese Grenze wirklich überschreiten würde, endlich. Einen Feind töten. Den Feind. Die Situation war echt. Aber trotzdem... verstehst du? Es ist das erste Mal, dass einem das alles durch den Kopf geht.«

Ich verstehe ihn voll und ganz.

»Dann überschreitet man diese Grenze und ist nie mehr derselbe wie davor. Dieser Axtwurf... das war das Gegenteil davon. Reiner Beast Mode. Mein Geist und mein Körper sind einfach eins geworden mit dem Stiel der Axt, als sie über meine Schulter kam, und ich hab sie direkt auf diesen… schreibst du das auf? … direkt durch diesen Lizard Wizard geschleudert. Meine Axt ging durch die Holztür, vor der der Kerl stand, nachdem sie auf der anderen Seite seiner Eingeweide wieder herauskam. Reiner. Beast. Mode.

»Der Echsenzauberer griff nach seinen Eingeweiden, wo die Axt eine halbe Sekunde zuvor durchgegangen war… dann fiel er tot um.«

Schweigen.

»Es war wunderschön, Mann.«

Einmal Ranger, immer Ranger.

KAPITEL 15

Trotz des Erfolges von Sergeant Monroe hinter den feindlichen Linien waren die Ranger, die den oberen Teil der Straße hielten und den Leuchtturm von Thunderos schützten, mittendrin und wurden von allen Seiten vor der Kampflinie hart bedrängt. Die Magie begann dort oben in alle Richtungen zu fliegen, egal wie vehement die Ranger die Stellung hielten und sich weigerten, der Legion der Sauren, die sich in die Zähne der Ranger-Front warf, auch nur einen Zentimeter nachzugeben.

Laut Kennedy, der den Erzählungen von Old Man Sims zugehört hatte, begannen die Echsenmagier, die Ranger mit Schlaf-, Bann- und Sperrzaubern zu belegen, als sie sich den Verteidigungslinien näherten, abgeschirmt von ihrer sterbenden Infanterie, die durch die extreme Menge des Feuers, das die Ranger austeilten, nur um die Front zu halten, in Mitleidenschaft gezogen wurde.

Ich hatte keine Ahnung, was das für Zaubersprüche waren, aber ich kann mir vorstellen, dass Schlaf einen in Tiefschlaf versetzt. Linguist für den Sieg. Sergeant Rico und seinen Hilfsschützen hatte es erwischt, aber die Sanitäter und die Ranger, die sich in dem von Chief Rapp eingeführten Infanterie-Sanitätsprogramm qualifiziert hatten, konnten sie mit Atropin-Injektionen und einem Infusionsbeutel zur Flüssigkeitszufuhr wieder kampffähig und einsatzbereit machen. Die Jungs kämpften tatsächlich mit Infusionsbeuteln, die an ihre FAST-Helme geklebt waren.

Dann, so Kennedy, wurde der Erste Zug auf der rechten Flanke, der den westlichen Rand der Landenge hielt, von einer schwarz glühenden Todeskugel getroffen, die hinter den Reihen der Echsenmänner auftauchte, die durch Feuer niedergestreckt, durch Granaten in Stücke gerissen und aus nächster Nähe erschossen wurden.

Die Ranger blieben in Bewegung und schossen, meldeten Magazinwechsel und riefen Ziele aus, in einem verschwommenen Tanz des Todes, um das Feuer gegen die kleinen Vorstöße zu koordinieren, die jetzt versuchten, diese Flanke einzunehmen.

»Ich meine, ich glaube nicht, dass es eine echte Sphäre der Vernichtung war…«, lachte Kennedy in sich hinein und schob seine Hornbrille nach oben, während er erklärte, was seiner Meinung nach passiert sein könnte. »Das ist so etwas wie ein hochrangiges Artefakt. Aber diese Sauren scheinen magische Schätze zu horten, und wenn es so etwas hier gibt, dann… ist das etwas, worüber ich alle informieren sollte. Es könnte ein Problem werden, wenn wir auf einen von ihnen stoßen.«

»Und wie würde diese Einweisung aussehen?«, fragte ich Kennedy.

»Oh. Weglaufen. Auf keinen Fall anfassen, egal was passiert. Es heißt Rettung oder Tod. Das ist übel. Da kannst du jeden fragen, der schon einmal versucht hat, durch die Gruft des Schreckens zu gehen. Aber ich glaube nicht, dass es sich um dieses Artefakt gehandelt hat. Meine Vermutung… es war ein Todeskreis. Ein niedrigeres Level, aber unter diesen Umständen ausreichend, um den Job zu erledigen.«

Die Jungs vom First Squad meinten, der Kreis des Todes habe sie getroffen und das Erste, was sie alle spürten, war extreme Angst. Fast schon Panik. Was für Ranger nicht gerade an der Tagesordnung ist. . So etwas war ihnen fast fremd und das hat sie von Anfang an gestört, aber da sie Ranger mit automatischen Waffen und Sprengstoff sind, sind sie mit ihrer Angst umgegangen, indem sie ihr einfach ins Gesicht gespuckt haben und das getan haben, was getan werden musste.

Es ist nicht so, dass Ranger keine Angst vor Dingen haben. Aber Tatsache ist, dass sie darauf trainiert sind, Dinge zu tun, die mit einem natürlichen Angstfaktor einhergehen, und sie tun es trotzdem. Angst ist Teil des Jobs. Sie sahen, wie die Kugel durch die vorderen Reihen der Echsenmänner rollte, gegen die sie kämpften, und zu diesem Zeitpunkt war das hohe Gras vor den zwei Hügeln, die die Ranger hielten, mit zerfetzten und in Stücke geschossenen Echsenleichen übersät. Die Kugel kam aus der zweiten oder dritten Reihe, wo sich wahrscheinlich ein magiebegabter Echsenzauberer versteckt hielt und den Zauber wirkte, während er versuchte, sich nicht den Kopf durch abgehendes Feuer wegschießen zu lassen. Sie rollte durch die erste Reihe und saugte laut Deacon, dem Ranger aus der ersten Reihe, der mir die Geschichte erzählte, einfach »das Leben aus diesen Echsen vor uns heraus«. Sie verdorrten, wurden fötal und sahen aus wie der aufgewärmte Tod.

Sergeant Ross, der das Kommando über den Ersten hatte, rief: »Gib mir die Goose!«

Goose ist ein anderer Name für die Carl Gustaf. Er wollte einen Schuss aus nächster Nähe auf das Ding abfeuern. Aber der Kreis des Todes kam so schnell näher und explodierte über die gesamte Kampfposition des Trupps, dass die Carl G nicht mehr rechtzeitig eingesetzt werden konnte.

»Ich habe den Tod gespürt, Mann«, sagte Deacon zu mir. »Und... es war nicht so, wie ich es schon einmal erlebt habe. Ich meine, ich habe schon ein paar Leute sterben sehen - aber das, was ich fühlte, war ganz anders. Es fühlte sich eher an wie... ein schwerer Kater und dass ich während dieses schweren Katers etwas wirklich Schlimmes getan habe. Nicht, dass ich jemals so etwas in die Richtung getan hätte, was ich zugeben würde. Aber... hattest du jemals einen Traum, Talker? Eigentlich eher einen Albtraum, in dem du jemanden umgebracht hast... oder dich wieder bei der Army verpflichtet hast, obwohl du dir geschworen hast, es nie wieder zu tun? Aber im Traum hast du es trotzdem getan und jetzt bist du für weitere vier Jahre gebunden? Und das, obwohl du eigentlich vorhattest, wieder in den Knast zu gehen? Das ist ein Albtraum.«

Er hielt inne und sah mich an, um zu sehen, ob ich seine Metapher verstand. Das tat ich. Sie war nicht großartig. Nicht gerade ein Raymond Chandler. Aber die Message kam rüber. Da mir jeder hier seine Geschichten erzählt, habe ich festgestellt, dass es hilft, wenn ich einfach so tue, als ob ich verstehe, was sie gerade sagen, auch wenn meine begrenzten Erfahrungen sich nicht mit ihren messen können.

Eine Regel, die ich in meiner Rolle als Protokollant der Ranger-Einheit aufgestellt habe, besagt, dass man den Erzählfluss nicht unterbrechen sollte. Lieber später

Folgefragen stellen, wenn sie auftauchen oder während des Erzählens der Geschichte nicht beantwortet werden.

»Also... alle sind total auf Sendung«, fährt Deacon fort. »Wie Hudson in Aliens, bevor er seinen Heldentod stirbt. Die beste Szene aller Zeiten. So will ich es auch machen. Nur dass es hässliche Orks und Oger sein werden und nicht diese Aliens. Aber die Kerle steigen aus ihren Kampfpositionen aus, feuern ein Magazin nach dem anderen ab und benutzen dabei eine ziemlich derbe Sprache, selbst für Ranger, Mann. Als ob sie alle einfach nur sauer wären, dass es für sie so gelaufen ist. Sie redeten davon, mich eingeschlossen, was wir mit diesen schuppigen Bastarden anstellen werden, wenn sie uns weiter angreifen. Jones zieht sein Messer und schlitzt eine Eidechse auf, die schnell hinter dem Ball ankam. Er flucht und sticht dem Echsenkrieger einfach in den Unterleib und rammt ihm dann die Klinge in die Lunge. Er stößt den Kerl von sich und ich schwöre, er spuckt dem sterbenden Echsenmann ins Gesicht und geht direkt auf den nächsten los, ohne Luft zu holen. Unsere Reihe bricht auseinander, weil wir so ausgerastet sind und damit umgehen wie... na ja, du weißt schon... wie wir es eben so tun. Brutal.«

Oder, wie Kennedy später den ganzen Angriff auf den First Squad analysieren würde: »Die Echsen haben die Ranger vom Ersten mit einer Art Angstzauber belegt. Wenn ich ein Rollenspiel machen würde, Talker, in dem man Ranger spielen und Monster bekämpfen könnte... und glaub mir, das wäre wirklich fantastisch, würde ich es nicht einmal leiten, sondern spielen wollen, aber... keiner meiner Jungs ist schon bereit, Dungeon Master zu spielen, also muss ich es tun.«

Meine Jungs. Zur Kenntnis genommen. Selbst Kennedy weiß, dass er jetzt eine Art Sektenführer ist. Er ist der mächtigste PFC, den die Ranger je gesehen haben, und sie können es sich nicht einmal erklären. In den Köpfen der Ranger lebt er jetzt mietfrei und es ist erstaunlich, wenn man das sieht. Daher haben sie ihn stattdessen akzeptiert. Erstaunlich, was ein Jahr und ein magischer Stab mit Drachenkopf alles bewirken können.

»Die Echsen versetzen die Ranger in Todesangst«, fährt Kennedy in seiner Analyse fort, »und in meinem Spiel hätten die Ranger vermutlich massive Rettungsmöglichkeiten dagegen, wenn man mal darüber nachdenkt. Es ist ein Teil des Auswahlprozesses, um ein Ranger zu werden. Ich will damit nicht sagen, dass sie keine Angst haben, Talker, aber selbst ich... Ich meine, wenn man ein paar Ranger-Sachen macht, dann wird man süchtig nach dem Kick. Der Umgang mit der Angst ist nicht länger nur Teil des Jobs, sondern man sucht sie, wo man sie nur finden kann, denn dort liegt der Reiz. Und dabei lernen sie, dass der schnellste Weg, einen Vorteil zu finden, darin besteht, die Angst zu riechen. Seltsam... so habe ich das noch nie gesehen.

»Von daher war das ein schlechter Zug von den Echsen. Sie haben Ranger mit Angst belegt, was sie mit Leichtigkeit abwehren können. Im Gegenzug erhalten sie Grausamkeit. Mit anderen Worten... sie wurden gestärkt, weil Angstzauber auf sie gewirkt wurden. Das wäre meine Vermutung. Und denk daran, Talker, dass dies mit einem Spiel, das vor zehntausend Jahren existierte, möglicherweise überhaupt nichts zu tun hat.«

»Gestärkt?« Ich missachte meine goldene Regel, nicht zu unterbrechen. Aber aufgrund meiner Superkraft könnte es wichtig sein. Ich habe immer nach Möglichkeiten gesucht, sie zu verstärken, um den Rangern zu helfen. Uns zu helfen.

Und natürlich auch, weil ich ein Leistungsjunkie bin. Ich bin krank, ich weiß. Das habe ich in diesem Bericht schon mehrfach zugegeben. Nehmen Sie es mir nicht übel, bis Sie einen Tag in meinen Kampfstiefeln gelaufen sind.

»Ja, gestärkt. Das ist eher ein MMO-Begriff. Aber... sieh es mal so. Sie haben einen Zaubertrank getrunken, der ihnen plötzlich für ein paar Minuten Superkräfte verleiht. Die Ranger verwandelten die Angst in Gewalt und fingen an, Echsenmenschen in Massen zu vernichten.«

Und genau das ist passiert. Die Leute vom First Squad haben sich so sehr von ihrer außer Kontrolle geratenen Wildheit mitreißen lassen, dass sie fast den Schulterschluss aufgegeben hätten, als sie plötzlich auf den Feind zustürmten, mit Pfeilen beschossen wurden und jede einzelne Eidechse abschlachteten, die sie erschießen, erstechen oder erwürgen konnten.

Ja, erwürgen. Alle aus dem Ersten schafften es, einen Garrotten-Kill zu verbuchen.

Ihre Magazine waren leer und ohne in ihre Sturmtaschen zu greifen, um Ersatz zu holen, begannen sie, ihre persönlichen Waffen, dann die Pickups, die sie bei sich trugen, und dann ihre Kampfmesser in einem Rausch des Todes einzusetzen.

An dieser Stelle sei darauf hingewiesen, dass Messer die lästige Angewohnheit haben, in Typen stecken zu bleiben, die weglaufen, nachdem man versucht hat, sie in Stücke zu hacken, sodass die Garrotten als nächstes kamen. Als die Flanken durchdrehten und versuchten, sich zurückzuziehen - oder in einigen Fällen einfach nur dastanden, verblüfft und fassungslos, dass ihr überwältigender Angriff plötzlich mit noch überwältigenderen Kräften gekontert wurde - strangulierten die Ranger sie im hohen Gras.

Captain Messerhand musste aus der Schlacht in der Mitte herbeieilen, um sie wieder in Formation zu bringen, indem er sich in seine Wer-Tiger-Form verwandelte und sie über das Feld anbrüllte, sie sollten sich gefälligst auf die Kampflinie zurückziehen und sich wieder zusammenschließen.

»Es war... unglaublich«, sagte Deacon. »Wir sind vollkommen ausgerastet. Wenn der Captain nicht gewesen wäre, hätten wir uns wahrscheinlich direkt in sie hineingemordet, bis wir entweder direkt vor dem eigenen Feuer gestanden hätten oder zu tief drin gewesen wären, um zurück zur Linie zu kommen, ohne von den Echsen in Stücke gehackt zu werden. Dann kommt Captain Wer-Tiger und das ist schon eindrucksvoll. Du hast es ja mit eigenen Augen gesehen.«

Das habe ich. Durchaus beeindruckend.

Deacon spuckte etwas Dip aus, als er seinen Bericht beendete und starrte auf die Mauern, die wir sicherten. Das habe ich. Durchaus beeindruckend.

Deacon spuckte etwas Dip aus, als er seinen Bericht beendete und starrte auf die Mauern, die wir hielten. Hörte auf die wilden Trommeln jenseits der Mauern in dieser Nacht.

»Es war, als ob wir unseren Verstand verloren hätten, Talker. Verrückt.«

KAPITEL 16

Die Situation verschlimmerte sich zusehends, als der Captain über das Funkgerät einen Schießbefehl erteilte und die Worte hinzufügte, die jeden Infanteristen ohne Deckung erschaudern lassen: »Gefahr im Verzug«.

Das bedeutet, dass die Koordinaten für den Beschuss so dicht dran sind, wie sie nur sein können, und dass sie mit einer Ernsthaftigkeit überprüft wurden, die dem Auftauchen eines Mädchens im Büro des Sergeants mit irgendjemandes Erkennungsmarken und anderen brenzligen Situationen entspricht, weil das Leben der Soldaten und dein eigenes davon abhängt.

Gefahr im Verzug bedeutet, dass sich der Feind innerhalb der Absperrung befindet.

Es gibt viele tote Infanterieleutnants, die glänzende Medaillen erhalten haben und bei der Verleihung nicht dabei waren, deren letzter Funkspruch in diesen Situationen, als der Feind so nah war, wie es nur geht, im Grunde genommen »Was soll's« war, als sie erfuhren, dass die Kugeln direkt in ihrer Position einschlagen würden.

So schlimm war es, und so schnell wendete sich das Blatt, als die Ranger einer sich ausbreitenden Streitmacht von viertausend Sauren gegenüberstanden, die versuchten, die Docks zu verlassen und auf die Landenge vorzustoßen.

Zu diesem Zeitpunkt hatte Sergeant Thor den Hohepriester auf den massiven roten Sandsteinstufen des Pan-Tempels in diesem Viertel erschossen und war nun mit den sich abzeichnenden Folgen beschäftigt, die gerade weitaus bizarrer geworden waren. Keine Sorge... darauf komme ich noch zu sprechen. In der Zwischenzeit meldeten der Smaj von den Toren des Todes aus, dass die Guzzim Hazadi, die Orkhorden der Wüste, die uns seit dem Verlassen der tiefen Schatten des atlantischen Gebirges verfolgt hatten, unsere Pläne, die Stadt einzunehmen, bemerkt hatten und dies auszunutzen versuchten. Der Pfeilbeschuss der Ork-Bogenschützen aus der Ferne war auf den Mörsertrupp vor den Toren gerichtet, aber die eilig errichtete Zwergenverteidigung aus Sandbermen, herangeschleppten Steinen und anderen geborgenen Baumaterialien, die die fleißigen Zwergen-Kampfingenieure aus dem Nichts hervorgezaubert hatten, schützte in Verbindung mit ihrer unendlichen Unermüdlichkeit, wie Maulwürfe zu graben, die Ranger-Grenadiere, die sich darauf vorbereiteten, die Hundertzwanzig-Millimeter-Maschinen zum Einsatz zu bringen, um bei Bedarf Stahl regnen zu lassen.

In letzter Zeit hatte Sergeant Chris viel Zeit damit verbracht, ihnen, den Zwergen, den Umgang mit Sprengstoff beizubringen. Sie nickten, tuschelten und waren begierig darauf, dieses explosive Geschenk der Götter sowohl zum Spaß als auch für den Bau einzusetzen. Sie waren selten an etwas anderem interessiert als an Bier und Verteidigung, sodass ihr aufrichtiges, ja, fast kindliches Interesse an dem Sprengstoff den Ranger-Unteroffizier zutiefst amüsierte, der ihnen gerne beibrachte: »Zerstörung kann etwas Konstruktives sein, Jungs, wenn man es richtig macht.«

Die ersten Mörsergeschosse wurden abgefeuert, flogen in einem Bogen über die Landungsbrücke und fielen auf die Erde, während die Schüsse auf Entfernung und Ziel justiert wurden. Die Pause in den Funkgeräten war bedrohlich, als Sergeant Raines die Ranger auf der Landenge mit einem nicht gerade melodramatischen »Projektil raus« alarmierte.

Dann fielen die Geschosse, die Position wurde notiert, das Feuer eingestellt. Die Ranger bereiteten sich auf das finale »Fire for effect« vor, bei dem alle Batterien das Feuer eröffneten und alles abwarfen, was sie hatten, so schnell sie konnten.

Wenn das den Vormarsch der Saurier nicht ausbremsen würde...

Laut Sergeant Monroe war, als er einer der Gassen nach Norden in Richtung Schlacht gefolgt war, das Geschützfeuer der Ranger verstummt, da die Geräusche der marschierenden Armee der Echsenmenschen - Stiefel, Hörner, Zischen wie ein verdursteter Mann, der erstickt - die Geräuschkulisse übertönten. Als der Sergeant an einer Stelle ankam, von der aus er die Kampflinie hätte sehen können, hatten sich die Ranger bereits auf die andere Seite des Hügels zurückgezogen, und er sah die Ranger dort nicht, wie sie gegen die Speere der Feinde kämpften, die den Hang hinaufschwärmten und über den Kamm drängten. Der Third Squad kämpfte jetzt in einer umgekehrten Hangverteidigung entlang des Strandes auf der Rückseite des Hügels. Die Geschützstaffeln hatten den Zusammenhalt der gegnerischen Linie durchbrochen und zerstörten die sich schnell bewegenden saurischer Bogenschützen, die versuchten, zwischen den Elementen zu flankieren und die Seiten mit Kamikaze-Speerangriffen zu überrollen. Die schweren Truppen der Sauren hatten sich unterhalb des kleinen Hügels versammelt, als die ersten Mörser nach der Zerstörung eines der Nebengebäude in Dockside ihre Reichweite ausloteten.

Die Ranger hatten mehr Verwundete, aber noch keine Gefallenen, außer Ranger Gertz, der allerdings bereits am Strand starb, nachdem er zurückgezogen wurde.

Gunner, der SAW-Schütze des Third Squad, hielt sich vor allen Kameraden, als die Two-Forty zwischen den Laufwechseln bedrängt wurde und die Entscheidung getroffen wurde, sich zurückzuziehen und eine neue Linie auf der anderen Seite des Hügels zu etablieren. Der Captain, dessen Crye-Precision-Hosen zerrissen und zerfetzt waren und dessen Brustgeschirr flatterte, weil er jetzt in Form eines Wer-Tigers zu massiv für seine Ausrüstung war, pirschte sich an den Hügel direkt unterhalb des Kampfes heran, während die Ranger sich zurückzogen und das Waffenteam sich bereit machte, eine Linie mit Querfeuer entlang des Kammes auf alles zu legen, was den drohenden Mörsereinschlag überlebt hatte.

Grandpa Sims greift die Geschichte von da an auf.

»Ich war direkt hinter ihm, als er das Feuer unterhalb des Hügels ausrichtete, in dem sie sich aufhielten, und Sergeant Chris auch. Der Kerl bediente den Karabiner und hielt die ersten schweren Soldaten, die auf uns zukamen, mit ein paar gezielten Schüssen auf Distanz. Sie stürmen vor und schaffen es an all ihren Toten im Gras vorbei und der Sar'nt knallt sie einfach ab, so schnell er kann. Dem Captain gefiel der letzte Schuss, den die Mörser abgaben, und er befahl ihnen, den Winkel zu erhöhen und drauf loszuballern, weil wir keine Zeit mehr hatten. Sie kamen immer näher.

»Dann dreht er sich zu uns, um mir und dem Sergeant zu sagen, dass wir vom Hügel runtergehen sollen, und da kommt einer dieser Sauren in einem geschuppten Kilt, dessen Brust mit einem Harnisch bedeckt ist, der so glänzt, dass er mich blendet, wenn die Sonne darauf fällt, zischend wie eine Kobra. Er hatte sich im Gras versteckt und tauchte dann mit einem Dreizack auf und versuchte, den Captain zu durchbohren. Das Ding spuckt eine Giftfontäne, aber der Morgenwind reißt es mit und es fliegt vom Captain weg. Messerhand hat seine MK18 in der anderen Hand und schlägt mit der freien Klaue direkt auf die Kehle der Echse ein, woraufhin ein grünblutiger Sprühnebel in den Wind fliegt und der Kerl im Gras zu Boden geht - das war's. Dann ruft der Captain über das Funkgerät: ›Auf geht's, Sergeant Raines, jetzt oder nie!‹«

Grandpa Sims, der erst dreiundzwanzig Jahre alt ist, ist eigentlich noch ein junger Kerl. Alles verblüfft ihn immer noch auf die gleiche Weise wie die jungen Leute. Er hat immer noch diese jugendliche... Aufregung, würde ich es nennen, eines jungen Mannes, der zu seinem ersten Rockkonzert geht. Das erste Mal draußen in der Welt dauert länger, als man denkt. Je älter man wird, desto einfacher ist es, das zu erkennen. Aber körperlich ist er ein alter Mann. Wegen des Fluchs. Die Kombination dieser beiden Faktoren lässt ihn wie einen verrückten alten Mann erscheinen, der in der Gasse hinter dem Schnapsladen schläft und spät nachts über einem offenen Feuer kocht und davon spricht, auf einen Zug nach Mexiko aufzuspringen und mit einer Frau namens Rita durchzubrennen.

Was weiß ich. Das ist eine Menge an Beschreibungen. Ich versuche nur zu vermitteln, wie beunruhigend der Fluch ist, unter dem er steht. Er ist ein junger, alter Mann, und das lässt ihn... seltsam erscheinen, weil er so betagt aussieht. Man muss sich ständig vor Augen halten, dass er nur ein Junge ist, der der Army beigetreten ist, zu den Rangers gegangen ist und jetzt aussieht wie ein abgewrackter, alter Infanteriesergeant, der zu viele Zigaretten geraucht und mehr Kilometer auf dem Buckel hat, als man sich vorstellen kann. Hochverzinste Autokredite, Ex-Stripper-Ehefrauen, Klagen nach dem Uniform Code of Military Justice (Einheitliches Gesetzbuch der Militärjustiz) und unzählige Feldübungen, meist bei Kälte und Regen. Funkwache und Rauchen die ganze Nacht hindurch. Manchmal in der Wüste und ihrer unerbittlichen Hitze, die man dort aushalten muss. All das macht einen schnell alt, älter als man sein sollte. Älter, als man je gedacht hätte, dass man alt werden würde.

Tanner nennt es: »Das Ich-Starterpaket«.

Das mag bei Ihnen anders sein. Das ist nur meine Meinung. Wenn's Ihnen nicht passt, lesen Sie einfach einen anderen Bericht über die Ruine. Ach ja... da war ja was: niemand sonst hat einen verfasst. Also müssen Sie wohl mit mir vorlieb nehmen.

Möchte jemand Kaffee?

Also, der Captain hat - so Sims - einem der Conan-haften Echsenprätorianer die Gurgel aufgeschlitzt, die jetzt den Angriff auf den Hügel anführten, um die Ranger auf der Landenge zu überrennen und den Leuchtturm von Thunderos zurückzuerobern. Sims, der zusammen mit Sergeant Chris und dem Captain unter Pfeilbeschuss steht, läuft auf der anderen Seite des Hügels bergab, als die ersten Mörsergeschosse fallen.

»Er hat sie genau über uns abgefeuert, Mann«, sagt der alte Sims, der ungeachtet der ständigen Zurechtweisungen durch die NCOs und ihrer Abneigung gegen brennenden Tabak und ihrer Verehrung für Kautabak Zigaretten raucht. Ich glaube, Sims argumentiert damit, dass der Fluch der Hexe ihm den größten Teil seines Lebens geraubt hat, als wir noch auf der stinkenden Todesinsel waren, und dass er jetzt jedes noch so kleine Vergnügen sucht, das er finden kann. Ich glaube außerdem, dass die Unteroffiziere ihn bemitleiden und dies dulden, obwohl sie nicht anders können, als die Standards der Ranger mit einem Fanatismus zu forcieren, der jeden Sektenführer dazu inspirieren würde, sich Notizen zu machen. Und wenn er zurechtgewiesen wird, erwidert Grandpa Sims ihren wütenden Ranger-Eifer und das missmutige Bemitleiden eines verfluchten Sterbenden, indem er ihnen direkt ins Gesicht raucht und dabei hustet.

»Ich sterbe, Mann«, sagt er dann immer, während der Unteroffizier verschwindet, um woanders die Normen durchzusetzen. »Das wird lustig«, grummelt Sims ihnen hinterher, »wenn ich der letzte Ranger bin und alle anderen tot sind und ich unsere Gräber schaufeln muss, wobei ich mir die ganze Zeit die Lunge aus dem Leib huste. Hoffen wir, ich schaffe das. Im Ernst, es gibt Tage, da lebe ich nur dafür und für nichts anderes, Mann. Für nichts anderes.«

Und in dieser Hinsicht ist Sims zu hundert Prozent Ranger. Alle Unteroffiziere, die ihm das Rauchen schwer gemacht haben, mit Dreck zu bewerfen, sind seine »Burritos«.

An manchen Tagen lebe ich nur dafür und für nichts anderes, Mann. Für nichts anderes.

Es ist grausam, auf eine mitleiderregende Art und Weise, aber die jüngeren oder zumindest jünger aussehenden Ranger schätzen ihn sehr dafür, dass er den Unteroffizieren dermaßen Kontra gibt. Im Angesicht des Todes durch Alter, wohlgemerkt, denn für sie, diese jungen Ranger, ist es unmöglich zu glauben, dass man jemals so alt sein wird.

Und die Unteroffiziere erlauben diesen Kult um den alten Sims, weil junge Ranger etwas herausfordern müssen. Sie dürfen nicht zur Unterwerfung gezwungen werden. Dann wären sie keine Ranger. Das ist es, was sie zu Spitzenkillern macht, die wie Schatten in der Nacht über die bösen Jungs herfallen. Herausforderungen bereiten sie auf die spartanische Erbarmungslosigkeit vor, die die Ranger-Kultur ausmacht. Am besten lernen sie diese Fähigkeit jetzt, denn später werden sie sie brauchen.

Sergeant Chris erzählte mir einmal, dass die Unteroffiziere sich Sorgen machen, wenn ein neuer Ranger sie nicht irgendwann auf seinem Entwicklungsweg kontestiert.

»Was ist mit mir?«, fragte ich. »Ich war kein großer Draufgänger.«

»Na ja, du wurdest zum Private degradiert, obwohl du im Grunde das Richtige getan hast. Und auch das, was man nie tun sollte, gleichzeitig. Du hast beides auf einmal getan. Du hast Befehle missachtet und deine Truppe hängen lassen. Von daher, doch, das haben wir durchaus als Aufbäumen betrachtet - obwohl es einige gab, die dich entweder töten und in einem flachen Grab begraben oder dich einfach zur Air Force abschieben und so tun wollten, als hätten wir dich nie gekannt. Aber wir wussten, dass du es in dir hast. Wir haben nur darauf gewartet, dass du es herausfindest.«

Ich fragte mich, wer mich töten und in einem flachen Grab außerhalb der FOB Hawthorn begraben wollte.

»Kurtz?«

Sergeant Chris zuckte mit den Schultern. »Unter anderem.«

Überall auf dem Hügel, den der Third Squad dem Feind überlassen hat, und in dem Gebiet zwischen dem nördlichen Ende der Hafenanlage geht der Beschuss los. Ich habe die Folgen des Mörserangriffs gesehen... es war brutal. Die Sauren, die sich dort aufhielten, wurden in Stücke gerissen. Gliedmaßen und Körperteile. Dinge, die man nicht sehen will, selbst wenn es ein Echsenmensch ist. Oder war.

Und mit zerstückelt meine ich in Stücke gerissen. Glauben Sie mir, Sie wollen nicht, dass ich noch mehr ins Detail gehe. Oder wie Tanner so schön gesagt hat: »Da oben gibt es nur noch Hackfleisch und Matsch.«

Doch die Mörser allein reichten nicht aus. Die Sauren waren an einem Punkt angelangt, an dem sie durch den Mörserbeschuss vorrücken mussten, weil es für sie keine andere Möglichkeit mehr gab. Das sagte Captain Messerhand während des AAR, als wir das Scheitern des Plans besprachen, sie dazu zu bringen, sich aufzuteilen und die Elemente auf dem Markt anzugreifen.

Notabene: Sergeant Kang und sein Team hatten Minen gelegt, und ein Geschützteam wurde neu zugeteilt, um das einzige Tor in der Mauer zu halten, das die Hafenzone von der Hauptstadt trennte. Wir hatten geplant, durch Zermürbung und den Engpass ihre Kräfte zu neutralisieren, während sie sich aufteilten, um den Angriff des Second

Squad auf den Markt zu bewältigen. Es gab noch andere Wege nach Sûstagul, aber das Haupttor für den Angriff des Zweiten wäre das Tor der Blauen Delphine gewesen, wie es genannt wurde. Aber mit dem Geschützteam und den Minen hätte das mehr als ausgereicht, um ihre Zahlen zu dezimieren.

Wie Captain Messerhand es im AAR ausdrückte: »Die Saurier befanden sich in der Todessituation, Ranger. Sun Tzu hat es so ausgedrückt: ›In der Situation des Todes, kämpfe.‹ Das bedeutet, dass es bestimmte Umstände gibt, in denen man keine guten Entscheidungen treffen kann. Ich bin sicher, viele von euch waren schon einmal in einer solchen Lage. Ich jedenfalls schon. Man muss einfach kämpfen wie der Teufel und hoffen, dass man es schafft. Was, wie Sergeant Kang treffend feststellte, genau das ist, was wir tun würden, wenn wir in ihrer Haut stecken würden. Das nicht kommen zu sehen, war ein Versagen des Kommandos, und ich übernehme die volle Verantwortung dafür. Lernen Sie daraus, Ranger, und machen Sie nicht die Fehler, die ich gemacht habe, wenn es an der Zeit ist, dass Sie die Entscheidungen treffen.«

Und auch hier muss ich kurz etwas anmerken: Ich habe schon für Leute in der zivilen Welt gearbeitet, war in der Wissenschaft tätig, an zahlreichen Orten. Ich habe noch nie ein solches Maß an brutaler Ehrlichkeit gesehen wie bei den Rangern. Vor allem, was ihre Selbsteinschätzung angeht. Sie sind gnadenlos gegenüber ihren Feinden, aber sie sind noch rigoroser gegenüber sich selbst. Wir, meine ich. Das müssen wir auch sein. Nur so können wir hier draußen gewinnen. *In it to win it*, Sie wissen schon. Auch wenn wir verlieren. Wir lernen daraus, damit wir euch bei unserem nächsten Aufeinandertreffen endgültig den Garaus machen können. Nur damit ihr es wisst, Echsenmenschen. Jeder einzelne von uns weiß jetzt mehr darüber, wie ihr kämpft, und ihr könnt davon ausgehen, dass er bis spät in die Nacht aufbleiben wird, um dieses Wissen in sich aufzunehmen, damit ihr ihm beim nächsten Mal nicht mehr davonkommt.

Ranger haben einen besonderen Ruf. Und er ist wohlverdient. Mein einziges Ziel ist es jetzt, ihm gerecht zu werden. Und ich will ehrlich sein: Es verzehrt mich auf einer Ebene, die ich hier noch nicht deutlich gemacht habe. Ich habe das Credo im RASP gelernt. Aber wenn ich jetzt darüber nachdenke, wie ich es gelernt und in der Ruine an der Seite der Ranger überlebt habe und dabei selbst zu einem geworden bin, wird mir klar, dass ich das Credo nie wirklich verstanden habe. Ich hatte es nur auswendig gelernt und es so gut wie möglich mit meiner begrenzten Erfahrung umgesetzt. Jetzt kenne ich es besser als je zuvor, denn ich habe gesehen, wie es angewandt wird, und habe es gelebt. Und hier ist noch etwas: Ich werde es ständig noch besser wissen, durch die Dinge, die ich heute und morgen tue.

Das A im Credo der Ranger drückt es so aus…

Anerkennend der Tatsache, dass ein Ranger ein Elitesoldat ist, der zu Lande, zu Wasser oder in der Luft an der Speerspitze des Kampfes steht, akzeptiere ich die Tatsache, dass mein Land von mir als Ranger erwartet, dass ich weiter gehe und härter kämpfe als jeder andere Soldat.

Darüber denke ich jetzt und nach dem AAR nach. Ich denke viel darüber nach und verstehe jetzt mehr als früher, was es bedeutet. Es ist das, was der Captain zu seinen Rangern gesagt hat. Lernt aus meinem Fehler und geht weiter, kämpft härter als jeder andere Soldat. Denn hier hat es jeder auf euch abgesehen.

Hier draußen gibt es keinen Pokal für den Zweiten. Niemals. The winner takes it all.

Und präzise deshalb müssen wir besser sein als jeder andere Soldat.

»Was ist dann passiert?«, fragte ich Old Man Sims.

»Was passiert ist?«, antwortet er und zündet sich eine Zigarette zwischen seinen schrumpeligen Fingern an. Mit tränensäckenbewehrten Augen starrt er auf das große smaragdgrüne Innere Meer und sieht alles noch einmal. Was er auf seinem Überlebensweg durchlebt hatte. In diesem Moment ist er wieder da, und wahrscheinlich noch viele Tage lang bis zum Ende seines Lebens. Ja, er ist noch immer nur ein Junge. Im Körper eines alten Mannes. Aber er hat schon einiges erlebt. Und vielleicht ist er deshalb die perfekte Version eines jeden Soldaten, den es je gab. Wenn man so was macht, bekommt man diesen Blick. Ich habe das erlebt. Es getan. Da bleiben ein paar Narben.

Und die Erinnerungen.

»Sergeant Chris empfängt den ACE-Bericht am Strand«, sagt Sims nach einem Moment. »Die Sanitäter ziehen die Verwundeten zurück ins Wasser. Der Captain ist den Hügel hoch, ich bin mit ihm gegangen. Sie greifen erneut an, und in diesem Moment sieht es trotz des Mörserangriffs nicht so gut für uns aus. Er wendet sich an mich und sagt mir, ich solle schnell den Kommandanten der Legion anrufen. Er ist bereits den Hügel hinunter, bewegt sich schnell und sucht nach einem der Ranger, der im Third Squad war.«

»Wen?«

»Den Typen, der von der Meerjungfrau gebissen wurde.«

KAPITEL 17

Damals beim Kampf in der Zitadelle rangerte Specialist Commons hart, als er von einer Meerjungfrau gebissen wurde. Das war, als wir den Meerjungfrauenturm bei dem Angriff auf die Zitadelle stürmten, zu dem wir plötzlich gezwungen worden waren. Wenn Sie sich erinnern, hatten uns die singenden Meernixen mitten in einem ziemlich ernsten Kampf ins Wasser gelockt. Sogar Thor war darauf hereingefallen, und ich müsste lügen, wenn ich behaupten würde, dass ihn das nicht dazu gebracht hat, allein loszuziehen und alle Extremsportarten auszuprobieren, die die Ruine zu bieten hat. Ich meine, er hat mehr darüber nachgedacht. Es bestärkte ihn sogar mehr und mehr darin, dass er diese Erfahrungen machen wollte. Es hätte ihm wahrscheinlich nichts ausgemacht, sich in das zu verwandeln, was Specialist Commons kann. Aber bei dem Überfall der Fischweiber hat meine Psionik gewirkt und ich habe von ihnen eine erledigt, und das hat gereicht, um ihren Bann zu brechen und uns, was noch wichtiger war, aus ihrer... Umklammerung zu befreien.

Commons war allerdings schon gebissen worden. Zwei versuchten, ihn in die wässrige Unterwelt in den Tiefen des Großen Inneren Meeres zu ziehen, die ich in ihren hungrigen Geistern gesehen hatte. Commons stach sie beide nieder, flippte aus und eilte ans Ufer und schrie: »Shit, gebissen!«

Es war nicht ungewöhnlich, dass andere Ranger »Shit, gebissen!« riefen, wenn Commons vorbeikam und irgendeine Aufgabe zu erledigen hatte. Als smarter Ranger ließ er es über sich ergehen und bat schließlich die Schmiede, einen PVC-Aufnäher für seinen Plattenträger anzufertigen, der eine heiße Manga-Nixe mit großen Vampirzähnen und den Spruch zeigte, durch den er unter den Rangern berühmt geworden war. Am Ende machte er ihn sich zu eigen.

»Shit, gebissen!«

Drei Tage nach dem Biss wurde er allerdings richtig krank. Zu diesem Zeitpunkt waren Joe und ich in der Wüste unterwegs. Der Kampf mit der Medusa in der Zitadelle war vorbei, ihr Geist explodierte in den Wassern des Schlundes des Wahnsinns, ihre Armee floh in die verlorenen Länder jenseits des Kartenrandes, ihre Zitadelle versank in einem höllisch roten Nachmittag in den Flammen.

Eine Randbemerkung zur Medusen-Königin, bei der ich nicht anwesend war, weil ich in die wütenden Wasser des Schlundes gesprungen und unter das Atlantische Gebirge gesaugt worden war...

Nachdem die Ranger die Zitadelle eingenommen hatten, kam sie heraus und ergab sich ihnen nach einer kurzen Verhandlung, denn schließlich stand ihre Zitadelle in Flammen und sie musste da rauskommen. Was dann geschah, war, dass der Captain bewies, dass wir nicht mehr in Kansas waren. Dass die alten Regeln von dort, wo wir hergekommen waren, nicht mehr galten. Die Ruine war ein rauer und gemeiner Ort, und wir wollten ihr zeigen, was diese Worte wirklich bedeuten, wenn sie von Rangern angewendet werden. Mit einem Sack über ihrem Gesicht wurde sie von ihren eigenen Dienern in Ketten hinausgeführt. Blinde Orks und andere gefangene Völker der Wüste. Sie hatte sie geblendet, damit sie ihr als Sklaven dienen konnten, und nun lieferten ihre eigenen Knechte sie an die Ranger aus. Da der Übersetzer - also ich - nicht da war, war die Kommunikation mit ihr mühsam bis unmöglich, aber sie gab an, dass sie von den »Dunklen Mächten aus dem Osten« dafür entlohnt wurde, ihren Feuerdschinn einzusetzen, um speziell uns in den Spalt zu saugen und uns entweder durch Ertränken oder Ermorden zu vernichten.

Das Kommando-Team wusste nicht, was man mit ihr machen sollte, als sich ihre Truppen in die Wüste zerstreuten und die Ranger die Zitadelle in Brand steckten. Aber was mit der Königin der Medusen geschehen sollte, war die nächste große Frage, denn nun stand uns ein Gewaltmarsch durch das Atlantische Gebirge und dann nach Sûstagul bevor. Auf dem ganzen Weg würde es Kämpfe geben. Die Galeeren unter dem Kommando des Sergeant Majors segelten zurück nach Portugon, um weitere Waffen und Ausrüstungsgegenstände zu holen, die von den Verlorene Jungs und den Rangern, die in der FOB Hawthorn geblieben waren, hergebracht worden waren.

Auf die Frage, ob sie versprechen könne, sich niemals wieder in die Angelegenheiten der Ranger einzumischen, schüttelte die Medusen-Königin ihren abgedeckten Kopf und erklärte, dass sie solche Versprechen nicht leisten könne.

»Und warum nicht?«, fragte der Captain.

Einer der überlebenden Portugoner Seeleute und eine Handvoll Ranger, die das beisteuerten, was sie auf ihren Reisen durch die Welt an aufregenden Orten, wo sie interessante Menschen getötet hatten, aufgeschnappt hatten, bemühten sich, die Verhandlungen über die bedingungslose Kapitulation grob, sehr grob, zu übersetzen. Als Linguist schaudert es mich, wenn ich daran denke, wie furchtbar das gewesen sein muss, und könnte mir die Haare raufen, dass ich nicht dabei war, wenn meine Superkraft, viele Sprachen zu beherrschen, endlich einmal von Nutzen gewesen wäre.

Aber das ist mein altes, oberflächliches Ich, das nach Anerkennung durch Leistung strebt. Jetzt bin ich anders. Irgendwie.

»Ich habe eine Blutschuld in Silber von Caspia angenommen, um dich und deine Männer zu vernichten«, rasselte und zischte sie durch den Sack über ihrem Kopf hindurch. »Ich habe versagt... vorerst. Lasst mich am Leben, und ich werde jeden Ranger tot sehen. Das ist ein Versprechen der Herrin der Schlangen. Und ich werde auch diejenigen vernichten, die meinen Feinden Hilfe und Trost spenden. Ich bin die letzte Königin der Medusen. Wenn ich versage, dann bin ich keine Königin mehr. Und ich möchte es nicht anders haben. Mögen die Gestirne sich verdunkeln, Ranger«, fauchte sie den Captain und die versammelte Gesellschaft an.

Das wurde mir von Thor erzählt, der ganze Schlagabtausch. Und ich bin froh, dass Thor es mir erzählt hat, denn er hat alles in dieser wilden, überdramatischen Reinheit der Realität eingefangen, nach der er sich da draußen in der Ruine zu sehnen scheint.

Er ist ein hervorragender Geschichtenerzähler, und es wäre interessant zu lesen, wenn er mal einen Teil dieses Berichts schreiben würde. Sein Gesicht und seine Stimme ziehen einen förmlich in den Bann und lassen einen glauben, dass man genau das sieht, was er gesehen hat, und erlebt, was er erlebt hat. Er trifft die Details und den dramatischen Tonfall auf den Punkt.

Jetzt denken Sie bestimmt... Hey, ich möchte, dass Thor das schreibt und wir uns nicht mehr mit Talkers Kaffeesucht herumschlagen müssen. Hat jemand Kaffee gesagt?

Also, weiter im Text...

»Der Sergeant Major und die Grünhaube fangen an, abseits darüber zu reden, während ihr Turm im Hintergrund brennt,« fährt Sergeant Thor fort. »Sie kniet, und als sie sagt, dass sie die Königin der Medusen ist und die Sterne genauso gut dunkel werden könnten... Ich glaube ihr voll und ganz, Mann. Sie ist eine echte Königin, so wie sie sich in diesem Moment gibt. Auch wenn ihr Reich um sie herum in Flammen steht, weil sie den Fehler gemacht hat, uns auf dem Weg zu einer Mission zu stören, ist sie immer noch eine Monarchin aus einem Zeitalter, das lange vor unserer Zeitrechnung liegt. Ihre Truppen werden abgeschlachtet und fliehen in die Wüste. Sie liegt in Ketten. Sie kniet vor dem Captain, als wäre er ein mongolischer Khan, ein barbarischer Warlord. Und da sind wir, schmutzig, angeschossen, blutig, verschwitzt und müde, und zählen unsere Toten, wir dachten, du und Joe wären zu diesem Zeitpunkt auch darunter. Es war alles, alles, wie es in der Geschichte der antiken Kriegsführung gewesen sein muss, bevor die Politiker anfingen, das alles für ihre eigenen egoistischen Zwecke zu nutzen. Dummheit. Was wir sahen, war so rein und so brutal...

»Ich sag's dir wie's ist, Talker, ich spürte den Ruf der Ruine in meinem Blut, und es war nicht nur ein Rufen, ein Flüstern... es war ein regelrechtes Brüllen. Dieser Ort ist eine Art Wahrheit, die wir nie zuvor gekannt haben. Ich will dorthin gehen und alles erfahren, wenn wir diesen Sût endgültig zur Strecke gebracht haben. Ich will es wissen. Ich muss dorthin gehen. Selbst wenn ich mich aus dem Regiment verabschieden muss, wenn es so weit ist.«

Dann erzählt er mir, was als Nächstes in der Zitadelle passiert ist, als alle dachten, Joe und ich seien tot und verschwunden.

»Wie schon gesagt, selbst mit diesem dicken Sack über dem Kopf, verkündet sie dem Captain, dass sie für immer unser Feind sein wird. Egal, was passiert. Ohne Fragen zu stellen. Kein Pardon. Niemals. Sie bettelt nicht, denn so machen es die Anführer hier nicht. Hier... sagen sie dir, was sie tun und nicht tun werden, egal, in welcher Situation sie sich befinden, denn ihr Ruf... ist für sie wie Guthaben auf der Street-Cred-Bank. Ohne ihn sind sie bankrott.

»Dann sagt der Captain, leise, aber bestimmt... er, weißt du... er sagt zu ihr: ›Sagen Sie ihr... Ich verstehe als Souverän, dass das die Entscheidung ist, die Sie treffen müssen. Ich respektiere Sie als Anführerin, dass Sie Ihr Wort über Ihr eigenes Leben stellen würden. Wir Ranger tun dasselbe. Aber meine Pflicht gilt diesen Männern und der Mission. Ranger lassen keinen Feind auf ihrem Weg lebendig zurück. Ich werde Sie persönlich hinrichten, und zwar schnell und schmerzlos, aus Respekt vor Ihnen. Fragen Sie sie, ob sie noch ein paar letzte Worte zu sagen hat, bevor ich mein Urteil vollstrecke.«

Thor nickt nachdenklich in der Dunkelheit, als er mir das berichtet.

Mein Urteil. So weit sind wir also schon, sage ich mir, oder höre eine Stimme in meinem Kopf sagen. Und dann flüstert eine andere, die vielleicht mit der Psionik zu tun hat: Und du bist weiter als du denkst, Talk-ir.

Mir läuft es kalt den Rücken runter.

»Ohne Scheiß, Mann«, sagt Thor. »Das hat er zu ihr gesagt, genau dort am Fuße der brennenden Zitadelle. So ist der Captain eben.«

»Und wie hat sie reagiert?«

»Sie hält den Kopf hoch, und ich schwöre, und ich war nah genug dran, um es zu hören, ich habe sie schluchzen gehört... nur einmal. Als ob sie es nicht unterdrücken konnte und es plötzlich aus ihr herausgeplatzt ist. Und einen ganzen Moment lang war sie einfach nur still und kniete dort in dem Staub und dem Blut. Dann sagte sie: »Ich habe noch eine... eine letzte Sache zu sagen... zu den Himmeln, Ranger. Der Captain befiehlt, ihr nicht den Sack abzunehmen. Er hebt ein Schwert auf, das in den Dreck gefallen war, und geht auf sie zu. Es wird passieren. Mann, das ist der wildeste barbarische Moment, den ich je erlebt habe. Sogar ich bin wie angewurzelt, weil ich weiß... Messerhand hat recht, Talker. Die Welt, wie sie war... ist nicht mehr dieselbe. Sie ist jetzt so. Also muss es so sein. Als wir ihr sagen, dass wir den Sack nicht abnehmen können, weil sie ein letztes Mal versuchen würde, uns in Stein zu verwandeln, und wir das wüssten, sagt sie, dass sie es versteht.

.»Dann hebt sie ihren Kopf und ruft uns allen zu... aber eigentlich schreit sie in den Himmel... ›Die erste Medusa war eine Frau wie ich. Eine schöne Frau, die eine Sklavin gewesen war. Verletzt. Missbraucht. Gejagt von Männern. Grausamen Männern. Sie war genauso eine Frau wie ich. Sie webte die Schlangen in ihr Haar, um alle von sich fernzuhalten. Verbündete sich mit ihnen, um sie zu beschützen, sodass sie in Frieden leben konnte. Das war alles, was sie je wollte. Frieden. Ich errichtete mein Königreich am Rande der Ruine. Auch ich wollte nur Frieden. Sie nannten mich eine Königin. Ich wurde eine... im Laufe der Zeit. Aus der Not geboren. Für den Frieden, sagte ich mir. Aber jetzt bin ich nur eine Sterbliche, die Unrecht getan hat. Ich hoffe, es gibt eine andere Welt, die besser ist als diese. Eine, die in mein Herz sieht, und nicht nur mein abscheuliches Antlitz. Dies sind die letzten Worte der letzten Königin der Medusen. Begrabt mich und markiert mein Grab nicht als Königin... sondern als sterbliche Sünderin... die denjenigen anfleht, der sieht. Tut, was ihr tun müsst... Ranger. Tut es jetzt... und Sût höchstselbst wird euch in die Länder des Schwarzen Schlafs befördern.‹

»Den letzten Teil spie sie förmlich aus. Ranger, zischte sie. Als wären wir ein Fluch, genau wie der, den Sims abbekommen hat. Ihr Fluch. Das ist mir klar. Der Krieg ist hart. Manche bereuen es, das Wort Ranger je gehört zu haben.«

»Was ist dann passiert?«, fragte ich und dachte mir, sicher etwas anderes als das, was der Plan war.

»Messerhand packte ihren Kopf durch den Sack hindurch, griff nach den Schlangen, riss sie hart zurück und schlitzte ihr den Kopf genau dort sauber und grausam mit einem einzigen Schlag ab. Es war brutal, Mann. Absolut brutal.«

Mir blieb der Mund offen stehen.

»Aber so ist es hier, Talker, jetzt. Das ist die Ruine, das ist sie, und ... wir können uns nichts mehr vormachen. Hier gibt es nur die Lebenden und die Toten. Der Captain stimmte für uns. Ich und jeder Ranger würde das auch tun.«

Das ist also mit der Medusa der Zitadelle passiert, und ich notiere das nur fürs Protokoll.

Aber zurück zu Specialist Commons, der drei Tage, nachdem er von einer der vampirischen Nixen in der Brandung nahe der Küste gebissen worden war, zu erkranken begann, als diese Schlacht ihren Lauf nahm und damit endete, dass die Medusa uns alle mit ihrem Fluch belegte.

Der Captain rief nach Commons, als die Hörner der Sauren zum Angriff auf der anderen Seite des niedrigen Hügels hinter dem Nordende der Dockside ertönten. Weitere Pfeile flogen über den Himmel und fielen in die Brandung, in der die Ranger-Sanitäter versuchten, die Verwundeten am Leben zu erhalten, während die Wellen an den kleinen Strand spülten.

Sehen Sie, Commons wurde krank. Dann ging es ihm besser. Als sie herausfanden, warum er fast erstickte und sich lila färbte und nicht in der Lage war, Sauerstoff normal zu verarbeiten, fanden sie es heraus. Der erste Hinweis kam, als Commons Kiemen wuchsen und zwischen seinen Zehen Schwimmhäute erschienen. Seine Haut ist an den Füßen, Beinen und am Bauch leicht schuppig. Sie ist fast golden und er findet sie ziemlich cool. Jetzt. Jetzt findet er das. Am Anfang ist er ausgeflippt. So wurde es mir gesagt.

Commons neigt dazu, auszuflippen. Dann reißt er sich wieder zusammen. Verständlich in seinem Fall.

Aber es waren die Kiemen. Das und die Wunde von der Meerjungfrauenattacke, ein Biss, um genau zu sein, führten den Chief zu seiner Diagnose. »Ich glaube, dass die Ruine... etwas offenbart hat. Allerdings ist Specialist

Commons auf eine andere Art und Weise dazu gekommen als nur durch die Nachwirkungen der Nanopest, die uns aus noch nicht ganz geklärten Gründen heimgesucht hat. So wie Chief McCluskey zu einem Vampir wurde, wird Specialist Commons wohl bald zu einer Meerjungfrau.«

Es wird berichtet, dass Commons in diesem Moment stöhnte und keuchte: »Bitte, gibt es denn so etwas wie einen Meerjungmann?«

Laut unserem Zauberer-PFC gibt es die.

Der Chief testete diese Theorie, indem er Commons zum Meer trug und ihn erst ein- und dann untertauchte. Die Ranger-SDMs gingen hinunter, um sicherzustellen, dass die Trollop-Nixen nicht auftauchten und ihr teuflisches Verführungsprogramm abzogen. Und ja, nach etwa einer Minute bekam Commons wieder Farbe und er konnte atmen, sowohl im Wasser als auch außerhalb.

Durch Ausprobieren und Experimentieren kann er jetzt beides tun. Aber trotzdem muss er etwa alle zweiundsiebzig Stunden ins Wasser. Da wir an der Küste entlang reisten, war das kein Problem, und er war jetzt fast jeden Tag im Wasser, da er vom Chief, einem SF-Kampftaucher, und den anderen Rangern, die im Kampfschwimmen und -tauchen ausgebildet waren, unterwiesen wurde. Commons war bei den Scharfschützen, bevor das passierte. Jetzt ist er auf dem Weg, unser hauseigener SEAL zu werden. Nur besser.

Commons erstattete dem Captain am Strand Bericht, als der nächste Vorstoß der Sauren begann und die Ranger Munition und Granaten austauschten und verteilten, um den nächsten Vorstoß zu überstehen.

»Wir brauchen Sie im Wasser, um den Strand frei zu machen und alle Hindernisse ausfindig zu machen«, befahl Captain Messerhand. »Wir fordern die Legion an, hier an

Land zu kommen und uns zu unterstützen. Wir brauchen den Strand, um die Galeeren anzulanden.«

Zwei Minuten später war Commons bis auf seinen Slip unter die Oberfläche des aufgewühlten Meeres geschlüpft und unter den Wellen verschwunden. Vor der Küste liefen die ersten Galeeren der Legion unter vollen Segeln und steuerten direkt auf den Strand zu, den die Ranger unbedingt halten wollten. Hinter den Rangern kamen die Sauren über den Hügel, ihr kinetischer Hass war bereits in hohen Dosen und mit voller Wirkung zu spüren.

Die Ranger waren fest entschlossen, nicht nachzugeben.

Zenturio Tyrus und die ersten Legionäre stürmten fünfzehn verzweifelte Minuten später den Strand, und von diesem Zeitpunkt an wendete sich das Blatt im Kampf um die Dockside zugunsten der Ranger.

KAPITEL 18

Was sich als nächstes in der Schlacht um die Dockside abspielte, als eine ganze saurische Legion versuchte, aus den Kriegsgaleeren im Hafen zu drängen, während die Waisenkinder unter dem Geleitschutz der Scharfschützen die Ruderer so schnell wie möglich befreiten, war ein reines Battle Royale-Schlachtfest am Strand, den die Ranger hielten.

Die Probleme, mit denen die Sauren zu diesem Zeitpunkt konfrontiert waren, waren erstens, dass sie ein Heer von Truppen und nur eine schmale Gasse hatten, um sie vorwärts zu treiben, und zweitens, dass die Ranger Meister der Kanalisierung, des Einsatzes von Sprengstoff und des CQB mit Feuerteams waren, und mit dem Rücken zum Meer... hatten sie keine andere Wahl als zu verteidigen.

Auf dem ersten der zehn schweren Kriegstriremen aus Accadios, die mit voller Kraft auf die Küste zusteuerten, warfen die Ranger Granaten, erzeugten ineinander greifende Feuerfelder, die in tödlichen Salven von dicht gedrängten Gruppen von Rangern, die so viel wie möglich abdeckten, ausbrachen, und Captain Messerhand lenkte das Feuer des Two-Forty Bravo-Teams links von der Mitte.

Die Sauren griffen diese Todeszone mit allem an, was sie hatten, was nicht wirklich alles war, da sie nur einen begrenzten Handlungsspielraum hatten. Sergeant Chris und ein weiterer Ranger hielten die Flanken frei, indem sie Sprengstoffketten, MPIMs und einfache Claymores einsetzten und so die schweren Fußtruppen und Bogenschützen der Sauren unter Kontrolle hielten, die versuchten, entweder die Ranger am Strand zu flankieren oder zum Leuchtturm von Thunderos vorzudringen. Die Sauren lernten auf die harte Tour, dass sie diese Wege nicht noch einmal beschreiten sollten, da massive Explosionsketten ihnen den Zugang verwehrten.

Denken Sie daran, dass sie keine Ahnung haben, was wir gegen sie einsetzen. Unser Plastiksprengstoff könnte in ihren Augen genauso gut extremes Juju sein, und Sergeant Chris, der schnell agierte und Sprengstoff entlang des hohen Grases und der verdrehten Küstenbäume des Hügels verteilte, war wie ein neuer, tödlicher Zauberer, dem sie noch nie begegnet waren und mit dem sie nur ungern nähere Bekanntschaft machen wollten. Die Zwerge hatten in letzter Zeit begonnen, ihn den »Bumm-Zauberer« zu nennen, und sie wussten durch diese Explosionen, als sie eine QRF durch Dockside starteten, dass ihr neuer Freund und Meister fleißig an der Arbeit war und seine Magie praktizierte.

Wir vermuten, dass die saurischen Kommandanten sich bewusst dafür entschieden haben, unser Zentrum zu zerstören und von dort aus weiterzuarbeiten.

Fünfzehn blutige Minuten verstrichen, während die weißen Segel auf dem Meer immer größer wurden und sich die Ruderer energisch in den Sand stemmten. Dann legte die erste Trireme, die Specialist Commons im Wasser folgte, der den Matrosen am Bug signalisierte, wo sie ihre Schiffe am besten an Land bringen sollten, die Ruder hoch und glitt auf die innere Sandbank wie ein Leviathan, der zur Ruhe kommt. Die Netze wurden heruntergelassen, und die Legionäre in voller Montur - Brustpanzer, Waffenröcke und Rosshaar-Cristen - schrien unisono, stürzten sich ins Wasser und wateten durch die Brandung, um sich ohne zu zögern in die Reihen der Sauren zu stürzen, als die zweite Phase der Schlacht begann.

Hauptmann Tyrus war als erster im Wasser, als erster am Strand und fing den Schlag eines der saurischen Conan-Prätorianer ab, der versuchte, den runden Schild des Zenturios mit einem schweren Speer zu durchbohren. Nach Angaben von Korporal Chuzzo ging Tyrus in die Hocke, stemmte sich gegen den Aufprall und lehnte sich in den Schlag hinein. Er wartete auf das dumpfe Knacken, als der schwere Speer zerbrach, dann schleuderte er seinen Schild nach links und trat durch den Sand nach vorne, um dem riesigen saurischen Kriegsführer in den ersten Momenten des Kampfes der Legion auf dem Sand einen brutalen Hieb zu versetzen. Der wilde Schnitt der Klinge weidete den Diabolus aus, ein Wort von Chuzzo. In der Lingua Accad, dem lateinischen Italo-Kauderwelsch, und anderen Sprachen bedeutet es »Teufel«.

»Der Diabolus... er ging zu Boden, Talk-ir. Hauptmann Tyrus... er hat ihn danach mit dem Gladius erschlagen. Aber... zu der Zeit waren wir alle am Strand und versuchten, die erste Reihe zu bilden, um dem Centurio in den Kampf zu folgen. Es hat viel Spaß gemacht.«

Was der Korporal der Legion als Spaß bezeichnete, galt auch für die Ranger, wenngleich auf ihre eigene Art und Weise. Sie hatten nur noch wenig Munition und da das Gefecht nun im Nahkampf stattfand, holten sie ihre magischen Waffen hervor - die seltsamen und manchmal rätselhaften magischen Waffen, die die Ranger auf dem

Weg zu dieser Sandschlacht vom Drachenhort und der Armee der Untoten erbeutet hatten - und die Ranger gingen mit Hammer und Kolben auf den Feind los.

Sergeant Chris würde mir später erzählen, dass die Ranger noch viel über diese Art der Kriegsführung lernen mussten und dass seine Männer sich in Wirklichkeit einfach in die Legion eingereiht hatten und anfingen, Schwerter und Tomahawks zu schwingen wie unausgebildete Wilde, die ein paar Schädel stapeln wollten.

»Das an sich ist ja noch okay. Aber dann kamen diese Tomahawks...«, schnaubte Chris, der ein bekennender Anhänger des Messerkults ist. »Die sind etwas für Puristen, das weiß man doch, oder, Talker? Keine besonders guten Waffen.«

Mein Standpunkt dazu ist neutral. Ich erzähle es einfach so, wie es mir gesagt wurde. Die Puristen behaupten, dass sie den Tomahawk aus praktischen Gründen lieben und bringen einem dann bei, wie man Schädel spaltet, Arme bricht und dem Gegner die Kehle durchschneidet. »Außerdem kann man damit noch andere Sachen machen, und sie sind cool«, lautet in der Regel die anschließende Rechtfertigung.

Die Messerleute haben die gleichen Argumente und die gleiche Verteidigung. Und dieselbe »sie sind cool«-Begründung.

Ich habe Frostfeuer. Im Bereich der Nahkampfwaffen... ist dieses Ding Killer. Glauben Sie mir.

Und ja. Es ist cool.

An diesem Punkt wurde die Schlacht blutig und während die Legion es lustig fand, drehten die Ranger, insbesondere die Berserker aus dem Ersten, schnell durch. Das bedeutet, dass sie ziemlich schnell müde wurden, als die Schlachtreihen von Sauren und Legion sich bereit machten, sich ordentlich zu prügeln und die kleineren Scharmützel um die Position auf dem Feld auszutragen. Während die Legion ihre dreistufigen Reihen aus Schilden, Speeren und der Schlussgruppe bildete und darauf wartete, dass sie sich einreihten, bildeten die Sauren ihre eigenen Reihen, während die Ausreißer von beiden Seiten und diejenigen, die in der Mitte gefangen waren, weiterhin aufeinander einschlugen und einhackten.

Die Unteroffiziere der Legion peitschten die Ranger ein und brachten das Chaos unter Kontrolle, während die Appelle zur Positionierung und zum Kampf ertönten. Die Ranger taten, was ihnen die Unteroffiziere sagten, und die jungen Legionäre erklärten ihren neuen Verbündeten, dass sie jetzt richtig Spaß haben würden, sobald es losging.

Ob die Ranger diese Aussage der eifrig lächelnden, dunkeläugigen und olivhäutigen Accadiern, die bereit waren, im Stil der Bronzezeit zu wüten, verstehen oder auch nicht.

Dann ertönte der saurische Trommelbefehl zum Vormarsch über den Strand und die Echsenmänner zischten und knirschten mit ihren Reißzähnen wie die Wellen des Ozeans, als sie in einem gewaltigen Kampfkeil gegen die Linie der Ranger/Legion antraten. Die saurischen Bogenschützen schossen von den Flanken aus auf die vorderen Reihen der Legion. Wenn es ihnen gelungen wäre, den Hügel zu erobern, den das saurische schwere Fußtruppencorps gerade besetzte, hätten sie direkt auf die zweite und dritte Reihe der Legion schießen können.

Die Legionäre auf der Flanke fingen das eintreffende direkte Pfeilfeuer mit ihren massiven Schilden ab und gaben den Ranger NCOs Deckung, die begannen, entweder ihre verbliebenen Granaten auf die Flanken zu werfen, um die Bogenschützen zurückzuhalten, oder mit ihren 320ern 40-mm-Granaten abzufeuern, die diese eng beieinander stehenden, leicht bewaffneten Trupps von Bogenschützen, die versuchten, nahe heranzukommen und auf die Stellungen der Legion zu feuern, zerstörten.

Wenige Augenblicke später prallten beide Seiten aufeinander, als die Legion vorrückte, um die anrückenden Sauren zu stellen. Die Schilde der Legionäre und einiger Ranger hielten dem plötzlichen Aufprall hunderter schwerer saurischer Speere stand, die auf ein gezischtes Kommando ihrer Kriegsführer hin im Gleichschritt ausstießen. Eine Sekunde später prallten die Schilde beider Linien aufeinander und ab da ging es für alle ans Eingemachte. Die Legion hackte mit ihren Gladien über und neben ihre Schilde, während die Speere in der zweiten Reihe nach vorne stießen und sich in das Fleisch der Sauren bohrten, während die Schilde zur Seite geschleudert wurden, beim Aufprall zerbrachen oder von den Klauen, die sie hielten, abgetrennt wurden. Die Saurer zischten und starben, durchbohrt vom plötzlichen Auftauchen der accadischen Speere aus der Schildlinie, und die Legion drängte hackend und spießend nach vorne, während die Ranger Positionen in den Reihen einnahmen und begannen, diese Art der Kriegsführung aus nächster Nähe in Aktion zu sehen und zu lernen.

Entlang der Frontlinie kam es zu kleinen Gefechten, als die Schildwälle hier und da ihren Zusammenhalt verloren, und die Ranger gingen mit Pickups, taktischen Tomahawks oder Messern, von denen sie reichlich besaßen, auf den Feind los. Die Sauren wichen keinen Millimeter zurück, als die Ranger wie atemlose Verrückte auf sie einhackten, für die diese Art von Krieg neu war. Aber obwohl die Echsenmänner zurückschlugen, schnitten und hackten, fehlte ihnen die Grausamkeit dieser aggressiven Neuankömmlinge.

Zufällige Schüsse fielen, als die Ranger diese Überraschung in die wilde Schlacht am Strand einbrachten. Entweder von dem, was von ihren Handfeuerwaffen und Gewehren übrig geblieben war, oder von ihren persönlichen Gegenständen, die sie zehntausend Jahre in die Zukunft mitgenommen hatten. Die Sauren wurden niedergeschossen, ausgeweidet und erstochen, während die Ranger sich von diesen plötzlichen Kämpfen zurückzogen, Flüche und andere Epitaphien für die Toten riefen und dann die Linien mit den Accadiern neu formierten. Währenddessen schrien, schlugen und traten die Unteroffiziere der Legion jeden, einschließlich der Ranger, in die Kampflinien, die sie für den nächsten Vorstoß haben wollten. Sie ließen die Müden rotieren und warfen einen frischen Legionär oder Ranger aus der hintersten Reihe plötzlich nach vorne, um einen Schild zu übernehmen oder sich einen der schweren Speere zu schnappen.

Zuerst ärgerten sich die Ranger darüber - sie wurden aus dem Kampf herausgeholt, angeschrien und dann herumgeschubst, um dort zu sein, wo sie nach Ansicht dieser winzigen, vernarbten und doch immer noch massigen Legionärversionen eines Sergeants sein sollten. Aber die niederen Dienstgrade in ihren Reihen lächelten und erklärten den Rangern in ihrem schrecklichen Englisch, dass das ihre Art zu kämpfen sei. Die rangniedrigeren Ranger, die vor Wut und ihrem begehrten Rip It, das sie sich nur wenige Augenblicke vor dem Kampf reingeschüttet hatten, nur so schäumten, sahen, wie sich ihre Sergeants an die Legion anpassten, an der Front dienten, wo es ihnen befohlen wurde, und folgten dem Beispiel schnell. Sie verstanden, dass bei dieser Art der Kriegsführung, bei der Hitze und der Atemlosigkeit eines echten Nahkampfes und bei der Länge des Kampfes die Ruhe, die Rotation und das Management, das die Unteroffiziere der Legion durchsetzten, bei dieser Art von Kampf absolut lebenswichtig waren.

Einer der Ranger sagte später zu mir: »Es wurde wie ein Footballspiel, Talker. Sobald wir ihre Befehle kannten, war es so, dass ihre Feldwebel eine Lücke in der Linie sahen, auf einen von uns zeigten... und wir gingen für ein paar Yards rein. Wir stapelten Schädel und drängten ein paar Meter weiter, um einen Down zu erzielen. Nach einer Weile hieß es dann: »Holen Sie mich rein, Coach!«

Mit anderen Worten, so wie ich es verstanden habe, war es wie zwei sich entwickelnde Fronten oder Teams, die ständig Spieler einwechselten, um die Vorteile von Spielsituationen auf der Linie, Lücken oder plötzlichen Scharmützeln zu nutzen, die in der Schlacht immer wieder ausbrachen. Hinter all dem suchten die Anführer beider Seiten nach Schwachstellen und drängten ihre Unteroffiziere, diese Momente mit trompetenden Hörnern, schnell laufenden Boten und dem schieren Donnern ihrer Stimmen auszunutzen, um sich über das Klirren der Waffen und Schilde und das Zischen und Schreien der Sterbenden und Verwundeten hinweg Gehör zu verschaffen.

Captain Wer-Tiger und Hauptmann Tyrus kämpften an vorderster Front, legten aber immer wieder kleine »Pausen« ein, um die Kampfreihen zu überprüfen und Männer umzuverteilen, um eine sich bietende Gelegenheit zu nutzen. Sie stürzten sich hinein, wo es nötig war, stachen, spießten auf, schleppten die Sterbenden und

Toten weg oder fanden sich plötzlich in einem wütenden Kampf wieder, umringt von bösen Echsenmännern, die auf sie einstachen, während sie ständig versuchten, Lücken in dem sich bewegenden Schildwall wieder zu schließen.

Gleichzeitig wirkten die Netzrufe, die an den Rest von uns über die Schlacht um Sûstagul gingen, vom Strand aus hektisch und schrecklich. Vieles davon kann Sims angelastet werden. Er wirkte über Funk immer ein wenig wild. Dennoch klang es nach allem, was ich so gehört habe, nach einem echten Kampf.

In der Zwischenzeit führte der Sergeant Major an den Toren des Todes die Mörserteams und den Sicherungstrupp an, um den Zugang zur Stadt zu verteidigen. Die Zwerge hatten alles getan, was sie konnten, um die Verteidigung zu optimieren und hatten darum gebeten, eine QRF zu bilden und die Rückseite von Dockside in Angriff nehmen zu können. Die Kavallerie der Guzzim Hazadi, Orks auf Kriegskamelen, stürmte unter indirektem Feuer der Mörserabteilung aus der Wüste. Riesige Sandfontänen von Einschlägen stoben zwischen den glatten Dünen auf, als eine zerlumpte Reihe von Ork-Bogenschützen auf den seltsamen, gepanzerten Kamelen mit ihrem Kriegsgeschrei aus der Wüste stürmte.

Der Sergeant Major musste die Tore des Todes offen halten, sodass die andere Hälfte der Truppen an Bord der Kriegsgaleeren der Legion, die am ursprünglichen Einsatzort angelegt hatten, einen Kilometer laufen und auf diesem Weg eindringen konnte. Die Vermutung des Smajs war, dass er auch ohne die Zwerge verteidigen könnte, also gab er ihrer Bitte statt. Und gerade als sie aufbrachen, sagte der rätselhafte Gorilla-Samurai Otoro: »Ich werde die Tore bewachen, Ranger. Der Axtschleifer muss jetzt unter ihnen sein, und wir haben eine Verabredung. Bei meiner Ehre, ich werde euch nicht enttäuschen.«

Dies wurde für den Sergeant Major von Ranger Sakoda übersetzt, der japanischer Abstammung ist.

Ich habe das Gefühl, dass ich immer nutzloser werde, je weiter wir kommen.

Die Zwerge kämpften sich durch die Stadt, griffen die Sauren von hinten an und begannen, ihre Kommandostruktur zu zerlegen, während die dunklen saurischen Zauberwirker arkane Magie in die Schlacht schleuderten, um den Ansturm ihrer Truppen gegen die Ranger zu unterstützen. Sergeant Monroe erzählte mir, was als nächstes geschah, als er sich mit der ankommenden schnellen Eingreiftruppe zusammenschloss und sie in die Schlacht führte.

KAPITEL 19

»Ich erhielt den Funkruf vom Smaj, während ich in meinem Gassenlabyrinth herumlief und schoss, wann immer ich konnte«, erzählte mir der Minotaur später. »Die QRF der Zwerge kam, um das Third Squad zu entlasten, und ich sollte sie unterstützen, wenn ich konnte. Ich hatte nur noch zwei Patronen für die Carl G, einen halben Gürtel für das Schwein und meine Axt.«

»Was ist mit der .454-er?«, fragte ich. Ich wollte nur sichergehen, dass ich die Details richtig verstanden habe und so. So bin ich nun mal. Wenn er in mehr Schwierigkeiten steckte, als er mir erzählt hatte, wollte ich wissen, wie, wann und warum. Dieser Bericht ist ein Spiegelbild meiner selbst und ich möchte, dass er vollständig und genau ist.

»Ich will ehrlich sein, was den Raging Hunter angeht, Talker. Das Nachladen ist sehr mühsam. Ich muss mir wirklich Zeit lassen, denn meine Finger sind so viel größer, so wie sie jetzt sind. Vielleicht lasse ich mir ein paar lange Fingernägel wachsen, was aber total krank aussehen würde, weil meine Nägel schwarz sind und so... aber in einem Kampf ist das Nachladen eines Revolvers mit Stierfingern nicht gerade einfach. Solange die Schmiede auf dem Stützpunkt mir nicht ein paar Schnellladegeräte besorgen kann, ist es am besten, sich nicht mehr auf diese Waffe zu verlassen als das, was im Lauf ist. Obwohl ich das ab und zu getan habe. Manchmal wurde es wirklich stressig da drin. Ich musste ein paar Geckos aus nächster Nähe ausräuchern. Junge, waren die überrascht. Als würden denken... oh verdammt, ist das ein Minotaurus? Und warum hat der Minotaurus eine Handkanone? Andererseits haben sie auch keine Ahnung, was ein Raging Hunter ist. Wahrscheinlich dachten sie, es sei ein Zauberstab. Nun, gewissermaßen ist er das ja auch. Einer, der große Löcher in dich reißt, LOL. Ein magischer Todesstab. Mann, Talker, ich liebe diesen Ort.«

Unterdessen...

Die Zwerge, so Max der Hammer, stürmen die Stadt in ihrer typischen Montur. Diese Mischung aus Amish und Bikergang, die im Begriff ist, jemanden den Tag zu ruinieren. König Wulfhard an der Spitze ihres Keils, Max zu seiner Linken in der Ehren- und Verteidigungsposition, dringen sie in die Stadt ein und machen sich auf den Weg zur Dockside, um die Ranger dort zu entlasten.

Sie werden zunächst nicht aufgehalten, denn die Sauren haben sich um die Docks versammelt und die Söldner sind mit dem Angriff vom Second Squad auf den Markt beschäftigt. Sie erreichen das Tor der Delphine und stoßen dort auf die Vorhut der Sauren, die von einem hünenhaften Echsenmann angeführt werden, aber der Rest sind normale Truppen. . Die Zwerge sind zahlenmäßig drei zu eins unterlegen, aber die Sauren haben wahrscheinlich noch nie gegen Zwerge gekämpft und denken daher, dass sie, weil sie größer sind, im Vorteil sind.

Doch da lagen sie falsch.

Die Zwerge, die gegen die Orks von Umnoth, große, aggressive und sehr gewalttätige Orks, gekämpft haben, sind keineswegs im Nachteil. Tatsächlich kämpfen sie die ganze Zeit auf diese Weise. Für sie ist es ein Tag wie jeder andere.

In weniger als einer Minute versinkt die saurische Vorhut im Staub des Tores und die Zwerge rücken gegen die saurische Kommandoabteilung vor, umgeben von Conan-Hünen und unterstützt von Lizard Wizards, wie Sergeant Monroe sie nennt. Kampfhörner ertönen, und wie Max mir später erzählt...

»Wahrscheinlich, Talker, war das der Aufruf, ihre Anführer zu verteidigen. Sie wussten, dass sie in Schwierigkeiten steckten, als unser König das Horn von Zhad ertönen ließ. Also schickten sie alles, was sie hatten, um uns aufzuhalten. Aber wir haben ihnen eine Lektion erteilt. Und ich glaube, sie haben ihre letzte Lektion sehr gut gelernt.«

Zu diesem Zeitpunkt erreichte Sergeant Monroe den hinteren Teil der saurischen Frontlinie auf halber Höhe der Dockside, in der Nähe der Stelle, an der er den Generaloberst erledigt hatte. Sergeant Monroe sah, wie die Zwerge von drei Seiten angegriffen wurden und von hinten weitere Angriffe kamen.

»Zuerst dachte ich, dass sie in großen Schwierigkeiten steckten, aber als ich näher kam, konnte ich hören, wie sie sich gegenseitig zuriefen und jede Eidechse, die sich ihnen näherte, anbrüllten. Ich bin mir ziemlich sicher... und ich kenne die Zahlen in ihrer Sprache nicht, das ist dein Job, Talker, aber wenn ich raten müsste, glaube ich, sie zählten sich gegenseitig vor, wie viele sie schon getötet hatten, und lachten dabei. Ich habe nicht alles verstanden, aber das war der Eindruck, den ich von dem hatte, was sie taten, während sie alles niedermachten, was sich ihnen in den Weg stellte.«

Das konnte ich mir vorstellen. Die Zwerge - alle mit ihren großen, schlaffen Lederhüten, schwitzten wie Knastbiker, jedes Gramm Ausrüstung auf dem Rücken und an ihre unendlich vielen schweren Rüstungen geschnallt - schwangen ihre großen Runenäxte, Streitkolben und Hämmer und zermalmten und zerschlugen die Sauren, die versuchten, in den Labyrinthen der Straßen und kleinen Gassen, die das Hafenviertel bilden, in Reih und Glied auf sie zuzugehen und Angriffe gegen sie zu starten. Ich habe sie kämpfen sehen, die Zwerge. Sie sind wie ein gut organisierter, sich bewegender Wirbelsturm des Chaos, der über alles lacht, was man ihm antun will. Und wie ein Hurrikan kann man ihn nicht aufhalten, man kann ihn nicht einmal vorhersehen. Genau so kämpfen sie.

»Es war schwer, sie zu verfolgen, Talker«, fuhr Sergeant Monroe fort. »Ich meine, ich habe ihre Spur in Dockside nur aufgenommen, weil sie so viele Leichen hinterlassen haben. Als ich näher kam, konnte ich sie lachen hören, während die Echsen zischten und versuchten, sie alle zu töten. Jedes Mal, wenn die Lizard Wizards versuchten, sie mit einem Zauber zu belegen, und dieser nicht von ihrer Rüstung und ihren Zaubern und Runen abprallte, brüllte König Wulfhard irgendetwas und sie liefen einfach hackend und schlitzend in eine andere Richtung, in eine Gasse oder ein Nadelöhr, um den Zauberern zu entkommen. Einmal gingen sie direkt durch ein Gebäude, kämpften sich rein, verteidigten es und ließen die Echsen für jeden Schritt bezahlen. Dann verließen sie das Gebäude durch die Hintertür, setzten es in Brand und verschwanden, wobei sie sich gegenseitig Sachen zuraunten und lachten. Sie sind wie eine gut geölte Maschine. Vorrücken, auf alles einhacken, darüber lachen und die Kills zählen. Sie haben meine Hilfe gar nicht, Mann.«

Aber dann brauchten sie sie offenbar doch.

Die Sauren hatten den Sturmangriff der Zwerge durchschaut, ihre Zauberer umgruppiert und eine Falle aufgestellt, damit sie die Ranger am Strand nicht erreichen konnten. Monroe, der ihren Vormarsch an der Dockside verfolgte, sah, wie der Hinterhalt nur wenige Sekunden, nachdem die Zwerge in ihn hineingeraten waren, niedergeschlagen wurde.

Zuerst griffen die Echsenmagier sie mit magischen Netzen an. Riesige klebrige Gischt aus magischen Spinnweben löste sich von den drei Zauberern mit kegelförmigen Hüten und weißen Roben, die nur darauf gewartet hatten, dass die Zwerge auf dieser Straße zum Kampf gelangen wollen würden. In Sekundenschnelle steckten die Zwerge fest und waren damit beschäftigt, sich mit wenig Erfolg freizuschneiden. Zur gleichen Zeit strömten saurische Prätorianer mit schweren Bögen aus einer Seitengasse auf der anderen Seite des Weges, bildeten eine Linie und machten sich bereit, auf die am Boden liegenden Zwerge zu schießen, die in den magischen Netzen feststeckten.

Das war der Moment, in dem der Minotaurus in den Kampf eingriff.

Monroe eröffnete den Kampf mit der Sixty und zerstörte die Reihe der schweren Bogenschützen. Er stürmte die mit Leichen übersäte Straße hinunter, das Schwein im Anschlag, und verheizte den ganzen restlichen Patronengürtel. Als das Ding leer war, warf er sie weg, schnappte sich seine Streitaxt und stürmte auf die drei Zauberer zu.

»Ich habe das Schwein entsorgt, weil es leer war und ich keinen Nachschub an Munition in Aussicht hatte. Ich würde später zurückkommen und sie holen... wenn es ein später gäbe. Aber die QRF musste jetzt gerettet werden, also bin ich mit der Axt vorgeprescht.«

Er vernichtete die drei Zauberer, aber es war nicht einfach.

Ich bat ihn, das Tempo seiner Schilderung etwas zu drosseln und mir genau zu erzählen, was passiert war. Zunächst sagte er nur: »Dann habe ich alle drei Lizard Wizards ausgeschaltet und die kleinen Kerle da rausgeholt und wieder ins Spiel gebracht.« Aber ich wollte wissen, wie. Denn in diesem kleinen Satz war eine Menge passiert, wie ich feststellen musste. Und für die Zwecke des Berichts war es wichtig, dass ich alles wusste. Außerdem... war es ziemlich krass.

»Willst du alles im Detail wissen, Talker?«

Aber sowas von.

»Okay.« Er hielt inne und dachte nach. »Okay, ich werfe das Schwein weg und nehme meine Streitaxt vom Rücken, und schon renne ich los... aber das ist nicht das richtige Wort. Das ist nicht das, was ich jetzt tue, Mann... weißt du, was ich meine?«

Ehrlich gesagt nicht, also bitte ich um eine Klarstellung.

»Nun... ich presche jetzt vor, Mann. Ich bin ein Stier. Ich schätze, das ist es, was ich tue. Also, ich presche vor. Aber ich habe die Streitaxt in einer Hand und nehme sie beidhändig, wie einen Baseballschläger, und als ich an dem ersten Zauberer vorbeikomme, einem großen Kerl mit einer ledrigen, alten Schnauze, fehlenden Zähnen, einem Auge und einer Art Python, die sich um seinen Hals gewickelt hat und mich anglotzt... da schwinge ich die Streitaxt, während ich an ihm vorbeilaufe, und schlitze ihn mit einem wilden Schnitt auf. Alles eine Frage der Rumpfmuskulatur, Mann. Deswegen mache ich so viele Übungen mit Gewichten oder Hanteln, wenn ich welche in die Finger kriege. Wenn der Rumpf gut trainiert ist, kannst du wirklich explodieren und beim Nahkampf dreht sich alles um Wendigkeit und Kraft. Ich hau ihm also im Vorbeipreschen die Axt rein, der Kerl geht zu Boden und jetzt bin ich an Nummer zwei dran wie das Weiße am Reis.

»Dieser Kerl hat zwei Vipern, aber sie sind aus Gold und sie sind lebendig und um seine schuppigen alten Handgelenke gewickelt. Ich glaube zumindest, dass es Vipern waren. In der Ranger-Schule hatten wir es nicht groß mit Schlangen zu tun. Hauptsächlich Wasserschlangen. Ihm fehlt auch ein Auge. Aber wo der andere Kerl eine kunstvolle Augenklappe in Form eines goldenen und mit Juwelen besetzten Skarabäus über dem Auge hatte, hat dieser Kerl nur eine offene vernarbte Augenhöhle. Wie auch immer, meine Axt ist nach unten links gerichtet, weil ich dem Lizard Wizard Nummer Eins gerade einen kräftigen Hieb verpasst habe. Also stemme ich mich mit beiden Füßen dagegen und schleudere die Axt mit voller Wucht nach rechts, als würde ich im Fitnessstudio Kettlebells rumhieven. Das reißt ihm den Kopf ab, und in diesem Moment feuert der Eidechsenmagier Nummer Drei einen grünen Strahl aus einem Ring an seinem Finger auf mich ab. Ich vermute, das war ein magischer Ring, eine offensichtliche Vermutung, und nachdem ich ihn getötet hatte, habe ich ihn mir angesehen. Aber dann habe ich verstanden, warum den anderen beiden Jungs ein Auge fehlte, und dann wollte ich ihn nicht mehr so gerne haben oder dachte, dass wir so etwas in der Nähe haben sollten.«

Keine Ahnung, was er damit meinte. Das habe ich Sergeant Monroe auch gesagt.

»Die Augen, Mann, seine beiden... ich weiß nicht, wie man das nennt... Lehrlinge? Die ersten beiden, die ich getötet habe, müssen seine Lehrlinge gewesen sein. Und ich glaube, dieser Kerl, der Meister oder was auch immer, hatte jedem von ihnen ein Auge entnommen und es in Ringe verwandelt, die er an seinen Klauen trug. Und jetzt kommt der verrückte Teil: Obwohl ich den Kerl ausgeweidet hatte und er tot war und die anderen Kerle auch, wanderten ihre beiden Augen, jedes in einem Bronzering, immer noch umher und sahen mich an. Das war das Seltsamste, was ich je gesehen habe, das schwör ich dir.«

Moment, er hat den letzten Kerl aufgespießt?

»Ja, Mann. Der grüne Strahl hat meine magische Axt zerstört, die übrigens scheiße ist. Jetzt weiß ich auch, warum man ›verdammte Axt!‹ sagt... Na ja, also habe ich meine Hörner gesenkt und ihn durchbohrt, dann habe ich ein Hohlkreuz gemacht und ihn mit einem Ruck von meinen Hörnern geschleudert. Er hat sich ein paar Mal überschlagen und ich habe gehört, wie sein Rücken laut geknackt hat, als er auf einen Karren aufgeschlagen ist und sich in die falsche Richtung gebogen hat. Das war krank, Mann. Minotaurus-Superkräfte. Ich sag's dir, Talker. Minotauren haben Superkräfte rocken. Jederzeit und allerorten. Mit der Stamina kann mich der Drill Sergeant malträtieren, bis er keine Stimme mehr hat. Fuck yeah!«

Dann gab er mir ein High-Five.

KAPITEL 20

Der Kopf des Hohepriesters explodierte. Knochensplitter und Gehirnmasse färbten die hypnotisierenden roten Sandsteinstufen, als die kurze Morgenbrise an der Totenfeier vorbeizog, die immer um diese Zeit vor dem Tempel des Pan stattfand.

Der Schütze hatte den Wind und die Entfernung genauestens berücksichtigt, um den Schuss aus dem Fünfzig-Kaliber-Antimaterie-Gewehr, bekannt als Mjölnir, zu landen.

Sergeant Thor schrie nicht und murmelte auch nicht »Yahtzee«, wie es andere Sniper vielleicht getan hätten, wenn sie ein Ziel aus der Ferne unter Bedingungen wie denen, die der Spotter in den letzten Sekunden vor dem Schuss festgestellt hatte, abräumten. Aber Thors Spotter murmelte die Standardfloskel der Ranger, als er den perfekten Schuss beobachtete und der rote Nebel so plötzlich verschwand, wie er erschienen war. Er flüsterte die Widmung - oder die Beleidigung, je nachdem - und fügte dann hinzu... »*Dome shot*, Bro.«

Thor sagte nichts und inspizierte stattdessen die nächste eingelegte massive Fünfzig-Kaliber-Patrone, bevor er zum Zielfernrohr zurückkam und die ganze wilde Szene beobachtete, die sich unten auf den Stufen des Tempels abspielte.

Sie waren tief im Inneren des Adlerhorsts der alten Festung. Zurück im Schatten, erhöht durch behelfsmäßige Geröllhalden, beobachteten sie die Stufen des Tempels und das sich ausbreitende Pandämonium.

Mit dem Rückstoß eines Barrett war nicht zu spaßen. Aber für den Scharfschützen war es nichts, worüber man sich Gedanken machen musste. Er benutzte die Waffe manchmal im CQB und schoss aus nächster Nähe wie ein Wilder im Schnellfeuer. Wenn es nötig war.

Die Ermordung des Priesters war das Finale von etwas, das so brutal und stammesmäßig war, dass selbst die Scharfschützen der Ranger, die diese Phase der Operation Stranglehold unterstützen sollten, mit grimmiger Faszination zusahen. Eine Faszination, die an blankes Entsetzen grenzte.

Die Szene war keine billige Straßenshow am Wegesrand gewesen. Es war etwas Ursprüngliches und Rohes gewesen, Pomp und die richtigen Umstände gemischt mit Inbrunst und Magie. Die Gefahr lag in der Luft wie umgestürzte Stromleitungen in einer verschneiten Nacht, wenn die Straßen vereist sind und alles gefroren ist. Nur dass es in der Wüste bereits kochte und dem Schützen und dem Spotter der Schweiß in die Augen tropfte, als sie auf den richtigen Moment warteten, um den Abzug zu betätigen und das plötzliche Donnern von Mjölnir zu entfesseln.

Jetzt, wo der Schuss gefallen war, herrschte völliges Chaos, während die Gläubigen, die Nachwuchspriester, die Zuschauer und alle Beteiligten darum rangen, zu verstehen, was soeben mit all dem geschehen war, nach dem sie ihr Leben ausgerichtet hatten.

Glaube.

Handel.

Ewigkeit.

Das Böse.

Roter Nebel und ein kopfloser Leichnam, der einst der Hohepriester des Großen Tempels des Pan war. Anführer der Kinder.

Zwei Dinge sind hier zu beachten. Erstens, der Grund für die Beseitigung des Hohepriesters. Zweitens, die Religion des Pan.

Ich werde mich bemühen, alles hinreichend zu erklären.

Möglicherweise war beides der Grund für das Schweigen des legendären Ranger-Scharfschützen, der darauf wartete, dass das Chaos ihm zeigte, wer heute Morgen noch sterben musste, um die Mission zu erfüllen.

Die Ranger brauchten dieses Chaos jetzt. Spaltung. Opportunisten, die versuchten, die Macht, die dort unten aus dem Leiche eines toten bösen Klerikers von hohem Rang sickerte, für sich zu beanspruchen.

Diese Gruppe musste von den Rangern für den Moment gelähmt werden, um die beiden anderen Ziele zu erreichen, damit die Operation Stranglehold abgeschlossen werden konnte und Sûstagul bis zum Ende des Tages in unsrer Gewalt lag.

Der Spotter meldete den Abschuss an den Smaj, der gerade den Funkverkehr leitete, während der Captain und das Third Squad am Strand um ihr Leben kämpften. Wir waren gerade dabei, den Leuten vom Second Squad drüben am Markt unter die Arme zu greifen, und ich hörte nur: »Jackpot Gacy ist geknackt. Kill bestätigt. Wiederhole. Jackpot Gacy ist vom Tisch.«

Das lief also alles wie geplant, dachte ich, als wir auf den Turm von Ur-Yag vorrückten. Wenigstens müssen wir uns keine Sorgen um diesen irren Haufen drüben im Tempel machen.

Ich Dummkopf. Dies ist die Ruine. Dies ist der Beginn des Endkriegs, wie Vandahar ihn nennt. Eine Menge beweglicher Teile und Variablen. Es kann alles passieren. Viele seltsame Dinge geschehen hier, und Thor war im Begriff, die mythische Welt der Ruine zu betreten, um sicherzustellen, dass der Tempelbande erst dann in den Kampf eingreift, wenn wir die Stadt vollständig unter Kontrolle haben und der Rest der Landungstruppen der beiden accadischen Legionen auf der Stadtmauer steht und den Wüstensand südlich der Stadt beobachtet.

Lassen Sie mich also kurz erklären, warum wir es auf diese Weise machen mussten. Warum Sergeant Thor den Auftrag erhalten hatte, den Hohepriester des Tempels von Pan auszuschalten. Und warum dieser mörderische Schurke und fleischgewordene Kinder-Albtraum bei Tagesanbruch sterben musste.

Es gibt drei feindliche Elemente in dieser Schlacht, Operation Stranglehold. Die Sauren, mit denen man sich gerade an der Dockside befasste. Die Zauberer auf dem Markt unter der Führung des »Großwesirs Ur-Yag«, wie er weit und breit in den Ländern des Südens bekannt war. Das war unsere Aufgabe im Zweiten. Ur-Yag erledigen.

Und dann war da noch der Tempel des Pan.

Der Tempel ist das neueste und prächtigste Bauwerk in der alten Wüstenhafenstadt. Er ist wunderschön. Da beißt die Maus keinen Faden ab. So wie der Tempel der Athene vor langer Zeit ausgesehen haben muss, nur mit dem Unterschied, dass er in wirbelnden roten Sandstein gemeißelt ist, wie etwas, das man in Groschenromanen über die verlorenen Städte des Mars finden würde. Nicht einmal annähernd so groß wie das antike griechische Weltwunder, aber es fühlt sich so an, wenn man es aus der Nähe sieht, wie er über der Stadt thront. Immens. Episch.

Und beängstigend, wenn man den Gerüchten über das, was im Inneren so vor sich geht, Glauben schenken will.

Was man definitiv sollte.

Er liegt im südlichen ummauerten Bezirk der Stadt, nahe den Toren der Ewigkeit. Als die Sauren durchkamen, zogen sie direkt vorbei und der Tempel kümmerte sich nicht um sie, als wäre im Voraus ein Waffenstillstand vereinbart worden, entweder durch sinistre Treffen spät in der Nacht oder durch dunkle Künste, die sich um Sehsteine und Kristalle drehen, mit denen man über große Entfernungen hinweg sehen und kommunizieren kann. So oder so, als die Geckos durchmarschierten, stand die gesamte Tempelwache in voller Stärke draußen und umstellte den Tempel.

Heilige Krieger mit gnadenlosem Grinsen.

Stille Wächter, die darüber entscheiden, wer lebt und wer stirbt.

Mönche in safranfarbenen Gewändern mit blutrot umwickelten Fäusten, gewillt, bis zum Tod für ihren singenden Gott zu kämpfen.

Gläubige, die verzweifelt nach Erlösung von Tod und Verdammnis suchen und bereit sind, alles nur Erdenkliche zu tun, um dem jüngsten Gericht zu entgehen.

Wir haben uns all das, was in den Wochen und Tagen vor Stranglehold passierte, angesehen und uns wurde klar, dass wir nicht genug Munition hatten, um mit ihnen, dem Tempel des Pan, fertig zu werden, wenn sie sich mit einer der anderen Fraktionen verbünden und gegen uns in den Krieg ziehen würden, weil wir plötzlich ihre Stadt zerstören. Wir sind uns nicht sicher, in welcher Beziehung sie zu den Zauberern auf dem Markt stehen, aber wir vermuten - zumindest vermute ich das aufgrund meiner Informationen, die ich vor Ort gesammelt habe -, dass es eine gewisse Konkurrenz zwischen den beiden Gruppen gibt. Sicherlich keine Liebe und es herrscht viel Misstrauen und Argwohn. Die Händler und Bewohner des Marktes mochten die Pan-Anbeter nicht, die von der anderen Seite der Ruine in die Stadt strömten, um an seltsamen, dunklen Zeremonien teilzunehmen, die die Nächte heiß und unruhig erscheinen ließen.

Eine dunkle Schwere legte sich über die Stadt während der Feste, die ohne erkennbare Ursache kam und ging.

»Kultisten«, zischten die Leute auf dem Markt in vielen verschiedenen Sprachen. Dann spuckten sie ausnahmslos in den Staub und machten irgendein Zeichen mit den Händen, als wollten sie mit diesem Haufen da drüben im »neuen Tempel« nichts zu tun haben.

Nebenbei bemerkt: Der neue Tempel ist zweihundert Jahre alt. Aber in den letzten Jahren ist er viel aktiver geworden, viel geheimnisträchtiger und fast jeder wittert, dass dort etwas »Unreines« vor sich geht, wie ich oft zu hören bekam.

Als ich Amira an einem windigen Nachmittag bei meiner dritten Tasse Kaffee fragte - Hallo, hier ist Talker. Hab ich mich schon vorgestellt? Ich trinke gerne Kaffee - was es mit dem Tempel auf sich hat, antwortete sie lediglich: »Wir sind neu in der Stadt. Mein Vater, meine Schwester und ich kommen von den Sorrab und so ist das, was wir über diese Stadt wissen, noch neu für uns. Aber ich kann dir eines sagen...«

Sie beugte sich vor und legte eine kühle, schlanke Hand auf meine, und ich spürte... etwas, das ich brauchte. Sie ist wie ihre Schwester, mit einer natürlichen, rohen Sexualität, die von ihr ausgeht wie ein Parfüm, das die Wüste besser riechen lässt, aber sie ist aufrichtiger, ehrlicher, im Gegensatz zu ihrer Schwester, die diese Eigenschaft als plumpes Marketing für das Kaffeehaus nutzt.

»Nein, ich muss dir eines sagen, Talk-ir«, fuhr sie mit einer Ernsthaftigkeit fort, die ich berauschend fand. »Als Fremde in vielen Städten haben wir gelernt, die Stimmung der Einheimischen zu spüren. So haben wir gelernt, an immer wieder neuen Orten zu überleben...«

Ihre Stimme ist dunkel und heiser, reich an Geheimnissen, die ich ergründen möchte.

Sie hat also eine Geschichte. Oh, Gott im Himmel... jetzt geht das wieder los. Wieder ich. Wieder eine neue Autumn? Oder eher das tote Mädchen aus Portugon, das dachte, ich sei ihr Retter. Vielleicht ist es besser, wenn ich einfach...

»... sie machen sich Sorgen um den Tempel des Pan, Talk-ir. Die Bürger von Sûstagul mögen diesen Ort ganz und gar nicht, am allerwenigsten den lächelnden Priester. Sie glauben, dass es dort großes Übel gibt, Talk-ir. Es geht uns hier im Laden nichts an, aber wir haben es zur Kenntnis genommen und hoffen auf das Beste. Solche Übel... enden nie gut für Leute wie uns.«

Der Hauptgrund für das Kommando-Team, den Hohepriester in den ersten Momenten der Schlacht auszuschalten, war also, dass wir es nicht auch noch gleichzeitig mit den Kriegspriestern des Tempels aufnehmen wollten, von denen es zwei Arten gibt, die wir beobachtet haben. Dazu kommt die in safranfarbene Gewänder gekleidete Anhängerschaft, die im ganzen Distrikt und manchmal sogar in der Nekropole schläft und an den Zeremonien im Tempel teilnimmt. Es sind buchstäblich Tausende dieser Gläubigen, die den Tempel in der Morgendämmerung umringen und auch am Abend, wenn die großen Messingglocken läuten und der Weihrauch die Luft der Nacht erfüllt und über die Mauern und in die Wüsteneinöde weht.

Aber... unheilvoller Vermerk an dieser Stelle... es sind nur wenige Kinder in der Menge zu sehen. Und es werden von Tag zu Tag weniger. Das niedliche Kind mit den lockigen Haaren, das einem am Vortag aufgefallen ist und das von einer Mutter gehalten wird, deren Augen wild vor Begeisterung über das Schlachten von Ziegen durch die Priester und das Besprengen einer verzweifelten Menschenmenge sind, die heilige Texte singt und sich anhört wie Hooligans bei einem wichtigen Fußballspiel, von dem die ganze Saison abhängt... Dann schaut man am nächsten Tag nach, um seinen Verdacht zu bestätigen, und das Kind, das so einzigartig war, dass eine Verwechslung ausgeschlossen ist, ist verschwunden. Nur die Mutter steht noch da, mit dem gleichen nach Erlösung suchenden Blick in ihren Augen und weint Freudentränen, während der Hohepriester weitere Ziegen schlachtet und seine Antworten auf die heiligen Gesänge herausdonnert.

Es ist wie in einer Oper. Eine dunkle Oper mit einem tausendstimmigen Chor, der einem beim Hören Unbehagen bereitet und einen bis in den Schlaf verfolgt. Wenn man nachts aufwacht, schwört man, dass man es da draußen im Nomadenlager der Ranger hören kann. Aber es ist nur der stöhnende Wind, der die Wüstennacht durchstreift, während er von einem verwunschenen Ort zum nächsten zieht..

Etwas Andersartiges haftet der ganzen Sache an. Und man wünscht sich... man wünscht sich, das wäre nicht Teil der Geschichte.

Also, wie der Sergeant Major es im Vorfeld der Operation formulierte: »Wir erledigen den Hohepriester als erstes und der Tempel versinkt im Chaos. Vielleicht verschafft uns das ein paar Stunden, um uns auf das Ziel zu konzentrieren, die Legion hierher zu bringen, um die Menge zu kontrollieren und mit den Anhängern fertig zu werden, dann auf die Mauern zu gehen und die Orks wissen zu lassen, dass wir sie haben, und wenn sie kommen, werden wir sie mit durchgeschnittenen Kehlen und Bauchschüssen begrüßen, nur um zu beweisen, was für Bastarde wir sind.«

Chief Rapp stimmte der Beseitigung des Hohepriesters zu.

»Organisationen wie diese - Sekten - haben immer einen zweiten und dritten Anführer, der sich bei der ersten Gelegenheit selbst befördern will«, sagte der Chief in seinem sachlichen Mississippi-Mud-Akzent. »Sie werden jede Art von Verwicklung in die Geschehnisse am Markt und an der Dockside vermeiden, um die Kontrolle über die Menschen, die unter ihrem Einfluss stehen, nicht zu verlieren. Wenn wir PFC Talker dorthin bringen könnten, könnten wir herausfinden, was genau die Politik ist. Dann können wir sie vielleicht aufteilen, indem wir den Priester rauchen und darauf achten, wer sich als nächstes die Hörner aufsetzen will. Wenn uns nicht gefällt, wie es abläuft, werden die Scharfschützen diesen Auftrag erledigen. Wir brauchen jemanden, der die Angst nutzt, um die Anhänger in den Tempel zu locken und unter seine Kontrolle zu bringen.

Den Kerl, der sie benutzen wird, um seine Konkurrenten schnell auszuschalten. Er wirft ihnen vor, schlechtes Juju gewirkt zu haben, das den Tod des alten Bosses verursacht hat. Die Scharfschützen machen es schnell, sie bleiben unten, das ist wichtig - niemand aus dieser Zeit weiß, was eine Schusswunde im Kopf ist, sodass es für sie ein Zeichen ihres Gottes ist - und die Opportunisten werden das ausnutzen, denn alles, was sie riechen, ist das Vakuum, das die Macht erzeugt, und ihr Wunsch, es mit sich selbst zu füllen.«

PFC Talker ist tatsächlich reingegangen. Zweimal, als Gelehrter. Einmal sogar mit dem Ring am Finger. Es ist der Wahnsinn da drin und es ergibt keinen Sinn. Aber ja, irgendetwas Dunkles geht da drin vor und ich werde darauf eingehen, wenn ich Punkt Nummer zwei erkläre, warum Thor den Hohepriester ausschalten musste, als sich Operation Stranglehold entfaltete.

Technisch gesehen hätte er den »Grand Poobah« - ein Wort, das er als Sergeant Major bei den Trainingsrunden für die Pumpe ausgiebig benutzt hatte - nicht domen müssen, aber als ich ihn später nach dem Schuss fragte, sagte Thor einfach: »Eine Frage des Berufsstolzes, Talker. Ich konnte diesen Kopfschuss landen, also musste ich ihn machen. Für mich. Man muss seine Fähigkeiten immer auf Messers Schneide trainieren und darf sich nicht scheuen, sie einzusetzen, wenn es wirklich darauf ankommt. Woher will man sonst wissen, ob man sie überhaupt hat? Eine Zielscheibe aus Papier und Stahl ist eine Sache. Ein Priester, der mit Ziegenblut um sich wirft und dabei wie ein wabbelwackelarmiger Windhosenkamerad auf einem Parkplatz in der Brise herumwirbelt, die kurz nach Sonnenaufgang vom Meer herüberweht... Es geht nicht darum, was die Profis von den Hobbyisten unterscheidet, Talker. Es ist einfach, was Künstler tun, wenn sie Kunst machen. Es ist mehr.«

Kunst. Mehr davon, wilder Kriegerpoet.

»Einmal war ich auf Urlaub und lernte so eine Braut kennen, die töpferte. Das war meine Zeit, Talker.«

Ich habe zuerst nicht verstanden, was er meinte.

»Wie du in Portugon«, stellte er klar.

Dann sagte er nichts mehr und ich wusste, dass er von den Ereignissen am Violetten Abgrund und dem Mädchen wusste, das die Stadtwachen im Watt gefunden hatten. Die Zeit, als ich fast von meinen Brüdern weggelaufen wäre. Von den Rangern, die mich dazu gebracht hatten, mich ihnen anzuschließen und einer von ihnen zu werden. Die Zeit, für die ich mich am meisten schämte. Ich tue es noch.

Sie hat etwas Besseres verdient.

»Ich war gerade aus Südamerika zurückgekommen, wo ich einige Dinge getan hatte, von denen niemand weiß«, fuhr Thor fort. »Andere Kriege, über die nicht so viel berichtet wird wie über manche, weil die Machtmakler im Hintergrund mitmischen, ohne Rücksicht auf tote Ranger. Schlimme Kriege, Mann. Ich habe dreißig Tage Urlaub genommen und bin zum Surfen nach Kalifornien gefahren. Ich war an einem Scheideweg. In dem Jahr gab es große Wellen und viel Regen. Ich lernte ein Mädchen namens Coco in einem College kennen. Ihr Hauptfach war Töpfern, und wir hingen eine Weile zusammen ab. Eines Nachts, spät, wenn man nur die Züge und Hunde hört, fragte ich sie, was Kunst ausmacht... Kunst. Ich war an dieser Weggabelung, Talker. Die, an der die Straße in eine andere Richtung abzweigt. Eine, die man in Erwägung zieht zu nehmen. Sie schwieg lange, als wir dort lagen, und dann sagte sie mir Folgendes...

»Kunst ist die Sache, die man beim ersten Mal richtig machen muss. Das muss man, weil man für jedes Werk nur einen Versuch hat. Keiner gibt einem Buch oder einem Film eine zweite Chance. Jedes Stück, das ich mache, muss das Beste sein, denn ich weiß, dass ich nur eine Chance bekomme, es zu schaffen. Eine Chance für den Betrachter, es zu sehen und... etwas zu fühlen.

»Ich fragte sie, wie man das schafft. Wie gelingt es dir, große Kunst in einem Rutsch zu machen. Ein Durchgang. Ein Take. Sie sagte mir: »Ich gebe alles, egal was es ist. Ob groß oder klein. Ich stecke mein ganzes Herzblut in jedes Projekt. Somit ist in jedem Kunstwerk ein Stück von mir selbst.«

Und ich habe gefragt... denn Sie wundern sich bestimmt, was das damit zu tun hat, dass Sergeant Thor zehntausend Jahre später in einer Welt voller Monster und Magie auf den roten Sandsteinstufen eines Tempels des Bösen mitten in unserer Operation einen Hohepriester tötet... nun, da habe ich gefragt, was das mit der Situation hier zu tun hat.

Er lachte in der Dunkelheit, als wir uns an seinem Feuer unterhielten, während wir darauf warteten, zu den Mauern vorzurücken. Keiner würde heute Nacht schlafen. Und wenn, dann nicht gut.

Brumm und Kurtz waren tot an den Toren der Ewigkeit.

»Ich mochte sie sehr, Talker. Sie war ein cooles Mädel. Die ganze Szene dort, die ganze Zeit in den Bars und bei den Hippie-Kunstausstellungen ihrer Freunde und das Kaffee- und Biertrinken am späten Abend und das Reden unter Scheinwerfern an merkwürdigen Orten, die ganze

Zeit hatte ich in den Tagen vor der Late-Night-Lektion, die sie mir gab, gedacht, dass ich vielleicht... vielleicht könnte ich dort in Long Beach Kunst machen und einfach... etwas anderes werden, verstehst du? Aber dann wurde mir klar, dass alles, was sie sagte, nämlich dass man sich voll reinhängen sollte, dass man das ganze Haus auf sein Talent, seine Fähigkeiten und das, was man da reinsteckt, wetten sollte, dass sie eine Kriegerin war. Für mich zumindest. Das habe ich ihr gesagt. Und danach lagen wir noch lange im Dunkeln und sie weinte eine Weile und ich fragte sie, warum.«

Er hielt inne. Er ging zurück zu diesem ehrlichen Moment in der Dunkelheit. Sidra und ich hatten auch solche Momente.

Ich wartete schweigend. Denn Thor, dieser Kerl kann eine Geschichte erzählen. Wir haben hier in der Ruine kein Netflix. Thor zuzuhören ist so nah an Filmen Schauen wie es hier geht.

Und wenn ich mich an manche der Filme aus den letzten Jahren in unserer Zeit erinnere, sind Thors Geschichten um einiges besser. Wenn ich jemals zurückkomme, gehe ich nach Hollywood und werde das Drehbuch für unsere Zeit hier in der Ruine verkaufen. Jedes Studio, das es annimmt, wird Geld drucken bis zum Gehtnichtmehr und ich werde mir einfach einen Ferrari kaufen und von Kaffeehaus zu Kaffeehaus fahren.

Aber das habe ich schon einmal gesagt. Man sollte seine Träume nie in eine Schublade stecken.

»Sie sagte, dass sie geweint hat, weil sie wusste, dass ich gehen werde«, antwortete Thor. »Dass ich zu meiner Kunst zurückkehren muss. Dem Krieg. Nach einer Weile schlief sie ein und ich ging, als die Sonne aufging und der Nebel sich über alles legte wie eine Decke, die einem sagt, dass alles gut wird, wo auch immer man als nächstes hingeht. Und dass er die Spuren der Tatsache verwischen wird, dass man jemals dort war.«

Sergeant Thor und ich saßen einen Moment lang da, während ich versuchte, das alles zu verdauen. Dann sagte er: »Ich frage mich, was mit ihr passiert ist.«

Ich weiß es nicht, Mann. Das ist alles zehntausend Jahre her. Auch wenn es mir erst wie gestern vorkommt. An manchen Tagen fühle ich mich älter, als ich sein sollte. Tanner sagt, das sei normal, wenn man ein Ranger ist, und die Hälfte der Fälle, in denen er Mist baut und erwischt wird, seien nur dazu da, alle daran zu erinnern, dass er erst vierundzwanzig ist. Er ist noch ein Kind.

Aber ich glaube, es geht um mehr als das. Wir sind älter. Zehntausend Jahre sind eine lange Zeit.

Oder vielleicht hat Tanner einfach recht. Ein Soldat lebt und fragt sich, warum.

Grund Nummer zwei für das Ausschalten des Hohepriesters war die Anbetung des Pan selbst. Die Religion des Pan ist offenbar nicht auf den Wüstenhafen beschränkt. Tatsächlich ist der Hafen von Sûstagul, der einst der wichtigste Anlaufpunkt der kaiserlichen Sauren war, als sich ihr Reich noch über den größten Teil der bekannten Ruinen erstreckte, voller seltsamer chimärischer Statuen, die in den trockenen, staubigen Straßen der Stadt und des Hafens zerbrochen sind, denen hier und da Nasen, Arme oder sogar Köpfe fehlen.

Vergessene Relikte aus vergangenen Zeiten, die den Einheimischen immer noch Unbehagen bereiten. Es ist, als ob... obwohl sie da sind, die Einheimischen sie lieber nicht sehen wollen. Aus bestimmten Gründen.

Ich kenne dieses Gefühl.

Diese Statuen stehen oft vor alten Gebäuden, Gebäuden, die einst Tempel gewesen sein könnten, aber jetzt etwas anderes sind. Sie sehen seltsam aus wie die Pharaonen und Gottheiten des altägyptischen Pantheons. Man findet sie sogar in kleinen Gassen oder abgelegenen Ecken, in die man nie geht, es sei denn, man biegt falsch ab, weil man glaubt, eine Abkürzung zu kennen, und sieht sich stattdessen einem gelassenen Gott gegenüber, der halb Saure, halb Katze ist und in der Dunkelheit der alten Seitenstraße auftaucht.

Und einen anstarrt.

In ihrer Nähe hatte ich immer das vage Gefühl, beobachtet zu werden.

Außerdem möchte man meinen, dass in einem so wilden Ballungsraum wie Sûstagul, der sich von all den Menschenstädten unterscheidet, die sich an die Ränder des Großen Inneren Meeres klammern, diese Statuen abgerissen oder sogar verunstaltet worden wären, als neue Götter kamen und die Stadt den Besitzer wechselte, sei es von den Sauren oder den verschiedenen Imperien der Menschen und Elfen, die seit zehntausend Jahren in der Ruine ein und aus gingen.

Möchte man meinen.

Sûstagul war einst die Heimat von Piratenkönigen und der Aufenthaltsort des berühmten männlichen Medusenpiraten, von dem Vandahar uns bei der Informationsbeschaffung für den Anschlag auf den Drachen erzählt hat. Es war also ein ständiges Kommen und Gehen. Und obwohl diese Statuen eindeutig saurischer Natur sind, hat es niemand für nötig befunden oder sich mutig genug gefühlt, sie zu entfernen. Die Chimären aus Falke,

Mensch, Löwe, Viper und Katze sind immer da, überall in dieser Stadt, wenn man genau hinsieht. Aber auch die Schuppen, Klauen und Echsenaugen der Saure , die hinter den in Granit gemeißelten humanoiden Mischwesen hervorstechen. Die meisten von ihnen tragen ägyptische Röcke, Sandalen, Stäbe und irgendwelche Amtsinsignien. Skarabäen und Diademe. Sie sind eindeutig alte Pharaonen der Sauren oder sogar die Götter der Pharaonen selbst.

Und sie sind beunruhigend. Am besten fährt man, wenn der Geist einem den Gefallen tut so zu tun, als wären sie nicht da.

Die Schriftgelehrten wissen jedoch weniger als ihnen lieb ist, und während meiner Zeit bei ihnen hörte ich seltsame Mythen und manchmal Hinweise auf die Ursprünge der Sauren, die sogar bis in die Zeit vor dem Großen Dunklen Zeitalter zurückreichen, kurz nachdem wir zehntausend Jahre vorwärts gesprungen sind, um der Nanoplage und ihrer Zerstörung von allem, was wir kannten, zu entgehen.

Cocos und Sidras.

Vandahar spricht nur über diese Themen, wenn ich ihn dazu befrage. »Ihre Wege sind zu korrupt, junger Talker. Und wenn man sich die Ruine genau ansieht, kann man die Klauen der Sauren in den Fundamenten selbst erkennen. Ich wünschte, es wäre nicht so, aber es ist so. Und es ist das Beste, weniger über die Wege der Sauren zu wissen... denn mehr zu wissen, hat schon bessere Zauberer als mich in die Falle gelockt, und viele sind in ihre mitternächtlichen Gräber hinabgestiegen und nie wieder zurückgekehrt.«

Aber in diesem Teil der Erzählung geht es nicht um die Sauren. Es geht um die Kinder des Pan, wie sie sich selbst nennen. Die Informationen, die ich sammeln konnte, besagen, dass sich die Kinder überall im Mittelmeerraum aufhalten... ich meine im Großen Inneren Meer. Sie sind in jedem Hafen zu finden, aber mit der Zeit sind sie nicht mehr willkommen und werden verfolgt und aus den Städten vertrieben.

Und das offenbar aus gutem Grund.

Bei ihren Zeremonien werden Kinder geopfert, um ihnen im Gegenzug Unsterblichkeit zu verleihen. Es überrascht nicht, dass dies überall, wo sie hingehen, zu einem Problem wird. Während Sie diesen Bericht gelesen haben, haben Sie wahrscheinlich herausgefunden, dass es jenseits der Grenzen und Ränder der Zivilisation, die die Ruine die Städte der Menschen nennt, noch mehr Monster gibt. Und so heißt es in jeder menschlichen Zivilisation hier in der Ruine: Alle müssen anpacken. Auch Kinder. Sie tragen zum Überleben jeder Siedlung, jedes Dorfes und jeder Stadt bei. Sie sind die Überlebensgaranten der Gruppe, in einem zukunftsorientierten Sinn. Sie werden in den Städten der Menschen geschätzt und beschützt.

Wenn also eine Religion auftaucht, die unter dem Deckmantel der Musik und der Begrüßung des neuen Tages, der Gunst und des Glücks für die Ernte und den Regen oder gegen Krieg und Krankheit beginnt und nach einer Weile die kleinen Kinder verschwinden... nun... dann dauert es nicht lange, bis es in allen Städten von Accadios bis Portugon Heugabeln und Fackeln in die Luft recken.

In Caspia soll es laut Vandahar erlaubt sein. Aber wie er sagt: »Dieses Volk von Hexen ist zu jeder Abscheulichkeit bereit, solange es ihnen mehr Macht bereitet. Sie suchen die Gemeinschaft mit Azmod dem Unhold selbst.«

Ihre Zeremonie begann am Morgen unseres Überraschungsangriffs mit einer wilden Ekstase, bei der im Morgengrauen Ziegenblut geopfert wurde, seltsame und gespenstische Musik aus den Tiefen des Tempels erklang und körperlose Flöten die Anbeter zu einer ewigen Nacht der Seele aufriefen, wenn sie sich nur hingeben würden... alles.

Ich hatte die Zeremonie zuvor aus der Ferne beobachtet und an einigen Tagen sogar aus nächster Nähe, als Anhänger gekleidet. Ich bewegte mich durch die benommene, von etwas Narkotischem berauschte Menge und spürte die Zaubersprüche der Priester in der Luft, um zu hypnotisieren, zu zwingen und den Willen zu schwächen. Glücklicherweise hatte ich meine Psionik im Handumdrehen modifiziert, als ihre dunklen Zauber auf mich und meinen Willen losgingen, indem ich Vandahars Trick des blinden Sehens anwendete, mit dem ich die Medusa in Estragon getäuscht hatte. Das war ein gewisser Schutz. Aber dennoch spürte ich den Ruf des Wesens, das sie Pan nannten.

Später würde ich verstehen, dass es nicht nur ein Ruf war. Später würde ich verstehen, dass ich wertvolle Informationen aufgeschnappt hatte, als die Gesänge weiter dröhnten und die Flöten auf meinen Geist einschlugen. Während die Priester beteten und ihre Zaubersprüche sprachen. Später... würde ich es verstehen. Und da der Bericht darüber, was uns in der Ruine widerfahren ist, mein eigener kleiner AAR ist, ein Rückblick auf Talkers Handlungen im Rückblick... dann erlauben Sie mir, zu gestehen.

Ich habe dort versagt. Ich hatte einen Vorgeschmack auf die Informationen bekommen, die wir für das, was als nächstes passierte, brauchten. Ich hatte sie nur nicht erkannt.

Tief im Festungsturm des Kommandanten, nur wenige Augenblicke vor dem Schuss, nahm Sergeant Thor in letzter Sekunde ein paar Justierungen am Zielfernrohr vor. Windrichtung und Elevation.

Der Priester kam aus dem Tempel gerannt, in der Hand den Kopf einer Ziege. Er trug die hastig eingewickelte Mumie des Kindes von dieser Nacht.

Es war schwer, den Wind im hinteren Teil des Raumes des alten Turms zu spüren, zu fühlen.

Der Spotter überprüfte das Schwarzbuch, das die Scharfschützen während ihrer Beobachtungen des Geschehens mit der Zielperson führten. Wer kommt, wer geht. Zeiten. Zu beachtende Persönlichkeiten. Wind- und Temperaturschwankungen zum Zeitpunkt des Schusses.

Noch dreißig Sekunden und der Priester warf den Ziegenkopf in die Menge, wobei er die Mumie an seine nackte Brust drückte, als würde er das tote Kind im Arm halten.

Thor spürte den Wind, beobachtete den kleinen Stofffetzen, den sie neben dem Fenster platziert hatten. Er sah, wie es sich in der Brise bewegte und zu flattern begann.

Eine stärkere Brise.

Bei zehn Sekunden korrigierte er ein letztes Mal zwei Klicks nach.

Der Spotter bestätigte den Schuss, und als der Priester das tote, mumifizierte Kind hochhielt und sich zum großen Eingang des Tempels aus rotem Sandstein drehte, um dem Ding darin zu verstehen zu geben, dass die Riten und Opfergaben vollzogen worden waren, senkte er den Kopf, zurück in die Menge.

Perfekt klare Sicht.

Thor feuerte und sprengte die Vorderseite seines Schädels und jagte den Inhalt über die Stufen des großen Tempels.

Als die Menge zunächst ungläubig verstummte, flüsterte der Spotter die Bestätigung des Kills, und alle hielten den Atem an.

Dann begann die Menge, einzeln und zu zweit, in Gruppen und Häufchen, ungläubig zu schreien.

Sie waren vor den Kopf gestoßen worden.

Ihr Glaube war nicht genug.

Besorgte Priester warfen sich gegenseitig Blicke zu. Die mit Lederhandschuhen bewehrten Hände der Tempelkrieger griffen nach ihren Schwertern. Die Mönche begannen, sich mit kleinen Feuersteinmessern aufzuschlitzen, so dass das Blut ihre safranfarbenen Roben bedeckte. Sie wirbelten vor Zorn und Wut herum und versuchten, die Zeit durch ihren Furor umzukehren. Oder einen Wirbelwind zu erzeugen, der alles in der Stadt mit Feuer, Wut und totalem Chaos zerstören würde.

Dann begann der Tempel zu wackeln.

Steine explodierten aus den fetten, geschwungenen, tonnenschweren, blutigen Sandsteinblockmauern heraus. Sie flogen in die Menge und zermalmten einige.

Die Ranger hielten den Atem an.

»Was zum...«, murmelte Thor, als das Ding namens Pan aus der massiven, rissigen Fassade des großen Tempels stürmte.

KAPITEL 21

Das Ding namens Pan war ein Satyr. Nur eben riesengroß, weit größer als jeder Troll oder Kriegs-Oger, dem wir bisher begegnet waren. Nicht Cloodmoor-groß. Aber auf jeden Fall Bergriesendimensionen, wie der, den Brumm damals mit der Carl G im Fluss erledigt hatte, als wir hier ankamen und die Orks uns bedrängten und das Waffenteam überrannten.

Es war ein riesiger zweibeiniger Ziegenbock mit einem haarigen Oberkörper und dem Gesicht eines gehörnten, lüsternen Teufels. Mit verdrehten und gewundenen Ziegenhörnern. Er kam auf den Haupttreppen des Tempels heraus, seine riesigen Hufe krachten auf den Stein und sprühten Funken, während er erst vorwärts und dann zur Seite tanzte wie ein unmögliches Animatron, das niemals in der Lage sein sollte, auch nur im Entferntesten so etwas zu tun.

Er schaute sich in der Menge um und suchte dann die Dächer und höheren Gebäude des Viertels ab. Er suchte nach jemandem, der es gewagt hatte, seinen Tribut zu stören. Seinen Pomp. Seinen Glanz.

Die Anbetung, die er so sehr begehrte und forderte.

Das Pan-Ding trug schuppenartige Beinkleider, die aus Tausenden von gestanzten und miteinander verbundenen Bronzemünzen bestanden. Zwei riesige goldene Armreifen umklammerten seine kräftigen Unterarme, Gliedmaßen, die hingen und schwangen wie die Arme eines Zirkusgorillas, der für die Zuschauer in der Manege herumtanzt. In der einen Hand hielt er eine massive Silberflöte, in der anderen einen groben runden Schild von der Größe eines Minivans. Auf der Vorderseite des Schildes war eine grünäugige, lauernde Hydra aus einem älteren Zeitalter der Titanen gemalt.

Oder wie nennt man sie hier in der Ruine? Die Eld?

Ich frage mich immer noch, ob dieses Pan-Ding einer von ihnen war. Ein Eld. Sie hatten sich versteckt, nachdem Vandahar und sein Clan sie ausgelöscht hatten. Beziehungsweise sie bis zum Stillstand bekämpft hatten. Die alten Vereinbarungen, an die sich Cloodmoor halten muss, hatte der Zauberer erklärt, als wir ihn zum ersten Mal auf der anderen Seite des Flusses trafen. Nach der Cloodmoor-Meile.

Meine Quadrizeps spüren das auch noch ein Jahr später.

Die Ranger reagierten ungläubig auf die plötzliche Wendung der Ereignisse, fluchten und waren bereit, auf Kommando etwas Hass zu säen. Thor hielt sie fest, während er die neue Entwicklung abwog. Was geschah, geschah, weil keine der Informationen darauf schließen hätte lassen, dass ein größerer Akteur als der jetzt tote, ehemals sehr mächtige Hohepriester beteiligt war.

Und ich Idiot habe es versäumt, die Anwesenheit des Pan-Dings zu entdecken. Die Flöten und ihre jenseitigen Rufe waren klare Anzeichen dafür, dass etwas Größeres im Kampfgebiet lauerte.

Aber wer hätte gedacht, dass es ein kleiner Gott ist? Und dass er sauer war, weil wir gerade seinen Hohepriester umgebracht hatten?

Wenn die Ranger darüber beunruhigt waren, hat man es ihnen nicht angesehen. Sie waren bereit, ihn unabhängig von seinem Status innerhalb der göttlichen Ordnung zu vernichten.

Die Scharfschützen warteten schon auf ihre Gelegenheit.

Wie ich schon sagte, ging es bei Stranglehold bisher darum, den ehrgeizigsten Hohepriester mit Hilfe von Scharfschützen ausfindig zu machen, der dann die Tempelbevölkerung in Schach halten und aus dem Geschehen heraushalten würde, während wir unseren Kill machen würden. Auf der anderen Seite würden wir aus einer Position der Macht heraus mit ihnen verhandeln. Die Indizien deuteten darauf hin... es gibt keinen typischeren Satz im Bereich der militärischen Planung und des Geheimdienstes... jedenfalls stelle ich mir das in meiner begrenzten Erfahrung so vor... aber sagen wir es mal so... die Umstände deuteten darauf hin, dass der Tempel des Pan nichts anderes wollte, als seinen Todeskult zu betreiben und in Ruhe gelassen zu werden.

Wir wollten sie in Ruhe lassen. Aber wir würden jeden töten, mit dem sie sich verbünden könnten, und sie dann auslöschen, sobald die Mauern sicher waren und die Orks die Botschaft verstanden hatten und auf eine andere Seite der Wüste des Schwarzen Schlafs verschwunden waren.

Der Spotter sprach jetzt mit dem Smaj und informierte ihn über den Stand des Plans. Im Grunde genommen war der Plan gescheitert und nun mussten wir uns mit dem eigentlichen Gott des Tempels auseinandersetzen.

Kennedy würde später anmerken, dass es sich vielleicht nicht um den Gott Pan handelte, den die Anbeter als eine Art göttliches Wesen verehrten, sondern dass es sich stattdessen nur um einen Avatar dieses Wesens oder um einen unbedeutenden, wenn auch mächtigen Diener handelte, der hier die Geschicke leitete. Aber die Ranger akzeptierten nach der Schlacht gerne, dass das Pan-Ding ein Gott war, denn sie hatten es getötet und fanden das ziemlich cool.

»Thor hat einen Gott ausgeräuchert. Das war ziemlich cool«, sagte ein Ranger auf die unaufdringlichste Art und Weise. Wie in: Hast du den neuen Song von so und so schon gehört? Der ist nicht schlecht. Das hörte ich, als ich in der ChemLight-beleuchteten Dunkelheit Fertigmahlzeiten für den Abschnitt nach der Schlacht abholte. Nach dem AAR. Als die Nacht hereinbrach und die Feuer immer noch unkontrolliert brannten und ich versuchte, nicht daran zu denken, was an den Toren der Ewigkeit geschehen war.

Außerdem versuchte ich, nicht an die Dschinn-Flasche in meinem Rucksack zu denken und daran, was sie für mich tun könnte.

Als unter den Gläubigen unten das Chaos ausbrach, kreischte und heulte das Pan-Ding entsetzlich und machte eine pantomimische Demonstration von fassungslosem Unglauben, während es nach unten starrte und mit einem seiner massiven, krummen, dreckigen, haarigen Finger auf den toten Hohepriester auf den Tempeltreppen zeigte, dessen Hirn ihm von Sergeant Thor weggeschossen worden war. .

Das wird dir eine Lehre sein, Kinder zu erwürgen und zu mumifizieren, damit du ihre Eltern schröpfen kannst.

»Wiederholen Sie das, Reaper«, bellte der Sergeant Major über das Schlachtgetümmel an den Toren des Todes hinweg. Er hatte in diesem Moment seine eigenen Probleme. Die Guzzim Hazadi bedrängten den anderen Teil der Legion, der an Bord der Kriegsgaleeren geblieben war, Kurs auf den primären Einmarschpunkt am nahegelegenen Strand genommen hatte und jetzt an Land ging und im Laufschritt zum Tor des Todes marschierte, während orkische Stoßtrupps aus der Nähe anrückten und Pfeilsalven abfeuerten. Der Sergeant Major musste die Tore offen halten und die Wüstenorks zurückhalten, bis die Legion durch war. Die Mörserteams wechselten jetzt zu den Primärwaffen, um die Tore zu halten, und es wurde allmählich das unheilvolle Gerede vom finalen Deckungsfeuer laut.

Als Nicht-Infanterist, der sein gesamtes CQB-Wissen in Echtzeit mit den Rangern hier in der Ruine hatte entwickeln müssen, hatte Tanner mir das finale Deckungsfeuer erklärt. Es war die Infanterieversion von Gefahr im Verzug, wenn man um Feuerschutz bittet. Oder, wie Tanner es ausdrückte: »Wenn du hörst, dass der Befehl ›FDF geben‹ über das Netz kommt... dann weißt du verdammt sicher, dass die Dinge den Bach runtergegangen sind und du besser mit Gott im Reinen bist.«

Aber so weit waren wir noch nicht. Der Sergeant Major bewegte sich zwischen den Rangern, ging durch das Pfeilfeuer, als ob er nicht getroffen werden könnte, und feuerte mit seiner Handfeuerwaffe auf sie.

Einer der Mörserschützen erzählte mir später, er habe den Sergeant Major murmeln hören, nachdem er einen Ork aus nächster Nähe von einem Kamel geschossen hatte: »Wo immer meine Stiefel stehen, ist Texas, und ihr

Bastarde werdet herausfinden, dass es Alamo ist, wenn ich unter Druck gesetzt werde. Ihr wollt es... dann kommt und holt es euch.«

Jetzt starben die Orks, die nahe herangeritten waren, um die Mörserteams zu beschießen, haufenweise, viele von ihnen wurden von ihren eigenen Kamelen zerquetscht. Die Ranger waren entschlossen, die Tore zu halten, bis die Legion durchgekommen war, und schossen mit guter Treffsicherheit auf sie.

»Wir haben Pan Actual im Visier, Doghouse«, meldete Thors Spotter, als es im Tempel wild zu werden begann.

Einer der Scharfschützen verfluchte denjenigen, der entschieden hatte, dass sie keine Carl G brauchen, um die alte Festung zu halten.

»Man braucht immer eine Goose, Mann. Zur Not eben als Kopfkissen.«

Etwa in diesem Moment entdeckte das Pan-Ding die Scharfschützen im Turm, und niemand weiß, wie es das gemacht hat. Es hat sie einfach gespürt. Seine riesigen hässlichen Nasenlöcher witterten den Wind und fanden sie zwischen den Türmen der alten Festung. Er roch sie in ihren Verstecken. Seine grausamen Augen überprüften die bröckelnden Zinnen und die dunklen Augenhöhlenfenster, aus denen in den hundert Jahren, seit die Neunte Accadische Legion auf Nimmerwiedersehen in der Wüste verschwunden war, kein lebendes Wesen mehr herausgeschaut hatte. Dann zeigte er mit dem massiven, krummen, schmutzigen, haarigen Finger auf die Erde und stieß einen markerschütternden Kriegsschrei aus, der die Trommelfelle vieler Gläubiger zerschmetterte, die auf ihre Bäuche gefallen waren und zu ihm krochen, um ihn zu berühren.

»Reaper«, sagte der Sergeant Major etwas angestrengt, während er einhändig meine Glock nachlud und Ork-Kamele mit trommelnden Hufen über den Sand donnerten, deren Reiter aus nächster Nähe gefährliche Pfeile abfeuerten. »Wollen Sie mir sagen, dass wir es mit einem niederen Gott zu tun haben, der jetzt hier in der Festung den Bösewicht spielt?«

Schweigen.

Das Pan-Ding war jetzt damit beschäftigt, auf seiner Flöte zu spielen, und allen in den Scharfschützenpositionen wurde es heißer als in jeder Wüste, in der sie je gedient hatten. Nicht brennend heiß. Trocken. Trocken, als würde ihnen die Feuchtigkeit aus der Haut gesaugt werden. Es begann zu jucken. Sie hörten fast augenblicklich auf zu schwitzen.

Einige schlüpften bereits aus ihren Rüstungen, als sie unerträglich wurden. Priester liefen unter die Leute und zeigten auf die Festung. Tempelkrieger bildeten kleine Trupps, um schnell auf die Mauer und das alte Tor vorzurücken, das die Festung vom Tempel trennte. Mönche rannten wie Tänzer, wirbelten herum, schleuderten Blut, zückten Messer und sangen wie verrückt, während sie den Mördergott suchten.

»Niederer Gott, bestätige, Doghouse. Wir wissen nicht, ob es sich um ein großes oder kleines Problem handelt, aber wir haben das Gefühl, dass es eine Art magischen Angriff gegen uns starten könnte.«

Der Sergeant Major meldete sich einen Moment später zurück.

»Reaper... erledigen Sie es trotzdem. Ich habe hier einiges zu tun. Doghouse Ende.«

Thor hörte den Angriffsbefehl und feuerte das massive Anti-Materie-Gewehr erneut auf den verdrehten, lüsternen Riesen ab, dessen groteske, knollige Augen flatterten, während er erratisch auf seiner Flöte trillerte. Den Scharfschützen zufolge war die Musik so, als würde man von einer Schallwaffe getroffen, wie die, die die DARPA an die Dritte Welt zur Kontrolle von Menschenmengen verkauft hatte. Die Art von Waffe, die deine Haut zum Brutzeln bringt, aber mit Schallwellen. Obwohl das Pan-Ding so groß war, bewegte es sich schnell, zuckte in letzter Sekunde und Thors Schuss, der auf den Kopf gerichtet war, traf es stattdessen genau in die Schulter, so dass Stücke von haarigem Fleisch und Blut über die hohe Tempelwand verteilt wurden. Die Schulter war mit dem Arm verbunden, der den enormen Schild hielt.

Und immer noch spielte die perverse Bestie weiter auf ihrer verdammten Flöte, sandte Wellen von Schmerz und Hitze aus und beschwor kurz darauf neue Magie herauf, die ihr helfen sollte.

Thor feuerte erneut und das Pan-Ding, schnell wie der Blitz, riss den Schild hoch, sogar mit seinem verwundeten Arm, blockte den Schuss und entschädigte die Geräuschkulisse mit einem lauten DWAAAANG, das über der schreienden Tempelmenge widerhallte, die nun außer Kontrolle geriet und drohte, auf die Straßen zu schwappen, wo wir auf dem Markt kämpften. Fackeln erwachten zum Leben, und auch das Heulen und Zähneknirschen wurde lauter.

»Kein Durchschlag«, rief der Spotter bei Thors nächstem Schuss. Andere Scharfschützen begannen, sich neu zu positionieren, um das riesige Ding auszuschalten, das jetzt über die Mauern des Tempelbezirks emporragte, sie angrinste und wütend auf seiner verrückten Silberflöte spielte.

Als wir über den Markt vorrückten, hörte ich die Flöte über den Kampfgeräuschen, in die wir zu diesem Zeitpunkt bereits verwickelt waren. Und auch die wilden, beunruhigenden Schreie des Wesens, wenn es Sachen brüllte, die wir nicht verstehen konnten. Dinge, die die Wächter des Tempels in Aufruhr und die Anbeter in eine gewalttätige Ekstase versetzten, die ein ganz eigener Wahnsinn zu sein schien. Aber zu diesem Zeitpunkt war die Two-Forty bereits im Einsatz und wir hatten, genau wie die Smaj, eigene Probleme, um die wir uns kümmern mussten.

Binnen einer Minute lösten sich die Schüsse der Scharfschützen in der Luft auf. Die .308er und .50er Kugeln, die die Scharfschützen verwendeten, konnten den riesigen, Satyr plötzlich nicht mehr treffen. Die Spotter meldeten »keinen Erfolg« und »keinen Durchschlag«. Die Scharfschützen fluchten und erklärten, dass sie gerade erst warm wurden, während sie nach ihren Spezialgeschossen griffen. Thor feuerte im Eiltempo auf den Schild, aber es war klar, dass das Pan-Ding begonnen hatte, seltsame Magie gegen die Kugeln der Scharfschützen einzusetzen, die gegen es eingesetzt wurden.

Manchmal tauchten plötzlich kleine, seltsame Geister direkt vor den Geschossen auf, die auf das Ziel zuflogen... und die Spezialmunition explodierte in geisterhaften, knöchernen Strahlen, wobei das Geschoss aus der primären materiellen Ebene verschwand, wie Kennedy uns später erklären würde.

Mit anderen Worten... das Pan-Ding beschwor Geister aus der Spiegelwelt herauf, um eingehende

Scharfschützengeschosse abzufangen und zu zerstören. Der Kontakt mit dieser Ebene ließ Objekte explodieren.

»Materie trifft auf Antimaterie«, murmelte Kennedy. »Puff. Sei froh, es hätte eine gewaltige nukleare Explosion ausgelöst werden können, wenn man den Physikern glaubt. Aber die sind alle schon seit zehntausend Jahren tot, sodass man nicht weiß, was passiert ist. Vielleicht hat das Spiel alles korrekt gemacht. Vielleicht ist der ganze Ort mein Spiel.«

Oder, wie der Smaj es im AAR zusammenfasste... »Das verdammte Ding hat ein magisches Luftverteidigungssystem hochgezogen. Das ist es.«

Aber die magische Luftabwehr-Artillerie aus der Spiegelwelt... Mann, ist die Ruine seltsam... war nicht alles, was das Pan-Ding konnte. Es konnte mit den Noten und Liedern seiner Flöte weitere Zaubersprüche wirken. So lautet zumindest unsere Theorie.

Das ist ein Ding hier - Flötenmagie - und wir wissen jetzt, dass es ein Angriff ist. Wenn so etwas das nächste Mal versucht, uns anzugreifen, wissen wir, wie wir es besser machen können.

Schimmernde Lichtstrahlen begannen, das Sichtfeld zwischen den Scharfschützen und dem kleinen Gott zu durchqueren, den sie mit Kugeln zu beschießen versuchten. Die Scharfschützen verloren die Fähigkeit, ihr Ziel zu erfassen, da die Lichter und Geräusche ihre Ohren und Augen verwirrten. Wenn die Schüsse das geisterhafte Luftabwehrsystem durchdrangen, wurden die Kugeln von dem massiven Schild angezogen und klangen beim Aufprall mit demselben metallischen DWAAAANG.

Die Münder der Scharfschützen wurden wie Sandpapier, als die ganze Feuchtigkeit aus ihren Körpern entwich. Ihre Herzfrequenz erhöhte sich. Einige begannen sich übel zu fühlen. Die Luft wurde schwer und dick und fühlte sich an, so sagte einer von ihnen, als ob man genau in dem erschütternden Moment nach dem Abschuss einer Carl G feststecken würde.

Das ist nicht gut.

Und doch war das noch nicht alles, was der verdrehte Riesensatyr konnte. Die Musik des Pans, die silberne Flöte, die er spielte, tanzte und schrie Noten heraus wie eine verrückte Hammond B3-Orgel, die in den letzten Passagen des finalen psychedelischen Konzerts einer seltsamen Acid-Rock-Band des Abends kreiste.

Die Köpfe der Scharfschützen hämmerten und sie waren nicht mehr in der Lage zu kommunizieren.

»Ich wusste, was ich sagen wollte«, sagte einer. »Mir fiel nur nicht ein, wie ich die Worte formulieren sollte. Und sobald ich diesen Gedanken hatte... dachte ich... was ist, wenn ich nicht schießen kann... und dann vergaß ich, auf was ich eigentlich schießen wollte. Ich kannte das Wort: Gewehr. Aber ich konnte es in diesem Moment nicht denken.... Die Musik war alles. Sie war überall. Und es wurde immer noch mehr, bis sie das Einzige war. Echt abgefuckt, Talker. Es war die reine Hölle, Mann. Ich meine, nicht so schlimm wie in der Ranger-Schule... aber ziemlich schlimm. Nah dran. Aber nicht so schlimm. Vergiss es.«

Thor verließ sein Versteck, ohne Hemd und schwitzend, mit angespannten Muskeln, setzte Mjölnir ab, stolperte durch den Raum zu seinem Rucksack und zog seine Ohrstöpsel heraus. Er schnappte sich sein Smartphone, steckte das AUX-Kabel rein und wählte einen Song aus.

»Welches Lied?«, fragte ich, als Thor mir das alles erzählte. Denn das ist das Wichtigste hier. Zu wissen, welchen Song Thor hörte, als er einen Halbgott vernichtete. Das ist eine Information, die wir für definitiv für den Bericht brauchen. Und zwar nicht nur, weil Talker es wissen muss.

»Irgendein Lied. Ich musste nur den Lärm ausblenden, den dieses Ding mit seiner Flöte machte. Es hat mich nicht nur wahnsinnig gemacht, Talker, es war, als hätte sich mein Gehirn in ein Karussell verwandelt, dass sich immer schneller drehte. Ich stolperte rum, hatte kein Gleichgewicht mehr und konnte mich nicht einmal mehr an meinen eigenen Namen erinnern. Aber irgendetwas sagte mir, wenn ich die Geräusche ausblenden könnte... dann könnten wir vielleicht etwas gegen diesen Pseudogott unternehmen.«

»Welches Lied?«, fragte ich erneut. Komm schon, Großer.

»Zuerst die Beach Boys. ›Good Vibrations‹. Er erinnerte mich an das Surfen und ich hab es jeden Abend gespielt, wenn ich zum Strand gegangen bin, um die Wellen zu beobachten. Das war ziemlich schön. Aber dann ging es weiter mit diesem Cream-Song, den ich von einem der Scouts bekommen hatte. ›Tales of Brave Ulysses‹. Seltsam... was dann geschah, fühlte sich... episch an. Sogar für mich. Ich weiß, ich habe den Ruf, eine Legende zu sein, was immer das auch heißen mag - und das sage ich ganz ohne Ego, Talker. Aber dieser Song hat mir das Gefühl gegeben, dass ich das auch bin, Mann. Ich bin da rausgegangen, um diesem Ding den Garaus zu machen, vielleicht nicht wie eine Legende, aber zumindest wie ein... Held. Und ich wusste es. Und das ist alles, was ich jetzt will. Diese Art von Erfahrungen. Ich bin nicht mehr lange hier, Mann. Was da draußen passiert ist... hat mich verflucht... auf eine Art wie Sims, aber anders. Ich bin jetzt ein anderer Mensch.

Ich habe das Gefühl, ich bin schon weg. Aber ich werde das durchstehen. Und dann... muss ich verschwinden. Ich muss das Mädchen aus dem Lied finden.«

»Und, was ist dann passiert?«, fragte ich, um ihn wieder auf den Boden der Tatsachen zurückzuholen.

»Ich habe mein Gewehr wieder genommen, sobald mein Kopf aufgehört hat sich zu drehen, aber die Lichter da draußen haben mich geblendet. Es waren keine Geräusche, aber man konnte die Geräusche sehen und es war das Seltsamste, was ich je erlebt habe... Aber im Moment verdrängte die Musik wenigstens den größten Teil der Flöte und ich konnte etwas tun. Ich hatte Action, Talker. Ich habe ein weiteres Magazin auf das Ding abgefeuert, aber es ist immer noch nicht durchgedrungen. Und ich wusste, dass es nicht funktionieren würde.«

»Was war die Lösung?«

Was dann geschah, ist der Stoff für Legenden. Die Geschichte einer Legende. Es ist das, was Sergeant Thor ausmacht...

»Ich schnappte mir das Stück Stahl, das ich für den Nahkampf benutzt hatte, und ging hinein, um es aus nächster Nähe zu töten. Das war der einzige Weg, den ich sehen konnte, um es zu erledigen. Ansonsten hätte es uns das Hirn gekocht.«

KAPITEL 22

Das habe ich dem Bericht später hinzugefügt. Nachdem ich alle Beteiligten befragen konnte und mir ein klares Bild davon machen konnte, was im Kampf mit dem Pan passiert ist. Damals meinte Thor nur, dass er seinen Bastard genommen habe und losgezogen sei, um den Mistkerl zu töten. Dann fügte er hinzu: »Ich hab's geschafft und bin abgehauen. Auftrag erledigt. Zurück zu den Scharfschützen.«

Das war die wirklich unspektakuläre Kurzfassung des epischen Kills, der folgte, als der vermeintliche Gott versuchte, die Ranger-Scharfschützen, die die alte, heimgesuchte Legionsfestung hielten, mit einer magischen Todesflöte niederzuschlagen.

Seit dem Moment, als er sich sein Bastardschwert - er nennt es Bastard - schnappte und zum Tempel rannte, um den riesigen Dämonengott anzugreifen, war viel passiert.

Ein Bastardschwert. Was ist ein Bastardschwert im Gegensatz zu einem Langschwert oder sogar dem massiven deutschen Zweihänder, fragen Sie? Es ist ein Schwert von unbestimmter Natur und Bauart, das für mehrere Zwecke eingesetzt werden kann. Das heißt, Sie können es einhändig, linkshändig oder sogar beidhändig wie Conan der Barbar verwenden.

Es ist ein brutaler Brocken Stahl. Ich ziehe den leichten Tanz von Frostfeuer der Wucht und dem Gewicht des Bastards vor, der sich viel schwerer anfühlt, als er sollte. Und glauben Sie mir, seit ich die Ruine betreten habe, hab ich ganz schön Muskeln zugelegt. Die Two-Forty schleppen in der Ranger-Schule und alles zu Fuß zurückzulegen, erinnern Sie sich, und das überrascht mich hin und wieder selbst... aber wir sind jetzt seit über anderthalb Jahren nicht mehr mit einem Fahrzeug unterwegs gewesen. Wir sind überall zu Fuß hingegangen.

Wo wir herkommen, sind Fahrzeuge für uns Ranger an der Tagesordnung. Wenn man überall hin zu Fuß unterwegs ist, wird man irgendwann müde.

Nun ja, wir hatten eine eintägige Galeerenfahrt, bevor wir von den magischen Kräften des ebenfalls verstorbenen Dschinns der toten Medusen-Königin nach Nordafrika oder in den Atlantischen Rift gesaugt wurden. Aber ansonsten sind wir immer zu Fuß unterwegs.

Im Unterschied zu Frostfeuer, das sich eher wie eine elegante und geschickt ausbalancierte Waffe anfühlt, ist der Bastard brutal und gemein, und nicht schön anzusehen. Frostfeuer fängt das Licht ein und lässt es kalt werden. Manchmal leuchtet es schwach, geisterhaft blau, und ich kann nicht herausfinden, warum. Der Bastard fühlt sich an wie der Baseballschläger eines Comic-Haudegens. Thor schwingt ihn jedoch, als wäre er federleicht. Bis er zuschlägt. Dann zermalmt er das Ziel einfach. Hart. Thor oder die Magie darin? Es ist magisch. Aber das ist alles, was wir wissen. Und es ist nicht leicht, er ist einfach so aufgepumpt. Man spürt förmlich, wie sich die Luft teilt, wenn er sie um schwingt und auf das Ziel niederfahren lässt, um sein ganzes relativistisches Gewicht in einen wilden Hieb oder einen brutalen Schlag zu stecken.

Seit der Zitadelle trainieren wir dreimal pro Woche mit unseren Pickups. Die Zwerge sind zu unseren Waffenmeistern geworden. Sie haben schon mehr über Waffenkampf jeglicher Art und mit jeder Waffe vergessen, als wir wahrscheinlich jemals wissen werden. In solchen Fragen muss man ehrlich sein. Die Zwerge leben und atmen den ganzen Tag lang Waffen. Sie haben sie immer bei sich, egal was sie tun. Es gibt keine Zeit, in der sie nicht mindestens drei bei sich haben.

Abgesehen davon haben viele Ranger den Zwergen gesagt, dass sie diese Herausforderung mit Freude annehmen und ihre Pickups auf Profi-Niveau beherrschen wollen, was die Zwerge freudig zur Kenntnis nahmen. Aber das ist eben Ranger-Standard. Sie wissen, dass ihr Leben von ihren Waffen abhängt. Ein Ranger beherrscht seinen Karabiner, seine Seitenwaffe, Sprengstoffe, verschiedene Messer, seine Hände und Füße, seine Zähne und seinen Kopf, seine Ellbogen und was er sonst noch in die Finger bekommt.

In einem Kampf gibt es keine zweiten Preise. Die Ranger verstehen das, und wie sie jederzeit bei jeder Unternehmung sagen werden... sie sind in it to win it.

Also ging Thor so schnell er konnte durch die verwunschene alte Festung hinunter und rannte durch die blutroten Lichtkegel, die durch die Risse und Spalten in dem zerfallenden alten Gemäuer in die Dunkelheit drangen. Er erreichte das Erdgeschoss, durchquerte die Nekropole jenseits der Mauern und rannte zu dem alten Tor, das in den Tempelbezirk führte.

Die Panik im Tempel wuchs an und es war, als ob man auf ein verrücktes Rockkonzert zulaufen würde, das sich in eine Massenpanik verwandelt hatte.

An diesem Punkt bat ich Sergeant Thor, mir zu erzählen, was genau geschah, als er im Tempelbezirk gegen den Pan-Gott kämpfte - das war später und deshalb habe ich das hier nachgetragen.

Dies sind seine Worte, und ich gebe sie getreu wieder.

»Die erste Gruppe, der ich begegnete, waren Tempelkrieger, die in einem vierköpfigen Einsatzteam herauskamen. Zwei Männer mit Schwertern. Einer mit Hammer. Einer mit Speer. Sie sehen mich kommen und ich greife sofort an, weil das Gelände, in dem ich bin, nicht gut ist. Jede Menge offene Gräber. Viel bewegter und instabiler Boden. Schlechte Voraussetzungen für einen Kampf, selbst wenn die Chancen gut stehen, und das taten sie nicht. Definitiv nicht der Ort, an dem ich kämpfen will.«

Grabräuberei ist ein großes Business in Sûstagul. Wir haben keine Ahnung, warum. Vandahar hat das in unserem eigenen Jargon kommentiert: »Das wollt ihr gar nicht wissen.« Dann machte er große Augen und ging weiter. Es gibt Themen, die ihn beunruhigen, und es ist interessant, seine Reaktionen darauf zu beobachten. Die Nekromantie ist eines davon.

Zurück zu Thors Bericht.

»Der Speerträger ist wendiger, leichter gepanzert als die anderen, und er rennt mit dem Speer auf mich zu, während die anderen sich bereit machen, zu flankieren. Der Speerträger hält kurz an und sticht zu, wobei die Spitze des Speers einen Haken hat. Ich drehe mich, um dem Stoß auszuweichen, schwinge mich herum und ziele mit dem

Bastard hoch. Ich treffe ihn seitlich am Kopf, als ich den Schwung beende und Kontakt schaffe.«

»Hat's geklappt?«, fragte ich und musste mir einen abgetrennten Kopf vorstellen, der wegfliegt wie in einem Film.

Wie ich schon sagte, wissen wir, dass der Bastard magisch ist, wir wissen nur nicht, was er genau bewirkt. Er hat eine Klinge, aber keine scharfe, und trotz aller Schärfungsversuche widersetzt er sich dem Versuch, sich schärfen zu lassen. Thor hat es einem der Psycho-Elfen in der Wüstenfestung auf der Passhöhe abgenommen. Sie war mit keiner ihrer anderen Waffen vergleichbar und der Träger schien einer ihrer Elitekrieger zu sein. Nach ein paar Schwüngen beschloss Thor, die Waffe zu behalten und arbeitet seitdem mit ihr.

»Negativ bezüglich der Enthauptung, Talker«, antwortet Thor. Schade, war ziemlich episch in meiner Vorstellung.

»Vom Kiefer aufwärts durch die Schädeldecke geschnitten. Er stürzte in ein Grab und sein Speer hing eine Sekunde lang dort. Ich packte ihn und schleuderte ihn auf einen von den anderen. Den Schwertträger. Ich habe ihn verfehlt, aber er musste sich ducken. Ich mache mir Sorgen, dass ich zu schwer atme, aber in diesem Moment fühle ich mich noch nicht einmal erschöpft, als es richtig losgeht. Der Hammer-Typ kommt ran, hebt ihn hoch, um mir den Schädel zu zertrümmern, und ich werfe den Bastard hoch, um zu blocken und mit einem Feger zu entwaffnen, wie Max es mir gezeigt hat. Das klappt und ich höre, wie die Handgelenke des Kerls brechen, beide, als er versucht, seinen Hammer festzuhalten. Er weicht zurück und sieht sie an... seine Handgelenke.«

»Ist er ein Mensch?«, frage ich. Einzelheiten.

»Ja. Genau wie der, den wir auf dem Tempelgelände gesehen haben. Harte Jungs, genau wie die Söldner drüben auf dem Markt. Profis mit Narben und Tattoos. Ich lasse auf die Entwaffnung einen Stich folgen und führe den Bastard direkt unter seinen Brustpanzer, gehe tief und drücke nach oben, während ich die Spitze der Klinge einführe. Sie kommt aus seinem Rücken heraus und in diesem Moment denke ich: Verdammt, hoffentlich bleibt das Ding nicht stecken. Das hatte ich befürchtet, also stoße ich mein Knie in seine Brust und ziehe die Klinge zurück, als ob ich einen Außenbordmotor anwerfen würde. Die Klinge kommt gut heraus. Aber ich sag dir eins... ich flippe aus, weil zwei Typen auf mich aus sind und ich sie durch die Musik in meinen Ohrschützern nicht hören kann. Ich habe keine Ahnung, wo sie sich in diesem Moment befinden. Ich muss sie hören, aber ich kann es nicht. Wegen der Pan-Gott-Musik.

Aber auch hier bin ich nicht außer Atem. Und alles fühlt sich... nicht langsam, sondern... perfekt an. Als ob alles, was wir gelernt haben, um auf diese Weise zu kämpfen... alles passt zusammen, Mann. Es macht Spaß. Es ist perfekt und ich genieße es.«

Vier-gegen-eins-Kämpfe mit scharfen Gegenständen machen Spaß. Zur Kenntnis genommen. Für mich war das nicht der Fall. Ich hatte bei jedem Kampf das seltsame Gefühl, dass ich Glück hatte, dass er überhaupt zu meinen Gunsten ausging. Ein Vier-gegen-Eins-Kampf fühlt sich... eher chancenlos an.

»Beide gehen mit ihren Schwertern auf mich los, als ich meinen Kopf hebe und mich wieder in den Kampf stürze. Der Kerl mit dem Hammer liegt gurgelnd auf dem Boden, aber immer noch auf den Knien und schaut zu mir oder in den Himmel, während ihm das Blut in Strömen aus dem Mund läuft. Er ist erledigt. Ich hole mit dem Bastard zu einem wilden Schlag aus und wehre das erste Schwert ab, das mich angreift. Der Kerl pariert und dreht sich, dann schlägt er dort zu, wo ich war. Ich schlurfe zurück, lasse meinen linken Stiefel auf dem Boden und überlasse es ihm, das Terrain zu finden. Ich nehme eine Hand von dem Bastard und stoße den sterbenden Hammer-Typen in den Weg des Schwertes seines Freundes. Die Klinge trifft und versinkt in seinem Kumpel. Sie blieb zwar nicht stecken, aber sie prallte an der Rüstung des Kerls ab, was dessen Chi für eine Sekunde lahmlegte. Da ich in der Deckungsposition war, hätte ich mich auf ihn stürzen können, aber das andere Schwert kommt von rechts und ich tausche zwei Schläge mit ihm aus und mache dann ernst, indem ich mit dem Bastard direkt auf seine Hand schlage. Ich glaube, er hat durch meinen billigen Schlag einige Finger verloren, dann schrie er auf, wich zurück und fiel in ein offenes Grab. Nachdem er nach dem Kampf mit einer Hand herausgekrochen war, schlug ich ihm mit dem Hammer den Schädel ein. Aber jetzt hat sich der andere Schwertkämpfer von dem bösen Abprall von der Rüstung seines Kumpels erholt und er beginnt, schwungvolle Hiebe zu machen, vorzurücken und auf den Boden zu stampfen, um mich zurückzutreiben. Ich bin leichter, weil ich nicht die ganze Ausrüstung habe, die sie tragen, und so weiche ich seinen Hieben aus, sehe dann eine zu kleine Öffnung, um einen Hieb auszuführen und ramme ihn einfach mit meiner Schulter. Ich bin größer. Ich stoße ihn in einen Haufen Dreck und ramme dann die Klinge nach oben, direkt in seine Kehle, denn er hatte keinen Schutz dagegen.

Ich stoße kräftig zu und denke, dass er enthauptet wird, aber nicht so, dass der Kopf wegfliegt. Ich stieß einfach zu, bis sich die Kehle vom Kopf löste. Also... technisch gesehen habe ich einen erwischt, Talker. Dann, wie gesagt, habe ich mir den Hammer vom Boden geschnappt und dem Kerl mit den fehlenden Fingern den Schädel eingeschlagen, als er versucht hat, wieder aus dem Grab zu klettern.«

Ich glaube, mir blieb der Mund offen stehen, als Thor von seinem ersten Kontakt mit Pickup-Waffen berichtete. Handwaffen. Es war gewalttätig und erschreckend in seiner brutalen Unverblümtheit. Aber es war ein sachlicher Bericht, und als er diesen Teil beendet hatte, sagte er einfach: »Als das erledigt war, habe ich mich zusammengerafft und bin zum Tor des Tempels gerannt.«

Das war unglaublich. Aber wahr.

»Ich erreichte den Tempelhof«, fuhr er fort, »und es war ein einziges Chaos. Die Leute, die normalen Leute, die Gläubigen, sie schrien und weinten, rannten hin und her. Ein Typ schlug wiederholt mit dem Kopf gegen eine Statue ihres Gottes in der Nähe der Stufen. Wie ich schon sagte, pures Chaos. Die Truppen sahen in mir nichts anderes als einen Kerl mit einem Schwert, und sie hatten in diesem Moment größere Probleme. Die Priester versuchten, Mönche und Krieger um sich zu scharen. Einige von ihnen zumindest. Ein Priester wurde von Tempelwächtern zu Tode gehackt. Ich wusste nicht, ob jemand dachte, er sei eine Bedrohung für die neue Führung oder ob eine alte Rechnung beglichen werden sollte, als die Karten neu gemischt wurden. Ich wusste nur, dass ich mich für die Pan-Sache entschied, unabhängig von den persönlichen Dramen der anderen. Also hab ich es auf der Treppe in Angriff genommen.«

Okay, Sergeant Thor ist also etwa 2 Meter groß und das Ding muss vier bis fünf Meter hoch sein. Und er greift es an. »Was man eben so tut«, sagt Tanner über jede unglaubliche Entscheidung, die ein Ranger treffen würde, die kein vernünftiger oder rationaler Mensch auch nur in Erwägung ziehen würde.

Einmal Ranger, immer Ranger.

»Was macht er? Reagiert er? Hat es Sie kommen sehen?« In meinem Kopf sagt er das Ziegengott-Äquivalent von: »Du armseliger Sterblicher, wie kannst du es wagen, meine Person anzugreifen. Siehst du nicht, dass ich ein Gott bin?

Aber das sagt er nicht. Er flieht vor dem Verrückten, der sie mit einem Stück Stahl angreift.

»Er fällt zurück in den Tempel und hält den Schild zwischen sich und mir«, sagt Sergeant Thor. »Ich hämmere auf den Schild, treibe ihn zurück und ich denke…«

Lassen Sie mich an dieser Stelle kurz unterbrechen. Entschuldigung. Wir haben bisher gegen eine Menge seltsamer Dinge gekämpft, aber meines Wissens noch nie gegen einen Gott. Dementsprechend ist dies das erste Mal. Und wenn ich an seiner Stelle wäre, würde ich denken: Heilige Scheiße, ich kämpfe gegen einen Gott. Und ich gewinne. Leistungs-Talker. Nimm das, Sidra. Ich habe etwas aus meinem Leben gemacht. Und dann würde ich mir einen Kaffee holen, als Belohnung dafür, dass ich etwas Unglaubliches geleistet habe. Aber um fair zu sein… ich würde mir auch einen Kaffee holen, wenn ich absolut nichts Unglaubliches getan hätte. Ich würde mir einfach einen holen, egal was.

Kaffee.

Aber nicht Thor. Er sagt nur, und ich zitiere: »Ich hämmere auf den Schild, treibe ihn zurück und denke:

›Wenn ich ihn aus dem Gleichgewicht bringe und auf seinen Hintern bringen kann, komme ich über ihn und kann sehen, ob er ein Herz hat, durch das ich den Bastard treiben kann.‹«

Um noch einmal Tanner zu zitieren: Was man eben so tut.

»Aber das wird nicht passieren. Er gibt nach und hält den Schild zwischen uns und daran kann ich nicht viel ändern. Er ist größer als ich... aber ich habe etwas herausgefunden, Talker. Wenn ein Kerl groß ist, ist er wahrscheinlich kein guter Kämpfer. Ich schon, aber ich musste mich dazu zwingen, einer zu sein. Die Leute wollen nicht gegen große Kerle kämpfen, weshalb viele große Kerle hoffen, dass sie damit auskommen, nur groß zu sein und es nicht schlimm ist, dass sie keine Ahnung haben, was sie im Falle einer tatsächlichen Konfrontation tun sollen. Verstehst du, was ich meine?«

Ich konnte die Logik dahinter erkennen.

»Nun zu den kleinen Jungs. In neun von zehn Fällen ist der kleinste Kerl in der Truppe der beste im Ring. Der Kerl wird schon sein ganzes Leben lang schikaniert. Er ist ein Kämpfer. Vor diesen Typen sollte man sich in Acht nehmen. Sie wissen, was sie tun, weil sie es schon ihr ganzes Leben lang tun mussten.«

Klingt logisch.

»Sagen wir mal, du bist ein Gott. Diese »Großer-Mann-keiner-traut-sich«-Masche hat wahrscheinlich die letzten paar Hundert Jahre funktioniert. Das letzte Mal, dass du in einen richtigen Kampf verwickelt warst? Ewigkeiten. Und wenn man dann noch bedenkt, dass diese ganze verrückte Sekte auf der Ermordung von Kindern basiert... wenn ich so darüber nachdenke, jetzt, wo alles erledigt und im Dreck liegt… und so ist er natürlich in den Tempel zurückgefallen, als ich mich auf ihn gestürzt habe. Ein Tyrann würde das tun. Ein Tyrann ist ein Feigling und sonst nichts. Wenn man einen harten Kerl schlägt, gibt es nur zwei Möglichkeiten: Entweder er kann kämpfen oder er ist ein Schwächling und gibt klein bei.

»Ich roch den Tyrannen und wusste es, als er versuchte, von mir wegzukommen, wobei er das Schild zwischen mir und ihm hielt und immer noch so heftig auf seiner Flöte spielte, wie er konnte, weil er nicht weiß, was Ohrschützer und Geräuschunterdrückung sind. Jetzt habe ich Mötley Crüe aufgelegt und es läuft ›Dr. Feelgood‹, einer meiner Trainingssongs, wenn ich Hardcore-HIITs machen will. Hardcore und schnell. Und nein, ich suche mir keine Songs aus. Das Handy ist auf Shuffle gestellt. Wenn also ›The Piña Colada Song‹ auftaucht, und den habe ich da drauf und frag nicht warum, denn das landet sonst garantiert in diesem Bericht, aber wenn dieser Song auf unserer offiziellen Ruinen-Playlist auftaucht, bin ich am Arsch.«

Jetzt möchte ich wirklich wissen, warum er »Escape« darauf hat, was der offizielle Name dessen ist, was die meisten Leute »The Piña Colada Song« nennen. Von Rupert Holmes. Ich weiß ein paar Dinge außer Sprachen. Aber meistens sind sie zufällig und seltsam. Ich habe Ihnen ja schon gesagt, dass ich ein Experte für Krähen bin. Aus keinem besonderen Grund.

»Ich greife dreimal an«, fährt Thor fort, »und ich schreie Wikinger-Kriegsschreie, wie ich sie gelernt habe, als ich das Bataillon davon überzeugen wollte, dass ich konvertiert bin, damit ich meinen Namen ändern und meinen Operator-Bart tragen kann, weil… na ja, für die Ladys eben. Okay, ich gebe also alles, hämmere auf den Schild dieses Kerls ein und dränge ihn zurück, und ich spüre, dass er jetzt nur noch versucht, von mir wegzukommen.«

Ich ahne, dass Thor einen Plan hat. Aber ich sage nichts, denn hier arbeitet ein professioneller Logbuchschreiber, Leute. Und wie ich schon sagte, dieser Kerl kann wirklich eine Geschichte erzählen - wenn er will. Das ist das beste Netflix, das ich seit einem Jahr hatte.

»Ich habe ihn entkommen lassen. Gerade weit genug, dann ziehe ich eine Granate... wir sind jetzt im Tempel. Es ist riesig da drin. Es gibt weiches rotes Licht und roten Nebel und der Tempel scheint größer zu sein als von außen. Riesige Säulen, glatt und aus demselben roten Sandstein - das Zeug ist wunderschön - und diese Säulen klettern bis hoch an die Decke und ich kann kaum etwas sehen.

»Dann kommen diese wunderschönen... nennen wir sie mal Haremsdamen... in safrangelben Gewändern an uns vorbei gerannt, während wir kämpfen. Eine fällt genau zwischen uns und ich denke nicht einmal darüber nach, weil ich dieser rote Nebel meine Sicht stört und dieses Ding tot sehen will. Ich werfe die Granate auf das Ding, sobald es gut zwanzig Meter zurückgewichen ist, und als sie meine Hand verlässt, sehe ich das Haremsmädchen in diesem hauchdünnen safranfarbenen Seiden... Gewand? Ich weiß nicht, wie es heißt. Kleid vielleicht, aber es ist nicht viel, was auch immer es ist, und sie ist ziemlich süß für die Mädels hier. Sie fällt auf die Steine des Tempelbodens und mir wird klar, dass sie die Explosion der Granate abbekommen wird, wenn ich sie nicht in Deckung bringe. Ich stürze mich auf sie, packe sie und stelle mich zwischen sie und die Explosion, denn ich zähle die Sekunden zu schnell. Ich bin fast an der Säule, als die Granate direkt unter dem Schild des Pan-Gottes einschlägt. Ich habe einen Splitter abbekommen, aber es ist nur ein weiterer Schnitt. Nur eine weitere Narbe. Ich bekomme hier jeden Tag mehr.«

Okay... jetzt kämpft Thor nicht nur eins gegen eins mit einem riesigen mythologischen Satyrgott, sondern reißt auch noch mittendrin Frauen auf? Mentales High-Five.

Hören Sie. Ranger leben ein fantastisches Leben voller Abenteuer und Gefahren. Mehr als normale Menschen sich je vorstellen könnten. Auch wenn sie nicht in der Ruine sind. Sie sind die Speerspitze, wo auch immer es in dieser gefährlichen Welt hingeht, die sich bei hoher Geschwindigkeit aus Flugzeugen stürzt und all das Drumherum und der Sprengstoff und die Schießereien. Sehr aufregend.

Und dann ist da noch das, was wir hier in der Ruine tun, und Sie haben ja bis hierher gelesen.

Aber dann ist da noch Sergeant Thor. Er ist einfach so. Er ist eine Legende. Manchmal gibt es unter Soldaten solche Draufgänger.... Ich habe die Berichte gelesen und die Gedenktafeln gesehen. Es gibt ein paar Typen, die einfach... besonders sind.

Daher bin ich mir sicher, dass sie ihre vollen Schmolllippen auf seine presst, während sie beide die Explosion hinter der Säule im Tempel des Verderbens oder wie dieser Film auch immer heißt, überstehen.

»Du hast sie geküsst, stimmt's, Mann?«

Thor verzieht das Gesicht.

»Nein, Mann. Sie ohrfeigt mich. Sie ist außer sich vor Angst. Sie ist heiß. Sicher. Aber sie war wahrscheinlich eine Sklavin da drin und ich bin sicher, dass das kein tolles Leben war. Sie hat die Chance zu fliehen und fängt an, mich zu schlagen und schafft es, mir einen guten Schlag aufs Ohr zu verpassen, dass die Glocken läuten. Wenn sie mich mit der offenen Hand geschlagen hätte, wäre mein Trommelfell geplatzt und ich hätte das Gleichgewicht verloren. Aber das tut sie nicht und sie befreit sich. Die Explosion ist vorbei, ich lasse sie los und sie rennt schreiend in Richtung Ausgang. Ich kann es ihr nicht verdenken.«

Was ist dann passiert?

»Ich komme um die Säule herum und habe immer noch den Bastard in einer Hand. Der Gott liegt auf dem Boden, auf dem Bauch. Der Schild ist zerstört und liegt in der Mitte des Bodens zwischen den massiven Säulen, die in den roten Nebel ragen. Die Flöte liegt daneben. Ich nähere mich langsam und sehe, dass der Gott sich abmüht, aufzustehen. Ich glaube nicht, dass er tot ist, aber der Überdruck hat es auf jeden Fall geweckt. Ich ziehe meine Seitenwaffe und schieße ihm in den Kopf. Ohne großes Zielen. . Die Pistole tanzt hin und her, aber ich schieße ihm in den Schädel und es sieht mir dabei zu. Sein Mund bewegt sich, als ob er eine Art Tauber wäre, der zu sprechen versucht. Die große Silberflöte liegt außer Reichweite und raucht. Oder qualmt, oder so was. Darauf komme ich in einer Sekunde zurück. Ach… egal, ich erzähle es dir gleich. Sie verwandelte sich in eine riesige Python und schlängelte sich tiefer in den Tempel hinein.

»Also leere ich das Magazin in den fetten Schädel des Gottes, während ich mich ihm nähere, und feure die Glock ab, bis sie leer ist. Meine Muskeln zittern. Sein Blut sickert über den ganzen Boden. Sein Kopf ist unten, er liegt jetzt auf dem Rücken. Er stirbt und ich spüre, wie das Adrenalin aus meinem Körper weicht, weil ich weiß, dass es jetzt vorbei ist.«

Als er mir das erzählte, war Sergeant Thor einen eindringlichen Moment lang still. Er ließ den ganzen

Moment noch einmal Revue passieren. Er erzählt die Geschichte, spielt sie, obwohl er nicht weiß, dass er sie erzählt. Er ist ein begnadeter Geschichtenerzähler. Wie nannte man sie in den alten Zeiten, im Mittelalter... dem Zeitalter der Wikinger?

Barden. Skalden, wenn ich mich recht erinnere. Vielleicht ist er einer von ihnen. Vielleicht ist es nicht einmal die Ruine, die ihn offenbart. Vielleicht ist das einfach Thor. Aber ich weiß, wenn ich ihn fragen würde, ob er ein Skalde oder ein Barde ist, würde er nur den Kopf schütteln und mit seiner tiefen Bassstimme flüstern...

»Nein, Talker. Ich bin keiner von denen. Ich bin ein reiner Wilder, Bruder.«

Kennedy sagte mir, dass diese in seinem Spiel Barbaren genannt werden. Wenn Sergeant Thor als irgendetwas offenbart werden wollte, dann wäre es das. Dessen bin ich mir sicher. Und vielleicht... vielleicht, weil er etwas Besonderes ist, ohne etwas Besonderes sein zu wollen... er ist es einfach... vielleicht muss sich die Ruine vor ihm verbeugen und akzeptieren, was er zu sein gewählt hat.

Waren das nicht die Bedingungen des Deals, als ich ihn das erste Mal traf? Er hatte die Ranger gezwungen, ihn als nordischen Heiden zu akzeptieren, obwohl er keiner war. Er wollte nur die Rolle spielen, damit er so leben konnte, wie er sich selbst definiert hatte.

Er ist Sergeant Thor. Er ist anders als der Rest von uns, ob wir das wollen oder nicht. Das scheint für ihn nicht einmal eine Rolle zu spielen. Die Ranger verehren ihn, denn selbst in seiner Überlegenheit als Ranger, als Scharfschütze, als Krieger, als Draufgänger... ist er bescheiden, denn er ist fest entschlossen, ganz der zu sein, für den er sich hält und die Wahrheit dieser Reise zu leben.

Er ist aufrichtig, auch wenn er ein wenig verrückt ist. Oder vielleicht sind wir das alle. Schwer zu sagen.

Ja, ich würde ihn für die Rolle als Kriegerskalden casten. Aber er hat sich entschieden, ein Krieger zu sein. Ein Schwertkämpfer, der seinesgleichen sucht. Ein Barbar, der aus den heulenden Einöden von vor zehntausend Jahren kommt... um die Ruine von heute zu erkunden. Um sie zu sichten und zu beurteilen und sie mit den Methoden eines wahren Kriegers zu beurteilen. Ein edler Wilder, der die Wahrheit im Kampf findet.

Das ist mein Epigramm für diesen Abschnitt.

Vielleicht sind Sie anderer Meinung.

Dann fragte ich ihn, was als nächstes geschah - mit dem sterbenden Gott auf dem Boden des Tempels.

»Er lag im Sterben und ich musste sicherstellen, dass er tot war. Beziehungsweise dass er auch tot bleiben würde.«

Was also tun, Sergeant Thor?

Vielleicht war es die Psionik, vielleicht war es auch nur der Weg, den eine gute Geschichte gehen muss. Ich wollte er sein, aber ich wusste, dass ich es niemals sein würde. Und ich war froh darüber. Ich war froh, dass er in meinem Leben war. Ich hoffte, er würde uns nicht so bald verlassen. Ich brauchte ihn genauso sehr wie meinen toten Freund Tanner. Ich brauche sie alle. Brumm und Kurtz auch.

Und meinen Vater.

Aber der Tod hatte andere Pläne. Und so habe ich gelernt, dass man das, was man jetzt hat, zu schätzen weiß. Nichts währt ewig. Auch wenn ich dachte, dass es so wäre. Ich wünschte, es wäre so.

Die Städte der Menschen. Der Traum von uns. Danke, Autumn. Ich bin froh, dass du in den blutigen ersten Momenten des Krieges nicht hier bist.

Alle Kritikpunkte an mir und meinem Bericht hier sind wahr. Ich mache es zu meiner Sache. Und das ist es nicht.

Aber zu meiner Verteidigung: Ich liebe die Charaktere in dieser Geschichte, in der ich nur ein kleines Rädchen bin. Für mich waren sie wie Götter und Helden. Und ich wusste, dass ich bis zum Tag meines Todes an sie denken würde, auch wenn sie nicht mehr da sind. Selbst wenn sie bis dahin weitergezogen sind und ich alt bin. Dann werden sie kommen und um mich herumstehen.

Und das wird keine schlechte Sache sein.

Was also tun, Sergeant Thor, als der Gott Pan sterbend zu deinen Füßen lag?

»Ich bin auf ihn geklettert... und habe ihm den Kopf abgeschlagen, Talker.«

True Story.

Der Spotter berichtete, dass Sergeant Thor aus dem roten Sandsteintempel auftauchte und den blutigen Kopf des Pans schleppte. Die Anbeter schrien und jammerten, ihre Welt ging unter. Die Tempelwachen rannten davon, ebenso wie die Priester. Das Spiel war vorbei. Und der Tempel des Pan hier in Sûstagul war Geschichte.

Diese Gestalten würden für den Rest der Mission keine Rolle mehr spielen. Sie zerstreuten sich eilig in die Wüste, ließen die Tore des Mysteriums hinter sich und bald waren sie nur noch eine schmerzhafte Erinnerung.

KAPITEL 23

»Feuer, Feuer, Feuer!« verkündete Sergeant Kang über das Netz, als die Haupttore zum Markt auf die Aufforderung der zehn Pfund C4 hin, dies sofort zu tun, weit aufflogen.

»*Looks that kill*!«, erklärte Sergeant Joe, der den Zweiten Zug und die Operation zum Ausschalten von Ur-Yag, dem Chief-Zauberer hier im Distrikt, leitete. »Achtet auf Ecken und tote Winkel. Hier ist jeder ein Schütze. Erstes Team, vorrücken auf Position eins.«

»*Looks that kill*« war Sergeant Joes ständiger Refrain während eines sehr wichtigen Teils der Vorbereitungen zu diesem speziellen Abschnitt der Mission gewesen.

Der Teil des Übens, Übens, Übens. Ranger machen das so lange, bis sie das können, was getan werden muss... blind, im Schlaf und unter Feuer.

»*Looks that kill*« war seine Erinnerung daran, dass wir unsere Augen benutzen, um alles und jeden zu beurteilen, mit dem wir in Kontakt kommen. Es würde eng und geschäftig zugehen und es würde viel dunkle Magie im Spiel sein - die Ruinenversion von Sprengstoff, nur noch seltsamer - sodass wir unsere Augen offen mussten.

»Blicke, die töten, Ranger. Überall und jeden.«

Das war das Stichwort für den Ersten Zug unter Sergeant Kang, sich auf die Straße zu begeben, die in den Markt führt, nach rechts zu schwenken und von der Ecke des ersten großen, stabilen Steingebäudes aus sofort in Deckung zu gehen.

Der Erste würde unseren Eingang von diesem Punkt aus decken.

Wir wussten das alles. Dank unserer extensiven Vorbereitung. Aber wir hatten dieses Viertel auch gründlich erkundet und kannten jedes einzelne Gebäude anhand von Steinen, Plastiklöffeln, zu kleinen Bleistiften, ausgetrockneten Sharpies und allem anderen, was wir zum Aufbau unseres Sandtisches verwenden konnten. Wir kannten jeden Tanz dieser Operation und Joe rief gerade die Züge auf und machte sich bereit, zu reagieren und uns bei jeder unerwarteten Gelegenheit oder jedem Ziel einzusetzen, das dumm genug war, sich dafür zu interessieren, was wir dort taten.

Diese Mission war einfach. Was bedeutete, dass sie wahrscheinlich schwer werden würde. Und ich bin schon lange genug mit den Rangern unterwegs, um zu wissen, dass es umso besser ist, die Operation einfach zu halten, je schwieriger etwas ist.

Pech für das Solo-HVT, das im großen Ganzen nicht so viel Bedeutung hat, und die Ranger haben ein paar Minuten mehr Zeit, um kreativ zu werden, und sie sind in der Stimmung, etwas auszuprobieren, nur um zu sehen, ob sie es schaffen können.

Auf dem Weg zum Ziel mussten wir drei Zauberer ausschalten. Das Ziel war, wie ich schon sagte, der laut Vandahar sehr mächtige, hochrangige Zauberer Ur-Yag.

Ein wirklich übler Kerl.

Aber es gab auch eine Menge kleinerer und größerer Zauberer hier im Distrikt. Dies war das größte Gebiet in Sûstagul, und es war nicht nur ummauert, sondern von mehreren Mauern und Wehrtürmen umzingelt, die alles in den dunklen Straßen, engen Gassen und Sackgassen überwachten. Hier wimmelte es nicht nur von Türmen mit Söldnern und Armbrüsten, sondern auch von schnellen Eingreiftruppen aus hartgesottenen Schlägern, die ihren Lebensunterhalt mit denselben Waffen verdient hatten, mit denen wir jetzt erst richtig gut wurden.

Das war auch der Grund, warum wir dort hineindonnerten und nicht anhielten, um uns in irgendetwas verwickeln zu lassen. Wenn sich uns jemand in den Weg stellte, wollten wir ihn hart rannehmen, angefangen mit der Two-Forty. Wenn sie nicht so starben, wie wir es wollten - und wir wollten, dass sie schnell starben - dann kamen Granaten oder sogar die Carl zum Einsatz.

Der Kampf mit Nahkampfwaffen war heute nicht unser Metier. Wir spielten Hit and Fade. Wir waren nicht gut genug, um uns mit Äxten und Schwertern den Weg zum Ziel freizuprügeln. Und um ehrlich zu sein, wäre das wahrscheinlich weniger laut gewesen. Aber, wie Joe sagte: »Der Knall lässt sie wissen, dass wir es ernst meinen und in der Stadt sind, um zu feiern. Da diese Jungs alle hohe ASVAB-Streber sind, wie PFC Kennedy, werden sie abschätzen wollen, was zur Hölle diese Ranger machen, die dort Amok laufen, wo sie nicht sein sollten, und eine Schneise der Verwüstung hinterlassen… und warum alle ihre Jungs so schnell tot sind. Wir werden diese Denkpause nutzen und auf jedes Ziel schießen, bis wir den großen Bösen ausschalten. Dann ziehen wir uns zurück und überlassen es ihnen, mit den Folgen zurechtzukommen. Das Kommando hofft, dass das für sie bedeutet, dass sie den Rest des Tages aussitzen müssen. Wenn nicht, sind zwei Reaper von der Air Force in der FOB stationiert und wenn die Verbindung gut ist, können sie über jedem, der aufmuckt, mal eine schnelle und tödliche Runde drehen. Aber so würden wir zivile Opfer riskieren und das wäre nicht gut, da dies unser neues Zuhause ist, bis wir die Mumie zur Strecke bringen. Also drehen wir ein bisschen auf, aber nicht AC/DC-laut. Kapiert?«

Kapiert. Wir schrieben es uns alle in unser geistiges Notizbuch, reserviert für die Pläne und Wünsche des Befehlshabers und machten es zum Imperativ der kommenden Missionen, bis unser Ziel erreicht wäre.

Und denken Sie daran, dass ich eine Führungsposition innehabe. Also bin ich ziemlich unter Strom und versuche, nicht zuzulassen, dass der Kaffee reinkommt und mir süße kleine Lügen darüber erzählt, alles zu sein.

Wir waren bereit für den Waffeneinsatz. Hier wird alles mit Waffengewalt erledigt. Für alles andere ist keine Zeit.

Es sei denn, man heißt Thor oder Monroe. Die beiden waren bereits zurück in die All-You-Can-Eat-Waffenbar gegangen, um sich einen zweiten und dritten Teil des Kampfes zu gönnen. Und ich hatte Frostfeuer auf meinem Rücken, aber nur, weil ich es dort brauchte.

»Wenn jemand eine Waffe hat, wird er getötet«, sagte Joe im Vorfeld des Einsatzes. »Wir werden heute keine Schnurtänze veranstalten. Versenkt notfalls eure Magazine in sie, um sie zurück, weg von der Waffe und von den Sanitätern zu halten. Blendgranate rein, den Zivilisten einen Ausweg lassen - am besten in die entgegengesetzte Richtung - und jeder, der unsere Fürsorge nicht in Anspruch nimmt, wird durchlöchert. Und zwar ordentlich.«

So lauteten die Gebote, während wir uns vorbereiteten, bis zu dem Punkt, an dem ich schon von dem Markt und diesem Tag träumte, lange bevor er überhaupt stattfand.

»Erster Zug vor Ort und bereit, die Straße zu sichern«, verkündete Sergeant Kang über das Funkgerät, als sie den Markt betreten hatten.

Ohne dass er es wusste, war der Zweite bereits auf dem Weg zu seiner Position innerhalb der Hauptmauern. Das Zweite Team, oder Squad, obwohl Joe es vorzog, uns als Team zu bezeichnen, bewegte sich schnell zu seiner Position.

Ich sollte anmerken, dass Sergeant Joe in letzter Zeit zu viel mit Chief Rapp gesprochen hatte und es hieß, dass der Chief Joe die süßen Lügen der Special Forces ins Ohr flüsterte und beabsichtigte, ihn zu einem Doc auszubilden, oder was wir vor zehntausend Jahren genannt hätten... einen 18 Delta. Ob Joe das tun würde oder nicht, war unbekannt. Er ließ sich nicht in die Karten schauen. Aber die Ranger waren der Meinung, dass er sich mit weniger zufrieden geben würde, wenn er das tat. Nun... vielleicht stimmt das nicht ganz. Nur eine Rivalität zwischen den Dienststellen. SF 18 Deltas sind hochqualifiziert und einige der Dinge, die sie im Bereich der Kampfmedizin tun müssen, grenzen an das Unglaubliche. Außerdem würde ein weiterer Delta Chief Rapp als Abteilungsarzt und medizinischer Hauptverantwortlicher für die Ranger entlasten.

Dennoch fühlten sich die jüngeren Ranger im selben Moment sowohl beeindruckt als auch betrogen, auch wenn sie es nie laut ausgesprochen hätten. Vielleicht konnte ich das, was sie fühlten, einfach mit der Psionik aufschnappen. Oder ich kann Menschen doch nicht so gut einschätzen wie ich dachte, weil ich ein narzisstischer Soziopath bin, der alles, was wir hier tun, auf sich bezieht, während all das legendär-heroische Zeug, auf das ich mich bei der

Schlacht von Sûstagul und dem, was uns hier passiert ist, mehr konzentriert habe, die ganze Zeit über stattgefunden woanders hat. Während ich einfach nur überlebt habe und mir Gedanken übers Rangertum auf Profi-Ebene gemacht habe... haben sie das schon die ganze Zeit gelebt. Das muss gesagt werden, und das ist etwas, das ich in letzter Zeit selbstkritisch betrachtet habe.

Zu meiner Verteidigung... Ich habe keinen Kaffee mehr getrunken, bevor ich mich auf der Landezone für die Fahrt hierher eingefunden habe. Ich Armer. Talker brauchen Kaffee. Das musste ich kurz loswerden. Ich bin klein und fehlbar. Morgen werde ich mich von meinem schwachen Willen freimachen und ich werde etwas, jemand anderes sein. Sie werden feststellen, dass ich anders bin, wenn ich nicht tot bin, Tanner übernommen hat und er den Job viel besser macht. Wenn es Thor ist, der das hier morgen schreibt... dann bin ich wohl am Arsch und Sie können ein Vaterunser für mich beten.

Und dann, wie Sie gleich herausfinden werden, sind wir in den seltsamsten, magischsten Kampf aller Zeiten geraten. Wer hätte das gedacht? Schließlich waren wir ja nur drauf und dran, vier Kerle auszuräuchern, die fast ihr ganzes Leben lang die dunklen und magischen Künste praktiziert hatten. Magie war für sie wie Dip für einen Ranger. Ohne eine Prise unter der Lippe ging nicht viel. Tut mir leid, Familienmitglieder, die ihren Ranger zu einer Prinzessinnen-Hochzeit eingeladen haben - die Dip-Delle an der Unterlippe wird auf dem Bild zu sehen sein, für das Sie fünfzigtausend Dollar bezahlt haben.

Einmal Ranger, immer Ranger.

Und ja, ich bin dafür bekannt, dass ich ab und zu ins Fettnäpfchen trete. Ich gebe dem Tab die Schuld.

Kang hatte als Meister des Sprengstoffs die Ladungen angebracht, die Tore aus den Angeln gesprengt und sich zum Ersten zurückgezogen, während der Zweite links und rechts der Bresche Deckung gab und versuchte, alle unmittelbaren Ziele ausfindig zu machen, indem er das, was er von den zerstörten Türen und den groben Trümmern entlang der Haupttormauern sehen konnte, ausspähte. Die Luft war rein, der erste Trupp rückte vor, schwärmte nach rechts aus und übernahm die Bewachung.

Der Zweite unter Joe rückte vor, schwärmte nach links aus und nahm die gegenüberliegende Straßenseite ein.

Noch kein Kontakt.

Jetzt waren wir an der Reihe.

Ich, meinen Job als Anführer zu machen. Mein Herz klopft viel zu schnell.

Das Waffenteam, Third Squad, stieß nun in die Bresche. Sergeant Kurtz richtete das Geschütz dorthin, wo er es haben wollte, nach vorne in die Zwölf-Uhr-Position mit maximaler Abdeckung der Straße. Dann meldete er über Funk, dass wir vor Ort waren und uns in Deckung befanden.

Jetzt war ich dran, als stellvertretender Waffenteamleiter. Jeder Ranger hatte mich von dem Moment an, als ich den Posten zugewiesen bekommen hatte, kritisiert und ich konnte nicht sagen, ob sie es ernst meinten oder nur auf mir herumtrampelten und mich verarschen wollten. Daher nahm ich jede Aufgabe, die mein Job erforderte, so ernst wie einen Herzinfarkt und setzte sie um, wobei ich mir ständig meine Anforderungen als ASL, Assistant Squad Leader, in den Kopf rief.

Der Squad, also das Waffenteam, bestand aus Sergeant Kurtz als Squad Leader, Specialist Soprano als Richtschütze und Jabba, dem kein Rang zugewiesen worden war. Man kannte ihn nur als Jabba, oder den Gob, was an sich schon eine Art Rang darstellte. Manchmal scherzte und stolzierte der kleine Goblin herum, wenn er zu viel Mondgott-Trank getrunken hatte, und zeigte auf seinen nackten Hals, genau über der Stelle, an der die Streifen des Sergeants auf seinem Kragen waren, und krächzte dann in Goblin-Pidgin-Englisch, seiner Imitation von Sergeant Kurtz: »Ich grooß-groß wie Sergeant. Hier Sergeant Gob! Tun was Groß-Jabba sagen. Tun oder bezahlen, Winzling! Üüübel-übel.« .

Wenn er dies tat, oft unerwartet, starb Soprano fast vor Lachen und konnte erst wieder zum Leben erweckt werden, als Jabba nicht mehr als Goblin-Kurtz auftrat. Wenn Jabba aufhörte, grinste er mit seinen riesigen Zähnen - oder den Zähnen, die er hatte - und seine Augen waren groß und schelmisch.

Andere Ranger-Trupps gaben ihm Mondgott-Trank oder die kleinen Zuckerpäckchen, die er gerne und gierig annahm, wenn er ihnen die Imitation vorführte. Aber natürlich nur, wenn Kurtz nicht in der Nähe war.

Somit hatten wir Kurtz, dann Soprano und Jabba an der Waffe. Dann kam Brumm als SAW-Schütze, um die Flaute beim Laufwechsel aufzufangen und die Flanken zu sichern. Tanner war für die rückwärtige Sicherheit zuständig. Dann ich als ASL, der dafür sorgte, dass Kurtz' Wille umgesetzt wurde und alle Informationen während langer und kurzer Pausen weitergegeben wurden. Außerdem musste ich mich um unsere Sanitäterin Moon kümmern. Schließlich kamen Kennedy und Vandahar als... indirekte magische Unterstützung hinzu. Aber es gab auch eine Menge direkter Feuergefechte.

Tanner würde sagen: »Es ist, als hätte man zwei Panzer mit Infanterie. Man muss auf sie aufpassen und sie beschützen, aber wenn sie das Feuer eröffnen... das ändert das Spiel, Bruder.«

Ich ließ sie wissen, was Kurtz oder Joe tun wollte, aber sie hatten die Freiheit, zu interagieren und mit allem Magischen umzugehen, das vom Feind auf uns zukam. In diesen Situationen musste ich herausfinden, was sie taten und es an die Ranger im Angriffszug und das Waffenteam weitergeben, um sicherzustellen, dass wir uns nicht gegenseitig in die Quere kamen.

Habe ich schon erwähnt, dass mein Herz schnell schlug? Und aus irgendeinem Grund war mein Mund trocken. Ich könnte etwas...

... Kaffee. Ich erinnere mich, dass ich das dachte. Aber ich war so sehr mit meiner Führungsposition beschäftigt, dass ich mich nicht dazu durchringen konnte, schwach zu werden. Später, als wir uns zurückzogen und vier tote Zauberer hinter uns ließen, habe ich zur Belohnung fast einen halben Liter Cold Brew in mich hineingeschüttet, den ich noch dabei hatte.

Bring alle lebend hier raus, dann gönn dir, Talker. Ich erinnere mich, dass ich mir das gesagt habe. Als ob das für mich wichtig wäre.

Moon.

»Jetzt?«, sagte sie atemlos zu mir, als wir den Befehl bekamen, von dem Müllhaufen auf der Landezone zur Wache an der Bresche zu gehen, während das Erste und Zweite Team die Straße zum Markt beobachteten.

»Jetzt, Moon. Wir gehen jetzt los. Köpfe runter.«

Wir hatten ihr so viel wie möglich beigebracht und sie hatte alles mit einer natürlichen Leichtigkeit und

Beweglichkeit getan, die alle Schattenelfen eigen waren. Sie machte ein ernstes Gesicht und wir schminkten sie sogar mit Kriegsbemalung, so wie wir es selbst taten, um unsere Konturen in den schattigen Straßen des Marktes zu verwischen. Und auch, um jeden zu erschrecken, der darüber nachdachte, uns anzugreifen, als wir uns aufmachten, um die drei kleinen Juju-Blaster und schließlich den Oberschurken aus dem Weg zu räumen.

Im Morgenlicht, als wir uns vom Müll entfernten und rannten, sah ich, wie sie einen Blick in Richtung der Kämpfe in der Dockside warf, wo Sergeant McGuire sich mit dem Ersten befand. Es begann dort schlimm zu werden, aber nicht so schlimm, wie es zum Ende hin werden würde. Unsere Sprengsätze, mit denen wir den Leuchtturm einnehmen und den Feind kanalisieren wollten, wurden bereits um Dockside und die Landenge herum gezündet. Und dann war da noch Sergeant Monroes Angriff auf den Kommandanten der saurischen Bodentruppen. Die Carl erzeugte ein lautes Krachen und einen Knall, als die Flächenvernichtungsmunition plötzlich hochging.

Ich sah, wie sie sich die Explosionen ansah, aber sie rannte weiter, während wir zu unserer Position in der Nähe des Tors eilten. Als wir unten waren, sah sie mich besorgt an und ich konnte nicht verstehen, warum, denn wir waren noch nicht unter Beschuss.

Dann meldete sich nicht die Psionik, sondern der Teil von mir, der einfach nur ein Kerl war, der auch schon einmal verliebt war und sich um Autumn sorgte, während ich versuchte, meinen Job als Ranger zu erledigen, und sagte mir, warum ihre Stirn in Falten lag und ihre Augen mich nach einer Antwort anflehten, von der sie wusste, dass ich sie ihr jetzt nicht geben konnte, weil wir etwas zu erledigen hatten.

»Es geht ihm gut«, sagte ich ihr. »Noch keine Netzrufe von Verwundeten. Ich lass dich wissen, wenn es welche gibt. Es geht ihm gut, Moon. Machen wir unseren Job und jeder geht heute Abend nach Hause.«

Das war der Moment, in dem Team Zwei gegen die erste Gruppe von Söldnern vorging, die auf den Durchbruch am Markteingang reagierte. Das Gewehrfeuer brach in kurzen, brutalen Salven aus und riss die Söldner auf der Straße vor uns in Stücke.

Immer mehr Zivilisten kamen heraus, um zu sehen, was los war.

»Talker, nimm das Horn und lass sie wissen, dass sie sich zurückziehen oder verschwinden sollen«, sagte Joe über das Funkgerät.

Das war eine weitere Aufgabe, die ich hatte.

»Er kommt schon klar. Er ist ein großartiger Ranger. Keine Sorge, Moon«, sagte ich, während ich das tragbare Megafon der Einheit aus meinem Rucksack holte und die Lautstärke hochdrehte.

Sie schaute zu Boden und prüfte in ihrem Geist, ob das, was ich sagte, wahr war. Kann man wissen, dass derjenige, den man liebt, anderswo in Sicherheit ist? Und wie jeder Soldat und jeder geliebte Mensch zu Hause musste ich feststellen, dass man das nicht mit Sicherheit wissen kann. Man weiß es nie. Aber man muss trotzdem weitermachen, zu Hause oder im Krieg, und vielleicht, nur vielleicht... wird der Tag kommen...

Auf dem Markt kursierten eine Menge Sprachen, eine Mischung aus Arabisch, Chinesisch, Griechisch, sogar Grausprech und noch ein paar andere, aber ich hatte genug Sätze zusammengestellt, um den Einheimischen mitzuteilen, dass sie unten bleiben, in Deckung gehen oder zu den Toren des Mysteriums gehen und die Stadt verlassen sollten.

Moon nickte mir zu, dass sie ihr Bestes tun würde, als ich die Durchsage an die Zivilisten beendet hatte. Dann schaute sie nach vorne und beobachtete die Ranger, ihre Ranger, auf jeden, der jetzt ihre Hilfe brauchte, so wie wir es ihr beigebracht hatten. Sie wartete auf den Ruf, der sie in Aktion treten ließ.

»Sanitäter!«

Sie kannte dieses Wort. Und andere. Mehr unserer Begriffe und Redewendungen. Wie jeder Ranger war sie heute hier draußen, um ihren Job besser als jeder andere zu machen. Sie hatte sich in den Kopf gesetzt, dass sie das an diesem Tag tun und die Sache hinter sich bringen würde. Genauso wie McGuire da draußen war und dasselbe tat. So wie wir alle.

Los, Moon, dachte ich. Du schaffst das.

Und vielleicht, nur vielleicht... wird der Tag kommen, an dem das alles vorbei ist und wir wieder zu Hause sind. Wo auch immer das sein mag? Oder vielleicht nur in den Armen derer, die wir lieben. Das ist ein Zuhause, das besser ist als jedes Zuhause, das ich mir im Moment vorstellen kann.

Einen Häuserblock später erhielten wir hörten wir es dann. »Sanitäter!«. Magische Raketen flogen und andere arkane Zaubereien lagen in der Luft, als die Ranger zu den ersten beiden gegnerischen Zauberern auf der anderen Straßenseite vordringen wollten. Moon stürzte sich in den Kampf, schnappte sich den am Boden liegenden

Soldaten und zog ihn mit Hilfe von Magie aus dem Feuer in Sicherheit.

Ja...

Vielleicht wird der Tag kommen.

KAPITEL 24

Wir handelten hier als Kampfpatrouille mit dem Führungskeil unter Joe vom Second Squad an der Spitze. Es war eine heikle Situation mit den Zivilisten und den gefährlichen Zauberern, die hier frei herumliefen, sodass normalerweise das Waffenteam das Hauptelement für die Patrouille war, aber in diesem Fall leitete das Second Squad die Spitze in Keilformation, während wir uns so schnell wie möglich die Straße hinauf zu den ersten Zielen bewegten, während wir immer weiter taktisch vorrückten und Gassen, Ecken und dunkle Räume beobachteten.

Blicke, die töten.

Als wir uns die Straße hinauf zum ersten Angriff bewegten, hatten wir, wie ich schon sagte, Second vorne. Das Waffenteam war als nächstes an der Reihe und obwohl Joe die Patrouille leitete, war Kurtz der Sensei in Sachen Two-Forty und niemand anderes hätte diese Waffe besser führen. können

Nebenbei bemerkt... wenn Kurtz getötet würde, wäre ich der Anführer des Waffenteams, obwohl das niemand ernsthaft glaubte, ich am allerwenigsten. Aber jeder im Waffenteam konnte das mit der Waffe erledigen, weil wir so viel zusammengearbeitet hatten. Und wenn es nach mir ginge, würde ich es auch schaffen. Soprano, schalt die Mistkerle da drüben aus. Und zwar Vollgas. Komm schon, wie schwer ist das? Trotzdem haben alle Kurtz als Two-Forty Bravo-Großmeister anerkannt.

So steht es geschrieben… jetzt.

Sergeant Kang im Ersten hat das Nachhutteam mitgebracht, das die Nachhut bildet und als Flankentruppe fungieren würde, falls wir auf dem Weg zum ersten Kill auf Widerstand stoßen.

Und so sollte es ablaufen…

Der Zweite nimmt Feindkontakt auf. Das Waffenteam richtet eine Feuerbasis ein. Der Erste flankiert. Der Sergeant koordiniert das Unterstützungsfeuer und die Position und Höhe des Feindes, je nachdem, welcher der beiden Trupps es aufgrund seiner Position in Bezug auf den Feind besser hinbekommt. Mit anderen Worten: Einer wird den Feind festnageln. Dann wird jemand da rein gehen und ihn ausräuchern. Und zwar kräftig. Der Rest von uns stellt das Feuer ein, wenn das passiert, und hält an den Flanken Ausschau nach Bösewicht Nummer zwei und fortfolgende.

Es gibt immer mehr Bösewichte, die aus dem Hinterhalt auftauchen, sobald die Schießerei beginnt. Ergo kontrollieren wir die Flanken, während wir den Beschuss nach vorne leiten.

Das ist es, was ich die ganze Zeit über tun sollte. Die Flanken bewachen und alle koordinieren, sodass Kurtz das Geschütz dirigieren kann, während zwei Angriffsteams versuchen, zu schießen, sich zu bewegen und zu kommunizieren, um Zauberer auszuschalten. Aber es gibt Bedenken und ich werde darauf eingehen, was wir von Anfang an wussten. Wir wussten auch, dass neue Sorgen und Nöte, mit denen wir nicht gerechnet hatten, auftauchen würden, sobald wir vor Ort waren und die

Situation sich zu entfalten begann und kompliziert wurde, wie es eben so ist.

Wir hatten auch Pläne für das Ungeplante.

Ranger haben für alles einen Plan. Glauben Sie mir. Sie haben sogar einen Plan, wie sie sich ausruhen können. Und bevor Sie denken, dass ich mir das alles nur ausdenke... das geht auf Lektionen auf dem Schlachtfeld zurück, die bis in den Zweiten Weltkrieg zurückreichen. Aber in Vietnam haben sich die Ranger-Kultur und die Patrouillentechniken erst richtig entwickelt. Dort wurden die Ranger zu den Geistern im Dschungel, die der Feind fürchtete.

Seitdem haben die Ranger nicht aufgehört, alles zu verfeinern und zu üben, sodass alles zur zweiten Haut wird, während sie sich wie gut geölte Maschinen durch unglaublich feindliche Umgebungen pirschen, in denen nicht nur jeder seinen Job kennt, sondern auch die Verantwortlichen sicherstellen, dass alles nach Ranger-Standard gemacht wird. Und Führungspositionen haben nicht viel mit dem Rang zu tun. Oder gar mit der Dauer der Zugehörigkeit zur Army. Junge PFCs führen regelmäßig Patrouillen an und werden von allen auf der Patrouille unter die Lupe genommen. So wie ich jetzt gerade.

Einer der Ranger aus dem Zweiten kam vorbei, als wir durch die Straße vorrückten, und sagte mir, ich solle auf die Sanitäterin aufpassen. Sie war exponiert und versuchte, einen Blick auf die Straße zu erhaschen. Dann lächelte er und lachte.

»Stichprobenartige Truppen-Evaluierung... großes Minus, Talker. Recyceln wegen mangelnder Konzentration.«

Da ich immer alles super-ernst nehme, habe ich nicht gleich bemerkt, dass der Typ mich nur verarschen wollte. Er machte es sich leicht, weil man den Ernst der Lage auf der Straße spüren konnte, so wie ein fetter Kerl, der für eine neue Runde an dem All-you-can-eat-Stand aufsteht.

Dann lachte der Ranger und sagte mir, dass er mich nur auf den Arm nehmen wollte, und war die Straße hinauf verschwunden, wobei seine Ausrüstung kaum einen Laut von sich gab.

Ich beneidete ihn darum. Ich hätte mehr mit meiner machen können.

Aber er hatte recht. Ich korrigierte sie und brachte sie dorthin, wo sie sein sollte. Dann begann ich wieder, meine heilige Litanei zum Thema berufliche Qualifikation vor mich hin zu singen und versuchte, alles richtig zu machen, während wir weiterzogen.

Wir befanden uns jetzt tief im feindlichen Gebiet und es gab Bedenken. In unserem Rücken befand sich der CCP, der Verletztensammelpunkt, an den Toren des Todes. Ein bisschen zynisch, ich weiß.

Jetzt, wo ich das schreibe, fällt mir auf, dass die Position für ihre Aufgabe nichts Gutes verhieß. Die Sammelstelle für Verletzte befindet sich an einem Ort, der sich die »Tore des Todes« nennt? Andererseits würden Ranger das saukomisch finden. Sehen Sie sich ihren dunklen Sinn für Humor an, um zu verstehen, was ich meine.

Das war also eine unserer Sorgen, als wir die Sache in Angriff nahmen. Allerdings gehörte uns dieses Viertel nicht, wir wollten nur den Hauptakteur ausräuchern und drei andere Zauberer umlegen, die wir nicht zurücklassen konnten, weil wir sie als Problemkinder beim Ein- und Austritt aus dem Zielgebiet identifiziert hatten. Und ein weiteres Problem: Im Gegensatz zu den Standardoperationen der Ranger verließen wir das Ziel auf demselben Weg, auf dem wir hereingekommen waren. Und das ist etwas, was sie hassen. Wir hatten nur genug Kräfte, um ein Loch in die Mauern des Marktes zu schlagen und wir wollten keine neuen Schlachten vom Zaun brechen, indem wir eine andere Route nach Fluchthausen einschlagen, nachdem wir unser Ziel ausgeschaltet hatten.

Also gingen wir so, wie wir gekommen waren, denn wir hielten einen geräumten Weg für sicherer als ein neues Loch mitten in den feindlichen Linien zu schlagen.

Außerdem gab es keine Nachschublieferungen. Die CCP und die Smaj befanden sich weit hinten, und ich als ASL, der die Kommunikation der Einheit überwachte, spürte bereits einen bevorstehenden Angriff der Wüsten-Orks, der sich zu einer Schlacht im Sand entwickeln würde, bis die Legion die Mauern einnahm und die Orks im Laufe des Tages aus diesem Abschnitt vertrieb.

Sobald sie sich innerhalb der Mauern befanden, regneten 120-mm-Mörser auf die Orks da draußen, die auf diese Seite der Außenmauer zustürmten, ein. Im Nachhinein betrachtet hat das die Orks zu den Toren der Ewigkeit im Süden getrieben und den Ausbruch verursacht. Und das hatte... Konsequenzen.

Gedanken über die 120mm Mörser, um mich für einen Moment abzulenken, denn ich muss das hier fertigstellen und bin nicht bereit, über die Konsequenzen zu sprechen. Das werde ich aber. Nur jetzt noch nicht. Aber bald.

Zunächst zu den 120ern und was sie taten, als die Orks versuchten, den Sergeant Major, der das Tor praktisch allein mit ein paar Schützen hielt, in die Zange zu nehmen, als er die Mörser hinter die Mauern und in die Nekropole aus offenen und verfallenen Gräbern, krummen, versinkenden Mausoleen und dem Miasma des Todes an einem heißen Morgen direkt unterhalb der alten Legionsfestung verlegte.

Die Ranger-Mörsergruppe hat, sobald sie aufgestellt war - und ohne viel Spezialmunition zur Hand zu haben, weil wir erst mehr Nachschub aus der Schmiede in FOB Hawthorn holen mussten - eine Menge Orks in Sekundenschnelle vernichtet, sobald sie anfingen, draufzuhalten. Morgen früh, wenn ich es heute Abend noch von dieser Mauer runter schaffe, werde ich rübergehen und alle Toten zählen, die die Mörser vernichtet haben, als sie loslegten. Ich sollte schlafen, aber ich habe zu viel Kaffee getrunken, während ich das alles aufgeschrieben habe und... ich kann nicht aufhören, an Brumm und Kurtz an den Toren der Ewigkeit zu denken.

Was auch ironisch ist.

Es ist fast so, als ob das ganze Schlachtfeld und die alten Orte hier uns sagen würden, was mit uns geschehen würde. Die Tore des Todes haben sich tatsächlich in ein Schlachtfeld verwandelt, wenn die Berichte über die Verluste des Feindes korrekt sind. Und das sind sie nicht. Denn das geschah am Ende des Tages und selbst mit Wärmebildkameras waren die Orks schon fast den ganzen Tag über kalt und auf lokale Temperaturen abgekühlt. Morgen Mittag, wenn die Sonne genau über uns steht und die toten Orks so übel riechen, wie es nur geht, dann müssen sie gezählt werden.

Und warum?

Warum, Talker, warum müssen die Toten gezählt werden. Und vor allem die feindlichen Toten?

Nachdem ich das geschrieben habe, saß ich einen langen Moment lang einfach nur da und starrte auf diese leere Seite und fragte mich, was all das, was ich geschrieben habe, zu bedeuten hat. Zwei Brüder, die Ranger werden wollten und zusammen dienten, gingen zu den Toren, wo die Frontlinie nicht nur dünn war... sie war nicht kaum mehr als eine Linie. Doch sie etablierten eine und hielten sie. Sie gaben keinen Zentimeter nach, bis sie die Miete für die Schriftrolle mit ihrem Leben bezahlten.

Also... ich frage noch einmal... Warum, Talker, warum müssen die toten Orks am westlichen Tor, den Toren des Todes, gezählt werden? Warum die toten Feinde?

Thor und einige Ranger wollen sie, Kurtz und Brumm, auf einem Scheiterhaufen verbrennen. Niemand hat gesagt, dass etwas anderes geschehen soll.

Um fair zu sein, es sieht so aus, als ob alle Orks der Welt jetzt hinter den Mauern sind. Dementsprechend hat das Kommando-Team im Moment wirklich viel zu tun.

Warum also die Toten zählen?

Die Bilanz, die Zahlen... das sind die Schädel, die um sie herum gestapelt werden müssen... um unsere Brüder, wenn die Fackeln an den Holzstapeln entzündet werden, auf die wir sie zur letzten Ruhe betten.

Ich muss mal kurz unterbrechen. Das war zu viel für mich.

Wenn Sie sich die Zahlen hinter der hochexplosiven 120-mm-Mörsergranate ansehen, ist sie etwa neunzig Prozent so effektiv wie eine 155-mm-HE-Artilleriegranate, was angesichts des großen Explosionsradius enorm ist. Im Grunde sind es dreißig Meter im Vergleich zu fünfunddreißig Metern. Das ist viel effektiver als eine 105mm Haubitzen-HE-Runde, die nur einen fünfzehn Meter großen Explosionsradius hat. Okay, das ist sehr detailliert und wahrscheinlich ist es Ihnen egal, aber ich werde Sie mit Informationen bombardieren, solange ich lebe, denn mein Weg zum Ranger ist es, so viel wie möglich über Tötungssysteme, unsere Aufgaben und unsere Zwecke zu wissen, sodass ich den Feind besser töten kann.

Das ist unverblümt. Aber so sieht die ungeschminkte Wahrheit nun mal aus. Suchen Sie sich woanders einen Helden, der bessere Gründe hat, Ranger zu werden. Das ist dasselbe, was ich mit den Sprachen gemacht habe. Genau das ist auch mein Ansatz für Ranger. Es funktioniert für mich. Und im Moment... hilft es mir, damit fertig zu werden, während ich über die toten Feinde als Tribut für...

Mörser- und Artilleriegranaten, die auf Luftdetonation eingestellt sind, sprich,. zehn Meter über dem Boden detonieren, haben aufgrund des Winkels, in dem das Geschoss bei der Explosion auftrifft, ein prägnantes Muster der Schrapnellspuren. Mörsergranaten hingegen fliegen in einem hohen Bogen und neigen dazu, sich dem Boden mit der Nase voran zu nähern, wenn sie nach unten fallen. Sie haben ein nahezu perfektes kreisförmiges Schrapnellmuster, wenn sie detonieren. Da Artilleriegeschosse eine flachere Flugbahn haben und die Geschosse bei der Explosion parallel zum Boden einschlagen, sieht das Schrapnellmuster eher wie ein Schmetterling aus, also ein wenig Schrapnell vor oder hinter dem Geschoss und der größte Teil des Schrapnells fliegt zu beiden Seiten weg.

Als die Orks den Sergeant Major an den Toren des Todes angriffen, was wirklich beeindruckend gewesen sein muss, als eine riesige Orkhorde wie in einem alten Film aus den Wüstendünen auftauchte, sollte man meinen, dass sie Kanonen oder, wie wir es beim modernen Militär nennen, Geschütze gebraucht hätten. Artilleriegeschütze. Infanteristen haben keine Kanonen. Wir haben Karabiner, Pistolen, leichte und mittlere und manchmal auch schwere Maschinengewehre. Aber wir haben keine »Kanonen«. Das ist ein Artilleriegeschütz. Und die sind riesig und machen mächtig Krach, und wenn man ihre Aufmerksamkeit erregt, können sie das Planquadrat, auf dem man steht, zerstören.

Interessant ist, dass die Ranger-Mörser fast die gleiche Durchschlagskraft und ein solides Tötungsmuster haben, wenn sie fast senkrecht durch ihre Rohre abgefeuert werden und dann so schnell herunterregnen, wie die Mörserteams sie abwerfen können.

Und sie können das sehr schnell tun.

Indirektes Feuer tötet auf dreierlei Weise: durch Schrapnell, Explosionsdruck und Feuer. Für unsere Zwecke an den Toren des Todes war das 120-mm-Mörsersystem perfekt. Für die Größe und das Gewicht des Dings bietet es eine enorme Menge an Zerstörungskraft gegen Personen. Ein Feldgeschütz, ein Artilleriegeschütz, braucht einen Lastwagen oder Panzer, um transportiert zu werden. Stellen Sie sich das einmal so vor: Ein 120-mm-Mörserzug mit vier Mörsersystemen, die ein lineares Ziel mit Airburst-HE beschießen, hat eine neunzigprozentige Chance, alles in einem rechteckigen Kasten von dreißig Metern Breite und einhundertzwanzig Metern Länge zu töten. Die Dauerfeuerrate für den 120mm Mörser beträgt entweder fünfzehn oder zwanzig Sekunden pro Schuss, mit einer maximalen Feuerrate von sechzehn Schuss für einen Feuereinsatz des Typs Gefahr im Verzug. Die ankommenden Orks gegen die Tore des Todes, bei denen die Ranger-Sturmtrupps die Kräfte in der Stadt zerstörten und nicht in der Lage waren, zur Verteidigung der Tore beizutragen, wurden durch nur eine Minute Beschuss durch den Mörserzug geradezu ausgelöscht. Eine Minute und eine Massenladung im Sand, ohne Deckung, überzog ein riesiges Gebiet mit fliegenden, sich schnell bewegenden Schrapnells, schierer Kraft durch Überdruck und sogar Feuer, als Kamele und Reiter sich plötzlich in den Explosionen wiederfanden.

Ich muss die Toten da draußen zählen gehen.

Damit meine Brüder wissen, dass wir wenigstens ein paar Schädel gestapelt haben.

KAPITEL 25

Es gab vier Zauberer, die wir erledigen mussten. Drei, weil sie auf dem Weg zum vierten waren. Den vierten, weil er »der Chef von Bartertown ist«, oder so ähnlich.

Das musste mir Tanner erst erklären. Jemand aus der Einheit hatte Mad Max Beyond Thunderdome auf seinem Pad in der Einheit und ich versprach, es mir anzusehen, wenn ich könnte.

Im Grunde genommen war dieser vierte Zauberer, Ur-Yag, der Anführer in dieser Gegend, und ihn auszuschalten war ein wichtiger Schritt, um den Bezirk und seine Unterstützung für die Sauren lahmzulegen und um sicherzustellen, dass wir die Stadt auf der anderen Seite vollständig unter Kontrolle haben. Die anderen Zauberer, die angeblich so gierig und immer auf der Suche nach einem Vorteil sind, würden jeden willkommen heißen, der den letzten Anführer aus dem Weg räumt, sodass er der neue Anführer werden kann.

»Bitte sagen Sie nicht, dass wir als Befreier willkommen geheißen werden«, stöhnte Tanner wieder am Sandtisch.

Joe warf ihm einen Blick zu, der Tanner zum Schweigen brachte. Mit Joe legt man sich nicht an. Selbst Tanner wusste das.

Kurtz hat ihn später deswegen auch ordentlich zur Sau gemacht. Mehrfach.

Aber da Tanner tot ist, wird er nicht müde. Er wird nur immer langsamer und mehr zu diesem toten... andersartigen... Ding.

Sogar die gemurmelten spitzen Kommentare verstummen, wenn er zu weit ins Kaninchenloch gefallen ist.

Die ersten beiden Zauberer waren im Distrikt als Kalifax und Su-Meen, »der Grüne Zauberer von Konga,« bekannt. Und ja, sie nannten ihn wirklich so. Der grüne Zauberer von Konga. Jeder muss etwas sein, denke ich. Offenbar hassten sich die beiden Kerle bis aufs Blut und das konnte daran liegen, dass sie beide ziemlich beeindruckende Türme gegenüber in derselben schmalen Straße im Market gebaut hatten. Beide lagen nur einen Block von den Toren entfernt, die wir gerade durchbrochen hatten, und direkt an der goldenen Ziegelsteinstraße, wo wir ein paar Blocks später Ur-Yag ausräuchern würden. Sobald das erledigt wäre...

Dann würden wir die Füße in die Hand nehmen.

Die Probleme fingen an, als wir die ersten beiden Häuser der Zauberer erreichten. Türme, meine ich.

Turm Eins war ein hohes, schiefes Gebäude, in das jemand seltsame Drachen geschnitzt hatte. Fackeln und Kessel aus Messing brannten in kleinen Fenstern und Simsen, die von innen zugänglich waren, die ganze Länge entlang. Das war der Turm des Grünen Zauberers. Er war nicht grün. Ich habe nie eine Erklärung dafür bekommen. Sergeant Kang und der Erste würden den Kerl erledigen.

Turm Zwei war dunkel und sah gespenstisch schwarz aus. Die Steine waren mit Wasserspeiern verziert und das Haus roch nach Schwefel. Einer aus Joes Team bemerkte den starken Geruch beim Annähern an das Ziel.

Wir mussten diese beiden Kerle auf einmal erledigen, sodass das Geschützteam die Straße beobachtete, als First die Tür des Grünen Zauberers eintrat und begann, die Söldner im Inneren aus nächster Nähe zu erschießen, kurz nachdem sie sie mit einer Blendgranate geblitzdingst hatten. Zur gleichen Zeit schlug einer von Joes Türöffnern den Vordereingang des Turms des anderen Kerls mit einem Rammbock ein und wurde mit einer Erschütterung durch einen magischen Schutzwall belohnt, die ihn wie der Überdruck eines Beinahe-Treffers einer Mörsergranate wegschleuderte.

Oder wie eine Tonne Ziegelsteine.

Der Ranger flog kopfüber in die Mitte der Straße und Joe stürmte hinein und begann zu schießen, wer auch immer sich darin befinden mochte. In diesem Fall war Zauberer Eins, Kalifax, dessen Zaubererfarbe unbekannt ist, im unteren Stockwerk, und dieser Kerl warf einen magischen Schild auf und »verschleierte sich selbst«, wie Joe es später beschrieb. Joe folgte dem Visier des Karabiners und begann den Abzug zu betätigen, aber er konnte den Kerl nicht mehr klar erkennen, als der Zauberer eine lange, schlanke, mit Ringen versehene Hand über sein eigenes schmales und zotteliges Gesicht bewegte.

Er trug rote Seidengewänder und hatte eine Glatze, wie in unseren Informationen beschrieben hatten. Er sah wirklich unheimlich aus.

Wir kannten uns mittlerweile einigermaßen mit Zaubersprüchen aus und so schoss Joe einfach weiter auf den verschwommenen Klecks und traf den Kerl trotz all seiner arkanen Tricks. Er hätte tot sein sollen und war es wahrscheinlich auch, aber in letzter Sekunde feuerte er einen Feuerball ab, um sich vor den Rangern zu retten.

Später fragte ich die Jungs, die bei Joe waren, was zu diesem Zeitpunkt geschah, als sie dort drin waren und der Kerl versuchte, den Feuerball einzusetzen. Sie sagten mir, dass der Zauberer am Boden lag und Joe ihn unablässig weiter auf ihn schoss. Dann bildete sich plötzlich ein weißglühender Plasmaball in der ringbeladenen Hand des sterbenden Zauberers.

Joe rief sofort: »Zurück!«, denn wie ich schon sagte, hat uns Vandahar darauf hingewiesen, wie gefährlich Magie sein kann. Dann gab Joe seinem Trupp Deckung, während die Ranger sich auf die Straße zurückzogen. Ich vermute, er wusste, dass es sich um ein Feuerball handelte und er stellte das Whiskyfass, das er als Körper bezeichnet, in den Weg, um den Treffer abzufangen, sofern das überhaupt funktionieren würde. Aber das ist es, was Unteroffiziere tun. Jeder kennt die Geschichte von Alwyn Cashe und dem brennenden Kampffahrzeug.

In letzter Sekunde kam Joe durch die Tür gehechtet und landete mit dem Gesicht voran auf der Straße, als der Feuerball an ihm vorbeiraste und gegen den gegenüberliegenden Turm weiter oben explodierte, gerade als Kang und sein Team den Grünen Zauberer erledigten. Da Joes Stiefel in der Luft waren, als er sich durch die Tür schleuderte, war der Feuerball so nah, dass er sie in Brand steckte und die Sohlen schmolz.

Mit brennenden Schuhen rollt Joe um, setzt sich mitten auf der Straße auf und schreit: »Gebt mir ne Granate!« Einer der Ranger versucht, ihm hochzuhelfen, denn jetzt schießen magische Raketen aus der Tür, aus der er gerade gesprungen ist. Der Zauberer, den Joe angeschossen hatte, war nicht ganz tot. Noch nicht.

Der Ranger, der ihn auf die Beine zieht, reicht Joe mit der anderen Hand eine Granate. Er zieht den Stift, lässt den Löffel platzen, wirft sie in den Turm des Zauberers und schreit: »*Fire in the hole*!«

Sie überprüfen, ob der Zauberer tatsächlich tot ist, oder lebendig in vielen Teilen, wenn Sie das bevorzugen, verteilt über den ganzen Raum hinter der Tür, kurz nachdem die Explosion Trümmer auf die Straße geworfen hat.

Sergeant Kang und sein Trupp schossen unterdessen auf die Söldner im Erdgeschoss des anderen Turms und entdeckten den Zauberer, der die Treppe hinunterkam und ihnen höchstwahrscheinlich böse Absichten entgegenbrachte, denn seine beiden Fäuste leuchteten blau - nicht grün, stellen Sie sich das vor - und über seinem Kopf begann sich eine Art Geisterdrache zu bilden. Die Ranger schossen auf ihn, während er sie mit Zaubersprüchen belegte, um sie glauben zu machen, sie würden in den Brunnen des Universums fallen... oder so. Es war wirklich seltsam, wie sie es beschrieben haben. Einige der Ranger waren verwirrt und hörten auf zu schießen, weil sie befürchteten, Freunde zu treffen. Sergeant Kang war einer von ihnen. Heydenreich, der ein Meisterschütze war, kümmerte sich nicht um die Illusionen und schoss dem Zauberer einfach zweimal in die Brust und einmal in den Kopf, als er auf der Treppe lag.

Dann murmelte er: »Verdammte Zauberer.«

Zurück auf der Straße hatten wir Probleme. Der Sprengmeister von Sergeant Joe lag auf der Straße und ich machte mich bereit, Moon nach oben zu führen, da sie nach einem Sanitäter riefen, als plötzlich Söldner von der ganzen Straße her mit Armbrüsten auf die Ranger zu feuern begannen.

Joe ging in Deckung und bekam einen Armbrustbolzen direkt in seinen Rucksack.

Ich hoffte, dass das Beef Jerky seiner Frau unversehrt geblieben war. Denn das ist die Art von Anführer, die ich bin. Zum Glück bin ich cool geblieben und habe diese Befürchtung für mich behalten.

Sobald die Ranger aus dem Weg waren, gab Kurtz Soprano Feuerfreigabe und sagte ihm, er solle höher zielen, damit er den Mann, der mitten auf der Straße lag, nicht trifft.

Im selben Moment sah Moon mich an und sagte: »Soll ich?«

Ich hielt ihre Ausrüstung fest, um sie davor zu bewahren, in den Hagel auslaufender Schüsse und eingehender Armbrustbolzen zu laufen.

»Sar'nt, wir müssen sofort zu diesem Ranger!«, rief ich Kurtz zu.

Einer der Ranger in Joes Team, der die Wand umarmte, rief: »Sanitäter!« für den Mann, der am Boden lag. Wir hatten keine Ahnung, ob er tot oder lebendig war und zum Glück schossen die Söldner nicht mit Armbrustbolzen auf ihn, als er in der Gosse lag.

Kurtz schaute mich an und deutete mit seiner Messerhand auf die Wand auf Kangs Seite der Straße, um mir zu signalisieren, was ich tun sollte. Ich verstand, was er meinte und befahl Moon, mir zu folgen. Als wir an der Stelle waren und klar war, dass wir in Deckung gehen und uns an der Wand entlang vorwärts bewegen würden, nickte Kurtz und befahl Soprano, das Feuer temporär einzustellen.

»Brumm! Gehen Sie nach vorne, und zwar schallgedämpft, damit wir diesen Ranger wieder in Sicherheit bringen können!«

Brumm stürmte an Joe vorbei nach vorne und begann, die Söldner auf der Straße mit der SAW ins Visier zu nehmen. Messing und Verbindungsstücke spuckten aus dem leichten Maschinengewehr, als er die Ziele mit kurzen Salven bearbeitete. Moon löste sich von der Mauer, stürzte auf den Ranger zu, packte ihn am Haltegriff und zog ihn mit aller Kraft zurück in eine kleine Gasse.

Ich feuerte auf einige Söldner, um ihr Deckung zu geben und folgte Moon zurück in die morgendlichen blauen Schatten zwischen den Türmen.

Außerdem ist bei einem Feuergefecht die Erwiderung des Feuers so etwas wie Erste Hilfe

Der Ranger, dessen Name Case war, war in einem wirklich schlechten Zustand. Seine beiden Augen waren geschwärzt. Sein Jochbein war gebrochen und seine Augäpfel waren in seinem Schädel zurückgerollt.

Für mich eine schwere Gehirnerschütterung.

Und er atmete nicht.

Moon überprüfte den Puls, so wie es ihr beigebracht worden war, während die Two-Forty wieder losbrüllte, um die Straße zu säubern. Joe begann mit dem M320 zu schießen und feuerte Kugeln in ein paar solide Gebäude, die die Söldner auf der Straße als Deckung nutzten.

Nachdem sie sich vergewissert hatte, dass Case einen Puls hatte, prüfte Moon, ob die Atemwege blockiert waren. Dann, ohne dass ich ihr gesagt hätte, was sie tun sollte, holte sie eine Absaugbirne heraus und entfernte damit geronnenes Blut und Gewebe aus Cases Rachen. Er begann zu husten und unregelmäßig zu atmen. Dann fing er an, Unsinn zu brabbeln.

Jap. Schwere Gehirnerschütterung.

Ich rief Kurtz zu: »Er ist nicht tot, Sar'nt, aber er ist ziemlich angeschlagen. Wir müssen ihn zurück zum CCP bringen.«

Dafür hatten wir einen Plan.

Ich war der Plan. Ich würde den Transport übernehmen und Brumm würde die Deckung übernehmen.

Während wir Case stabilisierten und ihn so vorbereiteten, dass ich ihn den ganzen Weg zurück zum CCP tragen konnte, tauschte Brumm den Gürtel gegen eine Trommel an seiner SAW, sodass wir schneller vorankamen.

Als wir aufbrachen, trieb Sergeant Joe die Ranger in den Kampf, und auf halbem Weg zum Tor hörte ich Explosionen, als die anderen begannen, die Söldner zu vertreiben und auszuschalten.

Während ich den schwer verwundeten Mann trug, ging ich an Vandahar und Kennedy vorbei. Vandahar sah ernst aus, als er auf das totenbleiche Gesicht des Jungen auf meinem Rücken starrte.

Case war der jüngste Ranger in der Truppe. Er hatte das RASP eine Woche vor Area 51 abgeschlossen. Als er leblos über meiner Schulter baumelte und kaum noch etwas von sich gab außer ein ungutes Röcheln, begann ich den gebückten Lauf zum CCP. Ich hatte mir in den Kopf gesetzt, dass er nicht so jung sterben würde. Dass er Abenteuer erleben und vielleicht sogar ein halb so gutes Leben führen würde wie ich es hatte. Dass er ein Elfenmädchen wie Moon kennenlernen, Babys machen und alt werden würde. Aber wie ich die Ranger kenne, würde eine Orkbraut mit knackigem Hintern schon ausreichen.

Ich habe mir fest vorgenommen, dass ich das für Case möglich machen würde.

Sein ganzes Leben lag noch vor ihm. Der Junge brauchte eine Pause. Also rannte ich los und ignorierte den Schmerz, als wäre es ein Gebet an wen auch immer, dass der Junge diese Pause bekommen würde.

»Sei vorsichtig und beeil dich, Talker«, sagte Vandahar, als ich ging. »Die wahre Gefahr liegt erst noch vor uns. Ur-Yag weiß jetzt, dass wir hinter ihm her sind.«

KAPITEL 26

Der Junge hatte eine Chance, auch wenn es zu diesem Zeitpunkt nicht danach aussah. Wir saßen vor dem Tor in der Klemme und versuchten, über die Müllhalde zur alten Legionsfeste zu gelangen. .

Ich will ehrlich sein, Case war nicht schwer, aber ich war schon ziemlich am Ende. Der Morgen war heiß. Ich hatte mich verausgabt, körperlich und geistig, um alles richtig zu machen, und ich wurde immer schwächer. Dann kamen die Söldner heraus und waren drauf und dran, das Tor zum Markt einzunehmen, das wir aufgesprengt hatten. Sie hatten sich in großen Gruppen dorthin begeben, um entweder zu sehen, was in Dockside vor sich ging, oder um sich an den Geschehnissen in Dockside zu beteiligen.

Brumm hatte ein paar Schüsse auf das gesprengte Tor zum Markt abgegeben und während wir uns einen Weg durch die Trümmer und über die blutenden und zerfetzten Leichen bahnten und ich versuchte, Case nicht fallen zu lassen, übernahmen die Söldner die Kontrolle über das Gebiet zwischen dem Markt und der Festung.

»Runter, runter, runter«, zischte Brumm, als sie begannen, auf uns zu feuern, gerade als wir das Niemandsland der Müllhalde betraten. Wir gingen hinter einem alten Grenzstein in Deckung, in den einst etwas gemeißelt worden war, das uns für den Moment etwas

Schutz bot. Brumm sprang über den gebrochenen Stein, eröffnete das Feuer und rief den Söldnern zu: »Zurück mit euch!«

Ich bezweifelte, dass sie sein Englisch verstanden. Aber ich hoffte es. Ich konnte es nicht riskieren, Case von meinem Rücken zu holen, um mich auszuruhen, denn ich war mir sicher, dass ich ihn auf keinen Fall wieder hochhieven könnte, sobald wir weiterziehen mussten.

Als ich mich das denken hörte, sagte ich dem negativen Teil meines Verstandes, er solle sich gefälligst zurückhalten. Ein Ranger kämpft schneller, länger und härter als jeder andere. Und ich bin einer. Also werde ich genau das tun.

»Ich bin noch nicht fertig«, murmelte ich und versuchte, den verwundeten Case nicht zu bewegen, denn wer wusste schon, wie schwer seine Verletzungen wirklich waren.

Ich ließ ihn, wo er war, und informierte den Sergeant Major über unsere düstere Lage.

In diesem Moment hatte der Junge Glück.

Zwei Hubschrauber waren bereits vom Nachtanken zurück. Ein Little Bird und ein Black Hawk mit einem Sanitäter an Bord.

»Achtung, Ranger«, sagte der Pilot des Little Bird, als er über das Schlachtfeld flog und nicht wenige der Söldner sich umdrehten, um diesen seltsamen, kleinen, gepanzerten Vogel am Himmel zu beobachten. »Ich habe eure Position und die Tangos im Visier. Haltet die Köpfe unten. Ich werde die Landezone für Intruder Four-Eight räumen, damit er eure Verwundeten abholen kann.«

Intruder Four-Eight war der Black Hawk mit dem Sanitäter an Bord.

»Brumm, geh in Deckung«, rief ich. »Luftunterstützung im Anflug.«

»Geht nicht, Talker. Sie greifen uns an. Der Pilot wird den Beschuss nicht so nah an unsere Position lenken. Moment, da kommen sie. Geh in Deckung und bedeck seine Luftröhre.«

Ich tat es.

Im selben Moment kam der Pilot steil und scharf angeflogen und seine Miniguns schossen auf die Masse der seltsamen und uneinheitlichen Söldner mit allen möglichen Waffen und in allen möglichen seltsamen Rüstungen aus der ganzen Welt, die alle den Müllhaufen überquerten, um unsere Position anzugreifen. Bei dem letzten Blick, den ich erhaschen konnte, hatte Brumm tatsächlich recht gehabt. Die Söldner waren bereits verdammt nah und Brumm erledigte sie mit kurzen Salven aus der SAW.

Messing und Verbindungsstücke flogen überall herum.

Von dem Little Bird, der für eine Feuersalve über uns hinwegflog, habe ich mir keine Verbrennungen zugezogen, wohl aber von Brumms Two-Four-Nine. Der SAW-Schütze blieb oberhalb des zerbrochenen Felsens mit den kryptischen Symbolen und schoss weiter auf die Krieger aus nächster Nähe. Es war, als würden sie dazu getrieben, uns zu töten, während sie selbst niedergemäht wurden.

Der erste Schusswechsel erledigte eine Menge von ihnen.

In diesem Moment erschien Al Haraq.

Der Dschinn aus der Flasche in meinem Rucksack. Er materialisierte sich einfach mitten im Feuergefecht um die Landezone, um Case die nötige Hilfe zu bringen.

Wer hätte das gedacht.

Der Dschinn war groß und massiv, die muskulösen Arme über der Brust verschränkt, als er die verzweifelte Situation überprüfte. Seine blendend weißen Zähne und glühend blauen Augen leuchteten wie heiße Feuer mit seiner schokoladenfarbenen Haut.

Und seine drei Succubi waren auch da, in all ihren kurvigen, hauchdünnen und offenherzigen Gewändern. Schönes dunkles Haar, volle rote Lippen. Straffe braune Bäuche und üppige Brüste. Breite Hüften. Dunkle Augen, die einen beobachten, als würden sie einem befehlen, sie zu beobachten.

Verdammt noch mal!

Sie waren wunderschön und sahen aus, als kämen sie gerade vom Friseur und Make-up für einen Film.

Mitten in der Schlacht. Auf einer stinkenden Müllhalde.

»Efendi!«, rief Al Haraq laut und mit viel unangebrachtem Wohlwollen. Er ignorierte das eingehende Armbrustfeuer. Der Little Bird hat die ganze Gegend mit Blei und Tod überschüttet. Überall herumfliegendes, heißes Messing. Der sterbende Junge auf meinem Rücken. Das Müllfeld der Stadt, wie es plötzlich explodiert wie viele Fontänen aus Staub und Müll im schlimmsten Casino von Vegas.

Lustig, oder?

»Wie ich sehe, steckt Ihr in Schwierigkeiten, Meister.«

Er sah sich um und lächelte sein Zahnpastawerbungs-Lächeln. Als ob das alles ganz neu und sehr amüsant für ihn wäre.

»Sehr ernste Schwierigkeiten, wie es scheint, Efendi. Möchtet Ihr einen Wunsch äußern und mich etwas Erstaunliches tun lassen, um Euch aus dieser Lage zu befreien?«

In der Zwischenzeit begannen die drei Schönheiten mit ihren Dehn- und Streckübungen, die sie immer in der Nähe der Legionäre machten, um die Italiener, ich meine die Accadier, in den Wahnsinn zu treiben. Einmal habe ich gesehen, wie sich einer von Chuzzos Männern so fest in die Hand gebissen hat, dass er blutete, als sie mit ihrem koketten Pseudo-Pilates begannen. Sie seufzten aus gespielter Langeweile, während sie dies taten. Selbst jetzt sahen die dämonischen Schönheiten gelangweilt aus, als die Söldner nur Hunderte von Metern entfernt in Stücke gerissen wurden und Brumm mit der Two-Four-Nine auf alles und jeden schoss, der es wagte, näher zu kommen. Weitere Söldner kamen aus anderen Richtungen und selbst nach der Geschützfahrt des Little Bird hatte ich ernsthafte Zweifel, ob wir nicht genau dort in der Nähe des Felsens, hinter dem wir Deckung suchten, zu Tode gehackt werden würden.

»Oh, nein«, sagte Al Haraq und sah plötzlich den sterbenden Case an. »Dieser Mann ist nur noch wenige Minuten vom Tod entfernt, Meister. Wie kann das sein?«

Der Black Hawk kam jetzt näher, seine Rotorblätter röhrten im Wind, als er sich der Landezone näherte. Überall um uns herum flog der Müll.

Der MH-6-Pilot meldete sich über das Funkgerät zurück.

»Haltet euch bereit... ein weiterer Überflug sollte genügen, wir kommen, Ranger. Haltet durch...«

»Dafür ist jetzt keine Zeit«, murmelte Brumm und spuckte aus, als er wieder von der Trommel zu dem Gürtel mit der Sieben-Sechs-Zwei-Munition wechselte, den er um seinen Hals trug. »Gleich geht's rund, Talker. Das wird eine echte Messer-und-Kanonen-Show. Wollt ihr das wirklich durchziehen? Also gut. Ich war schon einmal tot... hat nicht gehalten. Kommt und holt euch was!«

Al Haraq räusperte sich, um meine Aufmerksamkeit zu erregen.

»Ich könnte vielleicht... wenn Ihr einen Wunsch äußert, Efendi... diesen sterbenden Mann auf Eurem Rücken... wieder gesund machen. Oder ich könnte, wenn Ihr einen Wunsch äußert, Eure Feinde mit einer Feuerwand oder einem Sturm von Messern töten. Oder... ich könnte Euch in die Fleischgruben von Hadiz transportieren und nichts von alledem wäre mehr wichtig für Euch, denn die begehrenswerten Vergnügungen dieses Palastes der Freuden werden die Sorgen dieses wachen Lebens weit von Eurer mächtigen Person entfernen, Meister.«

»Negativ, Al Haraq...«, begann ich. Und dann bekam ich etwas fliegenden Müll in den Mund. Ich hatte auf Anhieb einen übel-faulen Geschmack im Mund. Ich weiß... wo ist mein Purple Heart? Ich hustete und würgte.

»Lasst mich auf diese Welt los, Efendi, und ich mache Euch innerhalb weniger Umdrehungen der Sanduhr zum König. Ich kann Euch alles geben, was Ihr wollt... Meister. Vorausgesetzt... Ihr kennt die richtigen Worte... für Eure Bitte.« Er neigte respektvoll den Kopf. »Efendi.«

Ich begann zu kotzen, als Al Haraq mir dieses breite Lächeln schenkte, das mir sagt, dass es nicht wirklich ein Lächeln ist, sondern eher eine Herausforderung.

Die rehäugigen dämonischen Verführerinnen beobachteten mich, und ja... sie sind heiß. Ich verstehe, warum die Legionäre ständig über die Knechtschaft von zehntausend Jahren debattieren, nur um einen Moment ihrer Zeit mit ausgedachten Vergnügungen zu verbringen. Ich verstehe das. Sie sind unglaublich.

Ich habe gekotzt und den Abfall in meinem Mund erbrochen.

Mit Case auf dem Rücken. *Saving Private Case*, würde ich sagen.

Einmal mehr erschütterten Explosionen die Müllhalde, als der Little Bird über das Schlachtfeld flog, den Tod versprühte und die ganze Halde in die schlimmste Wassershow der Welt verwandelte.

Dann kam der Black Hawk und wir rannten los. Al Haraq und die Schönheiten starrten uns an, als wir versuchten, Case das Leben zu retten. Wir kämpften gegen den Abwind des Hubschraubers an, nur um ihn in die Nähe zu bekommen.

An Bord des Hubschraubers griffen der Sanitäter und der Chief der Crew nach Case und legten ihn auf das Deck, während der Notarzt sich an die Arbeit machte. Der Chief gab uns ein Daumen-hoch und machte sich bereit, die Landezone zu verlassen.

Ich hatte alles getan, was ich konnte. Und es war nichts Besonderes. Ich habe nur einen Mann durch einen Müllhaufen getragen. Ein Kind. Ein Kind, das nur die Chance brauchte, noch ein bisschen älter zu werden.

Lebe, dachte ich, als ich mich von dem Hubschrauber entfernte. Lebe, Case.

Und halt dich von heißen Dämoninnen fern.

Wir machten uns aus dem Staub und rannten zurück zum durchbrochenen Tor zum Markt, wo wir uns ohne Umschweife wieder in den Kampf stürzten, als wir uns mit Sergeant Joe und dem Second Squad verbunden hatten.

KAPITEL 27

Als Brumm und ich zu den anderen zurückkehrten, oder besser gesagt, dorthin zurückkehrten, wo die anderen gewesen waren und nun nicht mehr waren, sahen wir uns die zerstörten Überreste des schiefen alten Spukhauses des dritten Zauberers an. Eine absolut klischeehafte Magierbutze. Mit anderen Worten, eine echte Bruchbude. Es hatte mehrere Stockwerke und sah aus, als wäre es in den letzten dreihundert Jahren aufgebaut und erweitert worden. Die Leichen seltsamer Monster, die wie große Kobolde mit Fledermausflügeln aussahen, verbrannten auf der Straße draußen. Das Haus stand in Flammen und schwarzer, rußgrauer Rauch quoll aus den offenen Fenstern hoch oben. Das alte, knorrige und verzogene Holz, die Teile, die nicht schon brannten, waren trocken und alt und von Einschusslöchern durchsetzt. Tatsächlich war es überall zerschossen.

Die brennenden Dämonen auf der Straße rochen übel.

»Das riecht wie eine Feuerstelle im Sandkasten«, murmelte Brumm leise, während wir auf den Schaden starrten, den Second angerichtet hatte. Sie hatten es genau so gemacht, wie Sergeant Joe es gewollt hatte. Tosender Donner. Blicke, die töten.

Ich meine, kommen Sie... da lagen tote Dämonen auf der Straße, verdammt nochmal. Die Ranger hatten hier eine apokalyptische Weltuntergangsstimmung ausgelöst.

Es würde nur Minuten dauern, bis der tote, trockene Ort von den gierigen Flammen verzehrt werden würde.

Und habe ich schon erwähnt, dass es übel roch? Als hätte jemand eine Latrine in Brand gesteckt, nachdem alle mexikanisch gegessen hatten.

»Dieser Zauberer ist tot«, sagte Brumm schließlich, während wir zusahen, wie der Ort niederbrannte. Überall lagen verbrauchte Patronenhülsen herum. Das bedeutet, dass die Two-Forty sich eingemischt hatte, allerdings von weiter hinten und von der anderen Straßenseite aus, indem sie einen umgestürzten Wagen mit zerbrochenen Weinfässern zur Stabilisierung der Waffe benutzten.

Aber ich fragte trotzdem, woher er das wusste.

»Woher weißt du das?«

Und sei es nur, um mehr zu erfahren. Brumm war einzigartig in seiner Arbeit als erfahrener Ranger, und das ganz im Stillen. Er war ein ständiger Beobachter. Und wenn er etwas von seiner hart erarbeiteten Ranger-Weisheit preisgab, war es dumm, sie nicht zu nehmen und sich zu eigen zu machen.

»Sergeant Joe würde diesen Ur-Yag-Jungen nicht angreifen, es sei denn, der Kerl ist tot und brennt irgendwo da drin. Zweitens sieht es auch so aus, als hätte jemand im Zweiten die Carl benutzt. Er hat ein HEDP-Geschoss direkt durch das Fenster gefeuert. Er muss den Zauberer gesehen und beschlossen haben, die Sache schnell zu erledigen, als er anfing... Dämonen zu beschwören. Wenn diese Fledermausdinger so etwas sind. Diese HEDP-Munition ist wie eine Granate, die mit C4 umwickelt ist, in das man tausende Nägel gesteckt hat. Großer Knall, viele Splitter. Das würde eine Struktur wie diese verdammt schnell erledigen. Die einzige bessere Patrone, die wir heute dabei haben, ist diese Einzellader. Die ist der Hammer, und ich hoffe, dass wir sie abfeuern können.«

Oben in der Straße hörten wir, wie die Ranger auf einmal in ein Feuergefecht gerieten. Und wir hörten noch etwas anderes, etwas Titanisches und Raues, das heiser über das Stadtbild dröhnte, sein sandpapierartiges Raspeln hallte über die gebackenen, roten, von der Sonne ausgebleichten Ziegel der alten Wüstenhafenstadt. Es hörte sich an wie der Ruf einer großen Kriegsbestie, die am heißesten und trockensten Tag aller Zeiten zum Kampf aufruft.

Einen Moment lang ließ es mir das Blut in den Adern gefrieren. Als ob... dieses Ding aus der Nachbarschaft des Jenseits stammte. Aber auf der falschen Seite der Gleise.

»Es geht los, Talker. Sie werden uns brauchen. Beeilen wir uns.«

KAPITEL 28

Dies war der Stand der Schlacht, die sich in diesem Moment über ganz Sûstagul erstreckte. Etwa zur gleichen Zeit, als der Tod des dritten Zauberers bekannt wurde, begannen die Mörser auf der gesamten Nordseite der Dockside runterzugehen, da der Captain wegen Gefahr in Verzug den Beschuss anordnete. In fünfzehn Minuten würde die Legion an Land kommen und die Sauren in die Straßen zurückdrängen, um sie Block für Block abzuschlachten, nur um dann die Zwerge und Sergeant Monroe in ihrem Rücken vorzufinden, die sich ihren Weg zum Sahnehäubchen bahnen würden.

Die Sauren nutzten ein Gasthaus als vorgeschobenen Kommandoposten, als die wilde zwergische QRF mit dem aufgepumpten Minotaurus-Panzer sie fand. Es folgte ein erbitterter Kampf, in dem die Zwerge und Sergeant Monroe ein ganzes Platoon an Conan-Prätorianern der Sauren besiegten, einschließlich des Zauberers, der das feindliche Kommandoteam beschützte. Die Anführer der Sauren entkamen, indem sie sich mit Speeren und Spießen in den Keller des Gasthauses zurückzogen. Es wurde festgestellt, dass es eine Garantie dafür war, getötet zu werden, wenn man ihnen in den Keller folgte.

König Wulfhard war in Rage und wollte trotzdem gehen. Es war Max der Hammer, der einen C4-Ziegel hervorholte und einen anderen Weg vorschlug, die Kommandostruktur der Sauren auszuschalten.

Lektionen von Sergeant Chris.

Fünf Minuten später platzierten die Zwerge unter den Augen des Minotaurus das C4 auf dem Boden des Gasthauses oberhalb des Kellers und brachten die gesamte Struktur im Dunkeln auf die saurischen Anführer unter ihnen zu Fall.

Danach entwickelten sich die Kämpfe von Block zu Block zu einem Massengemetzel, da die Legionäre bei dem, was sie »*Primo Passaggio*« nannten, keine Gefangenen machten.

Erster Durchgang.

Als die Legion in der ersten Welle über das Schlachtfeld fegte, ließen sie keine Gnade walten und sorgten dafür, dass jeder Leichnam mindestens einen Stich in die Brust erhielt. Wenn man den *Primo Passaggio* überlebte, konnte man vielleicht davonkommen. Aber, wie Korporal Chuzzo es ausdrückte: »Wir mögen keine *prigionieri*, Talk-ir.«

Prigionieri. Gefangene.

»Zu viel Arbeit. Sì? Manchmal nennen wir das den *Angelo della Morte*. Wenn der Capitano es befiehlt, tun wir es. *Capisci*?«

Engel des Todes. Keine Überlebenden.

Aber das würde erst Stunden später passieren. Stunden nach den Toren der Ewigkeit und dem, was dort geschehen würde. Das erklärt, warum niemand vom Third Squad durchbrechen und die Mauern halten konnte, um die Orkhorden daran zu hindern, in die Stadt zu gelangen. Sie waren sehr beschäftigt. Selbst mit der Legion war es noch mindestens zwei Stunden lang ein harter Kampf, bevor die

Zwerge das Gasthaus über den Köpfen der Anführer der Sauren zum Einsturz brachten.

In der Zwischenzeit hielt der Smaj das Tor, während die Orks mit berittenen Bogenschützen auf Kamelen ihre ersten Sondierungen begannen und sich den Mauern näherten. Die Mörser beendeten ihren Einsatz zur Unterstützung des Third Squad auf der Landenge und verlagerten sich dann ins Innere der Stadt.

Die 120mm Mörser sind großartig. Aber sie sind extrem schwer. Die Ranger brachten sie in Rekordzeit in die Stadt und machten sie schussbereit, als die Orks gegen das Tor drängten. Die riesige Horde kam aus den Dünen, schwang Krummsäbel und stieß Kriegsschreie aus, als sie auf die Mauern zustürmte. Sie durchquerten offenen Sand, bis die Mörserteams loslegten und es begann, Sprengstoff auf den Wüstenboden zu regnen. Dann gab es nicht mehr so viel Fuchteln mit scharfen Metallen und die orkische Version von »Für die Freiheit!«

Aber das passierte, als Brumm und ich uns den Weg zum Hubschrauber erkämpften, Case abgaben und zurückliefen.

Wer auch immer der Ork-Kommandant war, er war smart. Er machte weiter Druck auf die Position des Sergeant Majors an den Toren des Todes und setzte die Truppen dort fest. Massiver Pfeilbeschuss, entbehrliches Kanonenfutter, das mit Leitern auf die Mauern drängt. Leichte Kamelangriffe, um zu versuchen, nahe an die Tore heranzukommen, mit Schamanen, von denen wir glauben, dass sie versuchten, eine Art Zauber zu wirken, der die Tore geöffnet hätte, entweder mit magischer Kraft oder auf andere Weise, zum Beispiel durch einfaches

Verschwindenlassen oder die Übernahme der Kontrolle über den Geist von jemandem, Hauptsache es klappt

Wir wussten nicht, ob das überhaupt möglich war, aber es musste in Betracht gezogen werden, da sie eindeutig etwas vorhatten.

Das Ergebnis war, dass die Tore des Todes hielten und die Legion es hinein schaffte, während der Smaj und ein paar Schützen den Eingang hielten, bis die Legion die Kontrolle übernehmen, die Tore schließen und dann auf die Mauern gelangen konnte.

Zeit für einen AAR. Das hat sich zu einem ganz schönen Durcheinander entwickelt. Die Legion geriet innerhalb der Mauern in Unordnung und begann, sie langsam einzunehmen, Türme zu erobern und sich nach Süden vorzuarbeiten. Das Kommandoteam beschloss im Beisein von Hauptmann Tyrus, dass die Legion mit einer großen Streitmacht auf die Tore der Ewigkeit vorstoßen und sich dann mit den Kräften an den Toren des Todes zusammenschließen sollte. Im Grunde sollten alle Kräfte auf der Mauer zwischen diesen beiden Punkten abgewürgt werden. Indem sie sich entlang der Mauer nach Süden vorarbeiteten, ließen sie demjenigen, der sich diesen nächsten Zug ausgedacht hatte, Zeit, das zu tun, was er mit uns vorhatte.

Wahrscheinlich war es Ur-Yag.

Er schien ein echter Bastard zu sein.

Kurze Background-Geschichte über Ur-Yag. Vandahar hat angedeutet, dass dieser Kerl ein niederer Zauberer aus den Wyrm Waystes war. Ich habe mir das Gebiet auf der Karte angesehen. Es liegt weit jenseits des Kaukasusgebirges, wo wir früher Osteuropa verortet hätten. Dann die Steppe.

Über dieses Gebiet ist so gut wie nichts bekannt, da es hauptsächlich auf der anderen Seite von Umnoth liegt, wo der Netherzauberer und die Horden des Orkischen Großkhans zu Hause sind. Eine einzige große No-Go-Zone. So etwas wie das Mordor der Ruine. Und alles, was ich gehört habe, deutet darauf hin, dass es kein sehr schöner Ort ist, sondern buchstäblich die Hölle auf Erden, wie einige der Weisen sagen.

Zu den Wyrm Waystes würde Vandahar nur Folgendes sagen.

»Es ist ein seltsamer und ruhiger Ort. Weitläufig in seiner Stille und Einsamkeit. Ich ging dorthin, als ich ein junger Zauberer war, zusammen mit einer Gruppe von Helden, die damals aus war, einen großen Feind zu erschlagen, doch lange nicht mehr da ist. Es ist leicht zu glauben, dass dort nichts lebt, was gut ist. Oder überhaupt irgendetwas, um genau zu sein. Die Drachen haben vieles davon ruiniert. Aber es gibt dort fantastische Horden von Magie, verlorenes Wissen und uraltes Gold, und natürlich große Schönheit in der Stille und Einsamkeit. Es ist dort ein ganz anderer Ort als die Ruine, die ihr bisher kennengelernt habt. Gefährlich, aber auch schön in seiner Tödlichkeit. Wenn die Drachen weg wären, wäre es meiner Meinung nach noch besser. Aber dennoch ist das Überleben dort eine extreme Herausforderung.«

Und was ist mit Ur-Yag, Vandahar?

»Ein niederer Gebirgszauberer aus den Barbarenstämmen. Ein gemeiner und gefährlicher Sammler übler Mächte. Er ist ein Beschwörer. Er hat diese dunkle Kunst im Osten bei den Orden der Jademysterien gelernt. Nur wenige, wohlgemerkt, überleben die Mysterien. Somit ist er keiner, mit dem man leichtfertig umgeht, wenn mit ihm gerechnet werden muss. Warum er hierher kam... das ist eine einfache Frage.«

Diese Frage wurde von dem Smaj während der Informationsbeschaffung im Vorfeld gestellt.

»Der Zugang zu den Gräbern der Sauren«, fuhr der alte Zauberer fort. »Und die Stadt der Diebe hat eine uralte Machtstruktur, die nichts mit ihm und seinen Beschwörungen zu tun haben will. Beschwörung ist... schlimmer als Nekromantie. Man macht Geschäfte mit Teufeln und dergleichen. Wie man in der Branche sagt, gibt es keine alten Beschwörer. Die Teufel bekommen in der Regel das bessere Stück vom Kuchen bei solchen Abmachungen. Letzten Endes. Aber, abgesehen davon... Ur-Yag ist ein alter Beschwörer. Regeln, Ausnahmen... ja.

»Die Stadt der Diebe hat ihren seltsamen Ehrenkodex, und wenn man die Gräber der Sauren plündern will, heuert man normalerweise dort an, auf der anderen Seite des Schlunds, und erreicht das Land des Schwarzen Schlafs auf diese Weise. Aber sie mögen keine Beschwörer in den Straßen, Gassen und Piratenpalästen der Stadt der Diebe. Sie haben schon genug Probleme mit alten saurischen Flüchen auf gestohlenen Schätzen und all dem Unrat. Sie müssen die Teufel von Hadiz nicht auch noch in Ihre Angelegenheiten hineinziehen. Sie verursachen schon genug Ärger. So kam er stattdessen hierher, um seine Macht zu bündeln. Das ist der Grund.«

Dann fragte der Captain: »Und was ist diese Beschwörung? Was können meine Ranger erwarten, wenn sie auf dieses Ziel losgehen. Teufel, Dämonen?«

Vandahar nickte ernst.

»Unter anderem. Und deshalb werde ich die Ranger begleiten, wenn sie ihm gegenübertreten. Eure Kräfte, so beeindruckend sie auch sein mögen, Ranger... werden dem verdorbenen Beschwörer kaum gewachsen sein. Betrachtet mich einfach als euren... Carl G, wie ihr es nennt. Aber ein magischer.«

Da wussten wir, dass dieser Ur-Yag ein echter Mistkerl sein muss. Selbst für Ruinen-Verhältnisse. Wenn ein Ort, der sich Stadt der Diebe nennt, nicht viel oder gar nichts mit einem zu tun haben will, sagt das eine Menge über diesen jemand aus.

Somit war es natürlich Ur-Yag, der seine Söldner zum Südeingang der Stadt, den Toren der Ewigkeit, schickte, um die Tore zu öffnen und die Orks hereinzulassen.

Was hatte er zu verlieren?

Als wir seine drei Zauberer ausgeschaltet hatten - und es gab noch andere in der Stadt, die mit ihm im Bunde waren, da er in Wirklichkeit der oberste Mafiaboss unter den Zauberern war - aber wir hatten die drei Schlimmsten nach unseren Informationen ausgeschaltet, hatte er herausgefunden, dass wir anklopfen wollten - und das nicht zum Tee.

Ich verstehe das.

Die Tore öffnen und seinen Feinden etwas geben, womit sie sich beschäftigen können, während man seinen nächsten Schritt plant. Er musste herausfinden, wer und wozu wir fähig waren. Er kannte die Orks. Sie waren ihm ein bekannter Faktor. Um die könnte er sich später kümmern, denn der größte Teil der Stadt würde sich hinter ihm versammeln, weil jeder Orks hasst, nur weil sie Orks sind.

Orks sind furchtbar. Das sagt sogar Jabba.

»Nur toter Ork ist guter Ork. Alle Gobs groß-groß sagen wahr!«

Während wir also auf seinen zentralen Turm stießen, ein hohes Bauwerk, das über dem Markt thronte wie ein unheilvoller Vogel, steuerten die Orks, ohne dass wir es wussten oder mitbekamen, auf die weit geöffneten Tore der Ewigkeit zu.

Bis zur Hälfte der Schlacht war uns das nicht bewusst, bis die niedliche Co-Pilotin mit dem Pferdeschwanz, die die Drohnen flog, uns wissen ließ, dass wir Gesellschaft aus dem Süden bekamen. Ork-Elemente in Kompaniestärke, die sich von den Toren des Todes entfernten und auf das Südtor zusteuerten.

Kurtz und Brumm hatten zu diesem Zeitpunkt noch eine Stunde zu leben.

Das ist das letzte Mal, dass ich mich bewusst an beide erinnern kann.

Als Brumm und ich in die Schlacht zogen, bellte Kurtz uns beide an und gab uns Anweisungen, was wir tun sollten. Der Sanitäter kümmerte sich gerade um einen getroffenen Ranger. Kurtz beorderte mich nach vorne, um zu helfen. Soprano ließ das Hauptgeschütz schreien und versuchte, so viel Feuer wie möglich auf einen riesigen Sanddämon zu geben, der sich an den Turm des Zauberers klammerte und Blitze auf die Ranger auf der Straße unter ihm warf, die sich mit weiteren, kleineren Dämonen in einer gewaltigen Straßenschlacht herumschlugen.

»Corporal Brumm!«, rief Kurtz seinem Bruder zu.

Brumm war zum Corporal befördert worden. Tatsächlich war er der stellvertretende Leiter des Waffenteams.

»Schalte die Kobolde auf der rechten Seite aus!«

»Kann ich machen, Sar'nt!«

Ich sah, wie Kurtz sich wieder der Two-Forty zuwandte, zuversichtlich, dass sein kleiner Bruder den Job erledigen würde. So waren sie beide. Sie verließen sich auf den anderen.

Ich werde mich immer an diesen Moment der beiden zurück erinnern.

Nicht an den Weg, den Tanner mir später vor Augen führen würde.

Es gibt diese Zeile in einem Lied einer alten Metal-Band namens Poison. Sie ist wahr.

Sometimes I think I wish I didn't know now the things I knew then.

Aber leider war mir das nicht vergönnt. Ich musste ihre letzten Momente mit ansehen.

KAPITEL 29

Ich erinnere mich kaum noch an die Schlacht im Turm von Ur-Yag. Ich dachte, es wäre wichtig. Denn natürlich ging es dabei um mich.

Aber... meine Sichtweise hat sich seit den folgenden Ereignissen ein wenig geändert. Es gab viele Helden an diesem Tag.

Wie Tanner sagt: »Ich bin nur der Typ neben dem Typ«.

Wenn dieser Typ ein Ranger ist oder jemand, dem die Ranger ihr Leben anvertrauen, wie Moon, dann ja, dann bin ich gerne der Typ neben dem Typ.

Al Haraq... er kam zu mir, als ich in der Nacht nach der Schlacht auf diesem Turm stand und die Orkhorde da draußen beobachtete, die sich in alle Richtungen auf dem Sand ausbreitete. Legionäre patrouillieren auf den Mauern. Es war durchaus möglich, dass diese Orks die Mauern stürmen werden und... wir haben gerade erst vor Stunden eine Schlacht hinter uns gebracht. Eine harte Schlacht.

Aber das macht nichts.

Wie der Sergeant Major vor ein paar Stunden sagte: »Ranger kämpfen schneller, länger und härter als jeder andere Soldat. Wenn diese Orks zur Hölle fahren wollen... dann spendieren wir ihnen ein paar Tickets. Wir werden ihnen den Weg weisen, Ranger.«

Die Lage ist verzweifelt. Aber wir halten die Mauern.

Al Haraq kommt in der Nacht zu mir und bringt die Mädchen nicht mit. Zum Glück.

»Euer Verlust tut mir leid, Efendi.«

Ich starrte auf das Meer von Orks da draußen in der Wüste. Die Drohne meldet, dass weitere Truppen - keine Orks, sondern Legionen von Sauren - aus den Wüsten im Süden aufmarschieren. Die Wahrscheinlichkeit, dass sie auf der gleichen Seite stehen, ist hundertprozentig.

Ich denke daran, was Tanner mir in den Stunden nach der Schlacht erzählt hat. Nachdem er von den Teufeln, die uns alle im Turm fast umgebracht hätten, so zugerichtet worden war... dass er wieder völlig abdriftete.

»Ich kann sie sehen, Talker. Ich kann sie dir jetzt zeigen. Ich habe eine neue Kraft... Ich weiß es nicht. Vielleicht war sie schon immer da.«

Draußen in der Nacht gibt es Tausende von Feuern. Fackeln, Lagerfeuer, Schmiede, die ihre Waffen schärfen. Orks, die bereit sind, irgendetwas Böses zu tun.

Sie können es in der späten Nacht spüren, während ich diese Worte ausspreche.

Al Haraq flüstert...

»Ihr habt noch zwei Wünsche, Efendi. Einer wird genügen, um sie beide zurückzubringen. Aber ich muss Euch warnen, denn Ihr seid ein guter Mann, Meister. Wünsche... sie sind sehr gefährlich. Selbst diejenigen, die nicht magisch sind. Viele, die mich suchen, bekommen mehr, als sie erwartet haben. Genau wie die Mädchen. Versteht Ihr? Es ist nicht einfach. Der Wunsch... er muss… klar formuliert werden. Denn ich werde und muss mich genau an das halten, was von mir verlangt wird. Versteht Ihr das, Meister?«

Ich nickte.

»Ich werde in der Flasche warten, Efendi.«

Er begann zu verschwinden. Aber selbst als er verschwindet, höre ich noch einmal seine Stimme.

»Es tut mir so leid, Meister. Sie waren große Krieger. Mein Beileid... für Euren Verlust.«

Und dann ist er verschwunden und ich bin allein mit allem, was geschehen ist und was aufgeschrieben werden muss.

Der Kampf gegen Ur-Yag.

Die Ranger kämpfen gegen zwei verschiedene Elemente, als Brumm und ich den Kampf aufnehmen.

Zuerst ist da ein riesiger Sanddämon, der sich um den Turm geschlungen hat. Er starrt mit seinem dreieckigen Kopf auf uns herab, kreischt und heult, schleudert Blitze auf die Ranger, die die beschworenen Teufel in den Straßen, die auf sie zukommen, unter Beschuss haben.

Diese Teufel.

Sie sind grauhäutig. Fett, aber muskulös. Gehörnte Köpfe. Fledermausflügel, die sie nicht zu benutzen scheinen. Sie kommen vom Turm, und die Two-Forty hat schon einige von ihnen getötet. Die Ranger haben Granaten auf sie abgefeuert, als sie auf der Straße gegen uns vorrückten, während unsere Zauberer sich duellierten und uns unterstützten.

Kennedy und Vandahar werfen Zaubersprüche auf den Sanddämon, der hoch oben um den Turm gewickelt ist.

Ein paar von den Teufeln werden von Schüssen niedergestreckt. Aber dann stehen sie wieder auf. Kennedy kommt dazu und röstet sie mit dem Drachenkopfstab, sobald sie unten sind. Das scheint zu genügen.

Man beachte: Man muss ein ganzes Magazin in diese ledrigen Viecher versenken, um sie zu Fall zu bringen.

Sergeant Joe, der den Kampf leitet, kommt zu dem Ort, an dem Moon versucht, einen gefallenen Ranger zu behandeln. Ich schieße auf zwei Teufel, die sich nähern. Die beiden haben flammende Schwerter und schwarze Schilde. Die Luft ist erfüllt von Hass und Angst. Und man merkt, dass er direkt von diesen lachenden Teufeln kommt.

Ich schieße auf sie und sie gehen nicht zu Boden.

Einen Augenblick später steht Joe neben mir und sagt: »Du musst sie ordentlich durchlöchern, Talker. Mit überwältigender Feuerkraft bringen wir sie zu Boden. Wenn Kennedy sie nicht mit seinem magischen Genickschuss ausschaltet, dann machen wir sie eben mit Thermit platt.«

Er erledigt einen, den nächstgelegenen, und reicht mir dann eine Thermit-Granate. »Ich gebe Deckung, du machst sie scharf und wirfst sie auf die Kadaver.«

Dann renne ich nach vorne, während Vandahar etwas herbeiruft, das wie ein Meteoriteneinschlag auf den Sanddämon aussieht. Der Einschlag trifft den Turm und plötzlich stürzt die Hälfte des hohen Bauwerks auf die Straße, wobei alte Ziegelsteine aufgewirbelt werden und überall Staub in der Luft liegt.

Es ist zwar nicht das Ende der Welt, aber es fühlt sich definitiv so an.

Der Sanddämon klammert sich immer noch an die Überreste des hohen Turms. Heulend und kreischend. Dunkle Sturmwolken wirbeln und formieren sich über dem klaren blauen Wüstenhimmel. Er feuert einen Blitz auf Vandahars Position ab, gerade als ich das Thermit auf den Körper des liegenden Dämons werfe. Die Augen des Wesens öffnen sich und sehen mich plötzlich an, und mein Gehirn beginnt zu schmerzen.

Für eine dumme, heiße Sekunde denke ich darüber nach, dieses Ding mental mit meiner Psionik anzugreifen...

... aber Vandahar hat mich vor dieser dummen Aktion gewarnt.

»Tu es nicht. Lass niemals einen Dämon in deinen Geist, Talker. Sie werden bleiben und du wirst verloren sein.«

»Talker!«, schreit Joe. »Gib Sergeant Kang Deckung!«

Sergeant Kang ist vorgerückt und hat einige Minen platziert. Ein Dämon hat den ballistischen Hass, den Brumm streut, durchbrochen und geht direkt auf den Sergeant zu.

Ich hebe meinen Karabiner hoch und beginne, auf den sich nähernden Dämon zu schießen, feuere kurze Salven und halte die Vickers-Schlinge fest, sodass ich die Waffe besser kontrollieren kann.

In diesem Moment feuert Vandahar eine Menge magischer Meteore ab. Hell und schillernd sausen sie über uns hinweg wie Artillerie und vernichten den Sanddämon auf dem Turm.

»Deine Zeit ist gekommen«, donnert Vandahar seinem Feind zu. Seine Stimme hallt über das Schlachtfeld wie der Tag des Jüngsten Gerichts selbst. Ich dringe durch das ein- und ausgehende Feuer vor. Habe ich schon erwähnt, dass die Teufel kleine flammende Pfeile aus ihren schwarzgenagelten Klauen werfen? Macht Spaß, was? Ich schieße weiter auf den Dämon, bis er zu Boden geht.

In dem Moment bekommen wir den Netzruf, dass Orks durch die Tore drängen.

Daraufhin sagte Sergeant Kurtz, dass er sich um die QRF kümmern kann und schnappte sich Brumm, um das zu erledigen.

Wenn wir nicht wenigstens den Vormarsch der Orks in die Stadt aufhalten konnten, waren all unsere Stellungen und Verteidigungsanlagen sinnlos.

Joe ließ sie ihr Ding machen. Ich war beschäftigt. Ich habe sie nicht mal gehen sehen.

»Kang!«, rief ich. »Ziehen Sie sich zurück! Ich werde das Ding mit der Granate ausschalten.«

Kang sieht mich, nickt und zieht sich zurück. Er feuert auf weitere Dämonen, die unsere Stellung bedrängen. Heißes Messing auf Vollautomatik.

Ich werfe die Granate und weiche zurück, aber nicht schnell genug. Der Teufel explodiert und verteilt graue Fleischstücke und nachtschwarze Hörner überall.

Ich wurde von der Explosion niedergeschlagen.

Als ich wieder zu mir kam, zerrte mich Moon in Deckung.

»Ich... habe... dich...«, keucht sie, als ich aufschaue. Ihr Gesicht ist blutverschmiert und einer der Flammenpfeile steckt in ihrer Rüstung. »Ich... habe... dich....«

Joe hilft ihr eine Sekunde später.

Ich versuche aufzustehen, aber mir ist... schwindelig.

Dann ertönt ein gewaltiger, scharfer Donnerschlag und der Kampf ist vorbei.

Der Turm zerbricht durch Vandahars Weltuntergangsblitz, wie ich ihn nenne. Sein Zauber trifft den Dämon direkt und saugt ihn dann in ein schwarzes Loch, das genau dort entsteht, wo der Blitz eingeschlagen ist. Langsam. Er presst die gesamte Kraft des Dämonen-Zauberers in einen engen Ball, der nicht zu bändigen ist.

»Ranger... sucht Deckung!«, ruft Vandahar plötzlich mit dieser Cloodmoor-Stimme, wie wir es selten von ihm hörten.

Der Dämon wird in das schwarze Loch des Weltuntergangsbolzens gesaugt, mit dem Vandahar ihn getroffen hat. Er heult vor Schmerz und Angst auf, als er begreift, wie ihm geschieht. Die Welt scheint mit ihm zu heulen. Aus der Ferne beobachte ich das Ganze mit meinem gehirnerschütterten Kopf.

Dann sagte Vandahar, wir sollen in Deckung gehen.

Das letzte, was ich sehe, ist, dass der Dämon wie ein steckengebliebener Videoclip vibriert und das Bild zwischen zwei Frames hin und her springt. Heftig und von Sekunde zu Sekunde heftiger.

Ich wusste, dass eine Explosion kommen würde. Man konnte sie förmlich in der Luft spüren.

Dann warf sich Moon über mich, als es sich anfühlte, als hätte sich die Energie des explodierenden Dämons, von dem Vandahar uns später erzählen würde, dass es Ur-Yag selbst war, verändert.

»Seine letzte Beschwörung bestand darin, sich einem der schlimmsten Unholde der Grube auszuliefern. Dem Sanddämon Taargen des Großen Sturzes.«

Moon warf sich über mich, als der Dämon explodierte und der Kampf in einem plötzlichen, heftigen Moment beendet sein Ende fand.

Wie es sich für eine gute Ärztin gehört.

Sie sagte es mir immer wieder, während das Gefüge der Realität um uns herum auf der Straße für eine unendliche Sekunde zu zerreißen schien...

»Ich... habe... dich... Ranger...«

In der Folge breitete sich eine unwirkliche Stille über die Schlacht vor den Überresten des Turms von Ur-Yag aus.

Ich war inzwischen auf den Knien, Moon half mir in der surrealen Stille und dem regnenden Staub auf.

Die Ranger waren von der Explosion des Turms und der anschließenden Druckwelle mit sandigem Pulver bedeckt.

Joe lächelte und sagte zu dem Zauberer: »Himmel, Arsch und Zwirn. Das nenn ich ein Feuerwerk!«

Vandahar stand größer und strahlender da als zuvor. Auf eine subtile Art und Weise, die etwas mehr über ihn zu verraten schien.

Dann sagte er einfach: »Schöne Grüße von Van G.«

EPILOG

Die Erste Schlacht um Sûstagul war vorbei. Ja, richtig, die erste. Es sieht definitiv so aus, als würde es eine zweite geben, wenn diese Orks nicht etwas anderes zu tun finden und woanders hingehen.

Aber wie der Sergeant Major sagte, wenn sie zur Hölle fahren wollen, spendieren wir das Ticket.

Aber das ist morgen. Und morgen ist ein neuer Tag.

Ich werde auch morgen nicht aufgeben. Ich habe heute nicht aufgegeben. Keiner hat aufgegeben. Einige haben sogar alles geopfert, um sich die Miete für die Schriftrolle heute zu verdienen.

Gertz am Strand.

Brumm und Kurtz an den Toren der Ewigkeit.

Ranger.

Morgen wird jemand anderes die Miete bezahlen. Vielleicht ich.

Damit habe ich kein Problem.

Die Schlacht war vorbei, als Tanner zu mir in die vorgeschobene Verletztensammelstelle kam. Der Kampf mit den Teufeln hatte ihm alles abverlangt. Er war völlig weggetreten. Außer mir hat das niemand bemerkt. Alle dachten, wir wären an diesem Morgen durch die Hölle und wieder zurück gegangen und es würde einfach nur… langsam einsickern.

Wir marschierten durch die Straßen zurück zur Festung. Die Sauren in Dockside waren am Ende. Die Legion war auf der Mauer, als die Meldung eintraf, dass die beiden Ranger vor den südlichen Toren gefallen waren.

Daraufhin beorderte der Captain die beiden Reaper herbei, die den Ort vor den Toren von der Landkarte tilgten und alle Orks, die sich anschickten, in die Stadt einzudringen, auslöschten und viele andere in die Wüste trieben. Zwei Kompanien von Legionären rückten zu den Toren vor, schlossen sie, obwohl sie schwer beschädigt waren, und für einen Moment konnten die Orks nicht in die Stadt eindringen. Unsere Hochburg.

Es sprach sich schnell herum, dass Kurtz und Brumm beim Versuch, das Tor zurückzuerobern und die Orks zurückzudrängen, getötet worden waren. Vor allem aber verhinderten sie, dass der Feind auf nennenswerte Weise in die Stadt eindringen konnte.

Sie hatten sich fünfzehn Minuten lang gegen eine ganze Kompanie von Wüstenorks gewehrt, allein, in der Unterzahl und mit wenig Munition.

Sie wählten einen Fleck auf der Schlachtkarte und bewegten sich nicht mehr von selbigem.

Etwa einhundertsechzig Orks starben bei dem Versuch, sie zu bezwingen, und das hat den Vorstoß der Orks im Grunde genommen genau dort zum Stillstand gebracht. Ich vermute, dass ihre Befehlshaber Angst hatten, in eine Falle gelockt zu werden, und dass diese Orkkompanie besser zu sein schien als das Kanonenfutter an den Toren des Todes, sodass sie vorsichtig waren. Und Kurtz und Brumm haben sie in Schach gehalten.

Leider hat es sie das Leben gekostet, dies zu tun.

Die Reaper kümmerten sich um die anderen Orkkompanien, die zu den Toren rannten, um die Kompanie zu unterstützen, die Kurtz und Brumm angriff. Dann waren sie außer Gefecht.

Wir machten eine Pause, um uns etwas zu essen zu holen und uns auf das vorzubereiten, was als Nächstes kam. Aber es herrschte eine fassungslose Stille. Die Nachricht verbreitete sich langsam.

Ich... wollte nicht glauben... was geschehen war.

Der Sergeant Major kam vorbei, nahm Tanner beiseite und sagte ihm, dass er vorläufig der Anführer des Waffenteams sei.

Tanner kam zu mir und teilte mir die schlechte Nachricht mit.

»Sie sind tot.«

Dann senkte er seine Stimme.

»Hör mal, Mann... ich... bin nicht ich selbst. Ich habe es dem Smaj nicht gesagt, weil er im Moment viel zu tun hat. Aber wenn meinen Kopf nicht gerichtet bekomme... werde ich es ihm schnell sagen. Man kann die Welt anlügen, aber nicht die Ranger, Mann. Das weiß ich.«

»Was meinst du damit, du bist nicht... richtig... im Kopf?«

Er holte tief Luft, steckte sich eine Zigarette an und zündete sie in der brütenden Hitze der Wüste an. Unsere Gesichter waren von der Explosion des Sanddämons im Turm von Ur-Yag mit Ziegelstaub bedeckt.

»Ich sehe sie, Mann. Kurtz und Brumm. Wie sie gestorben sind. Ich fühle mich wie...«

Er hielt inne.

»Willst du es sehen, Talk? Ich kann es dir zeigen.«

Andersweltiger Grusel lungerte um uns herum.

Zuerst dachte ich... auf keinen Fall. Ich meine, ich konnte es kaum fassen, dass sie tot waren. Ich wartete immer noch darauf, dass sie einfach in den CCP spazieren und sagen, dass die Informationen falsch waren. Dass sie einfach noch irgendwo einen Nebenquest ausgeführt und überlebt haben.

Aber es liefen immer noch Leute vorbei, die darüber sprachen. Und je mehr sie es taten, desto mehr wurde es wahr. Ob ich das nun glauben wollte oder nicht.

Es ist passiert.

»Talk... Ich muss da runtergehen und es sehen. Als ob... sie irgendeine Nachricht haben, irgendetwas... das sie mir zeigen müssen. Lass uns einen Spaziergang zu den Toren machen, Mann.«

»Dürfen wir das?«, fragte ich und spürte eine seltsame Aufregung, für die ich mich immer noch schäme.

Tanner sah sich um.

»Verdammt, ich bin jetzt Section Sar'nt, Alter. Wir können tun, was wir wollen. Und... ich muss es sehen, Talk. Ich weiß nicht, wie es bei dir ist. Ich werde dich nicht zwingen. Aber... ich muss.«

Also taten wir es.

Wir durchquerten die Nekropole und bogen auf die Hauptstraße ein, die von uralten Säulen gesäumt war, in die Hieroglyphen vergangener Schlachten und Ruhmeszeiten eingemeißelt waren, in Marmor gehauen und geformt, um Taten festzuhalten, an die sich niemand mehr erinnern konnte. Dann sahen wir die Ork-Toten und die leeren Patronenhülsen im Staub der Wüste.

»Ich sehe es, Talk«, sagte Tanner in Trance, die Zigarette schwelend an seiner Seite. Seine Hand war blutig. Die Knochen schienen durch. Und es war still dort. In der Ferne konnte ich die Legionäre auf den Mauern und am

Tor sehen. Sie bewachen es jetzt, laut und lachend. . Sie waren nervös, weil alle Orks der Welt auf der anderen Seite waren und darauf brannten, uns endlich anzugreifen.

Bereit für einen weiteren Kampf auf ihre fröhlich fatalistische Accadier-Art.

Ich erinnere mich, dass ich dachte, als Tanner begann, mir zu erzählen, was passiert war... Ich wünschte, ich wäre wie sie. Die Legionäre. Ich erinnere mich, dass ich dachte, ich wünschte, ich wäre jemand anderes als der, der ich in diesem Moment war. Der Typ mit den toten Kumpels.

Es ist scheiße, dieser Kerl zu sein.

Ich hasse diesen Kerl.

In mir kam der Wunsch hoch, wieder zu gehen, denn ich wusste, dass dies der schlimmste Tag meines Lebens sein würde. Ich verehrte Brumm und seine stille Kompetenz. Seine Ehrfurcht vor seinem Bruder. Ich erinnerte mich an Kurtz, der mir vor dem Morgengrauen auf der Todesinsel zeigte, wie ich mein Gewehr bedienen musste. Wir beide saßen dort in der Stille, sagten kein Wort und warteten darauf, dass der Feind es am Fluss erneut versuchte.

Aber ich habe den Ort nicht verlassen, an dem sie gestorben sind. Und Tanner begann zu erzählen, was mit ihnen geschehen war. Wie ein düsterer Spielbericht. Aber schlimmer und mit einem Verlust endend.

Ein Verlust, an den ich immer wieder denken musste.

»Sie haben hier angefangen«, sagte er. »Sie nahmen die gegenüberliegenden Straßenseiten ein und begannen, die Orks zu bearbeiten. Diese Kerle hatten Schwerter und sie haben sie niedergestreckt. Einer kam näher und stach Kurtz mit einem Dolch nieder. Ich kann sie sehen, Talk. Es ist, als würde ich es noch einmal sehen.«

Seine Stimme war tot.

Nicht wie damals, als Brumm unter der Festung getötet wurde, als er uns den Rücken freihielt, während Orks aus den Katakomben nach oben drangen. Tanner war auf die Straße gelaufen, hatte geweint und etwas gesagt.

Irgendetwas darüber, dass er nicht mehr Ranger sein wollte. Und dass Brumm tot sei.

Damals haben wir gewonnen, an dem Tag, als alles begann. Der Drache war vertrieben worden. Last of Autumn war noch am Leben, als ich dachte, der Vampir SEAL hätte sie getötet. Wie ich McCluskey ins Auge geschossen habe.

Dann wurde mir alles entrissen. Brumm wurde getötet.

Und dann... für einen kurzen Moment... bekamen wir ihn zurück. Der Chief hat ein Wunder vollbracht. Das hatte er nie wieder getan. Ich glaube, er hat es sogar versucht. Aber... wer kann schon wissen, wie so etwas abläuft? Warum Menschen beten und was von wem ge- und erhört wird.

Ich weiß, dass er es bei jedem toten Ranger versucht hat. Aber es ist nicht wieder passiert.

»Kurtz blutet stark und Brumm überquert die Straße und feuert mit der SAW aus der Hüfte«, fährt Tanner fort. »Er sagt... er sagt...«

Tanner hält inne.

Ganz weit weg.

»Er sagt, Talk... Brumm sagt... Komm schon, Bruder. Das wird schon wieder. Ich bin da.«

Ich spürte, wie eiskaltes Wasser mein Herz zum Stillstand brachte, als mir einfiel, dass ich Brumm seinen Bruder noch nie so genannt hatte. Immer Sar'nt. Kann ich machen, Sar'nt.

Aber man wusste, dass sein Bruder sein Held war.

»Sie kämpfen hier, aber Kurtz ist am Verbluten. Sie töten eine Menge von ihnen, Talker. Granaten. Arbeiten von der zerbrochenen Säule hier drüben aus, wo Kurtz sich anlehnen und sein Gewehr bedienen kann, während er ausblutet. Aber die Orks kommen immer näher.«

Ich gehe zu der Säule und sehe das getrocknete Blut überall auf ihr, im Dreck und auf den Steinen der Straße. Die toten Orks, und es sind viele, liegen überall um sie herum. Durch Schüsse zu Tode gekommen.

Für mich sieht es so aus, als wären die Orks um sie herumgekommen und hätten angefangen, Pfeile abzufeuern.

Überall liegen zerbrochene Pfeile im Staub.

»Sie wurden von einer Menge Pfeile getroffen, Talk. Aber sie haben weiter gekämpft. Brumm hat einer in die Kehle getroffen. Aber er ist immer noch mit der SAW beschäftigt. Sie haben keine Granaten mehr.«

Ich will nicht mehr wissen, aber Tanner erzählt mir alles mit dieser toten Stimme.

»Brumm...«

Er atmet tief durch.

»Brumm stirbt. Er verblutet und fällt einfach um. Pfeile kommen aus allen Richtungen und die Orks sind nah. Ganz nah. Zu diesem Zeitpunkt...«

»Wo waren die verdammten Hubschrauber?!«, schreie ich plötzlich in die Friedhofsstille des Ortes, an dem sie gefallen sind. Ich stelle fest, dass sie dort hätten sein müssen. Und ich merke, dass sie es nicht waren.

Tanner sagt leise, einfach: »Auftanken. Die Vögel waren knochentrocken.«

Ich fluchte frustriert.

»Talk, ich muss dir jetzt den letzten Teil erzählen. Es gibt hier jemanden, von dem ich dir nicht erzählen kann. Aber er sagt, dass du es hören musst.«

Ich drehte mich um und wollte gehen. Ich war fertig. Aber ich konnte nicht...

Richtung Hafen gewandt, versuchte ich den Ozean zu riechen, der hinter all dem hier lag. Wenn ich ihn erreichen könnte, würde ich wegschwimmen und ertrinken. Alles, nur nicht das, was dann kam...

»Kurtz sieht, wie Brumm zu Boden geht und ein großer Ork mit einer Axt auf ihn zukommt und versucht, seinen Kopf als Trophäe zu nehmen. Kurtz feuert seine Schrotflinte aus nächster Nähe ab und pustet das Ding von den Füßen. Kurz bevor er das tut, sagt er...«

Nicht jede Schlacht endet mit einem Sieg. Manche Geschichten haben kein Happy End. Die Dämmerung bricht schon fast an. Der morgige Tag sieht nach einer neuen Schlacht für uns aus. Diesen Teil, was als nächstes passiert, kenne ich, seit ich mit dem Bericht über die Schlacht von Sûstagul begonnen habe. Die erste Schlacht. Ich versprach Ihnen damals, dass ich es Ihnen noch erzählen würde.

Aber ich wollte es nicht. Daher habe ich es mir für den letzten Teil aufgehoben, weil es der schlimmste ist. Es tut mir leid. Ich wünschte, es wäre... anders... besser. Aber es ist... was es ist.

Tanner sagt: »Kurz bevor er schießt und den Ork tötet, schreit Kurtz: ›Bleib weg von meinem Bruder, du dreckiger Mistkerl!‹ Echt, Talk. Dann feuert er... und dann wirft er sich über Brumm, um ihn noch einmal zu beschützen, denn das ist das letzte Mal, dass er das für seinen Bruder tun kann. Und dann kommen die Orks und... es ist wirklich unschön. Keine schnelle Erlösung. Ein grausamer Tod.«

Ende